大时代 第二季 GREAT TIMES

命运操盘手

仇晓慧

·著·

ZHEJIANG UNIVERSITY PRESS
浙江大学出版社

图书在版编目(CIP)数据

大时代·命运操盘手 / 仇晓慧著. —杭州：浙江
大学出版社,2013.2
　ISBN 978-7-308-10695-5

　Ⅰ.①大… Ⅱ.①仇… Ⅲ.①长篇小说－中国－当代
Ⅳ.①I247.5

　中国版本图书馆 CIP 数据核字(2012)第 236522 号

大时代·命运操盘手

仇晓慧　著

策　　划	蓝狮子财经出版中心	
责任编辑	徐　婵	
文字编辑	杨利军	
出版发行	浙江大学出版社	
	（杭州市天目山路 148 号　邮政编码 310007）	
	（网址：http://www.zjupress.com）	
排　　版	浙江时代出版服务有限公司	
印　　刷	临安市曙光印务有限公司	
开　　本	710mm×1000mm　1/16	
印　　张	16.5	
字　　数	314 千	
版印次	2013 年 2 月第 1 版　2013 年 2 月第 1 次印刷	
书　　号	ISBN 978-7-308-10695-5	
定　　价	36.00 元	

命运不是偶然的事,它是一个选择问题。

——[美]威廉·詹宁斯·布赖恩

目录
Contents

第一章　婚礼下盛宴

> 善守者,藏于九地之下;善攻者,动
> 于九天之上;故能自保而全胜也。
>
> ——《孙子兵法》

一

2004年9月9日,一个看似平淡无奇的周末,唐子风坐在西郊宾馆百花厅外的一张藤椅上,悠闲地抬眼望向雾蒙蒙的太阳。

太阳懒散散地挂在天空,热量像是全都被云层吸走——就像萎靡不振的股市。

自2001年互联网泡沫破灭以来,A股已经低迷了1200多天。无数金融大鳄都在这场致命的股灾中一蹶不振,从此销声匿迹。

泰达系掌门人唐子风无疑是这几年来金融圈子里的另类。

人们看着泰达系一点点膨胀——就像洛阳郊外的食尸草,在尸骨遍地的荒野中,大口吸食汁液,顾自野蛮生长,愈发茁壮。

这一天,唐子风穿着丝绸绣龙白色中山装,叼着雪茄,坐在西郊宾馆花园的藤椅上。他鼻梁上架着一副金边的茶色眼镜,尽管身体微微发福,仍然魁梧高大。

唐子风无比开怀,今天是他大儿子唐焕大婚的日子。

他释然地想,这小子,时隔那么多年,终于结束了那些拈花惹草的日子。那个女人,没看走眼的话,应当能收得住唐焕。世间总是一物降一物,想来也是奇妙得很。

西郊宾馆满眼绿松的大门口,齐刷刷地站了一排保镖——都是唐子风精挑细选出来的。标准体型的西装,裹在这群肌肉发达的猛男身上,活像一个个肉粽。

他望着西郊宾馆的冲天古树,十分得意,他很喜欢这里——20世纪90年代浦东开发后,无数现代时尚的酒店从浦东地块冒了出来,不过在唐子风眼中,那些至多只是哗众取宠的聪明小孩,怎能比得上西郊宾馆得天独厚的历史深度?就好像眼前那粗壮繁芜的大树,壮实得能把枝干里的每个细胞都撑裂开来,任凭高耸围墙砌了一层又一层,怎么也拦不住百年老树直冲云霄的勃然气势。

一般来说,大家族在办大事时,方能显示出自身的能耐。

在外人看来,能包下西郊宾馆那么多内场与花园,没有一点背景是绝对搞不下来的。改革开放前,西郊宾馆也叫"414"招待所,与毛泽东在武汉的东湖梅岭别墅有几分相似,是邓小平在上海的常驻地。国家政要若来上海,十有八九也下榻于此。

这里就像闹市中保存完好的原始森林,随处可见雪白鹭鸟在青绿的湖面上轻快飞翔。

轰轰烈烈的鞭炮声响了起来,霎时冲破了清晨沉闷的宁静。

唐子风走进大堂,嗅到新启香槟翻腾泡沫的清香。

今天的西郊宾馆对唐子风而言更加不同寻常,不是因为这里是一家享誉中外的百年老店,也不是因为大厅里古董落地镜与美轮美奂的精致雕琢,更不是因为天花板上金碧辉煌的三层碎花玻璃吊灯,甚至不是因为即将到来宾客身上的阿玛尼礼服和珠光宝气的裙装。

最吸引他的,是空气中弥漫着的金钱味道,还有血战到底的纯爷们儿的气息,这些才是令人陶醉的馥郁芳香,环绕在他身前身后,令他无法自拔。

今天在这里,富豪、顶尖银行家、对冲基金经理、金融高管、经济学家济济一堂,他们差不多是这个世界上最富有的人。唐子风感到无比欣慰的是,他自己是这场盛会背后的主人。

这次筹办婚礼的过程,自己的人脉不仅有了巩固,还扩张了一番,一些自己事先完全没想到的朋友都纷纷伸出"援手"——他大儿子订婚的消息一传出去,一家上市红酒商就主动送了500多箱上等的红酒过来,10多家上海顶级餐馆发来免费的邀约,还有一家旅行公司送来价值30多万元的加勒比海蜜月套餐。

这一切就像一个娴熟的钢琴师一摸到琴键,纯熟的乐曲就不知不觉间从指尖流淌而出。对于资本运作的大佬而言,这又何尝不是炉火纯青的境界呢?

四年来,唐子风重振家业。

他自己也承认,四年前的互联网泡沫让他大伤元气。为此,他只要一想到那个叫袁得鱼的小子,至今还会气得将牙齿咬得"咯咯"作响。

谁也没想到,随后的熊市是如此漫长。

如果说牛市的时候所有人都在赚钱,那么熊市对于多数人而言,是一种屡战屡败的苦闷,是财富的缩水,是收入增速的放缓。然而,熊市对唐子风这样的资本掮客而言,倒是乐得其所。他反倒像个两栖动物般,就算缺水,在陆地上照样呼吸自如。

这个萧条期凛然崛起的泰达帝国,颇有些乱世英雄的意味。

谁也不知道唐子风在这段期间做了些什么,如何控制一家又一家上市公司,谁也不知道在熊市中那些弥足珍贵的现金流,他怎么会用之不竭。只是所有人都知道,如今的唐子风比当年刚刚入主泰达证券时,整个实力非同日而语。

唐子风早已经是上海滩呼风唤雨的大人物,哪个财经媒体若让他做个封面人物还要等上一年半载。没错,他现在就是上海滩,不,整个中国资本市场一个响当当的传奇人物。

约莫上午8点,一辆接一辆的白色豪华礼车在虹桥路上排成延绵不绝的长龙,一眼望不到尽头,开道的是两辆加长型宾利。上海滩这个型号的宾利只有两辆,唐子风自有办法让它们都上了阵。见多识广的西郊宾馆门童也忍不住赞叹:"啧啧,这么大的排场!"

唐子风眯着眼睛看着第一辆加长型宾利车缓缓进入中庭花园。

大堂门口,一辆车子停了下来。

穿得像个宫廷护卫的伴郎下了车,恭敬地拉开后座的车门。

唐焕从另一侧车门迈出,来到新娘的车门前。

他一身黑色定制的杰尼亚西装,阿玛尼白色立领,万年不变的板刷头,虽然个子不高,但眼神炯炯英气逼人,卖相挺括(上海话"形象好")。

新娘纤长白皙的手臂伸出来,搭在唐焕的手臂上,整个身体差不多是从车门里弹出来的——她身上的法国定制婚纱像米其林餐厅特制的蛋糕那样层层叠叠。

她的胸白得鲜嫩,像是要流出奶油来。下车的同时,前胸幅度很大地晃动了两下,就像蛋糕上的可口果冻。唐子风的眼睛也不由自主地像旁边大多数人一样,被新娘硕大的胸部深深吸引。有道是"只闻其声,未见其人",这位新娘绝对是"只见其胸"。

新娘进门时,向四周望了望,唐子风见到了她那红艳艳微翘的嘴唇。唐子风暗想,真是天生的尤物。

说起来,唐子风还是很满意这桩婚事的。

虽说唐焕是二婚,但这个婚礼操办得比第一次婚礼更为隆重。

大儿子唐焕的前一个女人,留给他的人脉像一座大山一样掘也掘不完,但终究"人走茶凉"。倒是前妻的病逝,让唐焕一下子成了"钻石王老五",每天向他扑来的女人多得都可以用卡车装。唐焕成天游走在鲜花丛中,不过都是逢场作戏,唐焕也成了上海滩知名的"花心大萝卜"。

老爷子也清楚他对那些女人并不上心,但总觉得,对唐家的江山而言,这种不安稳的状态,断然是不利于更大的事业发展的。

唐子风对这个儿媳妇很满意。他的眼光与多数保守的公公不同,在唐子风眼里,女人不仅是女人,还是挣钱机器,就像买股票一样。唐子风看中的,正是这个女人身上,绩优股一样的长期效应。

新娘叫杨茗,如果将胸大无脑这样的字眼放在杨茗身上,那就大错特错了。

杨茗中专毕业,学的是商务英语,就在她的同学在学校里玩耍荒废的那几年,她操练出了一口流利的英语。

在进入泰达系之前,杨茗一直在一家美资公司做总经理助理。记得刚入公司时,正好是老爷子面试她。老爷子看中的原本是她的英语特长,但他很快发现,这个女人并非只有英语特长这么简单。

第一次公司聚餐,杨茗就故意坐在老爷子边上,时不时往他碗里夹他最爱吃的红烧肉,甜绵的声音酥到老爷子的骨子里。讨论到重要的事情时,她也听得心细,随口一问便是老爷子关心的核心。唐子风很快意识到,很多跟了他多年的下属,都没这个20多岁的女孩聪明。

唐焕第一次见杨茗,也正是在那第一次公司聚餐。他过来的时候有点晚,一进来两眼就像是长出了钩子,盯住杨茗死死不放。

如果说,唐焕是那种男人群中能被女人一眼发现的男人,杨茗也绝对也是女人群中,能被男人一眼看中的女人。就这样,两人在第一次饭局上,就对上眼了。

两人交往了不过三个月,唐焕就对唐子风说打算结婚。

订婚之后,一个与唐焕长期交往的杨浦女人因爱生恨决心报复,发出全国通牒,高价悬赏,欲雇凶剁唐焕一只手。杨茗知道后不假思索地说:"哪个女人敢剁唐焕的手,那就先跟跟老娘比,谁的奶大!"

与此同时,杨茗嘱咐了几个人摆平此事,找到同样也是杨浦籍的杀手。

没想到杀手之间竟然彼此联络上,通过谈判得知,杨浦女人雇的杀手已在外头杀了人,因此不怕再犯事。但杨茗经过调查,发现对方所杀之人其实并未死亡,就此劝杀手放弃行凶计划,并贴上人民币1万元作为补偿。

这场风波很快平息,唐焕再也不用提心吊胆。而杨茗的精明能干,连同大波的"盛名",很快风靡开来。

此时此刻,唐子风望着他们的背影,想着,在这个家族里,或许也能让杨茗也承担一些事,不过来日方长。

宾客们渐渐多了起来。

二儿子唐烨带着妻儿过来,对唐子风说:"爸爸,阁楼布置好了,我们上去吧。"

中庭花园的上空,时不时传来欢乐的笙歌。一群男男女女又唱又跳,就像力波啤酒广告里一群蚂蚁的狂欢。

花园东边摆放着一张很长的木桌,上面放着香喷喷的小吃与酒水。一只只盛满红色琼浆的高脚杯,在太阳底下反射出迷离的红光。周围的围廊,散坐着一些上了年纪的尊贵客人。唐子风坐在了花园正中心的高阁上,面前摆放着口感香醇的香槟与红酒。

很多客人过来，毕恭毕敬地向唐子风敬酒。唐子风一边与满眼宾客周旋，偷偷瞄了一眼自己的手表，心想，几个重要的人物也马上要出现了。

新娘与新郎站在花园里，亲朋好友的祝福潮水般涌来。

花园里，一群活泼的年轻人在跳欢快的玛祖卡舞。

新娘貌似很开心，拖着唐焕的手，欢跳了一支简单的伦巴，四周响起阵阵热烈的掌声。

唐子风远远看到，大门外开进一辆黑色的宝马。他知道，是韩昊来了。

韩昊下了车，泰达系的手下将韩昊领入主桌。

韩昊摸了一下头，露出一丝淫荡的笑容，说："我看到了，新娘不错！"一边说着，一边从口袋里掏出一张银行卡，"我是个大老粗，红包什么的太麻烦。就准备了这个，密码是6个8，当作是给你儿子的彩礼。"

"嘿，兄弟，你还跟我客气！"唐子风说。韩昊不由分手地塞到了唐焕手上，挥了一下手，表示别啰嗦了。他们喝起茶来。

韩昊想起什么："话说，那个浦兴银行的事，搞得下来么？"

"嗯，过会儿再说。"

"好！等不及了！"

两人继续看起了花园里的节目。此刻上演的正好是川戏变脸，只见那个戏子变作一张红脸之后，吐出一口火来，台下观众连连叫好。

此时，唐焕与杨茗又将一个大人物恭迎到高阁。唐子风一席人赶紧站起身来迎接。

这位客人头发有些灰白，不苟言笑的脸上，满是威严，他正是当前分管金融事务的上海副市长邵冲，也是金融圈中不多见的学者型官员。

"请上座！"唐子风笑脸相迎。等邵冲坐下来后，唐子风他们方才入座。

"邵市长，你上个月发表在《中国经济改革》上的论文，我刚好看到，实在令人钦佩。"唐烨忍不住说。

邵冲冷冰冰的脸上迅速滑过一丝得意的笑容。

唐焕的手下马上递给邵冲一个礼盒。

邵冲摆摆手："你儿子的婚事，你给我东西做啥？"

"纪念品而已。"唐子风轻轻拍了一下邵冲的肩，"正好朋友从瑞士捎来一块江诗丹顿的手表，我戴着太大。我想您戴应该正合适。巧了，这个表的序号正好是您的生日！"

"你费心了！"邵冲只好笑纳。

"爸爸，客人是不是都到了？"唐烨问道。

唐子风看了看手表，发现太阳都快移动到了头顶上。

"要不开……""始"的话音还没落,只见一辆迈巴赫开了进来。车子后座,一个光头若隐若现。

"来了!"唐烨眼睛一亮。

在座的圈内人士都惊诧万分——这个人粗粗的眉毛在光头的映衬下异常醒目,方方的脸上,挂着一种不经意的笑——此人不正是消失多时的唐焕干爹秦笑么?

在2000年互联网泡沫时期,秦笑折损了不少资产,但他是在中邮科技中最早急流勇退的。坊间传闻,他载着一大箱子美元横渡香港,随后很快在香港买下半岛别墅。

他在香港不知怎的,摇身一变,人称"上海首富"。传说秦笑与唐子风在中邮科技上有所合作,但却是个到最后"临阵脱逃"的庄家,这种为了保存自己实力背信弃义的行为,多少有点令人不耻。

可如今,秦笑神采奕奕,气色比往年有过之而无不及。

唐子风很开心,秦笑你终于露脸了。他们差不多有四年时间没见了,看来自己对唐焕的嘱咐已经传到了秦笑耳朵里。

只是,唐子风没想到那个大项目,秦笑抢在自己之前就下手了。所幸,他知道秦笑当前最大的软肋在哪里。

唐子风心底同时觉得好笑,这个嗅觉灵敏的豺狼,到底还是过来了。毕竟料谁也抵挡不住那肉香的诱惑,尤其处在现在这样一个投资四处无门的弱市。

"很久不见!"秦笑走上楼阁,不经意地环视了一圈说。

"很久不见!"唐子风心照不宣,他宣布,"丰盛的宴席开筵!"

二

西郊宾馆附近,财经记者乔安正在虹桥商务中心参加一年一度的环球金融峰会。

她一身短袖粉金色旗袍,兴冲冲地走进场内,娇小的身材玲珑有致,面庞清秀,双腿笔直动人,吸引了很多目光。

乔安早已习惯了被注目,在财经论坛这样大老爷们集聚的场子里,她这样娇小漂亮的女人,总能成为会议间隙一股清爽的空气。她笑了一下,有时候,她自己也挺享受这种女性优势的。

她轻轻甩了甩干练的及肩短发,找了前排的位置坐了下来。

敏感的乔安很快发现,这个场子里,比预想得要冷清很多,这些会议预告时声称出席的大佬怎么少了那么多?所幸,场子里一些经济学家正在为"国进民退"之类的话题激辩,气氛还算是热烈。

乔安有些恍惚,心思转到了上午在杂志社发生的事情上——

杂志社主任吴恙拿出了一张照片说："如果能找到这个人就好了……"

乔安定睛一看，不由心跳了一下："主任，这个人是我的高中同学，你怎么也知道他？"

"啊？你竟然认识他！"主任兴奋起来，"他可是我眼里真正的投资天才，你能找到他吗？"

"他不是早就失踪了嘛……"

"唉，是啊……我时常想，如果他能回来，或许唐子风就没那么嚣张了。他大概是这个资本市场上，为数不多的能与唐子风好好较量一番的高手了。"

"主任，你不是开玩笑吧？就算找到他，他肯定也是穷小子一个！"

"这不是关键，关键是，他当年在股市上掀起的那几场战役，真是令人神往……"

乔安正回想着，突然就看到吴恙来电，她只好走出会场接听电话。

"话说，在现场有没有打探到'东九块'幕后拍手的消息？"吴恙问道。

"东九块"的幕后拍手是近期最热门的一个财经圈大新闻。

"东九块"是上海滩上难得的一块风水宝地，位于静安区东北，被誉为上海最后的黄金地块，占地约 18 万平方米，是老上海的租界区。在当年租界期间，它也被称作西斯文里。斯文里的环境，地如其名，优美而斯文。20 世纪初，"斯文里"地处新辟上海公共租界西区，北临吴淞江，东靠近大王庙、新闸，西侧为天然河道"池浜"，南有交通主干道新闸路，旧时有个好听的名字，叫做"广肇山庄"。

然而，对于懂行的人而言，"东九块"已经不再是一个简单的地理概念，而是地产枭雄盛行，官商共舞于灰色土地出让游戏时代的符号。

这块地颇为传奇，从第一次开拍至今，差不多有 5 年，不是流拍，就是被退回，以至于这块地就在上个月底又重新被拍下来时，很多人都没反应过来。

更搞笑的是，那场拍卖会极为低调，连那几个留到最后的东家，外界也都不知道是谁。

"嗯，这个事我一直记在心里呢。就想趁着峰会间隙的时候打听一下。不过主任，真是见了鬼了，今年的嘉宾只有去年的一半，这太不同寻常了。这样的峰会，规模不都是一年比一年大吗……"

"会不会与那个事情有关……"电话那头的吴恙思忖着。

"什么事？"乔安听着电话来到大堂门口，视线一下子被酒店门外奇异的景观吸引过去——一辆接一辆的豪华车，排成一条婚车长龙，川流不息……只听大门口一个小孩子在数："81、82、83……"

"你猜我看到了什么？"乔安还没说完，吴恙便抢说道："不会是婚车吧？"

"啊，这也能猜到？就算料事如神，也太玄乎了吧？"

"我可不就是个活神仙！是这样，我听说，今天是唐子风的大儿子唐焕结婚，就在离你开会地方不远的西郊宾馆。你说的那些嘉宾，八成是去那里了……"

"啊，你怎么不早说?"

"就算跟你说了，你能混得进去吗?"

"你也太小瞧我了!"

说罢，乔安就负气挂断了电话。

她匆匆从会场冲了出来，临走时向门口的大堂经理确认了一下:"婚车是不是开往西郊宾馆的方向?"

得到确定的回答后她便招了一辆出租车飞驰而去。

乔安在西郊宾馆门口下了车，一眼就看到门卫正拦着一个 20 岁出头的女孩。

那女孩一袭蓝白条短裙，面容清秀，一头笔直的长发，难掩清新活泼的气质，白色短袖衬衣显露出纤弱的细长手臂，虽然体型偏瘦，倒并非弱不禁风。

"没有喜帖的就是不能进!"门卫很严肃地说。

"好吧，我就站在门口。"女孩与门卫不紧不慢地闲聊起来，"我看你无聊，要不我跟你们说个我朋友的事。"

门卫奇怪地看着眼前的女孩。

"话说我有一群朋友，去一个很贵的海鲜自助餐馆吃饭，好大一群人，胡吃海喝了一番，吃得酒足饭饱后，一个个走了出去，转眼，只剩下一个人在大桌子旁。服务员就盯着这个人看，心想，不能放过这个人，因为只能找他买单了! 只见这人吃了很久，似乎还没有买单的意思。服务员就盯着那个人看，心想，还想吃霸王餐，没门! 看你有啥办法?"

门卫不知道这个外星人在说什么，一头雾水。

"你猜猜嘛，什么办法?"

门卫还没反应过来，只听女孩抛下一句话:"他——没有什么办法——就是拔腿就跑!"便飞快地跑了进去，一溜就没了影。

门卫气晕了，急追了几步，却找不到女孩子。西郊宾馆本就像个密密的原始树林，不太好找。

门卫有点沮丧地转过身，正好撞到走上前来的乔安。

门卫说:"有喜帖才让入!"

乔安与门卫好说歹说:"我认识新郎唐焕，真的! 他是不是个子不高，平头那种?"她比划着，"喜帖我只是忘带了而已。你看，不然我穿那么正式干吗?"

门卫瞪着她不说话。

这时正好有辆私家车开来，后排座位上一个气场很足的戴眼镜女人亮出了喜帖。

乔安眼睛一亮，好巧，这不是自己的大学老师么? 那老师在金融圈有些名望，不知怎么也被邀请来了。

乔安兴奋地扬了扬手,快步跑到那车前。门卫迅速杀了过来。

"妈妈,你总算来了!"乔安拍打着车门。

"乔安,你怎么在这里?"那女人一脸惊讶状,"开门!"

乔安迅速地上了车,看到门卫气不打一处来的表情觉得很好笑。

"张老师,我正好过来找个采访对象,很快就回去!你有时间多写写专栏嘛,我们杂志正在找知名的经济学家呢……"

"别哄老师了。你们那杂志请的都不是一般的人物……"

"老师,你在我心中就是非同一般……"

进了场子后,乔安张大了嘴巴——虽然她也是见过大场面的人,但这样隆重庞大的婚礼也还是第一次见到,单是在花园,就至少有上千宾客。

乔安抬眼看了看几栋别墅,各界名流齐聚一堂。他们捧着酒杯愉快地交流着。乔安一眼就认出好几个金融圈名人。她暗笑,金融峰会的主会场搬这里来了。

"谢谢老师,我先去找人了!"乔安跳下车。

循着音乐声,乔安来到了一楼长而蜿蜒的走廊,里面摆放着一张张褐色雅致的餐桌,客人来往如潮。幸好有几张桌子没坐满,乔安厚着脸皮坐在了一个空座上。

筵席似乎开始没多久,瞄了一圈都不见新娘新郎,乔安估量着是第一轮的仪式刚好结束,主人们多是去换装了。

乔安从来没有见过这样的宴席——每个人面前摆放着一根麦穗,黑色织布餐布上,放着漂亮的叉子、筷子与餐刀,还有四小碟陶瓷的小冷菜,分别装着米粒、大豆、高粱与玉米,不知道这些小食是用什么方式腌制的,看起来清新诱人。乔安忍不住尝了一口,果然清脆可口,开胃异常。她看了看菜单,原来是名为"空·无极·宴"的五行中式创意菜。

听到周围人的议论,乔安才知原来这是唐子风旗下一个会馆的代表菜品,是他一直打算做的一款顶级中华料理,就像高档西餐或是怀石料理那样。

乔安好奇地看着菜单,上面写着:"一曰:曲直;二曰,土载;三曰,炎上;四曰,润下;五曰,从革……"若与西方的菜式比照,就相当于前菜、开胃菜、主食、膳食、点心……倒是中国古典味儿十足。

内场的台上,穿着古装的一群"戏班",即兴演奏着二胡、扬琴,悠扬动听。

见多识广的乔安暗叹,唐子风真算得上是个人物,不仅排场庞大,格调也是非凡。

"嘿,你是谁带来的?"一个看起来有些娃娃脸的男生问她,说话带点港腔。

"呃……我是新郎的远方亲戚。"乔安只好瞎扯。

"嘿,你知道吗,你很像记者,要不就是个侦探。"那个娃娃脸香港男生说。

"这……我看起来那么有求知欲吗?"乔安冒出一身汗。

"大概是你熬夜的眼睛吧,有点水肿哦,一看就知道是加班范儿。"香港男孩笑道,"话说,这大概是我见过最气派的婚礼了,你呢?"

"嗯。"

"真是阔气,上海市长做证婚人呢!"男生说。

"啊?你是说哪个市长?"

"不认识,一个身材蛮魁梧的家伙……"男生说话时总有点欲言又止的感觉。

"姓邵?"乔安也想不出其他人。

"嗯。好像是。不过我对市长大人兴趣不大,我只想认识几个上市公司的高管,今天来了不少上市高管呢,听说很多都是这个家族做的承销商……"

"那个邵市长坐哪里?"

"喏……"男孩朝正中间的一个大桌努了努嘴,"咦,好像不见了,大概走了。"男孩转过头,"嘿,你不会是混进来的吧!"

"哪有……"乔安转头去看,她不敢相信自己的眼睛,擦了又擦——没错,真是秦笑!多年前的中邮股份竟然没有伤害到秦笑的元气,他微胖的脸看起来更滋润了。

接下来发生的事情,就不止乔安一个人吃惊了。

新人换装出来,男俊女靓,幸福地笑着。乔安看着这对新人,不知怎么,心里冒出"天作之合"这个词。

每次参加婚礼,乔安都会幻想一番自己心底里那个从未改变过的意中人的样子,不过每次幻想完都叹口气。

只听司仪说:"有个嘉宾想对新人说几句话……"

秦笑大大方方地走上台。

台下不知这是什么环节,但似乎大家都预感到有什么大事发生,场中一下子肃静起来。

秦笑的口吻总是出人意料的平淡:"大家都知道,唐焕,是我最心爱的干儿子!今天唐焕大婚,我发自心底的高兴。我干儿子跟着我多年,也帮我做了很多生意。这么一个大好日子,我要当着众多亲朋好友的面宣布,我,秦笑,要送给我干儿子一份礼物。"

只见秦笑从口袋里掏出一张纸来:"这是一份法律文书。诸位都是见证者!从今天以后,我干儿子唐焕就是'东九块'B1地块的主人!"

乔安下巴都要掉了,差点跳了起来——天哪,原来震惊上海滩的神秘地王是秦笑!财经媒体这几天苦苦寻求的答案竟然在这里见光,真是"踏破铁鞋无觅处"!

乔安无法淡定了,马上掏出手机拨打了吴恙的号码:"主任,我有重大消息要告诉你……"

一旁男孩说:"我说你是记者吧,准没错!"

乔安瞪了他一眼:"我知道'东九块'的幕后地王是谁了!"

"是谁?"吴恙也跟着激动起来。

"是秦笑!就是那个逃到香港去的'上海首富',他又回来了!"

"你怎么知道?"

"他现在就在婚礼现场,还说要把一部分地块送给唐焕!"

"太劲爆了!上海地王,又是'上海首富',还有艳情史、资本魔方……"吴恙几乎控制不住地叫嚣起来,"你能做采访么?"

"主任,这是婚礼哎……"

"见机行事!我相信你!哈哈哈……"吴恙诡异地笑了几声就挂了电话。

乔安摔了下电话:"我真是找死啊!"

乔安继续窥视那张桌子,见到一张不苟言笑的脸。乔安认得,这是唐子风的脸,那是一张永远令人望而生畏的面孔。他不动声色地坐在不起眼的位置。她看得出,在宣布赠予唐焕地块的时候,老爷子冷漠的眼睛里闪过一丝亮光。

唐子风身边围坐了一些气质迥异的各路人马——都是之前坐在高阁里的那拨人。

桌子一角一个低调的黑黝黝的男人吸引了乔安的注意——看得出,那男子身材矮小,性格内向,与周围人几乎没有交流。然而,他身上却有种淡定的气质。乔安又仔细看了看,发现那人右边眼睛旁有道很深的疤痕。乔安不由深深呼了一口气,这不是神秘私募人韩昊吗?

乔安知道,韩昊这几年改邪归正,早就从"敢死队"退出,但还是活跃在投资市场上。他从来不抛头露面,也没见他接受过什么媒体专访。尽管如此,他却一直是财经新闻的大热门。尤其是在上市公司年报、季报出来时,如果哪家上市公司十大流动股东中出现韩昊公司的名字,那定能热炒一番。

乔安朝那桌子使劲儿瞄,很快看到唐子风身边还有一个戴眼镜的胖子,看起来有些眼熟,但她不敢确信。直到看到那个胖子与唐子风交耳的亲密动作,乔安才基本确定,这人就是财恒基金的副总,唐子风的二儿子唐烨。他之前一直在海外游荡,趁着2003年以金融、地产、煤炭、钢铁、有色金属为主线的"五朵金花"行情回归金融圈,高举价值投资大旗,挽回了先前惨淡的声誉。

记得当年做《基金黑幕》时,乔安还找过这个人的照片。然而,此人与四年前杂志上看到的照片有很大区别。照片上的唐烨,还是个看起来是个有点羞涩的白净瘦子,脑子里还能冒出"儒雅"这样的字眼。可如今的他就是一臃肿的胖子。坊间传闻说唐烨被人殴打之后,生了一场怪病,此后就再也没有瘦下来过,看来没错。

乔安曾跟踪过,自《基金黑幕》这篇报道在圈内子引发了一场震动后,文中提到的大多数当事人如今已不在基金圈。这个唐烨是个幸运儿,在国外待了两年后,回到这家叫做财恒的小基金公司做投资总监,很快又升作副总。

乔安知道,财恒的股东是几家国内知名券商。唐烨能坐到现在的位置,多少托了点唐子风的福。

<h1 align="center">三</h1>

唐子风看到台上"东九块"B1地块交接的一幕,心情复杂。

就在几周前,唐子风也参加了拍地,当时他还想着,有邵冲这层关系,拍下"东九块"就如探囊取物。没想到这块地在最后关键时候宣布流拍。但就在第二天,又传出有神秘买家出了高价拿了下来,所以,"东九块"在谁手中一直是个谜。

但唐子风没有料到,最后是长期蛰伏在香港的秦笑得了这个地块。

显然,秦笑的"东九块"不只是"东九块"那么简单。所有的资本游戏中,第一块资产只是放在杠杆一头重量最轻的筹码,它注定要撬动另一头那个更重的猎物。

唐子风想起邵冲刚才临走前不经意提到自己最近去了趟伦敦,登在世界最高的"伦敦眼"中俯瞰伦敦城夜景,感觉十分不错——"伦敦也是金融名城,上海也是。上海在北外滩倒是有个空地,若能造起一个摩天轮,每天都不分昼夜地旋转,倒也可以成为一个地标。在摩天轮眺望上海,上海黄浦江两岸景绝对独一无二……"

"嗯,要造就造世界第一。取名恐怕有点难,上海已经有了个东方明珠……"

"不如就叫上海之星?"邵冲随口道。

唐子风心想,如果真的造起来,对"东九块"的地价无疑是重大利好。看来,邵冲与秦笑之间定有什么微妙合作,难道邵冲是出于制衡的考虑,把"东九块"给了秦笑?

唐子风笑笑,秦笑也算是聪明人,送个地块的八分之一,一方面安抚了唐子风,因为当时参加公开招标的都是明牌,秦笑应当知道他也想过那块地。另一方面,把八分之一的地给了唐焕,就相当于把唐家也扯进了这个上海滩地产界最难搞的旋涡。因为"东九块"是上海老城区中最复杂的一个居民区,以后拆迁的重任,想必就要放在唐焕身上了。这也是很多地产大佬宁可卖来卖去,却不愿意涉足这块地皮开发的原因。秦笑如此一宣布,明白的人都知道,这块地有上海黑帮唐焕撑腰,顺势"东九块"威风大涨,拆迁时定能扫除不少障碍。

唐子风拨弄了几下手腕上的佛珠,心想,这次秦笑不惜血本,应当是动了真格。当时他们的招标是出了20多亿元现金都算流标。那后来的买家,原则上耗上的资本应当在30亿元现金以上,这绝对不是一个小数目。

唐子风微微一笑,既然秦笑对我儿子重情重义,那今天我唐子风也把我的盘托出。

唐子风也走上台,接过司仪的话筒:"干爹如此豪气,我这个亲爹怎么能甘拜下风？我其实也给儿子准备了一份礼物。原本我还打算私下送给他，现在不如趁这个热闹，也请亲朋好友见证！"

唐子风顿了一会儿，说："大家都知道，我们泰达系有家公司叫泰达信托。泰达信托是我们泰达系公司中最重要的资产之一。从今以后，我将这家公司正式交付给唐焕！"

圈内人都知道，泰达信托是泰达系中最重要的金融平台，泰达系中的资产魔术都在这个平台下运作。况且，泰达信托旗下已经有十几个信托项目，从股权私募到房地产无所不包，在业内颇为知名。泰达信托已然是源源不断的财富生产机器。

唐子风话音刚落，掌声雷动。

唐子风心里也明白，如此一来，唐焕金融圈定将人气大增，地位不止上升了一个台阶。谁都知道，资产游戏中，名声尤为重要。

婚礼的高潮只是刚刚开始。

唐焕开心坏了，忙不迭地给大佬们敬酒，每到一桌，都痛快地干掉，没过多久脸就红彤彤的。

照理说，唐焕是婚宴的主角，但唐子风才是这个无形的主子，时不时有人跑到唐子风那里，倾诉着各种各样的事，有些陌生的，就先客气地请教联系方式。还有个券商研究院院长跑来，直接与唐子风攀谈起他们最近看好的股票来，就像做一场不知不觉的路演。唐子风对这路人只好摆摆手："今天我儿子结婚，不谈这些！"

唐焕一桌一桌敬着，很快就敬到唐子风这里，唐焕在他耳边悄悄地说："爸，你有心事。"

唐子风心想，真是"知父莫如子"。就算是请来副市长邵冲做证婚人，就算是儿子事业蒸蒸日上，就算是整个婚礼盛大隆重，但他自己始终觉得，有个地方不完美。

唐焕的手机响了起来，他红红的脸愈发亮堂了起来，他快步往大门方向走去。

不一会儿，唐焕身边多了高个子的年轻人。

这个年轻人看起来有些瘦削，鼻子挺拔得过于硬朗，一脸清秀模样。他眼神坚定，深邃得几乎发亮。第一眼见到他的人都会不约而同地想起"青年才俊"之类的字眼。

这完全出乎唐子风意料之外——这是他大约有四年没见过的小儿子——唐煜。

在见到唐煜的一刹那，老爷子心头"咯噔"一下，一种从心底里冒出来的宽慰自然地散发出来——他发现，原来这么多年过去，自己最疼爱的，还是这个小儿子。

自四年前那次吵架，他们父子再没有见过面。唐子风只是从同行嘴里，旁敲侧击了解到一些关于唐煜的消息。唐煜曾在一家国际知名投行做对冲基金经理，业绩在布隆伯格上还排到过年度前十名。

唐子风很为这个儿子骄傲，要知道，那排名范围网罗了全球的投资高手，不亚于天才球手泰格·伍兹在世界高尔夫球上的排名。

他自己知道,唐煜当年那番话打到了他的软肋。唐煜飞往香港后,唐子风气得两天两夜都没睡着。他一想起唐煜与他发飙的样子,就气得浑身发抖。那几天,冷意直接从老爷子身体深处散发出来,连身旁的人都被这不明所以的寒风冻得瑟瑟发抖。

很多年以前,连唐子风自己都不记得多久前了,他就极希望把自己的投资大业交给唐煜。

大儿子唐焕虽能独当一面,但随着事业越来越大,唐子风能明显感觉到,这个儿子在一些大局把握上,貌似还缺少一份高瞻远瞩的眼界,总是很难一下子把握到核心。这或许需要天赋,毕竟做大事人的思维,必须更有想象力与创造力,而不仅仅是开阔的历练。

在唐子风看来,高手总有一种出奇制胜的魅力,就如同他一贯喜爱的棋圣吴清源那样。老爷子看的人太多了,眼看着许多勤奋的人在登上越来越高的阶梯时,就失去了原先可以掌控的方向,似乎唯有天赋才能突破这样的天花板。不过幸运的是,唐焕每每在处理大局时,都会请教他,让唐子风在背后坐镇江山。唐子风也很高兴能有杨茗这样聪明的女人辅佐唐焕,至少可以弥补唐焕一些不足。

二儿子唐烨,做基金经理自然是绰绰有余。但他好像天生没有太大魄力。那次"潮州帮"对他的袭击,更给他带来身心上的摧残。如今他甲状腺功能亢进,身体急剧发胖。他说话时总是不经意地重复一些不自信的词句:"你觉得呢"、"或许"、"我大致这么想"。一个人骨子里的懦弱很难改变,唐子风从来不指望他能挑起大梁。当前他在基金公司的副总身份,也是靠唐子风拿钱铺出来的,让他做个内应足矣。

只有唐煜,在唐子风心中,是最理想的继承人。

但从那次争执后,唐子风痛心地觉得,这是一个警醒。在所有儿子中,他无疑对唐煜付出最多。然而就是这个自己最中意的孩子,对自己似乎完全不买账。那么就算他再出色,又与自己何干呢?唐子风曾经讽刺地想,不要再有什么寄托了!

与小儿子决绝的理性一直支撑着唐子风,以至于唐煜从香港打来的电话,唐子风从来没接过。

然而,唐子风发现自己终究无法欺骗内心。

在唐子风与唐煜重逢的那一刻,他发现,没法子,自己还是发自真心地喜欢这个儿子。

在唐煜走向他的时候,唐子风还是把头冷冷地转向别处,铁青着脸,满嘴的肉就像被铁钉固定起来似的。

"爸爸!"唐煜走上前,轻声叫唤着他。

唐子风的眼睛都没有朝他瞥一眼,身体如铜像般纹丝不动。

唐煜轻轻地说:"我在香港的时候,无时无刻不在想念你!"

唐子风感觉自己身体有个地方发出了松动的声响,像是坚硬的冰川从一个点断裂开来。在他印象中,唐煜从来不会说这么温情的话语。唐煜是一个像自己这样,不擅长表达感情的人。他知道,让一个执拗的男子汉说出这么深情的话语,需要多大勇气。

唐子风闭起眼睛,深深地吸了一口气。

"这是我从香港给你带回来的礼物……"唐煜一边说着,一边在老爷子面前打开礼物,"我知道你最近一直在骑马,这是我让一个北欧的朋友带来的纯白蛇皮马鞍。爸爸,你看这个,这是我去西藏时找了一个手艺绝佳的师傅,用上好的和田玉手工打磨的围棋,还有这个,专供国宴的大红袍。"

这些礼物都很用心,尤其是大红袍——最近唐子风刚刚迷恋上在野外"斗茶",这"斗茶"的雅趣,早已在金融圈中流行开来。

每次斗茶时,他都会想起苏轼那首词:"清夜无尘,月色如银。酒斟时,须满十分。浮名浮利,虚苦劳神。叹隙中驹、石中火、梦中身。虽抱文章,开口谁亲。且陶陶,乐尽天真,几时归去,作个闲人。对一张琴、一壶酒、一溪云。"

唐煜坐在唐子风身旁,握住了父亲的手:"对不起……"

唐子风终于转过头来,近距离地看着儿子——眼前这挺拔英俊的儿子,眉宇之间透出一股自信,目光是如此坚定,浑身充满了男子汉的气概。

两人不言不语,他们之间的隔阂已无声消融。

唐子风对唐煜这些年在大行做的对冲交易也产生了一些兴趣。

他知道,2000年年末,科技泡沫破灭,对全球市场都造成了巨大破坏。根据标准普尔的数据,2000年3月24日最高的1552.87点,到2002年10月10日最低跌到768.63点,32个月下跌超过50%。股市跳水,让投资商们心醉的科技股和网络股首当其冲。然而,套牢股票债券组合的投资商们开始普遍进行对冲基金投资。对冲基金做空高价股和高弹性股票,以及做一些别人较为警惕的海外投资,如东欧股,可转换债券以及困难债务等,整体仅损失1%。他们仿佛有自己的制胜法宝——无论在何种市场,都能制造出源源不断的回报。

唐煜似乎看出了唐子风对自己事业的兴趣。

唐煜说:"对冲交易最大的好处是,总是能找到机会,就算利率下降,我们借贷的资金——行话叫作'杠杆借贷',这笔价格就会更加低廉。这样一来,我们就可以扩大投资,进一步吸入利润……"

唐子风觉得有些有趣,这与自己无风险套利的思维也有几分相似。

"我再来说说这几年我自己的投资吧!"唐煜一提到自己在香港做的事,眼睛熠熠发光,"我是个奥地利经济学派信徒,投资应当放在一个宏大的经济周期。我相信熊彼得,技术革新会引爆新的经济增长点!如果我生活在18和19世纪的英格兰,想提前知道整个工业革命的结果如何。我时常觉得,如果我不亲自坐在硅谷,就不知道20年后的世界会是什么样子。对冲基金中有一种量化策略,就好像香农,这个发明二进制逻辑体系的教授认为,信息作为一个技术问题,与它本身的意思及语境没有关系。信息只是纯粹统计性的,因而可以编码。我就在想,能否将未来的技术革命带来的机会量化下来……"

唐煜激动的样子让唐子风想到浪漫主义之类的字眼,他继续沉默。

唐煜想起什么:"对了,爸爸,听说你的事业越做越大。"

唐子风像孩子一样负气地说:"尽是你瞧不起的玩意儿……"

"怎么会呢?爸爸。我后来想过了,四年前,我自己太幼稚了!中国有中国的投资方式。我至今认为,迈克尔·米尔肯和德雷克赛尔合作的垃圾债券投资,才是最有想象力的天才投资!在20世纪80年代末,几乎每天都有公司宣布并购,每只被并购的股票都可以在三个月内达到21%的收益。这是什么概念?不是天才是什么?爸爸,你就是这样的天才!"

唐子风冰冷的脸上不知不觉浮现出一丝暖意。

唐焕微带醉意地跑过来,说:"唐煜,跟我上来!"

唐煜大大方方地跟着唐焕来到台上。

唐焕敲了两下话筒,"我有消息要告诉大家……"

台下又安静下来,大部分人把目光投向唐煜,好奇这个风度翩翩的年轻男子是谁。

"今天我很开心。我活了30多岁,从来就没有像今天那么开心过!我要好好感谢我的爸爸,我的干爸爸,还有我的老婆,给予了我那么多信任!是你们,让我觉得自己是一个完整的人。"唐焕将目光投向了唐烨,"今天太完美了!我身旁的是我的弟弟。他特意从香港赶过来看我!"说着,唐焕好像过于兴奋,不由自主地抹了一下眼泪。

大家不明白发生了什么,却依然拍起了手。

唐焕平静了一下,深深呼吸了一口气说:"我宣布,今天的礼金我都将捐献给市政府金融项目开发基金。也算是我唐焕为上海金融业出份力……"

婚礼的场子又热腾起来。

唐子风又笑了一下,他很清楚,这份基金很快便会曲线转到邵冲的下属部门管理,是市政府旗下专设的金融建设基金。

这时,有个手下跑过来,说:"休息室准备好了。"

唐子风点点头,他这一桌上的人瞬间在筵席上消失了。

四

这是多年来一次难得的聚首。

一个约莫50平方米的房间里,围坐着唐子风、唐烨、秦笑与韩昊。

这个 VIP 休息室,平时是供开会时宾客休息用的,里面摆放着几张软绵绵的复古大座椅,木雕精细的茶几上面,摆放着功夫茶的套具。

此时,这群人都无暇把玩这些。

"过会儿唐焕会过来……"唐子风开口道:"今天算是难得,大家都有时间聚在一起,以后这样的聚会,将定期办一次。"他停顿了一下:"我先告诉大家一个振奋人心的消息,股权分置的具体方案已经通过了,这是刚才邵市长透露的,我希望大家保密……"

所有人都在认真聆听。股权分置改革,从政策制定者的角度,是为了解决中国股权结构不合理的根源问题。在中国股市成立之初,为了让大股东掌握绝对控股权,大部分上市公司管理层手上都有成堆的国有股、法人股,但那些股份并不在市场上流通。没想到,这些股份真的有办法重新回到市场了!

对大股东而言,如果死守条规,套现就要等很长时间。然而,对这群金融大鳄来说,套现自然是门技术活,巨大的钱匣子正悄然张开。

"这么好的机遇,为什么要跟我们分享呢?"韩昊问道。

"万人操弓,共射一招,招无不中。就像 8 年前的那次合作一样,再大的局,只要默契,只要通力合作,便无往而不胜。这一次,我们掘的是一座金山,我一个人哪有这个力气?"

大家神情各异。

"唐子风,这样的买卖,你早就驾轻就熟了吧!现在才想到分点肉汤给兄弟喝……"秦笑毫不客气地说。

唐烨想,看来秦笑多年不来上海,完全不知道老爷子当今的地位,竟然还敢那么颐气指使,他忍不住说:"秦叔,你问问资本圈的人,我爸爸是不是仗义之人。这几年,我们可是从配售股、创业板那里,一点点积累起来的。几年来,我爸爸时不时通宵工作,才有了这么一点江山,你这么说,可太不近人情了。"

"废话少说!看你们接下来的表现!"

唐子风不动声色地说:"眼下,有个浦兴银行的机会。上海浦兴银行将成为首批全流通的上市公司。"

"要得到他们手上的法人股,难度太大了。大股东的背景都不简单。"韩昊有所疑虑。

"原本是没什么机会,但外资方大股东花旗银行一直在二级市场暗中吸筹,已经威胁到了上海国资大股东的地位。现在上层决定,稳固大股东地位。方案就是,政府金融办要求'上海国际集团'与'上国投'把流散到外面的浦兴银行法人股筹码以净资产的价格集中起来,一致对外。"

秦笑道:"那我们的机会在哪里?筹码不是早就集中在了这两个'国字头'

手里……"

"奥妙就在这里。很多人以为有'国字头'以净资产吸收筹码,就没有机会了。事实上,一些筹码在不受政府金融办的控制范围内,我们完全可以收集那些筹码,数量绝对不少! 再说了,就算'国字头'跑去吸收筹码,谁知道他们能吸多少,我们可以给办事的人出个微高的价格,然后返佣给他们,这不就成就了更千载难逢的合作机会?"

"那我们如何拿到这些净资产的原始股呢?"韩昊问,又低头抽了口烟。

"这正是整个项目的关键所在。"

正在这时,有几分醉意的唐焕进来了,差点撞上门口的花瓶木架:"对不起,来晚了。"

唐子风说:"跟大家说说你的进展吧!"

唐焕坐下来喝了一口水,精神马上恢复过来:"是这样,我们找了一圈持有浦兴银行股份的机构,发现博闻科技是一个切入口。这家公司是民营企业,照理说,他们是没有资格拿到浦兴银行股份的,但他们在三年前,收购了一家叫做浦联电子的国有企业。那家企业是原电子部拉了 10 家省电子工业厅在 20 世纪 90 年代初成立的,是浦兴银行的发起股股东之一,手里有 1500 万浦兴银行的社会法人股。也就是说,有 1500 万股浦兴银行的股份实质在博闻科技这个民营企业手上……"

"他们怎么可能转手给你呢? 这些法人股,大概是这家空心公司中最有价值的资产了。"秦笑说。

"我们正在打通关系。因为法人股都是博闻科技公司自己的资产,他们的管理层除了老总之外,没有一个员工持股,与其让公司赢利,不如转卖给我们,不是吗?"唐焕说。

屋子外的婚礼现场,正在进行精彩的演出,喧闹无比。

屋子里,几个大佬正在进行最隐秘的讨论。

忽然间,这个 VIP 房间传来了大声的敲门声。"咚! 咚! 咚!"这声音不同寻常,简直就是拳打脚踢。屋子里顿时鸦雀无声。

唐焕拍了一下脑袋:"完了,刚才喝得太醉,没在意外面的防守!"

韩昊快速躲到了门后,竖起耳朵仔细听外面的动静。

"别慌! 可能是送水来的。"秦笑喝了一口水,颇为淡定。

没想,一个身材高挑、长相清纯的女孩子跃入了他们视线。

这时门口的一个侍卫进来,说:"对不起对不起,她硬是闯了进来,刚才我拖住她。她却用脚用力蹬门闯了进来。"

在场的人都松了口气,真是虚惊一场。

女孩一眼就看到了油头粉面的唐焕,也不顾里面还坐着其他人,冲上去扯住他的领带。

唐子风心想,定是唐焕在外面拈花惹草搞来的,低着头走出门外。其他人也飞快地离开了。

唐焕也想走,没想到这个劲儿挺大的女孩死死拖住他不放。

保镖冲了进来,眼明手快地将女孩的双臂反剪过来。

女孩也不挣脱,只是一脸委屈状:"放开我,我只是有问题想问他!"

唐焕又瞥了一眼这个女孩,确定自己完全不认识她。

他刚想动身离开,女孩大声问道:"袁得鱼在哪里?"

"你说什么?"

"袁得鱼在哪里?"女孩被架在空中,双腿在空中乱踢,力道十足。

唐焕对保镖挥了挥手。

"袁得鱼是不是已经被你杀死了?"女孩一边大声问,一边被人往外拖。

唐焕理了理衣领,走出门外。

这时,杨茗正好从走廊走过来,说:"那女的怎么回事?"

唐焕说:"我指天发誓我不认识!"

"袁得鱼是谁?这个名字好像有点耳熟。"

"以后慢慢跟你说……"

女孩被拖出去的时候,依然大吵大叫:"你们都不是人!你们肯定把他杀了!"

这场小闹剧并没有阻碍这场大型婚礼的正常进行。一切发生得太快了,也平息得太快了。

五

原本,女孩的出现,整场婚宴的宾客浑然不觉,巧合的是,女孩撕心裂肺的大叫声,正好被上洗手间的乔安听到了。

乔安听到声音后,跑到走廊,见到了一条熟悉的蓝裙子。

令她惊诧的是,两个大汉正将这个看起来手无缚鸡之力的蓝裙子女孩死命儿往外拖。

那不正是那个在门口混入场的女孩子吗?她当时只觉得女孩子清新单纯的气质与这里格格不入,就像清新的小油麦菜落入了重口味的辣子鸡盘子里。

当时乔安还很好奇,这个女孩为何非要跑进来?此时见到这般情形,顿时觉得事情并不简单。

"你们想干吗?"乔安本能地冲上来。

"滚开!多管闲事!"大汉说。

乔安紧紧跟在两名保镖后面,眼看着大汉将女孩塞在一辆车子里,向门外开去,忙叫了辆出租车跟了过去。

幸好车子开到大门处就停了下来,大汉们将女孩抛在门口,女孩仍凭着一股顽力想冲进门去,却被大汉们和保卫牢牢挡在门外。那女孩明白自己使出什么招数都不顶用了,索性一屁股坐在地上。

乔安从车子走下来,朝着女孩走去。

她向女孩伸出手:"你好,我是乔安。我刚才听你说了个名字——袁得鱼?"

女孩打量着与自己年龄相仿的乔安,若有所思,忽然一下子跳起来:"我想起来了! 我听过你的名字,你是袁得鱼的同学!"

乔安很惊讶,看来女孩与袁得鱼的关系非同一般,但此前从来没有听袁得鱼提过有这么个女孩。不过想想也是,他们当年在上海也只不过约见了几次,不是相互调情,便是满口公事。

"你怎么认识袁得鱼的?"乔安脱口而出的时候,发现自己竟然更想知道,这女孩与袁得鱼之间究竟是什么关系。

"很高兴认识你! 我叫许诺! 许诺的许,许诺的诺! 我是他的朋友!"许诺大方地伸出手来,"我听袁得鱼说过你,他说你是大才女!"

"哪里,只是在杂志社混口饭吃而已。"乔安笑起来,心想,难道只是大才女那么简单吗? 此时此刻,不知为何,她宁可从他口中听到"擅长做菜"之类的女人一些的评价,"你在找他?"

"嗯! 这几年来,我一直在找他,虽然到现在为止都没有半点消息,但我仍然不会放过任何可以找到他的机会!"

乔安看着这个有些古灵精怪的女孩,看她说起"袁得鱼"名字时那种复杂情绪的样子,心底不由自主泛出一种同病相怜的伤感。

很长时间以来,她好像一直在压抑自己。一旦产生一种情绪,她便以一种理性、能干的姿态,忘我地投入于事业中。辛勤的努力也算是有回报,对于初入职场的两三年的新人而言,她的成绩已然不俗。如今,她已经是这本知名杂志的首席记者,早已将很多与她同时入行的同仁远远地甩在后面。然而,就是这样一种她多年来克制的情感,却在这个女孩眼神里尽显无遗,这让乔安看到她的时候,有一种说不出的亲切感,但很快转而升腾起一种别样的酸楚。

乔安仿佛冥冥之中能感觉到,眼前女孩与生俱来的一些天性,相比自己对袁得鱼而言,更具一种致命的吸引力。

这女孩太真了,她的心你都看得见,和你没有半点距离。

乔安开始由衷地想与许诺成为朋友。

"对了,袁得鱼在学校时一定很可爱吧?"许诺毫不掩饰自己对袁得鱼的喜欢,

"四年前,你写的调查新闻,我也看过呢！写得太精彩啦！那本杂志我一直放在家里,没事就拿起来看！对了,我真的好笨！我怎么没早点来找你呢！你是大记者,神通广大,肯定知道袁得鱼在哪里。"

乔安故作温婉地笑了一下,说:"有时间不？我请你喝点饮料吧?"

"好呀好呀!"许诺没心没肺地应道。

她们来到一家路边的小酒馆。

"你喝酒吗?"乔安问。

"好呀好呀。"

乔安叫了两瓶喜力。

许诺一接过酒瓶子,就像一只快渴死的土拨鼠那样,迫不及待地喝了一大口。

乔安正惊讶她的酒量,却见许诺的脸上腾起了红云,整个人也晕乎乎的。

乔安问道:"你没事吧?"

不问还好,一问许诺泪珠子就噼里啪啦地掉了下来。她先是小声地哭泣,很快就放声大哭起来。乔安吓得在一旁不敢说话。

过了好久,许诺深深吸了一口气:"不好意思,我自控力太差了。大概很久没有跟人提过袁得鱼了。不知怎的,今天特别伤感。"她停下来,睁大了迷茫的眼睛。

乔安把自己的酒瓶推给她:"老板,再来半打!"

许诺毫不客气,一口气又喝下一瓶酒。

"袁得鱼是不是欺负过你?"乔安发挥了记者的天性,试探起来。她的直觉告诉她,许诺与袁得鱼的关系绝对不简单。看起来大大咧咧,不解男女风情的袁得鱼难道有什么不为人知的一面?

许诺说:"我也不知道,我只是很想很想见到他,他已经离开我1401天了,我每天早晨起来,就会在日历上画一个圈,心想,没有他的日子,何时才是个尽头啊。"

乔安低下头,仿佛在忙乱地掩饰自己的内心。

"你是知道他的下落的吧?"许诺有些着急,充满渴盼地眨巴着眼睛,"他,会不会出什么事。要知道,一直有人要暗杀他。"许诺一脸担心状。

乔安想起在地下黑帮流传过对袁得鱼的"追杀令"。

"毕竟四年了呢,唐子风他们早就忘了这件事了吧。"

乔安发现这个女孩对袁得鱼的背景了如指掌,不由敞开心扉地说起了自己的担忧:"这件事情恐怕不是我们想象的那么简单。他到现在还没出现,肯定有原因,或许死于非命也不一定。"

许诺眼睛又睁得很大,拼命摇着头:"我不信！我不信！他肯定还活着！"

"我也这么觉得。"乔安说。

许诺松了一口气:"嗯！他这么聪明,怎么可能就落入他们手中了呢？但是,他会去哪里呢？他至少应该偷偷找我们一下吧，不然也太缺德了吧！"

"我猜想，他肯定在做什么准备，目前还不是见我们的时候。"乔安推测着，"毕竟，如今的唐子风也不是四年前的唐子风了。这四年，他们把泰达证券扩张成了泰达集团。泰达证券只是其中一个全资控股的子公司，他们还一手掌握了泰龙实业、泰兴医药等上市公司，还并购了云南一家信托公司，改建成了泰达信托。如今的泰达系，就像一艘坚不可摧的大型资本航母，是可以在资本界敲山震虎的泰达系了。"

"泰达系？"

"嗯。也就是说，很多公司都在泰达旗下，都由唐子风父子掌控着。记得前阵子一家机构为他们做过资产评估，报价简直惊人。这还不算他们家在上海长寿路、同乐坊开的夜店，天马山上的高尔夫会所，还有江苏的马场……"

许诺听得两眼发黑："我记得袁得鱼说，他会找他们复仇的。现在唐子风已经那么强大了？不过，我还是相信袁得鱼肯定有他的办法！"她说着，自己都觉得底气不足，心里想着，怎么办，怎么办，袁得鱼怎么与他们对抗呢？

"这或许也是袁得鱼到现在为止还没出现的原因吧？"乔安叹了口气。

"但我有种感觉，他会创造奇迹的！就算眼前有条100米长的沟，我也觉得他能想法子跳过来。"许诺很认真地张大双臂比划着。

"嘿，我也有这种感觉。"

两人开心地喝起酒来。她们聊了很久很久。她们聊起袁得鱼制造的麻烦，聊到第一次见到袁得鱼时的明媚春光，聊到袁得鱼在股场的神勇，比划着唐子风在申强高速失利时抽搐的面孔……

聊着聊着，她们都心情舒坦起来，四年来郁积在胸口的抑郁似乎也烟消云散。

有时候，寻找一个爱逗乐的人，远不如找个志同道合的人一起分享内心的苦闷来得更为畅快。

"哎，你说，怎么一晃就四年过了呢？"

"要不，我们去找他吧！"许诺傻呵呵地笑着。

"怎么找呢？"

"索性租个直升机，挂块红幅，写上：'袁得鱼，你丫快出来'！"

"啊哈哈，你喝醉啦……"

两个女孩畅快地笑起来。

第二章 走！去海南！

投机成为上海人的一种生活方式。

——亚瑟·杨格

一

天灰沉沉的，似笼着怎么也抹不开的浓雾。

一辆破烂的军绿色吉普，一歪一扭地行驶在青灰色的沪杭高速公路上。这时，后面一辆小面包急驶而来，刚要一口气超过这辆吉普，吉普却冷不丁地在路中央扭出根弧线。面包车司机一下子加大油门，才没有撞上。

他怒不可遏地将头伸出窗外，怒气冲冲地对着吉普张开嘴，原本要恶骂一番，然而越过吉普的一刹那，他看到吉普车窗里映出的两张年轻美女的脸庞。其中一个美女还冲他眨了下害羞俏皮的眼睛，差一点就要夺口而出的谩骂，一下子成了调戏的口哨声。

女孩们笑了一下，吉普车风一样地开过。

不知道车子开了多久，手握方向盘的乔安，神情略有点严肃。望着前方茫茫的马路，乔安才清晰意识到，自己正在进行前所未有的冒险。

车子前盖里泛出的呛人的汽油味不时飘来。

这个冒险程度堪比自己前两年假扮风尘女子亲近一个猥琐男获得新闻线索——幸好那次，只是被猥琐男摸了两下手，不过至今想来还是有些后怕。毕竟网上到处都是"禁室培欲"那样的黄色新闻。

此前，她只在上海市区开过车，基本只需手动挡挂在三档的蜗牛行驶。如今，却是一场差不多1500公里之遥的长途之旅，座驾还是随时可以扔掉的二手吉普。

她紧张地开着，目不转睛。

副驾驶座上坐着的长发女孩正是许诺,她时不时把头伸向窗外,望一眼泛白天空中的流移云絮,任凭风吹在自己脸上。

每次车颠一下,她就会忍不住咯咯笑,车后座的物品跌落的话,她就笑得更欢了。

她手舞足蹈,哼着小曲。

乔安心想,许诺唱歌还真不赖。

许诺正用甜美的歌喉唱着张国荣欢快的粤语歌曲《Monica》:"你以往爱我爱我不顾一切,将一生青春牺牲给我光辉,好多谢一天你改变了我,无言来奉献,柔情常令我个心有愧,thanks,thanks,thanks,thanks,Monica,谁能代替你地位……"

"你为啥唱这首歌?"

"哇哈哈,我的英文名叫Monica!"

"自恋的家伙!"

在24小时前,她们恐怕还没想过自己会这么莫名其妙地上了路。

前一天,她们酒喝得正酣,许诺抬起头,灵光一闪地说:"我有个办法,或许可以找到袁得鱼。"

她说的时候,乔安其实还在想,这个人醉了,要不就是在做青天白日梦。

"What?"乔安喝醉时喜欢说英语。

"我知道袁得鱼的股票账号与密码,当时他交给我让我转账来着。我们查一下他有没有交易不就行了?"

"聪明的办法呢!"乔安对许诺作刮目相看状,"你怎么早没想到呢,这1401天——我没记错吧,你干吗去了!"

"可能是喝酒给了我灵感吧!"许诺说,"今天可是交易日呢!"

许诺看了看时间,下午2点45分,还来得及:"我们快打电话给袁得鱼开户的券商吧。"

挂了电话,许诺用手捂住嘴。

乔安说:"怎么啦?"

许诺咧开嘴大笑,高兴得几乎要蹦起来:"天哪,竟然有交易记录!就在两个月前!"

两个女孩拥抱着跳起来:"太好了!他还活着!"

"能查到他是在哪里交易的么?"许诺问。

"这个容易,交给我就行!只要他是电话交易,就能找得到!告诉我他那次交易的具体时间,要很具体哦。"

许诺忐忑着查了一番,不确定是不是电话交易,她告诉了乔安具体的时间。

乔安驾轻就熟地联系上电信局的一个密友,报上了券商的名字。

许诺在一旁焦灼地等待。

大约过了一刻钟,只听乔安在电话里叫道:"不会吧?区号0898?在海南?麻烦你再帮我查一查!"

海南是什么地方?许诺完全没有概念。

"天哪,真的是海南打来的电话!请告诉我具体的电话号码……"

"袁得鱼在海南?"

"嗯!八九不离十!如果他还没挪窝的话!"

"我先打个电话……"乔安拨打了那个海口的电话。

她有些兴奋与焦虑——不过,电话一直没有人接,隔了半小时打过去,还是没人接。

"我忍不住了!我们现在去找他吧!"

"这,怎么找?"

"我们坐火车去!"

"海南很大呢!地形也很复杂……"

"那你有车吗?"

"有倒是有。"乔安想了想,"不过是一辆我从旧货市场淘来的二手破车,很少用。"

"开过去的话,大概多久?"

"20小时左右吧!"

"太好了!不就是一天还不到嘛!"

"你以为真的可以这么不吃不喝马不停蹄地开吗?"

"但我以为要开一个星期嘛!既然只要20多个小时,我们就赶紧出发吧!"

"你有没有地理概念啊!有2000多公里呢!"

尽管乔安很受不了许诺疯颠颠的热情劲,却还是莫名其妙地与她一起在超市里采购了一大堆物品,第二天一早就启程了。

可能她自己也觉得这是唯一一次可以把握的机会,谁让那个该死的电话一直没人接。不过以她的经验看,电话号码基本可以确定他在海南的大概位置,这么做还不算太离谱。

此时此刻,乔安正襟危坐地开着车,许诺在一旁兴奋得手舞足蹈。

"哎,我说,你看好地图!"

"啦啦啦!我真的是好开心呢!乔安,你真是我的幸运小公主!我找了4年,一点突破都没有,怎么一见到你,就有灵感了呢?"

"幸运小公主……这个称谓也太恶心了吧。我想,你大概是见到智商高的人,智力也被提上去了一点吧!哈哈哈!"乔安喝了一口许诺递来的可乐,也放松地开怀大笑起来。

天色渐暗时,吉普转入了长深高速。刚转到路口,吉普车一身震动,发出嘶哑的气闸声,令人想起《罗成叫官》里老旦的唱腔。还没等乔安反应过来,车就停了下来。

"哈欠!"睡了一觉的许诺伸了个懒腰,"嘿,第一次觉得坐在车上都那么累! 是不是快到了?"累得半死的乔安气不打一处来:"是车子抛锚了!"

二

唐煜坐在浦东机场头等舱休息室,等候去香港的班机。

他一想到婚礼上父亲精神矍铄的样子,就放心很多。

尽管在大哥的婚礼上,他们之间没有太多言语,父亲对他的态度还是有些冷淡,但与这四年的冷战比起来,已然是个不错的开端。

休息室的电视里放着CNN(美国有线电视新闻网)的新闻节目——全球充斥着低迷的经济,美国严重的财政赤字,不断刷新的美军伊拉克战亡人数,中东与非洲探明的新的石油储量以及高企的油价。

唐煜很希望世界经济形势一片大好,但没辙,总有这样萧条的时期。

他想起此前看过迈克尔·刘易斯所著的《说谎者的扑克牌》里,谈到他的客户如何从切尔诺贝利核电站爆炸泄漏事故和日本地震中赚钱。

他觉得,成为一个优秀的对冲基金经理相对于普通人恐怕要铁石心肠很多,如果一条新闻说,飓风袭击了某地,大多数人会为那些逃离家园的人感到难过,但是操纵对冲基金的人,就会想到"long(做多)"建筑公司和短期保险公司的股票,"short(做空)"这个地方的债券。尤其在熊市,要获得超额收益,操作手法注定更为残忍,因为这不是俗话里说的10人中1人赚钱的比例,而是从100人中、1000人中,何况这个赚钱的人是把别人口袋里的钱统统掏空。

如今,唐煜在摩根士丹利权益部做对冲交易,他尽可能心平气和地做着自以为的理性交易。他自认为,早两年在债券部门的固定资产经历,让他更具备了一种全球眼光。

但不知为何,他总觉得,自己与那些交易员不同,因为赚再多钱也无法弥补内心的空虚。

他想起五年前,也是在这里,他等待着喜爱的女孩的出现。

这个女孩现在在哪里呢? 他全然没有概念。

好几次,他都想拨打那个女孩的手机号码,就算换了手机,第一个存的号码也总是那个女孩的手机号。然而,那么长时间以来,他一次也没有拨过,他用一种强大的意志力忍住了。有时候,他觉得自己就像个经受过千锤百炼的钢铁战士。

飞机大约还有一个多小时才起飞。

唐煜觉得有些无聊，便拿出看过很多遍的《漫步华尔街》看了起来，看到美国20世纪60年代电子新股发行热时，居然还有一只股票叫做"太空水力技术"，不禁哑然失笑。

他抬起头，看见等候区外，一个身上背着硕大古奇包的女孩子飞快地从走廊上跑过去，乍一看十分眼熟。他张大嘴，这不是……在自己的梦中出现过无数次的那个人么？怎么会那么巧？他不敢相信自己的眼睛，马上追了出去。

那个女孩子踩上了前方一个自动步行轨道，猛然发现自己要上的登机口在轨道中间。

她竟然做了一个让唐煜大跌眼镜的动作——一手攀着扶栏，轻松跳起来，敏捷地翻了过去，整个动作行云流水般一气呵成。

跳下的一瞬间，女孩子的长发飞舞起来，精致迷人的耳鼻在发丝间若隐若现。

她与以前一样妩媚动人，一样淡雅孤清，眉目清秀得令人屏息敛气，一件简单的白针织运动开衫，也遮挡不住那种从她身上自然漾出的犹如神话般的凛然氛围。

是她！真的是她！唐煜心跳加速起来。

登机口处，一个地乘起身欲拉上门带。

女孩直接冲向登机口："等一下！"

地乘停下动作，抬起头，接过她的机票。

"邵小曼——"唐煜用尽全身的力气大声叫道。

她回眸而望，眸光流盼，仿佛周围一切一下子失去了颜色，静止在浮华的废墟中。这是一张完全没有化妆的俏皮的脸，却比任何化妆的面孔更为惊艳——生动的眸，小巧的嘴，肤若凝脂，清新得就像刚刚从泉水中捞出来一般，眉黛是细长的黑，恰到好处的深浅与淡雅。

她应当是看到了唐煜，眼睛眨了两下。

如果唐煜没感觉错，那如雪一般冷峻的神情在接触到他目光的瞬间，一下子如初春般复苏。只不过她没法再停留了，只能把身影，留在了这机场入口之间。

地乘把门带拉了起来，飞机马上要起飞了。

"这飞机的目的地是哪里？"唐煜问道。

"海南三亚。"

唐煜马上拨打了邵小曼的电话，存了那么久的号码好像就是为了今天这一刻。

电话真的通了！

"喂……"传来邵小曼如黄莺出谷的声音，顺带了一些气喘吁吁。

这个气喘吁吁的声音让唐煜更加激动起来，这提醒他刚才发生的一切是如此真实。

"邵小曼！我是唐煜，我们一分钟前刚见面，就在登机口！"

"啊……"邵小曼说，"我要关机了……"

"能不能到机场后等我，我下一班就过来！"唐煜兴奋不已。

天哪，这难道不是缘分吗？

唐煜马上从候机室跑了出去买了一张机票。

一旁等待转签经济舱机票的人，有些羡慕地看着他这样的白金会员。

运气不错，再过一个小时就能登上去三亚的飞机了。或许，就能再见到邵小曼了，唐煜一想到不久前的短暂邂逅就激动万分。

这些年来，唐煜也遇到过几个对自己感兴趣的女孩，条件也都不错，但他始终无法一见倾心。

好不容易勉强交往了一个。有一次，他与这个女孩子在香港迪士尼玩，为女孩子抱着一只大熊，因为太心不在焉，在座椅上抽烟的时候，把熊屁股烫了个洞。

四年来，他正式谈过两个女孩，都不到半年都告吹了。

他坐在候机室，回想着在登机口见到的邵小曼的样子——她脸上好像没有原来那样的婴儿肥了，眼眉之间倒是更为美艳动人。

邵小曼，依旧还是那个让自己心动的女孩，唐煜摸了下"砰砰"的胸口——没错，我要尽自己最大的努力再去追求一次。

大约三小时后，飞机抵达了三亚凤凰国际机场。

唐煜跑向等候大厅，找了半天，没有见到那个熟悉的身影。他多少有些失落，拿起手机。正在这时，一股宜人的清香扑鼻而来，有人在左边点了一下他的脑袋。唐煜习惯性地顺势转过头，听到右边传来无邪的欢笑。嘿，是邵小曼！她正笑得开心。这个冰山美人绝对是"静如处子，动如脱兔"。

唐煜惊喜万分，但还是尽量克制住自己的情绪："小儿科把戏！"

"哈哈，对你就是屡试不爽！"

"你还真等我了？"

"别自作多情了。我饿坏了，就在机场里吃了点东西。你也知道，飞机上的东西太难吃了！我刚要走出机场，就想起好像有个叫唐煜的家伙给我打过电话。我看了看，来三亚的飞机最近的只有一小时之后的一班。我还在犹豫要不要等你，你就出现了！"

"难得你那么有情有义。"

"哈哈，在你说这句话之前，请看前方 500 米！"

唐煜往前看了看，发现有个红色的牌子，上面写着四个大字——"红旗租车"。

"走吧走吧！你当我的司机吧！老娘我可是累死了！"

唐煜一脸不爽状："你可真是一点没变！"

唐煜办了手续，一辆奥迪行驶过来，工作人员让唐煜签了张单子后，将钥匙递给了他。

唐煜给邵小曼做了一个邀请的姿势："请问我的女王，你要去哪里？"

邵小曼说："一个叫海棠湾的地方，走吧！"

唐煜摸了摸头，他听过，但从来没去过那里，只记得此前认识的两个台湾人说起过，海棠湾是他们在海南继三亚湾之后，又一块要打造的宝地。

"车的装备还算齐全，我们走吧！"唐煜打开车上的 GPS 系统，定位好了方向。

"你来三亚干什么？"两人突然同时问道。

"我是去看我的一个舅舅，他 60 岁大寿。你呢？"

"呃……"唐煜想了想说，"我是过来看我一个客户。"

"你客户在哪里呢？我会不会耽误你的事？"

"难得你那么体恤！放心，放心，目前还不会，嗯，是显然……不会。"

奥迪车性能不错，引擎轻声地响起，像短跑运动员踩了一下助跑器一样，车子马力强劲地平稳发射出去。

三

翌日一早，稀薄的阳光照射进来，道路上弥漫着雾气。

乔安与许诺的吉普靠在沿路的一个岔道边，胡乱地在车里躺了一整晚。两人爬起来的时候，黑眼圈对黑眼圈，不由相互取笑了一番。

"看我们俩这鬼样子，不知道的人还以为我们在玩车震。"乔安说。

"什么是车震？就是这样吗？"许诺用屁股用力压了压坐垫，"嘿，真的震起来了！"

乔安不由笑起来："我们赶紧上路吧！这辆车越来越恐怖，昨天晚上刚修好，现在一启动又发出了这么奇怪的声音，就好像绿巨人浩克躲在车底下打嗝一样。"

"岂止打嗝，简直是乱拳出击。"

"话说，那个电话有人接了么？"

"今天还没有打呢！"许诺拨了起来，"……见鬼了，还是没有人接！"

"那我们只好直接过去找了，希望我们走运吧！"

"嗯，大概还有多远呢？"

"还有 600 多公里的样子吧，现在我们已经在福建境内。"

"这……是不是还要开一天？"

"只要车好端端的，晚上到达还算有希望吧。"

"嗯。"许诺双臂抱腿，头埋在里面，"袁得鱼这鬼家伙，也不知道能不能找得到。"

"给我点士气吧!"

"好吧,我来唱歌……"许诺想了想,唱起了王菲的《乘客》,"这旅途不曲折,一转眼就到了……白云苍白色,蓝天灰蓝色,我家快到了,我是这部车,第一个乘客,我不是不快乐,天空血红色,星星灰银色,你的爱人呢……"

许诺的歌声悠扬动听,乔安沉浸其中。吉普间歇地发出的"咔咔"声也像是在替许诺伴奏。只是每"咔咔"一下,车身就散架般地轻弹一下,别有一番风味,就像鸡排店锡纸上烘焙的爆米花。

太阳越升越高,地面上的雾渐渐散尽。

忽然传出"啪"的一声巨响,吉普"咯噔"几下就停了下来。

"真倒霉! 又抛锚了!"乔安生气地捶了下方向盘。她满头大汗地又启动了几次引擎,均告失败。

"我下去推车吧!"许诺说。

"瞧你细胳膊细腿,弱不禁风的……"

话还没说完,许诺一下子就没了身影。

正愠怒着,乔安忽然感觉车子有向前挪动的迹象,她意识到并非自己的错觉:"好大的力气,真是神人……"

车子平稳滑动,引擎神奇地启动起来。

"太棒了!"乔安开心坏了。

"等等我!"许诺迈开长腿,嘟着嘴跑着,敏捷地跳了上来。

"你力气真大……"

"岂止这点能耐。要不过会儿我来开吧!"

"你……也学过开车? 怎么不早说?"

"是这样呢,以前在菜场运菜的时候,我开过那种长得跟推土机那样的小货车。"许诺甩了一下头发,"你开了那么久,我也在旁边看了蛮久,还真觉得没啥差别嘛。"

"去去! 你个开推土机的,这可是高速公路!"

"好吧,你累了再说吧!"许诺一脸无辜的表情,"还有,你真的开得很慢哎!"

乔安赌气踩了几脚油门。

"乔安! 别生气了!"许诺马上拿出清新的喷雾器洒在乔安头上,"舒服些了么? 我这里还有青草药膏,我帮你按摩吧!"

"得得! 你滚远点吧!"乔安也不生气了。

天气刚刚入秋,还是有些闷热,马路上浮着蒸笼般的热气。

许诺穿着白色背心,戴起一顶黑色的贝雷帽,光着脚望着窗外。

她长这么大还没有离开过上海,如今为了那个很想见的人,却大老远地跑了出来。

此时,车子正好行经东江蔓延的支流,波光粼粼。许诺看见,在高速公路的尽头,浮起一个硕大无比的橙色夕阳。风吹拂开来,路边的芦苇叶子发出"沙沙"的声响。天上的云朵是一块块的,就像熨烫过的苏打饼干。

许诺最喜欢的还是江上鲜红色的余晖,还有斑驳云朵的迷蒙倒影。

她舒服地斜靠在窗沿上,夕阳在漫飞尘土的道路尽头一点点沉没。

她想起,有一回自己与袁得鱼漫步在铁轨旁,那天的余晖星星点点地掉落在轨道上。

如果没记错,当天是泰达证券搬入外滩小白楼的日子。那一天,袁得鱼在铁轨旁大吼大叫,活像一个疯子。

记得那天,他第一次与她说起了自己的父亲,说起自己童年的最爱——与父亲漫步在铁轨旁,那时光无法磨灭,因为那里有父子之间的亲密话。

说实话,她觉得袁得鱼那天有点失控,他就像个孩子一样在她身边又哭又闹,与平时嬉皮笑脸的他完全判若两人,她甚至怀疑,自己是不是从那一天开始,才真正喜欢上他的。

她至今还记得袁得鱼哭泣时抱住她的那一瞬间,她的心跳犹如小鹿乱撞。

她很迷恋当时袁得鱼用不屑地口气说:"千万富翁算什么。"

想到这里,许诺长舒了一口气。傻瓜,只要是你,袁得鱼,在我身旁,你是不是千万富翁又有什么关系呢?

"乔安,你看过海吗?"许诺想起袁得鱼向她描述过海的景色,有些向往。

"我从小就在海边长大的……"乔安说,"你呢?"

"没有呢……"

乔安有点于心不忍:"海口旁边就是大海,我们可以找个时间过去呢!"

"好呢!"

乔安也不知不觉陷入了回忆。

她回想起,中学时候,每天傍晚时分,自己最爱趴在家里木制的大晒台上,望着海滩上平躺的少年袁得鱼发呆。袁得鱼叼着一片树叶子的样子简直迷人死了。那时的袁得鱼会知道,在海滩不远的窗台上,有个女孩正沉迷注视着他么?

她至今还记得袁得鱼的样子——穿着白色的褂子,敞开胸襟,露出黑黝黝健壮的身躯。他时而跳起来,像表演马戏那样倒立着玩水,时而安静地坐在露礁上看书。

自己是从什么时候开始注意到袁得鱼的呢?

乔安想起,高中时自己是班长,勒令转校过来的袁得鱼去参加校运动会的长跑。袁得鱼尽管全然不乐意,但还是去了。比赛那天,袁得鱼双手插在口袋里,最后一个来到赛道。那时,教练员已经把枪都举起来了。别人都屈身做预备状,袁得鱼还直直地站在那里,一副漫不经心的样子。在观看席上的乔安暗自捏把汗,心想,看你身体条件不错,让你过来比赛,可别太丢人现眼!

没想到,发令枪声一响,袁得鱼就嗖的一声像鱼雷一样出其不意地发射了出去。更有趣的是,他直接从最外圈抢跑到内圈,一下子就轻松冲到第一个。乔安心想,天哪,我怎么忘了,长跑是可以抢跑道的,这个男孩子看起来不上心,却是这么聪明。

袁得鱼一路保持第一,直到终点。

比赛结束的时候,乔安红着脸对袁得鱼说:"对不起。"

袁得鱼笑起来,露出洁白健康的牙齿。从这一刻,乔安发现自己沦陷了。她有一种感觉,这个男孩子做任何事都会像那个跑步比赛那样,有他自己巧妙的思路。看起来松松垮垮的,但好像总是会在关键时候赢得比赛,真的是种很奇怪的信任感。

她想起,高中刚毕业那天,她第一次知道袁得鱼要离开,简直难忍到了极点,她无法想象见不到他的日子。

那天,她清楚地记得,天空有点灰,下着大雨,涟涟雨丝断断续续地从屋檐上落下,她斜靠在袁得鱼姑妈家门外的水泥墙上,静静地等着。

她从来没觉得等待流逝的时光一点点过去的时候,竟是如此难挨。

看到袁得鱼回来的时候,她兴奋坏了,也不管对方身上湿漉漉的,就直接扑到了他怀中,她从来没有那么大胆过。在别人眼里,她一直是个柔情似水有些稳重的女孩子。

但那一次,她一点都不为自己的大胆而后悔。

袁得鱼温暖的身体包围着她,她至今还记得两人在雨水敲击的屋檐下热融融的呼吸。她闭起眼睛,心想,只要可以,她愿意为这个男孩子做任何事。

她笑了笑,自己做财经记者,不是也有袁得鱼的痕迹么?只是,袁得鱼恐怕一点都不知道呢,但那重要吗?

吉普车跟跟跄跄地驶进了京珠高速。

天大黑下来。

"对了,电信那个朋友告诉你,这个电话所在地在哪里来着。"

"好像是个叫做三亚的地方……"

"你不是说是海南吗?"许诺大惊失色。

"白痴,都是海南啦,三亚是海南省的一个城市,就跟海口一样……"

"海口是什么啊?夸下海口的海口?那,三亚是个什么地方呢?"

"三亚是海南的最南端,也算是中国最南边的地方了……"

"天,袁得鱼为什么跑到那么远的地方?我们会不会搞错了?"

乔安抹了一下汗,心想,这个人到现在才觉悟过来,只好安抚:"既来之,则安之。"

"难怪你叫乔安……"许诺没好气地看了乔安一眼。

四

约莫一个小时,奥迪抵达了海南海棠湾。

邵小曼伸了个懒腰:"如果是敞篷就好了!那么好的天气,我正想好好站起来,晒晒太阳,吹吹风呢!"

这是个美丽的海湾,典型的北回归线以南的热带气候——潮润肥沃,空气中夹杂着绿树的清香。尽管已经入秋,但这里看起来仍芳草鲜美,一派生机盎然的景象。

"哎,上次过来的时候,正好赶上这里的荔枝节。真想再大吃一顿桂尾呢。"

"桂尾?"唐煜问道。

"哈哈,这里的当地话。海棠湾盛产荔枝。这里每年7月,都会举办一次荔枝节。不过最好的荔枝有两种,一种叫'糯米糍',一种叫'桂尾',口感都很地道。要说有什么差别的话,'糯米糍'肉紧但营养丰富,'桂尾'汁多、爽口。"

"口福不浅嘛。"唐煜发出"啧啧"的声音。

"你舅舅怎么会在这里?"

"他当年去了台湾发展,后来因为这里政策不错,就搬回来做房地产,生意做得很大。"邵小曼说,"海南挺有意思的,好多人南下炒房子什么的。在1993年之前,房价炒得比现在还高,这里的金融业有段时间比上海还发达,什么海南汇通国际金融投资公司啊、富岛基金啊……后来在全国做得响当当的不少房地产大佬与金融大佬都是从海南发家的呢……"

唐煜点点头,心想,邵小曼不经意间又显示出她的博闻多识,真是与众不同的女孩。

"你舅舅的寿宴在哪里举办?"

"白云山庄。"

"在白云山脚下?"唐煜指了指车上的地图。

"嗯,是呢。"邵小曼心想,白云山可能是这一带的风水佳境了。

这个海棠湾背山面海、坐北朝南,也算是灵毓之地。

"上次的荔枝节也在白云山上呢。那几天,就像是海棠湾的一场狂欢节。白云山遍地是荔枝。我就跟着一群亲戚沿着山顶走,满眼都是一排排枝繁叶茂的荔枝树,我就一边伸手摘荔枝,一边把大颗荔枝塞进嘴里,真是爽口甜美呢……"

"一骑红尘妃子笑,无人知是荔枝来。"

"真想回到唐朝的古城,看看那时候倾国倾城的女人是什么模样……"

"那时候的不知道,但我知道现在倾国倾城的女人的样子……"唐煜说着"嘿嘿"一笑,"小曼,你与很多富家女不同呢,你很聪明,也很有自己的想法……"

"唐煜，你不会还喜欢我吧？"

"还真被你说中了！"

邵小曼笑了笑，将头望向车窗外，忽然扬了扬手："嘿！到了！"

夜色已经降临，雾霭中，一栋古朴风格的大酒店在点点光亮中显得气派非凡——墙面是通体的砖红色，大门是沉重的青铜颜色，犹如中世纪隐藏在深山中的英伦城堡。

唐煜与邵小曼穿过绿林覆盖的幽暗台阶。青石板台阶两旁点缀着昏黄的光影，豪华餐厅在台阶上错落开来，呈现一座座雅致的行宫。

"唐煜，要不与我一同进来吃顿便餐？"

"不用呢，这里风景不错，我想随便走走。"

"好吧！"邵小曼向唐煜挥了挥手，"过会儿来找你！"

唐煜沿着山脚漫步起来，可能是临水的缘故，草地有些湿润，皮鞋很快就湿透了。

他走着走着，依稀听到不远处有巨大的水声。

他站了一会儿，向远处望去——在这个小坡，可以望见水、树和沉睡的小镇，就像一幅黑白剪影！

寥寥无几的街灯零落地照出不远处昏黄的公路。山那边笼在无边无际的夜色中，灯火渺无所见。凝眸远望，一些山脊棱线在月光中远远浮出。再往前是更深的黑暗，很难想象白天这里人来人往的痕迹。

夜幕中，"哗哗"直下的水库流水给这里带来流动的生气，四围树影轻摇，苇草飞扬，时不时有鸟儿在水面上划过。

唐煜闭起眼睛，这里安静得听得见自己毫无杂质的心跳。

他深吸了一口山野的风，是沁人心脾的凉。

真静，这里恐怕是海棠湾最令人心旷神怡的地方了，在这里就像置身于一个巨型的水帘洞，在一派天然雅致的此岸，遥望着白云山对岸的楼群——俨然两个世界。

他由衷地喜欢这里。他去过南方不少地方，但绝大部分是制造业集聚地，整日都是漫天飞舞的尘沙。海南的景色却如此优美天然，怡然自得。

唐煜有些累了，索性躺在密密丛林中，遥望着点点星空，渐渐睡了过去。

醒来时，唐煜发现邵小曼正歪着脑袋望着他。

"啊，你怎么过来了！"唐煜一下子坐立起来。

"大寿一点都不好玩，我敬完酒，就逃出来了。"

他们两人一起沿着山麓散步。

"你后来就一直在香港吧？"

"嗯。"

"还在做投资?"

唐煜很感激邵小曼还能记得这些:"嗯,我在摩根士丹利做对冲交易。"

"什么叫对冲呢?"邵小曼想起,自己的大学室友貌似对那些口若悬河研究复杂金融工具的男孩子特别感兴趣,仿佛他们只要一提到这个,就无比性感。

她想起在美国时看过的一个肥皂剧:"你看过《我的孩子们》么?其中有个片段——瑞恩对肯德尔说:'你明不明白,爱情可不是对冲基金。'可是,我一直不太明白对冲是怎么一回事,更不明白对冲与爱情什么关系。"

"哈哈,我们是挺受女孩子欢迎的。不少女孩子们特爱听我们讲仅付利息证券、资本结构套利什么的。不过,她们心里想的肯定是,嘿,真是个能赚钱的家伙。她们才不管这些东西啥意思呢。"

"可我真想知道对冲是什么。"邵小曼难得认真地说。

唐煜想了想,要不就先从对冲基金的发源说起:"在 1948 年,有个天才基金经理叫做琼斯,是他发明了一种叫对冲策略的基金。1949 年,这个人发表了著名的《预测的最新潮流》,书上写的就是他发现的那种听上去有些匪夷所思的投资策略,这个投资策略就以'对冲'来命名。1950 年,49 岁的琼斯拿着妻子的 10 万美元,和另外 3 个合伙人创立了 A. W. 琼斯公司——这是世界上第一家对冲基金公司。这个投资策略的效果,就是不论市场如何风云变幻,总是能赚到一点小钱,久而久之,就能积少成多。"

"就像那句古话——'不积跬步,无以至千里'?可这怎么实现呢?"

"说来话长。其实,如果能一直赚到小钱,也是一种理想化的收益状态。"

"不太明白呢……"

"简单说来,就好像我与你,还有与我爸打赌,因为你们对市场的意见很不一样……"

"我才懒得跟你打这个赌……"

"比方而已嘛。你说市场会涨,我爸说会跌。我就跟你说,市场涨了,那我给你 100 元;如果跌了,你给我 80 元。同时我跟我爸说,如果市场跌了,我给他 100 元;如果涨了,他给我 80 元。这样一来,不管市场是涨还是跌,我都可以赢 20 元。"

"哈哈,有点懂了,是不是就像你去捉一条躲在一条长长水泥管里的狗,你在两头都放了粮食,你随时可能会牺牲一边的粮食,但狗儿总是能从一个管道口引诱出来。"

"邵小曼,你真是冰雪聪明,特别有投资悟性!"

"其实我什么方面都挺有悟性的!"

唐煜笑了笑:"你过得怎么样,还在美国?"

"嗯,我去了美国继续我的学业。今年总算混了个研究生毕业。导师问我,艾玛啊,你要不再读个博士吧!一下子把我吓坏了,一心想逃回来。说来也巧,前几天,我干爹正好找我,我就跑到上海去看他了,不然还不一定能在上海机场遇到你呢。"

"哈哈,确实很巧。我也是因为哥哥的婚礼去的上海。对了,我在我哥唐焕的婚礼上也见过你干爹一眼呢,不过他很快就离开了,就在门口打了照面。"

"我干爹一直很忙呢,不过他对我还是管得很紧,知道我毕业就要给我安排工作。"

"这不是件好事?"唐煜问道,"他安排你做什么呢?"

"我知道他是关心我,但我不想被安排!"邵小曼不满地说,"他非要让我去美国做投行,但我真不知道这种投行有啥好的!"

唐煜知道邵小曼并不在乎这些,但试图说服她:"你干爹是真心对你好。投行是很多人挤破头都想进的地方。很多富家子弟在里面待上一年半载,镀了一层金后,就去中金了,就一辈子无忧了。我估计你干爹也是这样安排的。"

"中金?"

"就是中国第一家中外合资投资银行,那是中国最富有的金融机构!也是全世界前三大资金规模的投资机构。现在很多投行大佬都会盯着中金的一举一动!"唐煜换了一下口气说,"我知道你肯定不会在乎这些,但你是我接触过的对金融超级有悟性的女孩子!而这个圈子,太需要像你这样聪明的女孩子了!"

邵小曼叹了口气:"说实话,我倒也不是完全没兴趣,我们哥伦比亚大学还出过格雷厄姆·巴菲特不是?也有好几个经济学院的男孩子追过我,我在读书时,他们还让我去一家投行实习,后来我真去了!你猜怎么着!这群投行的男人眼神里特别有控制欲,有些人直接对我吹口哨,有人还二话不说就拧了一下我的屁股,气得我直接把咖啡倒在他们头上。后来我才知道,他们以为我是过来实习的模特,那里经常有很多名模去实习。总之,我实习的那几天,被那群乌烟瘴气的家伙搞得烦死了!我不喜欢那样的地方!"

"哈哈,小曼,你只是运气不好,没进入正道而已!我觉得这行挺适合你的,你肯定能从这个圈子里找到很大的乐趣。你缺的就是一个领路人,入门后就很不一样了!"

邵小曼心想,怎么像我干爹一样,她岔开话题:"对了,你刚才说什么,唐焕结婚了?我讨厌你的两个哥哥,还有,你的爸爸。"

"他们与我们只是信仰不同罢了。"唐煜耸耸肩,"他们的信仰就是金钱。在我刚刚有自己的想法的时候,坚信从一个人赚钱的多少可以看出他对我们社会繁荣所做的贡献有多大。然而,我长大后做了投资发现,还真不是这么一回事。我估计我毕业一年后在华尔街拿的薪水,会让那些功成名就的老教授心理都不平衡。这种感觉,也真让我不好受。"

"唐煜,你好像没什么改变。"邵小曼说。

"深层的改变，一般很难发现。"

"至少，你对我没变。"邵小曼扬起自信的笑脸。

这个笑脸让唐煜难以抵挡，他低下头，想起什么："对了，你和袁得鱼有联系么?"

"袁得鱼……没有呢……"邵小曼笑笑，但心里还是有些忧伤，她多么希望把这个人从自己的脑海中删除，但她却办不到。

当她听说袁得鱼在前几年就失踪的消息时，心头总会浮出一股复杂的情绪。

"好像谁都不知道他去了哪里。"唐煜自言自语地说。

邵小曼有些恍惚，甚至怀疑这个人是否真的存在过。那天在白色城堡离别时的情景，至今还历历在目。但她一想起袁得鱼第二天早晨看到她时难得流露的羞涩脸庞，还是觉得他十分可爱。然而，他还是走了，不是吗？或许，这个人完全不懂得什么是感情，他可能生来就什么都不在乎。

五

吉普车千辛万苦抵达了目的地——三亚。

许诺与乔安面面相觑，不敢相信自己的眼睛。

在路上，许诺没能看到传说中的大海，因为那已经是夜里，她早就睡着了。

她们费尽周折查了黄页，发现电话所在的地方，竟然是一个破旧的修车厂——坐落在一个建材市场里面，突兀地安插在这个废墟一般的建材市场的仓库中。

修车厂两旁都是卖建材的，是清一色的仓库，都关了门——一家是卖马桶的，一块大大的黑底招牌上面，印刷着粗糙恶俗的彩色瘦宋体广告词——"金丝利电动马桶，你不能不要"。

招牌上还有几个白色的大圈，里面摆着各种形态的马桶，看起来就像一个个贪婪的迪士尼大嘴。另一边的仓库是卖地板的，包装得就跟做桑拿房似的，由蜡黄的木板一条条铺设起来，活像一个日式的木板屋。

四周嘈杂而凌乱，垃圾随处可见，一堆碎砖块里还躺着一个半个圆形的破损浴缸。更奇异的是，后面一条街竟然还是个海鲜市场，夜晚时分还在忙碌运作。大卡车卸下一筐筐的鱼，鱼在白色的泡沫箱子里跳得有半米高，鱼腥味儿不时飘来。

车库的两扇铁皮大门上挂着一把厚重的锁。铁皮门上残留着斑驳的掉了漆的锈迹，几道彩色粉笔抹擦的痕迹依稀可见。

"不会真的是这里吧，你打一下电话……"乔安不死心。

许诺拨起号来。

乔安把耳朵贴近紧锁的大门。该死，果然从里面传来断断续续的电话铃声。

乔安对捏了一下手指，做了个"掐断"的手势。

许诺心领神会。她一按下手机，仓库里的电话铃声也戛然而止。

"见鬼了！真的是这里！怎么是个修车的地方？我们会不会搞错了？"

乔安在车库前的石阶坐下来，心情低落到了极点。

许诺这边走走，那边走走，左右看了一圈，有些确定地说："我觉得，这里挺像袁得鱼待的地方。"

"为什么这么说？"

"大概我是卖鱼的，这里有我熟悉的气息，哈哈。"许诺歪着脑袋说，"还有，你想，原来袁得鱼与师傅不就一直住在一个废弃的车库里么？"

"可这里是汽车维修厂，完全不是一回事呢！"乔安抓了抓头皮，"你难道觉得，袁得鱼会做汽车维修工么？"

"如果这样，那倒是帅得很。"许诺不禁想起小时候看的《欲望街车》电影里，那个穿着背带裤的马龙·白兰度，露出健美的肌肉，玩世不恭地叼着烟……

"这样吧，我们明天等他们店铺上班的时候，再问问。不过想来我们运气也算是不错，至少找到了这个打电话的地方。"乔安也感染到了许诺的乐观情绪。

"如果实在找不到袁得鱼，那我们就去看海吧！哈哈哈！"

"你的胃口还真好！"

"说到胃口，我还真饿了。这回，我来请你吃饭吧！"

两人在海鲜市场不远处的海鲜馆撮了一顿，心情好了不少。

"老板，你知道距离这里最近的海边怎么走吗？"乔安问起了海鲜馆老板。

"这么大黑夜的，去海边做什么……"

"没说现在呢！"许诺继续问道："老板，你在这里是不是很久了？有没有看到过这么一个小伙子……"许诺比划起来。

"我是待在这里很久了……"老师傅一脸困惑，"不过，好像没见过你说的人。"

"那你知道你们后面那家修车厂么？"乔安问道。

"哦，你是说那个修车厂啊，好像很久没有见到他们营业了呢。"

"那你去过那里么，里面的人长啥样子，小工啥样子，老板啥样子？"许诺迫不及待地问。

"我去过一次，只见到里面坐了一个上了年纪的头发灰白的老头子，不过手艺很是一般。"这个老板耸耸肩。

两人对望了一眼，心想，还是明天来问吧，于是又与老板聊起了去哪里看海。

"看海？这里不是到处都是？"老板像看怪物一样地看着她们："不过呢，亚龙湾海滩是全海南最美的。那也是很多有钱人经常去观海的地方，很多人在丽兹卡尔顿的私人海滩有游艇……"

"有没有近一点的？"

"也不算太远,如果你们觉得麻烦,不妨去海棠湾那里,那里刚开发……"

这一天晚上,她们下榻在海鲜市场附近的一家条件十分简陋的宾馆。

海鲜市场大约到凌晨3点才渐渐安静下来,空气中弥漫的海鱼的咸腥味难以散去。

乔安翻腾了几下,终于睡去。

许诺却怎么也睡不着。

她轻手轻脚地爬起来,拉开晒旧的发白窗帘,抬头仰望夜空——天空像一块厚重油画的幕布一样清晰,闪亮的星星像是在灰蓝的天幕上打了孔。风轻轻摇曳着扶桑树的花,不远处是一排排低矮的民舍,一个石堤旁边,矗立着闪烁怀古情调的路灯。

她看着海鲜市场最后清场的两三人,推着电动车缓缓消失在下坡路的平行线,交谈声忽而近前忽而远去。

许诺第一次产生了一种身处异乡的感觉。

乔安与许诺清晨6点多就起了床。

她们去了一趟修车厂,发现一切都是老样子,连那把大锁歪脑袋的方向都一样。

许诺有点不甘心地拍了拍门,没有任何动静。

大约8点左右,两边的店铺终于开了门。

卖马桶的店铺里,最早到来的是一个短头发的30多岁的女人,她推着一辆电动车从坑坑洼洼的道口进来,娴熟地打开仓库的锁,铆足劲儿拉开铁门。

乔安冲了上去:"你是这家店的吧,我想问一下,隔壁汽车修理厂的老板啥时候过来?"

老板看着眼前焦急的乔安、许诺,觉得这样两个朝气蓬勃的女孩出现在这里有些新鲜,就打开了话匣子:"不知道,但这家修理厂的生意很奇怪,也看不到他们每天营业,但老板们也很有钱,经常能隔三岔五地从外面拖车子回来修……"

"那,这里面的人长什么样子?"

"一个老头!姓王的,你们认识?"

"不是不是!那有没有年轻一点的员工呢?"

"都有些年纪了吧……"女人又仔细想了想,"还真没有。"

许诺与乔安刚刚燃起希望的目光一下子黯然无光。

"难道只是袁得鱼路过打了个电话……"乔安有点沮丧。

"那么,两个月前左右,有没有人找过你们借电话?"

"什么意思?"女人愈发觉得奇怪,"你们是谁啊?你们找人的话就去管委会好啦。我要做生意了……"女人说着,大步跨进里间,头也不回地把门关了起来。

卖木板的"桑拿房"也终于有人陆陆续续到来,不过都是 20 岁左右的年轻小工。

许诺问起他们隔壁修车厂的情况,都是一问三不知,口径与那卖马桶的女人差不多,大约就是很长时间没看到厂开门。要说见,也只见过一个上了年纪的老头。不过营业的时候,生意倒也不差,经常看到很多车停在里面。

"唉,唯一的线索也断了。要不我们先去看海吧。"

许诺嘟着嘴,有些不大乐意,但还是心不甘情不愿地被乔安拖上了路。

真的走了霉运!

这辆军绿色的吉普晚节不保,刚开出去 20 多分钟,地上有一摊黑黑的污渍,乔安没能及时闪开,吉普车车轮就好像在雪地上的冰橇上,"嗖"一下滑行起来。

乔安猛踩刹车,一点都不管用,车一下子滑到了 50 米开外。

乔安与许诺发出"哇哇"的叫声。

还好路上没有什么车,正在庆幸,前方一个路口一辆奥迪拐弯,几乎与吉普车同时开到,两辆车毫无防备地撞上了。

撞击的那一瞬间,乔安与许诺的头都晕了一下,紧紧握住大方向盘的乔安浑身都像是散了架。

幸好奥迪刹车及时,吉普的惯性也到了尽头。

正在这时,马路上传来刺耳的警笛声,奥迪飞快地开走了。

"追!"许诺怒不可遏。

乔安甩了甩胳膊,有点拉伤,但并无大碍。

她一脚猛踩油门,车身晃动了两下后,一下子弹了出去:"竟然还能开!"她抹了下汗,真是辆"无敌老坦克"。

两辆原本在后面的警车瞬间就跑到了乔安前面,前方的奥迪还是开得飞快。

就在警车飞过的瞬间,许诺看到一个熟悉的身影,她恍惚了一下。

两辆警车以"人"字形将奥迪截下。

奥迪车上走下来一个戴帽子的黑皮大叔,大约 40 多岁,又走下一个头发半白的老头。

"没错,这辆正是我在车行借的车!"从警车上跳下一个风度翩翩的男子,看着奥迪,很确信地说,一旁的交警飞快地做着笔记。

这时,从警局的车里又走下来一个气质超凡脱俗的美女。

女子对男子说:"这车怎么跑这里来了?"

警察拿着对讲机说:"我们终于找到偷车的团伙了,人赃俱获……嗯,什么? 他们还是骗保案的团伙?"

许诺点点头,她看了一眼那对男女,眼睛就离不开了,对女子大叫道:"难怪刚才我看到车上的你觉得眼熟! 原来是你!"

女子一脸迷惑。

旁边男子问："你认识她么？"

"很眼熟……"

"袁得鱼……"许诺提示道。

女子想起来什么，点点头："原来是你！"

"你，你就是邵小曼吧！我叫许诺，许诺的许，许诺的诺。这是我的朋友，乔安。很高兴认识你！"许诺大大方方地说。

乔安不知道怎么一回事，心想，怎么这么巧，号称没出过上海半步的许诺竟然在这里还能遇到朋友。

"这是你们的车吧？"

"没错，是我们租的。我们还不知道发生了什么事，就接到电话让我们过来一趟，说有警车接送。后来才知道，原来车被偷了！"

"让你早点休息，非要跟来。"男子不由说道。

"反正闲来无事，我一直想坐警车玩！"邵小曼看到两个女孩都在好奇地打量唐煜，没好气地说："这是我的朋友，唐煜。"

"哦，你就是那个唐家三公子。"许诺自言自语道。

警察转过头对黑皮说："你们还骗了不少保啊？"

"不，不是……你看我跟我爸，都是老实人，怎么想得出这种主意……"

"你们都已经骗了300多万元了，可是专业人士啊……"警察冷嘲热讽地说，"又偷车、又骗保，你们真会搞钱……走！去你的修车厂看看！"

黑皮一听腿都软了，他身边的老头递给他一根烟，自己也埋头猛抽。

三四个警察跟着黑皮他们走进仓库。

好奇的群众占了上风，他们也跟着黑皮走到仓库。

老头哗地一下打开车库门，大家都惊讶万分，成堆的车停在那里。混凝土墙壁裂纹纵横，仓库空旷得出奇，像是因某种原因被人遗弃了。这里黑魆魆的，空气中散发着一股浓郁的霉味，还夹杂着各种机油的味道。

正在这时，传来一阵咳嗽的声音。

黑皮一下子紧张起来。

警员警惕起来，带头的那个顺着车子之间自然形成的一条通道，走到仓库尽头。他凭经验摸了摸一处墙角，竟又摸到一个开关。

"啪"的一声，一个15瓦左右的白炽灯亮了起来。在这盏白炽灯下，竟然出现一个几块白色隔离板拼成的小屋。

黑皮绝望地闭上眼睛。

警员走上前去，敲了敲小屋的白色房门，里面没发出任何声响。

他大声叫道："快开门！快开门！我知道你在里面。"

里面依旧没有任何动静。警员索性撞门进去，一伙人冲了进去。

大家被眼前景象惊呆了——屋子里凌乱地放着啤酒瓶、废报纸，地上堆着瓜子壳，还有几本翻烂的香艳杂志，整个房间散发着阵阵恶臭。几只老鼠被突然的惊动吓到，仓皇四散逃去。小屋里顿时传来女孩子们的尖叫。

破烂的草席铺在屋中央的地上，草席上是一个硕大的被窝。这个被窝看起来就像是一坨废弃的垃圾。被子上面还有几块残破卷起的补丁。

这坨像垃圾一样的被子竟然动了起来。被窝里，一个长头发的人安然地裹在里面，背对着大家，还起劲地打着呼噜。

"这是什么人？"

"赌、赌场认识的……就、就是他教我们骗保的！"

"怎么教你们骗保了？"

"他发现车险制度有个漏洞。他说，我们修车厂既然能拿到车主的身份证与保险，那把客人的车拿到外面撞一下拍个照不就能骗保了吗？反正最后还是会把车修好交给车主，车主未必知道……"

"他跟你们一起做了么？"

"这倒没有……"

"那人家说偷银行，你也去偷？你们这叫栽赃懂不懂？"这个很像警长的人听到辩白觉得很是好笑。

他捏着鼻子，朝那坨皱巴巴的被子走了过去，眉头皱了皱，像是难以抵挡那一股恶臭。

他用脚踢了踢被子，里面纹丝不动。

他与另一名警员索性对视了一下，"一二三"他们捂住口鼻，一下子将被窝掀起来，一股馊味冲天涌出，差点就让在场所有人把隔夜饭都呕了出来。

被窝里躺着一个蜷曲的人——胡子拉碴，长长的头发盖在脸上，头发好几处都结了起来，乱蓬蓬地打着漩。他穿着斜条纹的不合身的睡衣，只系了两粒扣子，衣领挂下来，露出了半个肩膀。睡裤的脚管子一个还吊在膝盖上，露出杂草丛生的腿，以及黑黑的、满是污垢的双脚。

神奇的是，即便如此，那人依旧一动不动。

警员硬是费力地把他拖起来——这个人无精打采地耷拉着脑袋，看起来病恹恹的，像是一条冬眠的蛇。就算警员使劲摇动，那人的身体还是只是不由自主地晃了一下。可能适应不了光亮，他终于醒来，两只手极其缓慢地抬起，挡住了眼睛。手指的缝隙中，依稀可见他的双眼半睁半闭，眼袋浮肿，那是双不见浑浊的眼睛。他的皮肤很干，像大旱之年的树皮。他的鼻梁倒是很挺拔的，可嘴唇却像干涸的水池,嘴角浮肿,歪斜着的弧线似是戏谑的笑。

他整个人瘫在了警员身上。

警员忽然叫了起来:"啊,这个人像烤炉一样烫!是不是病了?"

"站好!"警长对这长发男子很是不满,大声喝令道,并示意旁边的警员将手松开。

那个警员手一放,长发男子就直挺挺地倒了下去,"轰"一声砸在了地上,额头也瞬间渗出血来。

"天哪!"所有人都惊叫起来。

"不是装的!真的病了!"警员着急了,"我们赶紧让李医生过来看看!"

"渴……渴……"这个奇怪邋遢的人伸出手臂,嘶哑的声音模模糊糊地叫唤。

许诺一听这声音,忽然警觉起来,这是她无法忘记的声音——懒洋洋的,低音中带着几分浑厚。难道是……她的心脏猛烈地撞击着胸腔,都快跳了出来,眼前的这个人,不正是她日思夜想的那个人么?

似一道闪电划过,许诺、邵小曼、乔安在第一时间都认出他来。

"袁得鱼?"她们同时叫出声来。

年轻长发男子本能地转了个身。

她们几乎同时看到男子那张还算得上是英俊的脸,不过上面的污垢厚得可怕。

毋庸置疑,此人,千真万确,就是那个失踪多年的袁得鱼!

唐煜在一旁大惊失色地张开嘴巴,他不敢相信这个人就是他当年神采飞扬的兄弟。他就好像一棵濒死的植物那样,随时就要枯萎。

三个女孩子谁也没想到多年后重逢后的袁得鱼竟然是这个样子。

他实在太邋遢了,说是被人甩在马路上的鼻涕也不为过。

黑皮大叔也很惊讶:"他很有名吗?你们怎么都认识?"

"放老实点,他怎么会在你们这里?"一个警员问道。

"他、他是赌场高手,我想让他帮我们赌两把……"

"只是这样吗?人都被你们打伤了!"警察看到被子里的一摊摊血迹。

"这真的不能怪我啊。他到这里还没一天,好像就发烧了。可我还是要出去做生意的,原想他躺几天就好的,没想到我爸也有事出去了。老人家又健忘,几乎完全忘了他在这里。如果真出什么事,别怪我啊……"黑皮大叔显然有些慌乱。

那个长得像警长的人果然是个小头目,他果断地指挥两个手下把黑皮大叔与老头带走了,又对其他围观的人叫道:"你们先出去一下。"

屋子外死一样的沉寂。女孩子们集体陷入沉默,唐煜站在她们身边,他光鲜的样子无比刺眼,也无比突兀。

李医生到了,过了约莫一刻钟,便吓破魂一样地出来了。

唐煜马上拦住，问："里面那人怎么样了？"

"怎、怎么可能？——是、是非典！"

"啊？"

所有人再次大惊失色。非典可是 2003 年一个几乎造成全球恐慌的灾难性疾病呀，现在是 2004 年，这个人怎么还摊上了这个？

"医生，你没开玩笑吧？"邵小曼紧张地问道。

"现在还有人得霍乱呢。"医生捂住口鼻，镇定了很多，"还真神了，染了那么长时间了，照理说早一命呜呼了，但现在看来还算是初期。不过你们快做好隔离准备吧！"

"那有没有生命危险？"许诺焦急地问。

"现在看来还没有……不过，肯定得先送他去医院……"

警员押送着他上了警车，方向是最好的长安医院。

许诺打破沉默，说："我把屋子先收拾一下，你们先过去……给我电话……"

两个女孩点点头。

唐煜说："他得的是非典，屋子里的人也可能会被传染到。"

"没事！我整理一下就出来。"

唐煜又看了看还没缓过来的邵小曼与乔安："我开车送你们过去吧！"

两个女孩机械般地点点头。

在车上，乔安捶了捶脑袋："非典……这也太传奇了吧！"

邵小曼抬头望着天："感谢上天，找到你了！"

"是啊，晚一步可能就迟了！"唐煜说。

第三章　赢了那盘棋

昔之善战者,先为不可胜,以待敌之
可胜,不可胜在己,可胜在敌。

——《孙子兵法》

一

天空悬着一轮沸腾的太阳,地上几条蜿蜿蜒蜒的铁轨延伸开去,仿佛游戏中的地下水管迷宫似的交织纠缠。

太阳下的街衢、房舍、树木如山如海,那是一个灼热的陌生世界,红色霞光洒落在在铁轨上,全世界几乎都被一层红色的光芒覆盖,如旷野中挥之不去的雾霭。

一只灰鸟从头顶飞掠而过,奇怪的鸟鸣声响彻在铁轨上空。

铁轨尽头,是一个黑魆魆的山洞,像是有生命般,一张一吸,洞口里传出极美妙的乐声来。像是被一股不可思议的力量吸引,袁得鱼不由自主地朝里面走去——外面的世界仿佛越来越远,朦胧到逐渐消失……

铁轨的洞穴铺出一道白色的光,把袁得鱼吞没在光与雾霭之中,似乎要抛开身后的一切——那些仿佛从一开始就子虚乌有。

洞穴里光影稀疏——依稀可见,几十个人随着乐声手拉手在转圈。

这是一群陌生的男女,袁得鱼一个也不认识。

在黑暗中,突然有个女孩抓住他的手,手冰凉冰凉的,她说:"我想离开。"

袁得鱼静静地看着她。

女孩的目光充满渴盼,眼睛大而乌黑,脸上浮出鬼魅的微笑。女孩用眼睛示意了一个方向。"出口。"她说。

袁得鱼看到不远处有道低矮的光亮——绝不是进来时的那个。

"怎么出去?"袁得鱼问。

"旋转……"女孩说。

袁得鱼忽然看到,在这群人的头顶上空,漂浮着一顶白色的、软塌塌的、有个尖尖帽檐的帽子。那帽子,像是在沿着某种轨迹,浮在他们头上,一圈一圈地旋转。

"如果,你正好转到,我们这群人中,离那个出口最近的位置……而那顶白色帽子,正好飞在你头上……同时,那个帽子的帽檐正好对着出口,你,就可以出去……"女孩用一种虔诚紧张的语气说。

一股风从很深的洞穴里穿堂而来,寒气刺骨,袁得鱼浑身打了一阵哆嗦。

他微微抬起头,帽子晃出一道白光,在他眼前一闪而过。

他想起小时候,"排排坐,吃果果"的抢位置游戏,显然,这个难度大多了:"这是一场胜率很小的赌博,不是吗?"

女孩失落地说:"很久很久了,从没见到有人出去……"

袁得鱼紧握了一下她的手说:"一起出去。"

仿似有什么牵引,袁得鱼不知不觉,加入到这群男女的舞步中,和他们一起手牵着手,转起大圈来。这场景,就像少年时在学校里,一群人围着篝火跳集体波卡舞。

他的手被两边的手并不友善地钳住,所有人都伴随着缥缈的音乐声,一起围着一个大圆圈旋转,他们一边跳着,口中一边还喃喃地哼唱什么乐曲。

袁得鱼瞄了一眼洞口,好像近了。他的心跳不由加快,自己也能听到清晰的"砰、砰、砰"声。

他看了看身边的人,他们的眼睛里好像失去了任何期盼,都好像忘了出去这个事,而只是沉浸在舞蹈中,无忧无虑地欢跳着,脸上都挂着笑。

那女孩也是这样,无端地笑着,与此前那个紧张地说要离开的女孩仿佛不是一个人,仿佛早已忘记了那个——唯一可以出去的途径。

袁得鱼不知怎的,有点惊恐起来,难道是这迷离的乐声将他们迷醉了?他试图甩开他们的手,但两边的手都力量十足,他用尽方法也无法挣脱。

那顶白色的帽子速度飞快地朝他撞来,他侧身一闪,那白色的帽子却变作放大的白色光芒,蔓延开来,覆盖住了他的整个视线。

白光过去后,他好像来到一个洞口,看到了一个熟悉的高大背影。

他激动万分,这不是自己日日夜夜都想见到的那个人吗?

他原以为一些事物会随着岁月增长而逐渐淡去,比如迟早有一天他会忘记父亲的容颜。然而,现在父亲的面容却是如此清晰,甚至可以清楚地数出眉毛的根数。

"下棋?"父亲和颜悦色地问道,说着,他吹了下口哨,白色帽子就飞来,托举着一个棋盘,棋子一下子就摆开了。

袁得鱼觉得此时此景似曾相识,记忆都回来了,回到了少年的自己——袁得鱼从 6 岁起,就一直与父亲平等地下棋——所谓平等,因为父亲从来不让自己一个棋子,也不让他悔棋。

他忽然觉得,这多么像在浙江嵊泗时,与父亲下最后一盘棋的情景。

他点点头,盘腿而坐。

望着神色沉静的父亲,他心里泛起一种伤感,他想珍惜与父亲在一起的最后时光。

棋局拼杀得很辛苦,袁得鱼很快汗如雨下——亦如当年。最后的局势有些明朗了,袁得鱼想缴械投降,他觉得自己怎么下都不如父亲。父亲却突然说:"你有一步好棋。"

几乎在同一时间,袁得鱼看到了这步棋——他可以牺牲一个棋子,让父亲无路可走——遇到这种棋局,如果谁最后无路可走,那么对手就赢了。

袁得鱼眼睛一亮,飞速地走出了这步棋。他一摆完,就骄傲地看着父亲的眼睛。

父亲欣慰地说:"太好了! 你打败我了! 你赢了! 你让我在棋盘上受阻了。"

袁得鱼自信地说:"爸爸,这回你信了吧,我可是什么都很厉害哦!"

嵊泗那次,是袁得鱼在父亲这里赢的第一盘棋,也是最后一盘棋。仅仅一周后,父亲就永远地离开了自己,他在梦里看着父亲,恨不得把他的样子永远抓到自己的记忆里。他闻到了父亲身上熟悉的栗子香味儿,记得当年,就是在这股甜香的空气里,这个自己生命中最挚爱的亲人,永远在铁轨上停止了呼吸。

山洞里的父亲下完棋后也闭上了眼睛,他怎么推都不醒,就像是永远睡着了一样。

正在这时,整个山洞地动山摇起来,他脚底下完全空了。

猛然间,那副棋盘猛地灼热狂放地燃烧,一枚枚形态各异的棋子犹如白雪中残缺的阴森黑洞般刺眼与突兀。那个燃烧的棋盘变作放大的燃烧光芒,蔓延开来,如此刺眼,他极力地睁大眼睛……

"啊,醒了!"

袁得鱼的瞳孔透进光来——这个世界很亮,很亮,灰白色渐次镀上鲜艳的颜色,世界恢复了原本的形状与色彩。

这时,他见到一张久违的女孩的脸——那是一张熬夜后的脸,两只眼睛像是没睡醒那样,浮肿不堪,满脸菜色,头发束在脑后,乱蓬蓬的。

这是许诺。

他嘴唇翕动了一下,没念叨出声。

"你现在什么感觉?"许诺惊喜地问。

"宛如新生。"袁得鱼不知怎的,脱口而出了这四个字。

"我们都以为你活不过来了。我去叫医生。"

袁得鱼看了看四周,白色的墙壁与消毒水的气味告诉他,自己躺在医院的病床上。

现在是什么时候?他头脑昏昏沉沉,全无概念。

他只是觉得自己睡了很久很久,像踏进一个无名的荒郊僻野被吞噬进去一般,但他好像强大起来,就像莎士比亚说过的,"死即睡眠,它不过如此"。

他的脑海里还回转着梦里的那盘棋。如果没记错,这盘棋与当年在嵊泗的一模一样。

然而,他又觉得哪里不一样了。

他忽然反应过来,不可思议地摇着头——他如今的成熟让他意识到了少年时未曾注意的细节——不是到最后,父亲发现自己快输了,提示自己,把握住可以赢的机会。而是,在父亲好多步棋之前,就已经看出了这最后的局势,并刻意朝这个方向下。

袁得鱼吃惊不小,原来他第一次也是最后一次战胜父亲,竟是父亲的功劳,与自己的棋艺无关。袁得鱼震惊了,这恐怕是父亲与他下的最有策略的一盘棋。

他至今还记得父亲在表扬自己赢棋的时候,那种发自内心的笑。

袁得鱼又有了当年那种强烈的痛苦感觉——父亲的离去动摇了袁得鱼的生命支柱。父亲是那么完美,那么杰出的男人,他知道父亲总有离开自己的那一天,但这一天来得实在是太早了,然而,他无法抵挡命运的某种安排,无法抵挡那场被设计好的死亡。

他泣不成声。

他难过的是,原来自己从来就没赢过父亲。他甚至觉得,父亲是明知道自己要死,故意送了他一个赢局。他更难过的是,在他心中自己挚爱的父亲更加完美了,他总是一心想着别人,总是那么有谋略,却还是永远地离开了自己!

为什么如此?为什么等待父亲的是这样一场冰冷而残酷的死亡?

他闭起眼睛,又回想起在梦的最后,一枚枚棋子犹如散落的灰尘般落下。

转眼间,棋盘上只剩下七枚棋子,一枚棋子无力地横倒在棋盘上——难道不正是血色交割单上金融大鳄杨帷幄的消亡?

袁得鱼转过沉重的头,看到床头放了一本鹅黄色书页的《奔流》,确信这是他在修车厂看的那本。

这时,又出现了一个女孩的脸。

袁得鱼有点不敢相信——竟是邵小曼——她依旧拥有一张美得令人敛气屏息的脸,眼波似水,灿若玫瑰,绝色倾城,透出淡然的傲气。

邵小曼怜惜地望着自己。她像雪山一样高傲冷峻的神情,在与他的目光交融的瞬间,骤然消失,化作复苏的冰川。

医生跑了过来,检查了一番说:"恢复得不错,再观察几天,没事就可以出院了。"

许诺在一旁开心地拍起手来,随即摸了一下他的额头:"果然一点都不烧了。我要赶紧告诉乔安与唐煜。"说着就跑了出去。

邵小曼轻灵的声音传来:"四年了,你去哪里了?"

四年了,转眼就四年过去了。

袁得鱼闭起眼睛,记忆渐渐复苏。那记忆就像流沙,随时可以把人吞没。

二

"洗牌!"袁得鱼在海南三亚湾最大的地下赌场,捋起袖子——这是记忆中距离现在最近的一个情景。

袁得鱼手里一直拿着一枚筹码,娴熟地转着。

他一心盯着赌桌,潜心研究 21 点与轮盘赌。这一天,他已经故意输了好几盘了,身上没剩下几个子了。接下去,他得好好赌一把。

袁得鱼在轮盘赌前看着,很希望自己手里有什么精密的仪器——在他看来,球的运行轨迹是可预测的,就像行星必定沿着轨道运动一样——既然庄家是在球动起来后再下注,那么从理论上说,球和转子的位置和速度都是能够确定的,球大致会落在哪里也就可以预测。

不过,现在对他来说,21 点更有把握一些。因为赢得 21 点的本质在于,胜算大时出重手,胜算小时就收手,这理论上可以通过统计得出。

袁得鱼最后坐上了一张 1000 元封顶的赌桌,也是全场赌注最高的一张赌桌。短短 15 分钟内,他就赢了 1000 元,他所下的注在 10 元到 500 元不等。庄家毫无表情地瞥了他一眼,修长的手指,飞快地发牌。袁得鱼已经观察了快一天了,21 点的四张桌子,就数这个庄家赢面最高。

桌子上很快就只剩袁得鱼与庄家两个人了。

庄家有点挑衅地看着他,像是在问:"跟不跟?"

对袁得鱼来说,现在的局势在外人看起来似乎有些剑拔弩张,接下来的都是凭运气。然而,在他看来,谁能拿到最后一张 3,谁就赢了,这副牌只剩下 3 张,其余 2 张都是大牌。而现在,他已经是 16 点了,庄家是 18 点。如果庄家和自己都放弃,还是庄家赢,自己要赢就必须拿到那张 3!但他怎么知道,自己接下来拿到的,就是 3 呢?

接下来是袁得鱼拿牌。

下一张,会是那张 3 吗?

从概率上来说,袁得鱼应该放弃。但他明显看出庄家也有点不淡定了,这就是现场赌牌有趣的地方,你能从精准的情绪判定中,掌握到更高的赢面。

他沉静下来。

袁得鱼摸了一下鼻子，每次选择都意味着失去一切的风险。终于，他像是要放弃的样子："我……"这时，他又很快说："我要这张牌。"

旁观的人发出无法理解的唏嘘声，不过他们都很起劲地等待着结果。

牌打开了，上面是3！

袁得鱼一下子蹦起来。

"你小子运气不错！是什么让你改变主意，又拿牌了呢？"有人问。

"我就是突然想拿了！"袁得鱼笑道。

"运气太好了！"

"哈，狗屎运！"袁得遇虽然这么应着，心里却想，这当然不是赌运气那么简单，这实则是个很简单的概率问题。前提是庄家知道结果。对他而言，刚才有三种情况：他拿牌，庄家不拿牌，如果是3，他赢；他不拿牌，庄家不拿牌，庄家赢；最后一种情况是，他不拿牌，庄家拿牌，庄家赢。也就是说，只有第一种情况他才能赢。如果是在电脑上玩牌，他只能选择放弃，但这里毕竟是人的战场。他分明看到，他选了放弃牌的时候，庄家一脸如释重负。他知道，对他而言，如果拿到的牌是3，他的赢面是33%，如果不是3，他的赢面也是33%。但他估计的三种情况中，有两种要通过改变才能赢，改变的赢面是三分之二 。也就是说，一开始的时候，他的机会与所有人一样，是33%。但庄家给了他一个暗示。感谢庄家，让自己获胜的概率一下子提高到了67%，既然如此，为什么不改变自己的选择呢？他知道此地不宜久留，马上将台子上的筹码收拾起来。

"小兄弟，很厉害嘛。"赌场老板说。

袁得鱼此时正站在筹码处想换回现金，没想还是被赌场老板盯上了。

"很多人都会受情绪影响，很容易固执己见。但你不同，你会随着变化而变化。"原来老板一直在暗中观察。

"哈哈，过奖，只是运气好一点罢了。"袁得鱼心想，什么灵活不灵活，对自己来说，这只是个概率问题，他只关心概率的变化，与其他情绪什么的都无关。

"跟我玩两把？"老板满脸堆笑，笑容背后却充满无法抗拒的强迫，让袁得鱼想起此前在上海的地下赌场里遇到唐焕的情景。

袁得鱼有种强烈的感觉，老板想赶自己走，如果他不答应老板，估计以后再也没法来了。他点点头，显出无比淡定的样子——这种淡定仿佛也是袁得鱼与生俱来的。

老板很客气地对发牌手说："洗牌。"

袁得鱼暗笑，很多策略在洗了牌之后很快就无法见效。说穿了，所有赌博上的胜算靠的都是概率的累积。

袁得鱼的策略在连续发了 4 张牌后依旧神勇如初。

"洗牌。"老板又朝发牌手点点头。

袁得鱼的策略屡次被频繁的洗牌打断。

原本袁得鱼赢了 5 万块,但几个回合下来,他只好带着 1 万多块离开。

临走的时候,老板凑近他的耳朵:"以后别让我再见到你!"

他耸耸肩,知道自己无法再涉足这个赌场一步。

过了两天,他乔装了一番去玩老虎机,他刚观察了一下周围的动静,没想到老板早就注意到了他。这时,正好有人在问赌场老板,赌场是否能取得回报的问题。老板大声地说:"当一头羔羊站在砧板上的时候,它杀掉屠夫的可能性也是有的,但是,恐怕没人会买屠夫被杀。"袁得鱼一笑。他明白,自己就是杀掉屠夫的羔羊。

走出赌场的时候,一个黑皮拉住了他。

"帮我赢钱,不然,我打断你的腿!"袁得鱼毫不示弱:"就凭你?"黑皮直接挥拳过来,袁得鱼顺势一挡,但背后又被人猛敲了一下脑袋,晕了过去。

袁得鱼奄奄一息地醒来时,发现自己躺在一个车库里。

很奇怪的是,他觉得头非常痛,浑身无力。

那天回来,黑皮还想教训一下袁得鱼,发现他浑身发烫,只当他是被打伤后身体弱发了寒热,这个发财工具如果放到医院里逃走了岂不失算,便没有理他。

袁得鱼自己也没想到,这一躺就躺了那么久,差点一脚踏入鬼门关。

三

唐煜与乔安飞快赶来。

袁得鱼看起来木木的,异常沉默,眼睛也空如无物,就像一盆静养的水仙。

唐煜大叫道:"兄弟! 我是唐煜!"袁得鱼连头也没抬。

他们一起忐忑不安地走到门外。

"看起来好像有点不对,不会是发烧变傻了吧?"唐煜说道,"要不要再找医生看看?"

"医生说挺正常的啊。"邵小曼也一脸费解状,"哦,我知道了! 说不定是袁得鱼的孪生兄弟,我们认错人了! 走,我们赶紧把他给扔出去!"

"那我可真扔了! 到时候你可别打我!"唐煜求之不得。

"哼,你要真敢! 尝尝我的铁拳!"邵小曼装凶猛道。

"别,别……"唐煜故作讨饶,随即严肃地说,"不过,小曼……如果,得鱼一直这样的话,你……会等他吗? 啊,我只是开个玩笑! 他肯定会好起来的!"

邵小曼头一歪:"那还用说,他肯定会好起来的!"其实她自己心里也很没数。

许诺一个人坐在袁得鱼身边,像看一个小孩子一样看着他。她心想,太好了,终于找到你了。你这样呆呆的样子,倒也可爱。

突然间,袁得鱼眼睛亮了起来。

"什么东西……"袁得鱼仿佛嗅到了什么好东西,一边吸着鼻子寻觅起来。找了半天,原来是隔壁床病人床头柜上,家属时探望送来的一罐蟹酱。隔壁床病人正好没在,他一把抓了起来:"吃,吃……"

"哎,这是别人的!你要吃的话,我给你去买!"许诺一下子制止。

其实许诺是多担心了,袁得鱼盯着蟹酱,一脸无助,然后直接拿到许诺面前:"打开!"

许诺说:"你等一会儿……"说着就跑了出去,想着要不索性出去再买一罐。

乔安原本一直坐在一旁的椅子上,看许诺出去,就移动过来,递给袁得鱼一个苹果,袁得鱼开心地吃起来。

她担心地看着袁得鱼,袁得鱼好像很快忘了蟹酱这个事,吃得心满意足之后,又倒在床上呼呼大睡起来。乔安叹了口气,顺手帮他拭去了嘴角的苹果渣儿。

许诺很快回到袁得鱼的病房,除了拿着一罐蟹酱,还拿了个手提播放机。

播放机里传出"第六套人民广播体操"的音乐,病人们怒不可遏地看着她。

"啊,对不起对不起!"她说着,就把袁得鱼死命拖起来。

袁得鱼只好穿着病号服,懒洋洋地被许诺拉到医院的小花园里。

"醒醒,醒醒啦!"许诺推了他一把,"来,跟我做广播体操……"

袁得鱼歪着脑袋看她。

许诺身体精瘦,动作标准地摆动着,自己做得满头大汗。等她回头看袁得鱼的时候,发现袁得鱼已经坐在一块大石头上,"呼呼"大睡起来。

"你怎么那么懒啊!"许诺生起气来,她对着袁得鱼的耳朵猛喊,"醒——醒——"

旁边的人纷纷围过来。

邵小曼看到许诺一直揪着袁得鱼的耳朵,非常诧异:"你在干什么?"

"我急死了,只想让他振作一点,他现在就是一摊泥,一摊泥……"

袁得鱼揉了揉红通通的耳朵,没过一会儿站着睡着了,鼻子里还在吹泡泡。

"气死我了,站着也能睡着,当自己是马啊!"许诺愤恨道。

唐煜沉思了一会儿说:"听警察说,他在得非典之前,好像被人暴打过,也许因此受到了某种刺激。他可能不想从他自己的世界出来。"

"我看,还是把他带回家疗养好了。"邵小曼像是下定了决心。

"带回家?哪里?"许诺诧异地问。

"上海!"

乔安死命摇头："邵小曼，你是不知道，唐家早就发了追杀令！如果袁得鱼回上海，他恐怕小命都没得保！"

"谁敢这么做？"

乔安犹豫地看了唐煜一眼，但还是说了出来："唐焕。自袁得鱼失踪后，他就发了令，还有很可观的悬赏，说悬赏永久有效。"

"你们家的人怎么那么讨厌！"邵小曼很生气。

"我，我真的不知道。"唐煜结巴起来。

"你又是什么都不知道！赶紧打个电话给你哥，让他取消追杀令！"

唐煜想了想，说："依我看，我哥他们现在完全不知道袁得鱼的下落，万一没沟通好，岂不是自投罗网？还是先安排好再说！"

邵小曼很不满地看了唐煜一眼："这件事情我来搞定吧！我这就回上海找我干爹！"

"小曼……"唐煜还想让她再想想，但他知道，什么也阻挡不了邵小曼。

许诺暗里佩服邵小曼的强大气场，虽然她也不知道，这件事邵小曼是不是有把握。但如果袁得鱼能安全回去，她会对邵小曼感激不尽。

"大家今天要不先到我家吧！我舅舅正好在海堂湾有一套半山别墅，平时也不住人。他说如果我有需要随时可以住……"

正在这时，乔安接到一个电话，是主任打来的，她方才想起，这是她年假的最后一天，主任对假期有多少天，比她自己的计算得还精准。

"快回来干活！"主任在电话里嚷道。

"我不是要到明天才销假嘛！"乔安嘟囔着。

"友情提醒一下！有大稿子要做，大稿子！我有最新发现！"

"哦，说来听听？"乔安职业化地回应，一说完这句就后悔了。

主任顿时滔滔不绝，噼里啪啦地说了起来。

原来，上海滩知名的地块"东九块"真的动工了。

乔安无比惊讶，她原本以为秦笑也会像那些顽主那样，只是转手土地罢了。上海很多黄金宝地都是如此，本来想好好开发一下，孰料一拖就是八九年。不过这对于商人而言也无妨，至少这几年看来，闲置土地的时间，对地产商而言并非坏事，土地价格的涨幅不比直接卖楼的收益低。

尽管"东九块"是一块稳赚不赔的黄金宝地，但拆迁难度太大了，原来的主子也不是没有动过开发的脑筋，但这里的居民成分过于复杂，还有不少曾经立下功勋的老兵，几乎什么都不怕。在过去，只要拆迁通告一下放，游行示威就随之而来。现在看来是秦笑下了很大决心开发了。在黄金地皮上疯狂造楼，毕竟，对那些地产大鳄而言，造楼不仅是更丰厚的利益来源，还需要更惊人的想象力。

"嘿,我已经把秦笑公司的资料都找出来了,你帮我好好摸一下他的底!赶紧看邮件,尽快给我回复!好了,布置好任务了!拜拜!"

这么一来,工作狂乔安有点焦虑了,一心想着去看邮件:"小曼,你那边能不能上网?"

小曼轻轻一笑:"那里有我舅舅的一个书房,除了上网、打印机、传真机一应俱全……"

乔安说:"那我们赶紧走吧!"

许诺其实本来不是很想去小曼家,但又不想与乔安分开:"哼,我发现你们主任对你了如指掌,他现在打电话来肯定是故意的!故意的!走啦,我们一起去邵小曼那里吧!"

唐煜默默地与邵小曼一起,帮袁得鱼办理了出院手续。

这是一栋带大露台的湖景小别墅,浅红色,窗框涂以深赭色。房子四周低矮的石围墙上,红色的九重葛开得热热闹闹,石阶外的四围,雅致的竹林随风摇曳。里面果然很大,一共三层。顶楼有个很大的露台,透过平层,可以望见中庭式的跳空大客厅,二楼有好几间卧室。

袁得鱼一看见卧室的床,就倒了上去,很快沉睡起来。

乔安奔向邵小曼所说的三楼转角处的书房。许诺也跟了上去。

那是个古色古香的书房,但乔安无暇欣赏这些。

她利索地打开邮件,眼前一下子出现了一长串工商局的资料,还有一些零散的花花绿绿的介绍单,最后的附件,是不知从哪里搞来的并不完整的投资记录。

训练有素的乔安翻看了所有资料之后,基本在脑海中画出秦笑旗下从无到有的资产树:秦笑逃到香港后,先是蛰伏了几年,蠢蠢欲动的时期基本可以锁定在2002年年初。他的动作也极为迅猛,短短几个月,便动用大约20亿港元收购了两家香港上市公司的控股权。随后,和当年对云天股份改名成中邮科技的老伎俩一模一样,秦笑把这两家上市公司改了有上海特色的名字——上海置业与上海贸易。在2003年四季度的一份报告上,公告上第一次提到了一个公司的名字——林凯集团。

林凯集团?乔安心想,这会不会是秦笑在内地的主要资本运作平台?

然而,看着看着,乔安的汗都快淌下来了。

"怎么啦?"许诺好奇地问道。

"这绝对是难得一见的错综复杂的控股。大概是我看过的这么多公司中,最复杂的一个控股结构。最奇怪的是,这些公司都不是房地产主业,秦笑投资的'东九块'资金从何而来呢?"

"那'东九块'的拍卖方写的是谁?"长期在股市里浸淫的许诺,对一些基本问题还算是有些了解。

"一直保密。参与的公司中,似乎没一家与秦笑有关。你看,这个文档里是全部的参拍名单。我原来也试图联系了场内的几个人,他们都不太记得,从现场人员的描述上,也根本与秦笑对不上号,估计他是派助理之类出的马。"

"嘿,好复杂哦!你们记者怎么跟财务专家似的!"

乔安来回走了几圈,又强迫自己坐下来。眼前错综复杂的股权架构图,在她眼里就像是一堆杂乱绒线,如何抽丝剥茧地将资金流彻底理出来呢?

整理了两个多小时,乔安满头大汗,还是没什么明显进展,好像整个进入了一个巨大的迷宫,明明看到不远处快到出口了,又被一道黑色的大门阻挡起来,甚至找不到回去的路,明明这根线的结束,是另一根线的开始,但另一根线在线头上就有个死结,错乱中,一不小心还会丢了原先捏住的线头。

许诺打了个哈欠,下楼给乔安倒了一杯咖啡:"咖啡机还真好用,我很快就学会了用打泡机,我要学着像咖啡馆里一样,在咖啡表面拉花……"

"谢谢你,听说你厨艺惊人,果然如此。看来你也不是一无是处!"

"嘿,我可是很厉害的呢!进展如何?"

"唉,还是一团乱麻。"

唐煜陪邵小曼去超市买菜,他们决定涮火锅。

他很喜欢与心爱女孩去超市的感觉,但邵小曼似乎浑然不觉,一直在担心着袁得鱼:"我们得快一点,不知道袁得鱼现在怎么样了?"

唐煜有点伤心,但又不想表现出来,让人扫兴。为了隐藏自己的情绪,他只好说:"我正好有些工作上的事,得赶紧回去了。我看你们几个女生都挺会照顾人的,有你们在,我相信袁得鱼肯定没事,我送你回去后就走。"

"要不一起吃完饭再走吧?"

"真的不吃了。我回去还得为第二天的工作做一些准备呢!"

"也好!"邵小曼的注意力已经完全放在袁得鱼身上,不过她还是发现了唐煜眼中闪动的不舍,就说:"我送送你。"

"没想到能在机场遇到你,我们多有缘分。可惜,这么快就要分开了。"唐煜留恋地说。

"是啊,这次来海南真是超级开心的!"邵小曼扬起笑靥。

"是……因为……找到袁得鱼了么?"唐煜小心翼翼地试探。

"开心的事很多呢,有些就不好意思说啦……"

唐煜笑了,邵小曼这么说,让他觉得很甜蜜。

他忽然撩开衬衫袖子。邵小曼惊讶地看到他手腕上的一道红绳,只是那红绳已磨损得出现了毛边,颜色也褪去不少。

"记得吗？这是你给我系上的……我记得,你系的时候,脸都红了。我在想,怎么会有这么神奇的女孩子,看起来冰雪聪明又自信的女孩,竟然也会害羞。"

邵小曼不大记得唐煜说的是哪一段了,她只记得,当时自己靠近袁得鱼的时候,忍不住脸红心跳。

唐煜趁邵小曼发呆,亲了她一下:"我也好开心！与最喜欢的女孩子在一起共度那么多天开心的日子。再见了,小曼！如果你来香港玩,我随时恭候！"

邵小曼恍惚了一下,看到唐煜消失在路口。

书房传来敲门声,许诺打开门,惊讶地看见袁得鱼恍恍惚惚地走进来。

袁得鱼换了一套领子敞口很大的广告衫,上面印着"I want to be a superwoman!"

许诺与乔安对望了一下,觉得很好笑。

"饿,饿……"

"快了！"许诺拍拍袁得鱼的头。

袁得鱼突然鼻子又嗅了起来:"好闻……"

他一下子蹿到楼下。

这时,邵小曼正好推门而入,许诺看到她,挥了挥手。

"他不是一直在睡觉吗？"邵小曼看到狒狒状挥舞四肢的袁得鱼惊讶地问道。

"他刚起来,正在找吃的呢！"

袁得鱼看到邵小曼带回来的袋子,一头扎在袋子前,一脸对食物的虔诚状,嘴里还嚷嚷着:"好吃,好吃……"趁人不注意,他捧起一大罐牛奶"呼啦啦"地喝了下去,喝完后却突然捂着肚子,要流眼泪状:"肚子疼！"然后狒狒状地横向奔到厕所。

乔安皱了一下眉头:"不会有什么事吧？"

"我觉得挺正常的。"邵小曼还是很淡定,"我办手续时候,医生还说,他身体基本都恢复了,就是心理上需要再调理一下,没太大问题吧。再说,能吃能喝能睡,不是件好事吗？"

"我们赶紧做一顿好吃的给他吧,袁得鱼就像饿死鬼一样。"许诺摩拳擦掌。

"好啊！乔安还在工作啊？"

"是呀,工作狂！"

大家围坐在桌前举杯:"为我们能找到袁得鱼,干杯！"

袁得鱼只顾自己大快朵颐。

乔安吃得心事重重。

"别想工作啦！"许诺安慰她,"跟我们玩一会儿吧？"

"我吃得差不多了,我把资料拿下来看吧！"

"我真恨你们主任！"

乔安说："马上就要搞定了呢！我是这么想的，像秦笑这么聪明的人，不可能把股份搞得自己看都像一团乱麻，肯定是有内部规律的，我要做的，就是找到这样的规律。"

"听起来很厉害，你现在有何发现呢？"

"还没有。只是我有种感觉，一家公司与另一家公司之间的股权结构确实有规律。"

"循环制，循环制……"袁得鱼一边嚼着玉米棒，一边说。

"啊，什么循环制？"乔安突然想到什么，立即心跳加速起来，她想起以前在高中时，她在安排运动会的时候，比赛的编排用的就是循环制。当时循环制有两种，一种是单循环制，另一种是双循环制。

"你说，会不会袁得鱼刚才来书房的时候，看出了什么？"许诺说。

正在这时，酒足饭饱后的袁得鱼又蹦蹦跳跳地去看电视了。

乔安还是一头雾水，这究竟与秦笑的股权结构有何关系？她好像有点领会了。对了，资金流！这或许就是资金流的规律。

"啊！"乔安惊叫起来，"我明白了！果真是体育赛制那玩意儿。就像读书时做那种规律题一样，秦笑留着很多空白在那里，你只能根据现有的数据找到规律，然后去猜测，那空白中的数字。"

乔安马上打了个电话给主任："我知道秦笑公司的规律了！是循环制！"

"慢慢说！"

"秦笑控股的四家公司，我就称他们是 A、B、C、D 好啦，A、D 股份形成交叉，B、C 股份形成交叉，正好符合循环制中，'首尾相对，依次靠拢'的规律。我又观察了一下，在接下来的股份中，又恰好符合循环制排法的第二层规律——'跨邻相遇，前后顺序依然，从后往前配对，直至全部排完'。然而，当你按照这个循环制去排的时候，会发现，出现了一个轮空的数字——说穿了，本来是四组公司，恰好可以排完，然而目前为了排完，加了一个虚拟的数字，才以此凑成偶数。"

"你的意思是……"

"如果我没猜错，应该还有第五家公司。为了排好这个组合，他肯定还操纵着一家公司。"

"嗯，很好！与我的重大发现完全吻合！"

乔安继续说："通过你的资料，我们可以看到，秦笑实质控制了四家上市公司。但这样的话，你是完全理不清楚控股结构的，但如果你加了一个数字，凑成五家，就会对他控股的结构一目了然，因为这么一来，完全符合双循环制这样的规律。"

"那第五家是谁？"

"不知道！主任,你有什么方向么?"

"我最近听说个传闻,说唐子风对收购海上飞有些意向。你看,海上飞正好是个房地产企业,如果把唐子风与秦笑当作一伙的话,那收购的消息,完全可以作为二级市场炒作……"

"我真的想迫不及待地回去!"乔安发自肺腑地说。

"嗯,明天一到,就来我办公室!"

"接旨!"

放下电话,三个女生的眼睛齐刷刷地盯着袁得鱼。

"看来那小子的功力没减退嘛!"乔安端详了袁得鱼一会儿,"难道,这就是传说中的大智若愚?"

"我知道了！肯定是装的!"许诺生猛地踢了袁得鱼一脚。

袁得鱼滚倒在地,楚楚可怜地望着许诺,一脸莫名受伤的样子。

"别这样！他看起来真的很可怜呢!"乔安有点不忍心。

四

这一晚,许诺翻来覆去没能睡好觉。她看了一下身边的乔安,她睡得很踏实,早就修炼出媒体人加班随时睡着的良好秉性。

许诺只好自己一个人蹑手蹑脚地走下楼,想在客厅里坐坐。万万没想到的是,客厅的灯亮着,邵小曼正一个人坐在沙发上看电视。

"嗨!"许诺问候道,"睡不着?"

邵小曼笑了一下,她也没睡好。只不过,她没想到自己刚坐下来不久,许诺就出现了。

"有钱,是不是一件很开心的事?"许诺忽然好奇地问。

"嗯。不过,自己过的时候并不这么觉得。比如小时候的秋天,是吃着成堆的一只重一斤的大闸蟹度过的,觉得日子本该如此。可到外面与别人一比较,才发现天壤之别。"

"啊,原来有钱人士的生活是这样的,一只重一斤的大闸蟹……"许诺好生羡慕。

"但你想想,这有什么意思呢？我吃那么大的大闸蟹,也不觉得多开心。但大多数人,开着车去湖边吃一两只小的,就特别满足,你不觉得他们才更开心吗?"

"你这么一说,倒也是。"许诺挠了挠头。

"在我身上,自始至终缺少一种动力。"邵小曼叹口气,"我小时候,很多人夸我聪明。我学什么东西,也都轻轻松松的,确实也很轻松地考上了很好的学校。如果换作是一个平凡家里的女孩,估计早就有一番作为了吧。但我在这样的家族,反正所有人都有的是钱,他们也不觉得聪明有什么好,反正到最后,证明人价值的,不就是财富?"

"你这样的女孩,生下来就好完美!"

"从小到大,我身边总是很多追求者。但是很奇怪,他们越是在眼神中流露出喜欢我的意思,我就越没什么感觉。我后来才知道,原来我只喜欢我喜欢的人,我也只会关心那个我在乎的人。这可能是一种性格。但能让我在乎的人,我有生以来,也只遇到过一个。"

许诺不知怎的,有点心跳加速起来。

邵小曼自顾自说:"有时候想想,人生也可以说是平等的。你看,虽然在很多人看来,我可能比你各方面条件都好一大截,但不也是同样在等待对方挑选吗?在对方眼里,我在世俗眼里的优势,恐怕也是一文不值。可怎么办呢,我喜欢的,或许还正是他的这一点。"邵小曼说这些的时候也还是带着一种自信的语气。

"小曼……"许诺没想到邵小曼也有这等烦恼,"那个陪你一起来的唐煜看起来很不错,也很喜欢你的样子。你觉得他如何?"

"说实话,并不讨厌。"

"对了,还记得我们第一次见面是医院里。那一次,我好像太冲动了些。"

"呵呵。我那天就看出,你非常喜欢他。"

"嗯。这四年来,我马不停蹄地找他。我一直在想与他重逢时的情景,但没想到他现在成了个吃货!"许诺笑起来,"小曼,你真的想让他回上海么?现在的唐家在上海滩的势力,早就今非昔比了。"

"我不管别人什么样子,那与我们无关。我只听从内心的召唤!"

"但我们怎么知道袁得鱼心里怎么想的呢?万一他不想回去呢?他处境那么危险,完全不是唐子风他们的对手。再说,你不觉得,他这样子挺开心的吗?"

邵小曼沉默起来,这也是她睡不着的原因之一。但是她始终有一种自信,她能抓到他的心意,如果他是自己完美对象的话。

"他这样子才开心吗?"邵小曼反问道。

"其实我也无法忍受他这样像烂泥的样子。我也希望他像一个勇敢的男人一样去战斗!"许诺认真地说,"但这四年来,我一直在收集他们的资料,他们膨胀得实在太可怕了!遇到乔安后,她告诉了我一些唐子风的事。我发现实际情况比我想得更可怕。如果袁得鱼回去与他们为敌,伤害的只有他自己!"

"我不这么认为!你的想法让我想起很多穷人的想法。穷人为什么穷,富人为什么富。当穷人看到豪华车的时候,他们会想,这么贵的车我买不起,这样就把自己的门关起来了。但你如果想成为富人,你会想,我该怎么才能买到豪华车呢?你怎么就知道袁得鱼不行了?"

许诺一时语塞。

"如果你真想让他开心，就让他去做自己的事！不要反对他，如果觉得他现在还有哪里不足的，那就想尽办法为他扫除障碍！"

"天，我只想到，为他做饭烧菜……但，如果袁得鱼确实就想过悠哉日子呢？"

"我心目中的理想对象是个勇敢有责任心的人。我相信他会重新回到那个战场上。如果他真的是像你所说的那种人，他就不是我喜欢的那个人了，失去又有什么可惜？"

"小曼，你看起来美艳动人，想法却像个男孩子一样。"许诺忽然像是鼓起了很大的勇气，"如果，在你帮他的这个过程中，我发现袁得鱼喜欢的人是你，我是不会后悔的……"

"许诺……"邵小曼强烈地感受到许诺纠结下的一种真诚，一时不知道该说什么。如果她们之间不是这样一种微妙的关系，或许，能成为最好的朋友也不一定。

只是气氛出现了的慌乱与尴尬还没调整回来。

"我上去睡了！"邵小曼说。

"我也是。"许诺说。

五

第二天，乔安赶了最早的飞机回上海。

待邵小曼与许诺起来时，她们发现袁得鱼一个人在大平台上惬意地躺着。

"在告别海南之前，去看海吧？"邵小曼提议着。

"太好了，我还没看过呢！"许诺很开心地拍起手来。

红色保时捷开往葵涌海滩的方向。

抵达海岸时，许诺激动得差点从窗口爬出来——大海就像倾注了纯色的染料，在鲜亮的暮色笼罩中，无比湛蓝。

海天一色的水面上浮现出若隐若现的小岛。岛似乎都称不上岛，更近乎岩体，无人，无水，无植物，独特的白色海鸟蹲在岩石顶端，敏锐地搜寻鱼影。就算飞速的游船经过，海鸟们也不屑一顾。波浪拍打岩体底端，四溅的浪花镶着耀眼的白边。

远处的一座岛上，稀稀拉拉长着模样甚是健壮的树木，白墙民居散布在斜坡上。

不大的海湾里漂浮着深色鲜艳的小艇，高耸的桅杆在蔚蓝的波涛上划出弧形。一艘豪华游轮飘过，与一旁的小船相比，俨然一个庞然大物。

这是许诺第一次见到大海，海给她的感觉，倒不是很多人说的宽广与辽阔，而是沉浸于伟大自然中懒洋洋的快乐。

许诺不由自主地唱起了歌："我想我是海,宁静的深海,不是谁都明白,胸怀被敲开一颗小石块,都可以让我澎湃……"

邵小曼被带动也在一旁哼起了 Slash 的《Gotten》:"so nice to see your face again,tell me how long has it been,since you've been here,you look so different than before,but still the person I adore……"

袁得鱼踩在了与她们有一定距离的一块大岩石上,静静地望着海水。

夕阳下的海水,像是飘洒着一层碎金子。他身边的两个女孩,一个女孩面迎西边海面上终于倾斜下来的太阳光,及膝白裙轻缓摇曳,移动的步子不大,却很有活力;另一个女孩,套着淡黄色的无袖纱衫,头上一顶窄檐帽,清新而高雅,与周围景物融为一体。

他们漫步着,不知不觉,走到海滩不远的一条古街——与大多数古街一样,成堆的地方小食、纪念品,木制的成排古屋,一段段相隔的牌坊。

许诺新鲜得不行,对地上鱼缸里游动的小鱼也可以盯着看很久,手里总是拿着草蚱蜢之类的新鲜玩意儿,蹦蹦跳跳。

袁得鱼逛街时还是一脸呆呆的样子,唯独对食物兴趣十足。他的注意力很快被一家新开张的餐馆吸引。店门口搭了个台,有很多人在那里围观。有个主持人在上面吆喝,人人都有机会赢得免费的"满汉全席"。台上已经有四组人站在那里,主持人说,再来一组人就开始。

"去玩一下?"许诺拉着他们蹦蹦跳跳地上了台。

他们三人运气特别好,快速回答"是与否"这样的问题时,邵小曼基本眼睛眨都不眨一下就能答出正确答案。有个环节是辨别鱼的种类,正好又是许诺的强项。

回答对的许诺每次都忍不住仰天大笑。

他们很快就拿下了冠军。

"哇!"全体人欢呼了一下,"这三人运气真好!"

"运气最好的是那小伙子,旁边还有两个大美女! 桃花运也不错呢!"

"他们这个活动搞了快一周,还没人赢过呢!"

"可不是,今晚他们的厨师要累死了!"

他们嘻嘻哈哈地坐在一张大桌旁。

"满汉全席"渐次上桌,其实也就是一些简单的小菜。冷菜的菜式无比简单,就是开胃的拼盘小食:豆腐、鱼、捞饭和橙子。

他们小酌了几杯,有点半醺。

主菜上桌,都是海南当地菜。

"这也算是满汉全席?"邵小曼问道。

"海南乡土版的!"许诺说。

"饶了我吧,姑娘们！都是我们这个馆子最好的菜啊。"主持人又像个菜品推销员似的说,"我们这里的菜主要有两种,一种是山乡菜,一种是水乡菜。山乡菜主要是鸡鸭鹅猪,水乡菜主要是贝类鱼虾。你们看这道,就是经典的山乡菜,为什么呢？因为主料是鹅嘛……那个,自然就是水乡菜了,因为是当地出名的禾花鱼。话说,当地有'三禾',分别是,生长在春来夏初稻田中游乎其间的禾花鱼,飞翔在田上追寻禾虫的禾雀,生长在禾苗之上的禾虫。最刺激的是蒸禾虫,一般都跟蛋蒸在一起,一条两三厘米长的虫子,就像蜈蚣一样,白白的、密密麻麻的脚,身体颜色灰灰的,味道可好了呢……"

邵小曼捏着鼻子吃了下去,然后伸出一个大拇指。

主持人说:"这个是这里的名菜——常平碌鹅,你们看,颜色金黄金黄的,看起来就很香,因为这是用荔枝树做柴火烧出来的。炉灶上架上很大的一口锅,就像江南古人用的七星灶那种最大的锅。先把锅烧红了,把鹅肉放进去油炸,是不是香味四溢呢？"

三人吃得还算满意。

邵小曼来过好几次海南,很多土菜也是头一次吃到,不由感慨一番。

许诺吃得很开心,她自己还算是会做菜。没想到,中国任何地方都有那么多美味。

吃完后,他们微醺着摇摇晃晃地走在小路上。

三人肩并肩走着,相伴步行,回到海边。天空有星斗微微闪烁。

当地人像是好不容易等到步履蹒跚的太阳落下,在海边信步走动。有一家老小,有情侣,有成群的朋友,海潮的清香拥裹着海滨沿街。

路右侧排列着商店、小旅馆和餐桌摆上人行道的小饭店,带有木百叶窗的小窗口亮起柔和的鹅黄色灯光,淌出柔曼的流行音乐。

路左侧的海水蔓延开去,夜幕下的波涛稳稳地拍打着码头。

两边女孩的裙摆在袁得鱼眼前令人惬意地左右摆动,在几近满月的月光下闪着微光。

不知走了多远,他们闻到一阵生蚝的香味。

透过树丛,原来在狭窄的石阶沿坡,有个门口摆着烤生蚝架子的烧烤店。一个赤裸的大灯泡把小店照得通亮。袁得鱼口水都快流下来了。

许诺看他这副德性,只好说:"在上海,我也只吃过吴江路上的'小黑蚝情',估计这里海边的海味会很特别吧！"

那斜坡又长又陡,三人爬了上去。只见一个穿着白背心的男人,将一个个生蚝从桶里捞出,放在炭火上直接烧烤,还在叫卖:"都是刚从海里打捞上来的啊,新鲜直送！"

他们毫不犹豫地在腻腻的小桌旁坐下。

生蚝端了上来，个头都很大，贝壳紧闭。

"咦?"许诺吃惊道。

"在海南，生蚝的嘴巴，是要自己撬开的。"邵小曼说。

只见袁得鱼娴熟地用手掰开，鲜嫩的汁液迫不及待地流淌出来，露出柔软的肉体。

袁得鱼将盛了芥辣的小佐料盘推到两个女孩面前。

两个女孩用筷子夹着大块生蚝肉沾了一下，很快塞进嘴里，用力一嚼，一股芥末带着生蚝的鲜味冲鼻而来，只觉得痒痒的、酥酥的，恍如一道电流通过。她们陶醉地闭起眼睛，忽然整个人一下子精神起来："好滑好爽口，真是太好吃啦!"

袁得鱼喝着一瓶啤酒，大口嚼着生蚝，吹着凉凉的海风，听着脚下浩渺大海的潮汐声若近若远，潮潮湿湿的海味扑来。

下坡时，生蚝店正好堵水，一条臭水沟横亘在路上，脏水不断涌出。女孩们有些不知所措，她们都穿着干净的鞋。

袁得鱼突然就蹲下来。两个女孩看着他，不知该怎么做。袁得鱼毫不费力地一个胳膊扛起一个女孩，一边一个，就像挑山工架着两个担子那样，跨过那条臭水沟。

这大概是许诺最接近袁得鱼的一次。她不经意嗅到他身上有一股乳臭未干的大男孩味道，背脊却充满了男人的力量——很混杂，有一种说不出来的魅力。如果可以，她想多趴在他身上一会儿。

邵小曼还没反应过来，就被平稳地放下，她能感觉到刚才自己的心跳很快。

袁得鱼又开始遥望起了星星，谁也不知道他在想什么。

星光下，迷人的蔚蓝海岸慢慢地在他们背后一点点下去，愉快的歌声传来。

邵小曼很喜欢这个时刻。海风，心爱男孩的臂膀，空气里飘散的迷人啤酒香气……如果可以，她也想用图钉把眼前的一切牢牢按在记忆的墙壁上。

第四章　茶馆里交易

> 世事的起伏本来就是波浪式的,人们要是能够趁着高潮一往直前,一定可以功成名就。
>
> ——莎士比亚

一

浙江长兴顾渚山上,坐落着一个构筑高雅的贡茶院,也是中国历史上第一座贡茶院——陆羽置茶园。

园内绿篱藤架、柳荫花径,依山凿石,引泉构亭。拾阶而上,前后都有竹林,可谓是"惊彼武陵状,移归此岩边"。阳光穿过长长的游廊,在地上洒下斑驳的光影。每经行几步,游廊的石壁上便可见一块同等模样碑铭——上面摘录着唐朝"茶圣"陆羽所撰《茶经》里的片语篇章,各种书法,隽秀地雕刻其上,为首的一句便是——"二十四器缺一则茶废矣"。

冬至清晨时分,茶庄内雾气缭绕,藤蔓交错,空气中缠绕着各种茶香。

唐子风、唐焕、唐烨、韩昊与另一个陌生的瘦长条男子,围坐在游廊尽头的亭阁。一个婀娜的身着黄色绸衣的少女,笔直地坐在老树雕刻而成的茶桌旁。

少女取出一块茶饼,用铜色的小锤子娴熟地敲了几下,茶叶掉落在一张白纸上,她洒上一些水,拿出一个铁架网,放在小炉子上烤起来。没过许久,她将白纸上的茶叶洒落在一个深褐色的撵茶罐中,只听得一枚枚茶叶落在罐底的声音,白纸上却无半点水迹,只留下一道清香。一席人不由惊叹。

接着是碾茶,她用拂尘将茶轻轻碾压,手力均匀,飞快地将碾碎的茶末倒在一个竹节编成的小筛子上,覆了一层纱,筛出大一点的茶末来。

女孩将筛好的茶放入一个暗红色的紫砂壶中。紫砂壶中滚烫的水流,像银鱼一般在空中穿梭,是为煎茶。"银鱼"瞬间落入客人面前的茶杯中,每个杯子都是一样多的茶水。

"二十四器缺一则茶废矣。"唐子风感慨了一下,他随手拿起茶杯,呷了一口,香气扑鼻,不由说:"这果然是个品茶的好地方,中国茶道博大精深,陆羽当年在这座山上发现了紫笋茶,潜心于此。如今身临其境,更觉茶艺精妙。真可谓'古亭屹立官池边,千秋光辉耀楚天。明月有情西江美,依稀陆子笑九泉'。"

"都说江南陆羽煎茶一绝,我看这小妹也非同凡响。"那位瘦长条喝了一口,满足地点了一下头,他正是邵冲的密友——贾波,他转头问女孩,"这里是否卖紫笋茶、金沙泉?"

"几乎绝迹了。"女孩毕恭毕敬地说,"不过有上等的普洱茶、铁观音……"

"罢了。我们开始斗茶吧!"唐焕跃跃欲试。

宾客们拿出自己准备好的茶叶,斗起茶来。

韩昊拿的是安吉的白茶,贾波拿的是武夷山的金针梅,唐焕拿的是肉桂,唐烨掏出名枞,唐子风准备的是大红袍。

小妹仔细闻了一下,将茶细分片刻,三头六臂般,几乎将各种茶同时煎出,瞬间,每个人前面,都摆着热腾腾的五杯茶。

斗茶,先看汤花浮沫,这五杯茶都是同类中的上等——绿茶就是碧绿如茵,兰香扑鼻,呈兰花形状;大红袍清红澄亮……再闻茶汤气味,杯杯高雅诱人。

呷完后,所有人都看着金针梅的杯子,细如针豪,冲泡之后,汤色并不红艳,呈现的是华贵的橙黄,耐人寻味,温和、冲虚、博大、香醇。呷一口,两颊生津,唇齿留香,未饮便醉在那赏心悦目的汤色中。喝完后,甘甜悠长,回味无穷。

"什么是茶?这才是茶。喝了这杯茶,盈亏皆浮云。"韩昊感慨道。

斗茶已然有了胜负,众客欢笑不语,任凭微风吹拂。

小妹又唱起诗来:"簇簇新英摘露光,小江园里火煎尝。吴僧漫说雅山好,蜀叟休夸鸟嘴香。入座半瓯轻泛绿,开缄数片浅含黄。龙门病客不归去,酒渴更知春味长。"

唐烨非常尽兴,对起诗来:"遥闻境会茶山夜,珠翠歌钟俱绕身。盘下中分两州界,灯前合作一家春。青娥递舞应争妙,紫笋齐尝各斗新。自叹花时北窗下,蒲黄酒对病眠人。"

"茶的价值,均可通过斗茶体现。斗茶之王,理应是最好的品种,值得尊重,和股市的价格博弈倒有异曲同工之处……"唐子风颇有感慨。

"中国的股市,自诞生起,就有本末倒置的问题。我们推股权分置,就是为了让市场能更好地决定价格。"贾波思忖道,他是上海证券交易所副总,也是唐子风的老手下。

"古代斗茶，虽说是用茶的方式，也不乏用武力决一高下者。其中的公正性，谁又能知道呢？"唐焕说。

"所以斗茶，比的不仅是茶本身，同样也比技艺，更比用心。"唐子风说。

几人很快把话题切入到他们都感兴趣的那个项目上。

"浦兴银行的股份，收罗起来难度很大。"唐焕说，"比想象中难很多。"

"邵市长特意关照，花旗银行一直在二级市场吸筹。我们都担心，他们趁着这次重组反客为主。这也是邵市长此番让我过来请教大家的。"

"是啊。上海国资狙击花旗银行，绝对是正义之战。"唐子风义正词严地主持起来，"我们肯定站在政府这边。国有财产落入外国人手中，是我们绝对不容许的，尤其是金融业这样的命脉。在海外资本掮客眼中只有利益，我们不能让对方卡住咽喉。"

"正是如此。这些股份散落在很多国有公司手里，然而，他们大部分都不懂资本运作，所以，需要你们这些行家出手。"

"没错。但也需要你多多照应。我们这里的高手……"唐子风指了指韩昊，"一直在二级市场与花旗银行周旋，让他们没法那么快拿到理想价位的股份。"

韩昊不说话，只管自己悠闲地抽烟。

"嗯。我上次推荐给邵市长一家公司，叫做博闻科技……"贾波说。

"我们已经尝试收购了。但浦兴银行的这批法人股毕竟是值钱的玩意儿，谁都不肯放。"

"我明白，价格肯定是最重要的因素。上国投与上海国际集团收购那些国企的时候，都阻力重重，让他们把转手价压到净资产价格，就像割他们的肉一样。"

"现在不少人都对以净资产价格收购的意见很大，好在金融办的强令在那里，谁也不敢违背。"唐子风接着说。

"不过，博闻科技不在我们可以控制的范围之内，我们更希望这些股份转手到自己人手里，万一杀出个程咬金搅局，我们也不放心。"

唐焕心想，这些官员，说话如此客气与滴水不漏，就算录音下来，外人也听不出任何破绽，归根到底，把这等好事推给自己的人，不就是想从中捞点油水嘛。

唐焕已经找人了解过，那家上次在婚礼上提到过的博闻科技，虽然手上有1500万的股份，但这个董事长熊峰最早是金融办的一个官员，也非常懂行。当时之所以失势，主要是因为此人性格乖戾，根本没法融进那些仕途看好的官员圈子。人的命运有时候可悲可叹，如今不仅被排挤，连合理的财产都要被瓜分。

"你们有什么难处尽管告诉我们。"

"这个熊峰，料不会轻易卖给我们。这家伙这么多年来，自己手脚一直不干净，在外面成天想法子牟利，也清楚自己公司就这块资产最值钱，他好像也有渠道了解股权分置的进展，知道浦兴银行一旦全流通，这些股份的价值将有多大，总之非常难搞。"唐焕说,"不过,我们基本搞定了他手下的两名副总,他们自己也知道,公司旗下的股份,目前他们从中是得不到好处的,不如直接和我们做买卖。"

贾波点点头:"这恐怕也是这类公司的软肋,尽管转成了民营性质,但还是国企思维……"

"现在的难题是,那两个副总告诉我们,他们不是不想与我们合作,而是当前博闻科技虽然是民营性质,但也还是国有资产所有单位,按国家国有资产管理有关规定,这部分资产转移,必须经过评估和国资管理监督机构批准。"

"按有关规定,法人股转让需要公证书及股东大会决议。"唐烨补充道,"就算我们搞定了公司,那上交所法律部与中登公司上海分公司这关如何过?"

"原来你们都纠结在过户上……"

"还请贾兄多担待了。"

"客气。"

所有人都知道,一旦这条道路打通,此后这个金矿便是取之不尽,用之不竭。

"如果贾兄喜茶,我们今晚还可以送上茗中精品——乳香茶。"

贾波差点露出错愕的表情,他知道,乳香茶是将茶叶用少女的乳房在自己身上进行"初烘"而成,烤茶时就散逸出一股奶香。即使在古代,这样的茶也极为珍稀,在今世更是绝无仅有。他咽了一下口水,摇了摇头。

唐子风使了一个眼色,唐焕就上前递上一份文书,第一页赫然写着"聘书"二字。

贾波疑惑地翻开一看,原来是聘请他做泰达信托董事的合同。

贾波深知这份文书的重量,也不推托,只说有事先走,便告辞了。

"这次,怎么没见到秦笑……"韩昊禁不住问道。

唐子风与唐烨相视一笑。

唐烨道:"他说自己在为拿海上飞做最后准备,没法赶来了。"

韩昊点了下头。

二

飞机上,两女一男的诡异组合引起了很多人的侧目。

最惹人注意的是那男生,摇摇晃晃地坐在头等舱,穿着一身波点睡衣。喝了一杯红酒后,将一张报纸盖在头上呼呼大睡。

这是一份飞机上分发的《中国证券报》,头版的标题是——《阔别九年,中国权证卷土重来》。文章称:"在与中国股市阔别9年后,权证重出江湖,试点的品种是'农产品',不过只是推出认购权证。虽然少了认沽权证,缺乏权证的基本形式——上证所理想中两条腿走路的权证配置,便成了跛足而行。然而也算是一次开端。

计划中,农产品认股权证只设定一个行权日,也就是说只有一个交易日,如果权证持有者未行权,或股价跌破行权价,该权证就成为废纸一张;而如果行权后第二个交易日的市价低于行权价,套现也会遭到损失。价格操纵将是最大的风险……"

报纸上"权证"二字金光闪闪,对真正懂得资本市场的玩家而言,捞金子的机会又来了。

下了飞机后,邵小曼打电话给干爹:"干爹,我回上海了呢!你在哪里?"

邵小曼刚转过身,就看到许诺一脸焦急的样子。

"看他上厕所去了,怎么等了半天还没出来……"

"啊?不会是身子不好,倒在里面了吧?"

"帮我们找个人行吗?"她们赶紧拉住一个路过的男生。

这个男生从洗手间走出来,摇摇头:"里面只有一个老头,应该不是你们说的那个人吧!"

许诺两眼一黑:"就这么从眼皮底下跑了?"

邵小曼摇了摇头:"不过,你也别太担心!他已经在外面跑那么久了,应该没那么快让他们发现……"

"打车!去静安区成都路桥。"出租车上,袁得鱼对着一个司机发出指令。

袁得鱼轻松地握了下双手,心想,总算摆脱那些女人了。

他知道,自己只要一回上海,就会有人盯上自己,有两个美女护驾真是相当聪明的主意。

司机好奇地打量着这个奇装异服的人。

"看什么看!找抽啊!"

"你穿成这样,到底有没有钱啊?"司机也不甘示弱。

袁得鱼伸手往裤裆里一掏,掏出一张100元,还散发着一股怪味儿。

司机露出鄙夷的神色。

袁得鱼得瑟地说:"你没见过有口袋的内裤吗?"

很快就到了位于静安区的"东九块",袁得鱼的脑子里闪现出前一天看到的乔安手上的那些资料。如果他没猜错,这里会出现很大的漏洞。但这个漏洞具体是什么,他也不清楚,先过来看看!

"东九块"是个由八个连绵的旧街坊组成的旧城区,在上海整个版图上,位于极中心的区域。东至成都北路,南至北京西路,西至石门二路,北至新闸路,总面积约18万平方米。

袁得鱼打听了下,这块地方之所以叫东九块,是因为这是静安区的9街坊,代号5至K分割的九块国有土地。他笑了一下,这多么像赌场里散落的扑克牌。

一阵风吹过,顿时飞沙走石,空气里沾满了零碎不堪的灰尘。一些楼房的住户零星搬走，一些窗外架子上飘着几件衣服，应是还有住客。

袁得鱼赶得正巧。距离"东九块"不远的一个大停车场，正在轰轰烈烈大搞拆迁动员大会，很多当地的居民被召唤过去。他也随着人群涌了过去。

只见停车场里，横七竖八密密麻麻的车辆，一旁的水泥墙上糊着斑驳的油漆。停车场中央有个大台子，应是拆迁队临时搭建的。台上是清一色的几个彪形大汉，个个目露凶光，套着黑色外衣，挥舞着棍棒，光头上的龙虎文身清晰可见。

聚集的人群陆陆续续多了起来，虾兵蟹将们开始发出"啊啊啊"的声音，他们每个人头上系着一根带子，敲锣打鼓声喧嚣异常，令人烦躁不安。

还有一群打手在围观的人群周围，飞快地边跑边朝人堆散发传单。白色的传单就像漫天的蝗虫，劈头盖脸飞来。一个挂着四脚拐杖的老人抬着头："青天化日下的大白纸钱？"

袁得鱼在一个角落，静静地注视着这一切。

袁得鱼有种感觉——无言的威慑现在只是刚刚开始。

袁得鱼眼尖地看到台子背后的一排椅子里，坐着一个似曾相识的男子。这个人万年不变的板刷头，贴袋直领中山装永远挺括——没错，正是唐焕。

很久没见到这个流氓了，气色倒比前几年更好了，袁得鱼心想。这时唐焕接起一个电话："什么？袁得鱼来上海了？旁边还有两个女的？有个女的像是市长千金，所以没下手？什么？人跑得太快，又找不到了？"唐焕无奈地摇摇头，心想真是废物，这点小事到现在还没搞定。

一张传单正好飘到袁得鱼脚前。袁得鱼拿起这张写得密密麻麻的传单，扫了一眼。如果让袁得鱼总结，就四个字——"滚去杨浦"。杨浦在上海属于"下只角"①，住惯静安区"东九块"的居民，根本不乐意搬去那个地段。

正在这时，发生了一件很奇怪的事——一个约莫十八九岁的男孩子迈着奇怪的步子，坚定地往大台走去。那个男孩子衣衫褴褛，看起来十分憨直，眼睛很大，深凹下去，脑袋还缠着一圈红色的带子，十足像一个大头外星人。

人们议论纷纷。

男孩子太胖了，走路时浑身的肉一晃一晃，每走一步，身体就颤动一下。他费劲地拨开挡在他前面的虾兵蟹将，跳到台上。

跳到台上的瞬间，那男孩全身的肉都为之一颤，整个台子晃了晃，像是要坍塌下来。他没站稳，冷不丁向前扑倒。他胖乎乎的小短腿一缩，整个人圆滚滚地滚上

---

① "下只角"，因上海租界多在西南，有钱人多住在西南面，大型工厂多在东北部，贫苦人多住在东北面，20世纪30年代，人们把买办、洋人、社会名流聚集的地方称为"上只角"，东北面贫民居住区称为"下只角"。

了台。台下一下子哄笑起来。

胖男孩好不容易爬起来，又跳了两下，仿佛在检查自己有没有没掉下什么零件。看看自己没事，索性摆出一个扎实的马步。他叫了一声，恍然意识到话筒太高，抬起头，伸出肉嘟嘟的手，把话筒慢慢地滑下来。台下又爆出了看滑稽表演那样的嬉笑声。

这个男孩的声音像是用沙皮纸摩擦过声带，在扩音器中放大后显得异常刺耳。他一字一顿地说："我——不——搬！"那个"不"字拖得很长，像是老式录音机在放磁带时突然卡带。

袁得鱼笑得很开心。

台下有个居民拍了两下手，但这个掌声很快就在空气中戛然而止，犹如按下了停播键。

"像你这样的，也想做钉子户？"唐焕上前，众黑衣人跟在身后，一起捧腹大笑起来。

胖子跳下台的时候，用力地在台上一蹬。话筒一下子倒下来，砸出一声巨响。一个黑衣人没反应过来，吓得跳起来。众人一阵哄笑。

唐焕面露一丝尴尬。他很快用一种肃杀的眼神扫荡了一遍台下，笑声顿然停止了。

唐焕无意间扫到人群中一个俊美的年轻男子，死死盯着自己，眼神中放出一种不可一世的不羁与傲慢。唐焕恍惚了一下，待回过神来时，那男子早就不见踪影。

袁得鱼喝着可乐，四周围闲逛，晃进"东九块"的另一个小区——那里正好围着一群人。

他望了一眼，小花园的大平台上，还是那个刚才在说不搬的胖男孩，盘腿而坐。粗糙的粉笔在地上歪歪扭扭写了几个大字——"动我房子者死！"

一旁的阿婆在向围观者诉说孩子的命运。

"这小孩有点命苦。他爸爸是个画国画的，年轻时长得不错，娶了一个如花似玉的老婆。这孩子出生后不久，他爸爸就被人捉奸在床，硬是送到他老婆那里去。那女人一声不吭把自己关起来，出来的时候就疯了，据说是先天性的，也很快就离了婚。那画家后来与一个外地女人同居了七年。那外地女人大概知道自己很难要到房子，就离家出走了，孩子他爸就一直酗酒。有一次没回来，孩子就报了警，结果发现他爸爸在大马路上被人碾死了，发现时已经碾得不成人形了，尸体是在商务楼地下车库的一个角落里发现的，估计是肇事者拖过去的……这个孩子从此就疯疯颠颠，原本他读书还算不错，这下却是辍了学。现在这个地方要拆迁，说是给40万元。这孩子打算死守在这里。但他哪是这群拆迁专业户的对手？前几天晚上，听说被人在路上暴打了一顿,有人硬逼着他签字,他死也不肯。他现在每天都在这里写这些字……"

袁得鱼看着这个男孩——这是个看起来有点呆滞的男孩,剃着板刷头,穿着磨破的中学校服,傻乎乎的,眼神中却有种天生的顽固。他不管人家围观,照样在地上圈圈画画,写着一行行同样的句子。

一个黑衣男不知从哪个角落里突然冒出来,踢了一下男孩子的脑袋。

围观的人更多了。

男孩依旧动也不动,还在地上出神地圈圈画画。

猛男那双锃亮的黑皮鞋又直接往男孩头上踹了过去——男孩好像已经接受过这些考验,被踢翻在地后,在地上翻滚了两下,很快又顽固地坐回到原地,继续在地上圈圈画画。

猛男一边用鞋子抹掉地上的粉笔印,一边抢了男孩两下耳光。

男孩也不理睬,默然无语,继续在地上圈圈画画。

终于,那猛男也没办法,扔下一句"明天不要让我见到你"扬长而去。

袁得鱼走到那孩子面前,说:"走,哥请你喝酒去!"

男孩抬起头看了看他,依旧毫无表情,脸像个大土豆,坑坑洼洼。很奇怪的是,他仿佛在等待袁得鱼的出现一样,不假思索地站了起来,跟在袁得鱼身后,只是一言不发。

"你好,我叫袁得鱼! 你呢?"

男孩默不作声。

袁得鱼对他的反应一点都不意外。这男孩的世界里,兴许只有母亲的医院与这个父亲留下的屋子。他早已把外界的一切都挡在心门之外,就像当年有段时间的自己一样。

"如果你不说话,我就叫你旺财啦!"

"丁喜。"男孩终于吐出了两个字。

"丁,就是人的意思,喜,就是喜欢的意思。你爸爸希望你做个讨人喜欢的人。"

男孩的脸上浮出一丝受宠若惊的笑容。

袁得鱼在杂货店买了一箱啤酒,坐在花园的露天长椅上喝了起来。

"听说你父亲死了? 我父亲也是。"袁得鱼直截了当,呷了一口酒,"都死得很难看。"

男孩静静地抬头看着袁得鱼,什么也没说,只是他不与人靠近的神色已经与先前截然不同,一种僵硬的奇怪表情骤然消失了。

"听说你妈妈在医院里……你比我幸运,我还没你大的时候,也成天去妈妈住的医院。但她很早就病逝了。不过,我至今还记得童年在医院里的那些味道,各种药物的呛鼻味道与病人的气体混杂在一起,弥漫在空中,闻着就无法愉快。那段时间,我和爸爸就守在母亲床旁,手术失败后,我们静静地看着她死亡的脸。我参加她葬礼时,发现我妈妈化过妆的脸好可怕,我几乎都不认得这张脸……"

男孩诧异地望着袁得鱼。

"很奇怪,你看这些经历恐怕是苦难。但从小到大,在很多人眼中,我好像也是个令人羡慕的人——恐怕幸福也有各种各样的形式。我有时候也会为自己天生的聪明而得意,我总是很轻易地学会别人要学习很久的东西,很多人会想,你小子怎么做到的。我反而觉得奇怪,为什么你们做不到。从小到大,一直有女生喜欢,也和校花交往过。有一天,她在我家里,我们自然地拥抱在一起,但我却忽然没了吻的兴致,好像从小以来的兴趣不在此。很奇怪的是,有些女孩就是喜欢你这种满不在乎的样子,反倒使我在那些很优秀的女孩中更受欢迎,可能她们会觉得有挑战?我也不确定。对我有些好感的女生,好像都对那些很解风情的男生反倒并不感冒。总之,女孩子这种东西很难捉摸,不是么……"

胖男孩的脸,可能是喝多了酒的关系,微微地红了起来。

"我并不喜欢钱,但命运仿佛使劲把我往这个地方拖。到后来,反而像是冥冥之中的一种压在你身上的责任,怎么甩也甩不开。有个声音会一直对你说,请你,继续沿着这个轨迹走下去。我很多次想逃出去,却发现命运好像生来就期待着你一个人,一切都像被选择了那样……"

男孩对袁得鱼的话并不惊讶,依旧是淡然的,但是整个人的神经渐渐松弛下来。

他用一种很生硬的声音说:"我,从来没有人与说过,那个事……"

他的眼睛里,随即透出一种别样的神情,仿佛征求着袁得鱼的反应,但又早就知道袁得鱼会点头。

袁得鱼"嗯"了一下,男孩仿佛又松弛了一点,说起了在他在身上发生的一个故事。

丁喜十五六岁的时候,只要一放学,就去精神病院看望母亲,久而久之,就与医院里的很多病人熟悉来。有一次,丁喜看到有两个人在医院底楼的一个大厅里下象棋,旁边还围着一群人观战。丁喜也挤进去看起来。

下到一半的时候,一个人突然拍案而起,对另一个人怒喝道,你丫作弊,你这个子根本没法这么走,怎么可以吃掉我的子。另一个人很强硬地说,我就可以这么走,不然我就吞棋子给你看。那个拍桌子的人问大家,你们看到了没有,是不是他走错了。其他人点点头。那个人恼羞成怒,就真的把棋子吃了。没想到棋子卡在了这个人的喉咙里,那人脸色发青,青筋暴起,"咿咿呀呀"一阵子,终究还是将那枚地梨大小的棋子咽了下去。

这时，医务人员赶来，但根本没有采取任何救治措施，只对那个咽下棋子的人命令道："你给我去厕所里把这枚棋子拉出来……"结果这个人就蹲在茅厕里一个通宵，但一直没有拉出来。找到他的时候，他已经昏倒在地上，光着冰冷的屁股。医务人员吓坏了，这才赶紧把人送去了病房。

医务人员回来后，就把气都撒在那个拍桌子的病人身上，他说："你知道吞下棋子的后果吗？吞棋子是会死人的。如果这个人死了，你要为这个人负责！"这个人被彻底吓到了，三天三夜没睡着。没过几天，那人看起来就更加恍惚，陷入了彻底的崩溃。

丁喜再次去医院的时候，拍桌子的病人眼神空洞地蹲在大厅的沙发上，望着窗外，嘴唇干裂，就像一株僵死的植物。丁喜走过去，那个人可能是太累了，就将头枕在丁喜肩膀上。丁喜随手拿出一本书看起来。丁喜的书还没翻多少，就感觉靠在他肩头的那个人，身体变得越来越冰冷，越来越僵硬，丁喜这才明白，他就这么枕着他的肩头死去……

"后来，我再也没去过那个医院。我怕会撞见那个人，肩膀上的那个人，在那里，委屈……"

丁喜一直用一种平淡的语气在叙述，反倒令袁得鱼生出一种毛骨悚然的感觉。

丁喜讲完之后，缓慢地将眼睛望着前方。

袁得鱼没想到丁喜经历过这些。他暗自觉得，丁喜拥有不可思议的智慧。在一个荒谬的世界，谁相信权威，谁就是输家。有些人天生是输家，但丁喜不是。

袁得鱼伸出手，丁喜望着这只手。

过了许久，这个内向的男孩子像是哪里苏醒了一般，轻轻攥住袁得鱼的手——这是只胖乎乎的有点迟钝的手。

袁得鱼明显察觉到，对方释放出久违的信任与释然。

袁得鱼淡淡地说："我看到你写的粉笔字了……"

丁喜低声说："如果，签协议，就像听了医务人员的话，那，等于，死亡。"

袁得鱼心想，这个男孩子，看起来傻乎乎的，在关键的事情上，倒是清醒得很，甚至比绝大多数人更知道自己拥有什么权利，知道自己该做什么，在权势面前丝毫不让步。这恐怕就是那些苦难的生活磨炼出来的生物本能。

"房子，不能丢。我只有，这个。妈妈，前年过世了。"男孩依旧用冷冷的语调说。

袁得鱼怔了怔，说："你如果相信我，我或许可以帮到你。"

男孩疑惑地看着他，眼神还是木木的。

"一个人战斗起来是很孤独的吧。"袁得鱼想了想说，"他们给你的价格是40万元，在我看来，这个房子，至少值80万。我有办法让你得到房子应该拿到的价格。"

"为什么，帮助我？"丁喜煞有介事地开始打量袁得鱼的脸，仿佛能从脸上找到他想要的问题答案。眼前的这个男子,这是个多少有些神奇的人,模样高大,看起来也算正常,可竟然在大街上穿着松松垮垮的睡衣——就算如此随便,却掩饰不住那股骨子里散发出来的潇洒。

"就算是惺惺相惜吧。"袁得鱼直言不讳,"我在你身上,发现了我过去的一种似曾相识的东西。尽管,在外面的人看来,我们迥然不同,但有些地方,出奇地相似!"

丁喜张大嘴,有些不可思议。

"你肯定想知道我会怎么做吧? 到时候你自然会知道。"

丁喜点点头,这才擦了擦刚才被黑衣服大个子暴打后在嘴上留下的血痕:"他们,给我 40 万元,你,至少可以给我 41 万元。"

"才多 1 万元? 哈哈,那你就太小看我了!"袁得鱼大笑起来,"你不怕我把你的 40 万元都卷走么?"

"我在精神病院,很多年,知道,好人与坏人。我,知道,你不是……"丁喜停顿了一会儿,"我,相信你。"

袁得鱼自信地笑起来:"我会来找你的。你住哪里?"

丁喜指了指不远处一栋楼的靠西的一扇窗——只有那家还是传统的绿色铁窗。正在这时,一群彪形大汉朝他追过来。袁得鱼撒开脚丫子就跑。丁喜莫名地看着他的背影。

"袁得鱼!"乔安开着从深圳空运回来的那辆破烂吉普及时赶到。

"嘿! 乔安! 你来得刚好!"

袁得鱼敏捷地跳了上去。

三

乔安接到袁得鱼在出租车上给她的电话时,非常意外,她没想到袁得鱼恢复得那么快,她满脑子里还是袁得鱼半痴半傻的样子。

乔安记得接电话的时候,还不由问道:"你们什么时候来的? 许诺与邵小曼呢?"乔安记得,她们提过,如果回上海,她们会跟他一道过来。

"别告诉她们,其实我是想跟你私会……"

"你真是袁得鱼吗?"乔安还是觉得有些奇怪。

"如假包换! 你怎么那么容易就把我这个初恋情人给忘了呢?"

"好啦! 我知道你是真的了! 你在哪里?"

"要不一个小时后,我们在北京西路成都北路见面吧! 到时候我一一说给你听,现在一言难尽!"

"好吧!"

乔安及时赶来,没想到袁得鱼竟然还穿着睡衣,所幸看起来还算神采奕奕。只是第一时间看到自己倾慕那么久的对象如此邋遢,乔安还是恨不得开车朝他撞过去。没想到袁得鱼如此身手敏捷,直接跳了进来。

"有人在后面追!赶紧开!"

"看到了!"乔安也瞥见两个可疑的人,使劲儿踩着油门,很快把那两人甩在身后。

见到他们跑了几步就停下来,乔安松了一口气:"解除警报!"

"他们没开车来就好!我觉得这辆车随时会抛锚!"袁得鱼看了一眼这辆吉普车,"你啥时候开始开这个车的,我发誓我在梦里肯定见到过!"

乔安差点晕死过去:"谁知道你一来就搞得那么心惊胆战。话说,你怎么会来'东九块'?现在唐焕坐镇拆迁,这里可是群狼出没,他们刚才没把你抓走是你运气好!"

"我倒不后悔,不然怎么会有美女救英雄呢?"

"对了,刚才在你身边的是谁?"

她想起袁得鱼身边的男孩——一米七不到的身高,土豆脸,眼睛很大,表情呆滞。

"别告诉别人,是我爸的私生子……"

"得……我说正经的,跟你认识那么多年,从来就不知道你还有这么个弟弟。"乔安很想在弟弟前加上"极品"二字,后来想想还是忍了。

"嘿,你们这种女孩,总是以貌取人。"袁得鱼说,"你别看他这样子,用处可大着呢。我的第一桶金就靠他了!"

"啊,难道你想骗钱?"

"我在你眼中是个这么坏的人吗?我玩的可是谋略,我从来不搞那种下三滥的生意。"

"什么谋略?"

"你到时候自然明白。"袁得鱼想了想说,"总之,以其人之道,还治其人之身。"

"啊,什么其人之道?"

"你说,秦笑最擅长什么?"

"不知道呢!"在乔安眼里,秦笑不过玩是个资本权术的大鳄,与很多金融大鳄一样,"你还没告诉我呢,你干吗来'东九块'呢!"

"你先告诉我,他为什么要搞'东九块'?"

"有钱呗。自己有实力再开拓一下疆域,而且这又是上海滩的顶级地块,没什么不好!"

袁得鱼摇了摇头:"我跟你想得正好相反,我觉得他不是因为有钱,而是因为没有钱!"

"没钱？那么他为什么还敢那么高调？"

"难道不正是因为没有钱，他们才高调吗？再说，精准地运用高调，不也是一种资本与技能么？"袁得鱼微微一笑，"我知道你们记者不喜欢猜测，喜欢实证研究。你现在就开车去一下离这边不远的江宁路兴业大厦，秦笑的林凯集团就在那里。"

乔安将信将疑地开车去了那里。

她站在办公楼的公司牌子前时，就被震住了——林凯集团在 8 楼和 9 楼，然而，同时在 8 楼和 9 楼的，还有好几家公司。她不禁讶异，这个林凯集团会有多大，多少人。

她站在门口探视了一下，果然没太多人，倒是一进门右手边的关公像让她有些意外。那里摆放了一座供台，一尊黑色关公像，像前供奉着新鲜的水果。

乔安没想到秦笑会把关公像放到公司，这玩意儿放在办公室里还真不太常见。

"你明白了么？"袁得鱼说，"这里是秦笑唯一的办公场所，只有两层楼，而且楼层的大部分办公区都不是他们的。我也跑到香港过，他在那里的两个上市公司也是这样……"

"原来是这样，他们只是一家超级大的皮包公司。那他们的客户不会发现么？"

"秦笑哪需要什么客户，他只是在玩资本游戏，从这只手，倒到另一只手……"

乔安一下子陷入沉默："有时候，你想半天的事情，原来可以用这么直接的方法解决……我原本一直以为自己是很优秀的记者……"

"你还是很优秀啊！我经常看你的报道……"袁得鱼说，"每篇都写得意犹未尽啊！"

乔安一下子破涕为笑："你是在骂我没写透彻吧！哈哈！不过，就连精明的银行也贷了不少钱给他们。"

"这几年秦笑膨胀那么快，不也是靠银行贷款拆东墙补西墙么？银行，就像是这些资本大鳄的取钱机。不过也不能怪银行怎么那么傻，心甘情愿钱借给这些看起来很美的空心公司。秦笑的公司虽说是空麻袋背米，但基本还能折腾出一个价值说不清道不明的品牌效应……"

"难怪这两年，品牌排名那么盛行，都是可以拿来估值的啊。这样对评估资产太有利了，但谁也说不清品牌究竟值多少钱。"乔安不由想起，这种手法不正像她接触过的一些实业掮客吗？专门有一类人，安排政府官员与商人吃饭，再贵也是他们买单，随后就会有源源不断的机会与财富。

"是啊，对秦笑这样的资本市场的赌客而言，手法自然要高明得多，看起来每个豪掷万金，都会连本带息地不断滚来更为丰厚的回报。"

"这下我明白了，秦笑最擅长的就是空手套白狼！"

"没错！你看他已经很久没那么高调过了，却特意选择在唐焕的婚礼上宣称

'东九块'是他的,难道还不能说明什么吗? 为什么很多人觉得一些富豪一高调,距离他倒下也不远了呢? 其实不是因为他高调引来更多麻烦——这在有时候虽然也是一个原因,但更多的真相是——他本身就不行了,所以必须得高调。高调是他最后一根救命稻草!"

乔安不得不佩服袁得鱼天生的逆向思维,只惭愧自己反应太慢了:"那你打算怎么做?"

"既然对方是空手套白狼,那我就把他打回原型啰!"

"这个怎么搞啊?"

"你想想,当时西方那帮玩杠杆收购的人是什么下场?"

"说起这个,我原来在复旦听过一场讲座,讲座主讲人是个做投资的,说实话,那时候我对投资还一无所知……讲座说的是科尔伯格,就是最早进行所谓的'杠杆收购'的人物之一。两名银行家,几乎不花现金,通过贷款买下一家公司。后来,用贷款买下另一家公司,6 个月转手后赚了 1700 万美元。怀特·黑德、罗伯特·鲁宾这些高盛合伙人,当年也不过赚了 50 万美元。"

"很有趣。不过都是短期暴利,无法持久吧?"

"嗯,他们后来都被抓起来了。"

"一个人如果使劲吹一个泡沫,这个泡沫膨胀起来是很快,但也最容易爆裂。所以,我的思路很简单,同时吹几个不大不小的泡沫,加起来比那个大泡沫大,又不会破……"

"袁得鱼,你就吹吧。那我问你,怎么戳穿秦笑的泡沫?"

"这几年,股市是不是很惨淡? 所有投资品中,什么涨幅最可观?"

"大概就是房地产了吧……"

"你真是冰雪聪明呢,乔安! 这下你知道我为何来'东九块'了吧?"

"你绕了那么大一个圈子,快回答我的问题啊,我还不是很懂。"乔安摇了摇头。

袁得鱼自己也不是特别清楚:"直觉告诉我,'东九块'可能是个击败秦笑的死穴。"

乔安说:"你啥时候只说直觉了?"

"那我问你个简单的问题,上海高峰时间,高架上怎么开车?"

"我只知道会很堵。"乔安不明所以。

"在最右边,因为这条道上,很多车会下匝道,流量最快。"

"你不开车竟然知道这些!"乔安心想,真不知道袁得鱼这样的人观察的世界会有多广阔,但她好像放心他能这么做,不过她又想到另一个问题,"你至少需要一点进入门槛的资金吧。"

"这个会很难吗?"袁得鱼自己也知道,眼下最迫切的,就是搞一笔钱搅局。因为在现在的市场上,机构云集,玩票门槛无形中大幅提高。这个群雄逐鹿的大赌场上,已经容不下任何横空出世的小虾米了。

乔安开着车,一路向东。

"现在去哪里?"袁得鱼侧在车窗旁,打量渐渐弥漫夜色的上海繁华街景。

他已经很久没有回到过这个城市了,但一切的感觉就像昨天刚离开一样,如此清晰亲近。他深深地吸了一口气,还是闻到了上海滩上空相互搏杀的金钱味道。

"我想带你随便逛逛,让你看看近些年上海的一些变化。"

乔安一路将他载到了浦东,沿着世纪公园开了起来。

世纪公园正好在举办烟花节的活动,黑夜中盛放着大朵大朵的烟花,曼妙的音乐声也不断传来:"嘿,正好有个烟花节。"

袁得鱼很开心地看着:"他们是在庆贺我回来吗?"

"这个地区叫做联洋社区,现在已经是上海国际化社区之一,现在看起来很高端,原来就是一片荒芜之地。前些年,一个江苏海门的企业家过来,先是把艺术大师恺撒的一个知名雕塑《大拇指》买了下来迁移到这里,建造了一个大拇指广场,有艺术博物馆,有美食街,有购物中心……后来,这位企业家又投资兴建了几个社区,这一带就逐渐兴旺起来。他自己说,他就像是在规划一个新的城,是属于他的想法的新的、幸福的城……"

"我知道这个人,他也是个出色的投资家,曾经在海南创立了全中国第一只基金——富岛基金,听说他马上要建造的一个商务楼与他的母校五道口有关……"

"是啊,五道口也是中国金融黄埔军校,商务楼以这个命名其实也相当有意思呢。哈哈,你比原来更博闻广识了呢!我都忘了,你在海南那么久,肯定对这些了如指掌。海南这个地方好神奇,好多冒险家去那里淘金,在那里发家,比如现在影响地产界的'万通六君子'。"

"但他们也制造了一堆泡沫。"袁得鱼出神地望着世纪公园周边齐整干净的社区。这里没有喧嚣,绿树成荫,是个多么好的投资环境。

他觉得很有趣,那个企业家,在建造一个顶级社区的时候,第一件事,是把一个充满文化气息的雕塑搬过来:"我喜欢这里。如果可以,我也要造一个世界!不过不是地产,是金融!未来改变世界的力量,是金融!我想让这个世界,因为我的存在,而有改变!"

"你还是自大狂呢!"乔安笑起来,她认识的袁得鱼又回来了。

乔安低下头,总觉得这些年过去,袁得鱼身上发生了一些变化,但她分辨不清是什么,但觉得是些好的东西。令她最开心的是,袁得鱼那种属于他自己的激情一直没变。她很喜欢他眼睛里玩世不恭下不经意间散发出的坚持与执着。

"你看这条民生路,充满了低调、安静、独立的投资氛围,但又有一种多元化与不可一世的气质,我相信未来很多投资人会来这里。但我还是更喜欢外滩,我想在未来,倚着自己办公室的窗口,看到江河的流动,还有万国建筑在水上的闪光,这些都提醒着我,这里曾是远东金融最发达的城市,这个辉煌迟早有一天会再回来!"

乔安笑着,她心想,自己的梦想是什么呢,是媒体人么?她原来想过,上海传媒一条街威海路是否会变成美国的麦克逊大街。只是在任何光辉璀璨的背后,都有资本之手在挥动。

车子又一路开过证券大厦,袁得鱼不经意地低下了头。

"想起常凡了?"

"嗯,能否陪我去礼查饭店那里走走?"

"好啊,但是,让你失望的是,那里的大排档没有了。不过,好消息是,外白渡桥就会迁到礼查饭店对面。"

礼查饭店门口,原来吃大排档的地方只剩下一块空旷的平地。但他脑海中还是浮现起他与杨帷幄、常凡坐在礼查饭店门口的大排档吃起夜宵的情景,不禁感慨过往的时光。

"记得上次过来的时候,大约是在四年前吧。"

"嗯。你那时候还穿着一件红色的大毛衣,袖子过手长,我还在想,你是不是穿着你外婆的毛衣就过来了。"

"袁得鱼,那可是当年最流行的日式毛衣……"

他们在超市里买了一堆啤酒,对着黄浦江喝起来,不由自主地想起多年前的时光。

袁得鱼看着礼查饭店,想起爸爸当年在大排档的时光,童年时自己也喜欢这里热腾腾的空气,喷在他们开创中国资本时代的一群年轻人热情四溢的脸上,那是怎样挥斥方遒的时光。

"杨帷幄、常凡,袁得鱼回上海了!"袁得鱼大声对着江说,"爸爸,我回来了!"

说罢,袁得鱼直接一杯酒下肚。

正在这时,一辆黑色的车猛地开了过来,从车上跳下两个人,朝袁得鱼跑来。袁得鱼想躲闪也来不及,被塞进车里。乔安追了出去,但无济于事。她马上拨打了"110",但电话一通,她就按掉了,马上拨出了另一个电话。

四

邵小曼赶到徐家汇仙炙轩,这里并不显眼,藏在一片丛林之后,是一栋法国文艺复兴时期白色洋楼。如果她没记错,这是白崇禧在上海的老宅子,很多人也称它为白崇禧公馆。

她到达那里的时候,夜幕刚刚降临,天空呈现出一片宁静的深紫色,令她想起哥伦比亚校园里拜占庭建筑背后高阔的星空。

仙炙轩的入口处倒是不大,第一层是个狭小的空间,招待台的屏廊后面,是两排供客人放一些随行衣物的柜子。但是走上旋转的玻璃楼梯后就出现一块开阔的天地——从落地大玻璃窗眺望出去,倚着黑夜前的一点白光,映衬出一片草地,还有几盏马灯的灯光。

邵冲告诉她,他此前会和朋友在附近谈一些事。

邵小曼想,干爹总是能找到上海滩形形色色的好地方,他总是对民国时期的老上海历史了如指掌,或许,这些地方对于干爹来说与常人不同。

她很快看到了邵冲,他在三楼的平层桌子前悠然地叼着烟斗。

"干爹,我来啦……"邵小曼一下子坐在他跟前,"你什么时候开始抽烟斗啦?"

邵冲有滋有味地吸了一口:"香烟是妓女,享受了后就干干净净丢掉;雪茄是情人,需要大量的金钱去维持;烟斗是老婆,不离不弃悉心呵护……"

邵小曼一下子乐了:"真像个'老克勒'①……"

邵冲微微一笑:"海南那边的大寿情况如何?"

邵小曼方才意识到,自己去海南是去祝寿的,只是这些天发生了太多事,竟把正事给忘了:"非常好呢! 老人家收到你让我带给他的礼物也非常开心。"

"不错。"邵冲打量了她一会儿,觉得有些好笑,不由直截了当地说,"你今天怎么这么乖巧? 还一下飞机就打电话给我。是不是有什么事找我?"

"干爹……"被识破的邵小曼一时不知道该说什么好。

更让邵小曼没想到的是,邵冲直接说:"是不是为了袁得鱼?"

邵小曼不由张大了嘴巴:"天哪,用料事如神这四个字形容你都远远不够呢! 干爹,就帮一个忙好不好? 我知道,你与唐家关系非同一般,你让他们取消追杀令好不好?"

"这个事情我管不了! 再说,你怎么非说人家有追杀令呢? 胡说可不好!"邵冲轻描淡写地说,"吃一点冷盘吧! 这几个小菜的味道,都非常好……"

邵小曼无心这些菜肴,她有一种摆脱不了的心慌:"干爹,我真的求你了! 你让我做什么我都愿意! 再说,袁得鱼回上海,根本就是身无分文,放他一条生路有什么关系呢?"

"不会是他让你过来求我的吧? 太可笑了!"邵冲摇了摇头,"你真是太幼稚了!"

"不是这样的,不是这样的! 他只是我朋友罢了! 他没让我过来,是我自己过来的!"邵小曼着急地说,"我知道,唐家的势力很大,他的处境真的太危险了!"

---

① "老克勒",旧上海上层阶级人物。——编者注。

邵冲完全不为所动,只是自己一个人玩着烟斗,吐出浓浓的烟雾。

正在这时,邵小曼接到一个电话,正是乔安打来的:"小曼,你是不是在上海!袁得鱼被人抓起来了!你有办法吗?"

邵小曼挂了电话,将脸转向邵冲,他依旧一脸冷峻。

邵小曼像是鼓足了很大勇气,她紧紧握住邵冲的手,深情地说:"求求你了……爸爸……"

这是多年来,邵小曼第一次叫邵冲爸爸,平日里她只是叫他干爹。

邵冲停住了手里的动作,他没想到邵小曼竟在这个时候叫他爸爸。

邵冲闭起眼睛,摇了摇头:"我真的很不忍心看你这样!我很不喜欢看到你现在的样子,很不喜欢。"

邵冲是邵小曼爷爷 28 个孩子中年龄最小的。在他刚长大成人的时候,邵家就家道中落,去贵州插队落户。他自小身体强壮,打一手很好的乒乓球,平时也喜欢书法,年轻时最爱看的是林语堂的书,但一直没有结婚。

邵小曼渐渐长大后,她才听说,这个叔叔一直暗恋自己的母亲。而邵小曼对母亲最深的印象是,在她小时候,母亲因为父亲出轨而离家出走。那时的父亲已经移民美国。因为妻子离家,父亲在美国很快就又组建了新的家庭,后来也渐渐与邵小曼疏远了。邵小曼对父母的印象,只有原来放在家里的合影。

在她记忆中,小时候自己一直很依赖母亲,脑海中至今还回旋着母亲带她去看的《天空之城》的乐曲。

因为邵冲一直没有孩子,便成了邵小曼的监护人。邵小曼自中学起就一直在美国上学,但只要放假,就会回来。邵小曼也不是特别清楚,为什么邵冲与家里的其他人也并不来往。

邵小曼只是一味地叫邵冲"干爹",但邵小曼分明能感觉到,当她叫邵冲父亲的时候,他的眼眶里似乎闪动着一点泪光。

"我看着你长大的,你一向光鲜亮丽,骄傲自信,从来没有这么低三下四过。你了解这个小子吗?你到底喜欢这个小子什么?到底喜欢这个小子什么?"邵冲几近咆哮。

"爸爸,我就是喜欢他!喜欢一个人需要理由吗?"邵小曼反问道。

邵冲平静下来:"你知不知道我为什么不跟家里人来往?"

邵小曼困惑地摇着头,在她小时候的印象中邵冲跟家里人吵架吵得很凶,她心底里一直觉得,邵冲的脾气有问题,不然家里人不会隔离他。

"因为,他们都反对我带你!他们看我那么坚持,还说你是我亲生的!"邵冲仰天长叹,"这实在是太好笑了!"

邵冲很平缓地说着,但邵小曼强烈感觉到这个男子身上散发出的寒意,她从来没有见过邵冲这般模样。平日里，邵冲总是不动声色、胸有成竹的样子。

邵冲摇摇头："你与你妈妈太像了！不管是长相还是性格，什么都好，就是一根筋！很多人进我们邵家，都是因为我们邵家有钱，但我当年第一次见你妈妈的时候，就知道她根本不图这些，她是真的喜欢你爸爸。之前我从来没见过哪个女人这么爱一个男人的！"

邵小曼沉默了。

"我大学学的是工程力学，当年不甘心一辈子待在贵阳的大山里，就只身来到上海打拼。那时我在上海一个人也不认识，我那时已经是邵家的弃子！我投奔亲戚的时候，他们一个人也不理我！我只好住在苏州河旁边的棚户区，衣服就晾在窗户下的一根铁丝上。不仅有苏州河的恶臭，甚至每天有很多老鼠在我身上爬来爬去。一开始我经常吐，但后来就习惯了！有一天，有一只蜈蚣爬到我脸上，我以为是被子的角硌到我了，就猛地一扯，就是你看到的我脸上的这道伤疤！"

邵小曼看了一眼那道伤疤，有点难过地闭上眼睛。

"那天晚上，我去了上海最高的和平饭店楼顶！我看着万家灯火的夜景，对自己说，我为了自己的梦想来到这个城市，我每天都在看大量的西方原版的金融书学习。我相信，只要坚持下去，我的梦想就会实现。十年后，我实现了自己的梦想！"

"爸爸，我错怪你了！"邵小曼说。

"我太了解你了！我知道你不会在乎那小子有没有钱，你喜欢他的聪明，你甚至喜欢他舔伤口时那种痛苦的样子。但这样的人不会珍惜你！因为你没有力量去触动他的内心，一个聪明的男人只会记得那个改变他、影响他的女人。"

邵小曼摇着头。

邵冲把邵小曼拉到平层外："这里每天都有很多人寻欢作乐，享受生活的美好。但你看前面那栋楼，就在今天，一个绝望的母亲因为儿子不孝顺而自杀！我在证监局的时候，有的股民还朝我跪下。他们都渴望股市给他们一个平等赚钱的机会！但这可能吗？游戏规则掌握在谁的手里？我亲眼看到很多人因为倾家荡产而死去！你知道我的想法么，我让你去金融机构，是为了让你学习这些规则，这才是真正掌控世界的规则！你知道了致富的奥秘之后，你以后做什么事情都会简单！这也是我一直想教给你的最大一笔财富！"

"爸爸，我知道你为我好。但袁得鱼，连玩这样游戏的机会都没有！他现在真的身无分文，你就让他在这里自生自灭好了！用不着赶尽杀绝啊！"

"如果你再提这个事，我就不要你这个女儿了！我们从此一刀两断。"

邵小曼泪流满面，哽咽道："你为了我，能与亲戚们决绝！那你也肯定能理解我，为什么要这么苦苦哀求你！求求你放过他，这真的有这么难么？"

邵冲自有苦楚，他心里清楚，以邵小曼的才智，如果她与袁得鱼联手，这将是多么可怕的力量,连自己都未必能够控制,他怎么能答应呢?

邵小曼说:"求求你了! 爸爸! 就算为了我妈妈,求求你!"

邵冲一直在摇头:"邵小曼,你太倔强了! 太强大的女人,是不会得到幸福的!"

邵小曼终于说:"爸爸,我听你的话,现在就去美国,去投行! 这样可以吗? 可以吗?"

"在我答应你之前,你必须得答应我一件事!"邵冲像是忽然想起了什么重要的事,顿了一下,"永远陪着我……"

五

乔安还是很焦虑,于是又打了电话给许诺:"你在哪里?"

"我回上海了! 我在家里打扫屋子呢! 还不到半个月,家里怎么那么多灰,脏死了!"许诺一边说,一边忙不迭地掸灰,脸上灰扑扑的。

"袁得鱼被人抓起来了!"

"啊! 怎么回事? 你在哪里?"许诺一下子警觉起来,"我马上过去!"

许诺赶到外滩礼查饭店的时候,看到乔安一个人站在破车旁,惊魂不定的样子。

就在这个时候,一辆黑色汽车突然开了过来。

乔安诧异地盯着这辆黑色汽车看,她一下子反应过来:"啊,就是这辆! 许诺,你赶紧记一下车牌号,我来打电话报警!"她还没拨通,车子就停了一下,"刺溜"开走了,留下了一个熟悉的身影。

只见袁得鱼摸了摸后脑勺,一副很莫名其妙的样子,见到乔安站在原地,不由说:"刚才不是我幻想出来的吧? 我这就安全了?"

"刚才到底发生了什么?"许诺一下子跑过来。

袁得鱼见到许诺马上想跑。

"你这次别想跑!"许诺眼明手快地拉住袁得鱼的裤腰皮带扣。

"我被人一拖上车,就被打晕了。我睁开眼的时候,头也被袋子一直蒙着,但闻着好像是到了一个潮湿的老房子里。我听到了开门声,心想,这下估计死定了。没想到又被人拖上车,又回来了。真的好奇怪呢!"

"太好了!"许诺还是很开心,"你安全了呢!"

乔安还在那里想着:"难道是……邵小曼……"

他们都看着她。

"我刚才也打了电话给邵小曼……"乔安说。

"我一直听邵小曼说,她会找他干爹……"许诺想起什么。

"不行！我要见她一面！"袁得鱼突然说，"乔安，你能联系上她吗？她在哪里？"

"好的，我问问。"乔安没见过袁得鱼那么紧张，过了一会儿，"她关机了。"

袁得鱼有种不祥的预感，急躁地一个人沿着黄浦路来回跑。

"你怎么啦？"

"不知道，就是很慌！不要管我！"

正在这时，一辆公交车在袁得鱼眼前开过，然而袁得鱼看见了什么，大叫道："邵小曼——"狠命地追起车来。

许诺和乔安见袁得鱼猛跑，也跟在他后面跑，但很快被袁得鱼远远甩在后面。

邵小曼把手贴在公交车后面的玻璃上，心情复杂地望着袁得鱼，眼泪流了下来。她难道不该高兴么？她成功地偷偷搭乘公交车，见到了心上人一面，但眼泪怎么还是控制不住呢？

公交车停了下来，袁得鱼一个箭步冲上去，拉住邵小曼，把她死命给拽了下来，尽管邵小曼一直在拒绝。

袁得鱼大口喘着气，上气不接下气地说："小曼，我以为再也见不到你了！"

邵小曼刚刚平静的脸庞上，两行眼泪又滴落下来。

"到底发生了什么事？"袁得鱼关心地问道，"你到底怎么跟你干爹说的？"

邵小曼沉默不语，闪动着动人的眼眸，一直盯着袁得鱼的眼睛。

"我要去美国工作了。"邵小曼终于说，"我是来跟你道别的！"

袁得鱼松了口气："我还以为你出了什么事，你不是一直在美国吗？去美国工作有什么大不了的。你以为这样就跟我分开了么？说不定我很快也杀到美国去了！"

"好好对许诺，祝你们幸福！"说着，邵小曼的眼泪又流了下来。

袁得鱼耐心地帮她拭去眼泪。

"如果，这是我最后一次见你，你必须得把所有的话，现在的，将来的，就在此时此刻全部倒出来。你会对我说什么呢？"邵小曼问道。

袁得鱼盯着邵小曼的眼睛，这个女孩子是如此美丽，对自己又是痴情一片。他猛地想起那次在别墅里，这个骄傲自信的女孩，第一次展现出的娇羞的面容。他对她何尝不曾动过心呢？然而，现在的自己，算什么东西呢？只会给她增加麻烦，在很多时候只会依赖着她，这次遇险也多亏了她。他怎么忍心让她为自己如此辛劳呢？

邵小曼见袁得鱼沉默，故意轻松道："前面有一条我很喜欢的路，陪我走走吧？"

袁得鱼点点头。

两人安静地走在圆明园路上。

这是一条幽静的小路，没有任何车辆，就他们两人。

路两旁尽是万国建筑——天主教新天安堂、真光大楼、兰心戏院、中华基督教女青年会大楼……袁得鱼惊叹哥特、巴洛克等建筑的美妙,这里的一切与灯光铺洒的地面,形成一座迷离的历史宫殿,像是穿越到了地球另一端的时空。

"这里好美! 我第一次来这里。上海让人惊讶的地方太多了!"

"呵呵,我想到第一次去外滩19号时,发现里面没太多人。于是我就问我干爹,我说这里为什么没有人过来,你看这里的一杯鸡尾酒也不过60元,与外面三流酒吧的价格差不多。我干爹说,这就是大多数穷人的心态,默然地接受世界上大多数不公平的规则,其实他们只要突破自己,就会发现一个与自己之前想象全然不同的世界。我很喜欢这里,我曾经想过,如果和我的白马王子一起来这里会怎样。没想到第一个陪我走这段路的男生是你……"

袁得鱼抓了一下头。

"袁得鱼,能答应我一件事吗?"邵小曼像是心情好了很多,调皮地看了他一眼。

"好啊。"袁得鱼点点头。

"抱我一下。"邵小曼轻轻地说。

袁得鱼心里"咯噔"了一下,说:"万一抱了一下后,你爱上我怎么办?"

"抱不抱?"

邵小曼还没反应过来,就感觉被轻轻一拉,一下子坠入袁得鱼宽阔的怀里,如此温暖,还能清晰地听见对方慌乱的心跳,她闭起了眼睛。

"是我自己舍不得你。"袁得鱼低下头,附在她的耳边说。

邵小曼再次泪如雨下,很快沾湿了袁得鱼的胸襟。

袁得鱼说:"我好希望自己,现在就变得很强大!"

"你已经很强大了! 强大不在于你现在拥有多少财富,而是拥有别人怎么也抢不走的东西。"

袁得鱼露出健康的牙齿,笑得很好看。

"好了,我不想再沉沦到你的笑里去了……"邵小曼从袁得鱼怀中跳开,随即深深地吸了一口气,"再见!"

"再见!"袁得鱼挥挥手说。

袁得鱼默默地看着邵小曼消失在圆明园路的尽头。

他走回南苏州路,看到许诺与乔安在原地等他。

"你跑到哪里去了?"

"一个很近,但又好像很远的地方……"

"是,回家了么?"许诺不小心问道。

袁得鱼也想起什么,抓了一下头说:"不知道我的老巢还在不在。"

乔安在苏州和袁得鱼一起读书的时候就知道,因袁得鱼父亲的变故,袁家的老宅子早在袁得鱼流离到苏州的时候就卖了,他在上海基本是无家可归……

乔安跟着他们来到一个三岔路口。袁得鱼来回走了两圈,没发现原来的门。后来他发现,自己原先住的废弃旧车库,已经又被人改装过,只留下一道边门。

他推开那个虚掩的刷着红色调漆的木门——里面堆满了垃圾,散发着一股霉味,地上还扔着几杆称和一些麻袋,像是被收垃圾的人给霸占了。

"这是我的地盘……"袁得鱼冲进去大叫,发现人家五口人都睡在地铺上,两个小孩被惊醒后,白痴一样地望着他,还一个比较小的女孩子,瞬间哭了起来。

那个脏兮兮的丈夫顺手捞起一杆秤就向袁得鱼挥来。

"这是我的地方!"袁得鱼一边闪躲一边说理。

许诺与乔安把袁得鱼给拖走了。

"你们不要管我了,我住我弟那里——"

她们面面相觑了。

"我怎么不知道你还有个弟弟啊?"许诺吃惊地说。

"我明天还有一些事,能用你的车吗?"

"好吧,我这几天正好不用。"

袁得鱼把她们送回家后,就开车向"东九块"方向而去。

第五章　填漏洞戏法

你已经边缘性地进入了这场阴谋，除了主动乃至假作愉快地参与，似乎别无选择……

——歌德

一

袁得鱼靠近"东九块"的时候，远远就看到一个矮矮胖胖的男孩子呆坐在"东九块"小区门口的椅子上，满头都是血。

袁得鱼看了一下时间，已经都快 12 点了，为什么还不回家呢？如果受伤严重的话，也该去医院啊。

"你的头怎么回事？"

丁喜抬起头，看见熟悉的吉普车，又看到了车子里的袁得鱼——眼前这个人不就是白天遇到的大哥哥吗？虽然他说会来找自己，但速度也太快了吧？丁喜还是有点结巴："被，被打的……"

"还是白天那帮人么？"

丁喜点点头："你，你走后，他们，他们又回来了……狠命，打我……"

"我带你去医院？"

"没，没钱——"

"上车！"袁得鱼不容反对地说。

到医院后，丁喜的头被包了起来。医生说，再晚点，就会破伤风。

袁得鱼把丁喜送了回去，这是个不大的空间，大约 35 平方米，是上海老公房里最常见的一室半，直筒式的穿风房间。各种装修还是 20 世纪 90 年代初的样子，贴着都快掉落的泡沫墙纸。老式家具也都像是出自江湖手艺。袁得鱼摸了摸一个颜色不太搭调的绛红色五斗橱，心想，真是怀旧的房子啊。

袁得鱼心满意足，这个歇脚地比那个车库好多了。

袁得鱼还没开口，丁喜突然朝着袁得鱼跪了下来："哥——"

袁得鱼不知道发生了什么。

"我，我要跟你一起……"

"要不我们先睡吧！我就不回去了！"

丁喜点点头，很快帮袁得鱼铺好床，自己睡到半间那个阁楼里。

这个晚上，丁喜像是心底里有了什么着落，有点兴奋，直到快清晨的时候才刚睡着。

第二天，丁喜还没起床，突然发现一个帅哥站在自己面前。

今天的袁得鱼，穿着一身笔挺的西装，身形魁梧高大，头发也用发蜡伺候过，根根都充满蓬勃向上的朝气。他的胡子刮得很干净，露出俊美偶傥的脸型，眼睛黑得就像深井，水盈盈的发亮，完全不像前一天那个站着都会随时睡着的胡子拉碴的大哥。

"西装借我一下啊，我稍微改了一下……"

"原来是我爸爸的……"

"我去把车开来……"

丁喜出门时，发现那辆二手吉普破破烂烂，反倒衬出座驾上的袁得鱼一副不拘一格的雅痞模样。

袁得鱼从车里探出头，开怀地笑："走吧，今天我带你去兜风！"

胖乎乎的丁喜开心地点点头，他一坐上来，车子就发出"隆隆"的怪叫。

车子在大马路上飞驰，直奔延安路高架。

穿越延安路隧道的时候，袁得鱼看了一眼丁喜——那孩子以为自己来到了黑乎乎光影忽明忽暗的山洞里，有点害怕地用双手捂住眼睛。袁得鱼笑得很开心。

重见天日的时候，丁喜惊喜地叫出来，仿佛车子冲出了山脉，右前方钢结构的金茂大厦赫然跃在眼前，那大厦威猛地屹立着，尖尖金属反光的大厦顶上，挂着一枚太阳。

前方的视野更为开阔，转了一个弯，如同去掉了一层天然的屏障，齐刷刷的大厦群一下子出现在眼前，围成了一个圈。

"来过么？陆家嘴。"

丁喜摇摇头，他发现自己喜欢这里——绿草成茵，大厦林立，充满活力，刮在脸上的清凉的野风，间歇吹来。

"这里是全中国独一无二的金融城，你知道为什么独一无二吗？"

丁喜摇摇头。

"因为这里有一条江……欧洲的金融之城——伦敦,有一条泰晤士河;美国的金融之城——纽约曼哈顿,有一条依斯特河;亚洲金融中心的东京,东南部濒临东京湾……"

丁喜的眼睛难得一见地亮了起来。

袁得鱼继续说:"前几年,我在南方待了一段时间。南方说'财'与'水'的发音一样,所以有人觉得,像这样的金融之城,有水在,就更容易聚拢财气。水是有灵性的物质,聚财的流动。古时有句话叫做,'山不在高,有仙则名,水不在深,有龙则灵'……"

丁喜沉思起来,喉咙里发出奇怪的"咕咕"声,好像刚刚意识到活了那么大,就像一只蛰伏在原始森林里的动物,还是素食的那种。

"你看这里的窗户——最有钱的老板们,都坐在那一格格落地玻璃窗后面,看江起江落。你想和他们一样有钱吗?"袁得鱼也这么看过窗外,他记得那时,很多船只,平静地游弋在水面上,还有遥远的汽笛声传入耳际。

丁喜想了想,老实地点点头。

"这一点也不难。你看到他们了么?"袁得鱼努了一下嘴,一群神清气爽的白领们在大道上走过,"这些人,都在亲自给落地窗后面的富人送去大把大把的金钱,自己却浑然不觉……知道我和他们的区别吗?"在袁得鱼看来,全世界的财富结构就是一个硕大的金字塔。这个世界有两种人,一种人,让钱为自己工作,为改变世界而存在;另一种人,为钱而工作,被不公正的体系压迫。为钱工作的人,在金字塔底端,勤劳而痛苦,用的也是金字塔底的思维方式,唯有站在顶端的那群人,才有源源不断的金钱!

丁喜两唇略微张开,像是在寻思什么。

"是不是不知道我在说什么? 你看着我怎么做吧!"

袁得鱼把车开到招商银行大楼,贷了一笔无抵押贷款。

此时此刻,他身无分文,但他需要一小笔启动资金,他想要的钱并不多,2万足矣。他把通过无抵押贷款的资金放到了丁喜那里。

丁喜看了看那些合同,看到利息时,倒吸了一口气——2万元,借90天,就要支付2000元手续费。他打开那个袁得鱼交给他的、他正紧紧揣在怀里的黑色商务包,小心翼翼地把钱塞了进去。

袁得鱼他们又来到银城中路上的一栋商务楼里。

那里的9楼,是家大型国有信托公司,里面人来人往,办公桌密集。经济不景气的时候,这里的生意一如既往,实属难得。

袁得鱼来到深处的一个办公桌,这里他不是第一次过来。

记得第一次来的时候,他还是个青涩的少年,他跟着一个陌生的人来到这里,办理他父亲的房产抵押。他当年很惊讶，父亲把房子都赌进去了，在这样一笔胜率只有50%的买卖中，赌得那么彻底、那么大。在离开那张桌子的时候，少年袁得鱼回望了一眼，在他眼中，这里就是个可怕的无底洞，吸走了巨鹿路别墅，吸走了父亲的希望，也彻底吸走了他原本平静而美好的生活。

如今，袁得鱼却坦然地走到这里，他分明知道，现在的自己，与当年有什么不同——他掌握了某种与财富有关的力量。

"有没有质押到期的房屋？"袁得鱼问道。

"是你？"桌子后面的人，记忆力好得出奇，竟然把袁得鱼认了出来。那人看起来是个典型的上海男人，皮肤很好，瘦高个，约莫40来岁，普通话里带着一种上海腔。

"嗯，你应该还记得，你当年说过，给了你那么大一笔单子，以后有生意的话，我们能有优先权……"

"这……"男子面露难色，这在当时，恐怕只是客套罢了。但是，在当时那种市况下，那幢巨鹿路的别墅，确实给他的事业带来了深远的影响。时隔近10年，虽然他还在做同样的买卖，但他知道，自己的财富早就达到了之前想都没想到过的程度。

"前阵子我一直在打听你，听说你还在这里，我真的很宽慰，我以为找不到你了……"袁得鱼说。

"这样吧，等到中午休息时间，就是11点半的时候，你到楼下的星巴克等我。"

对方没有直接回绝，袁得鱼预感到有戏。他看了一下手表，还差20分钟，点点头。

在星巴克，那个男子迟到了一会儿，但他没有要进去喝咖啡的意思，开门见山地说："刚才在单位里不太方便，我们是个很大的国有企业。我带你们去我自己的公司。"

袁得鱼跟着男子去了地下车库，男子载着他们，大约过了10多分钟，在一栋破烂的大楼前停了下来，这栋大楼的大门并不起眼，大门旁是一个喧嚣的菜市场。不知怎的，袁得鱼看到那个菜市场时，分了一下神。

他们进了一楼一个并不起眼的房间，男子叼了根烟，说："你想要什么样的房子？"

"好出手的。"袁得鱼不假思索地说。

"我这里很多房子，基本都是公司质押，很多都是质押一层办公楼，面积动辄上千平方米。恕我说话直接，恐怕不适合你这样的投资者。"

"我知道，你和很多律师行还有产权事务所也有很多关系……"

那人只是一个劲儿地抽烟："这样，一般人我还真不会说，因为这样的房子我们只会让自己人拿下。这是一套商业别墅，性价比倒是很不错。"

"总价多少?"

"220万元,地段在杨浦区的五角场。"

"还有没有更便宜的?"

"这太难了……不然我自己早就出手了……"

"一点心意……"袁得鱼用眼神使唤了一下丁喜,丁喜将信将疑地将手伸进公文包里,他拿出一叠,袁得鱼摇摇头,丁喜又拿出一叠。

2万元现金,赫然放在茶几上。

那中年男人神情有了很大转变:"你太客气了! 我再找找的话,应该还是有希望的。"说着,他转身朝里屋走去。

大约过了10分钟,他拿出一叠资料:"这个你肯定喜欢,对你再合适不过了。100万元的投资! 这是一个商家抵押的一个小商铺,他做了新生意后,还是破产了,足足比市价便宜20万元。我正好有另一个大生意要做,资金周转不过来,不然就自己做了。"

袁得鱼看了男子一眼,说:"是不是拆迁房不可以抵押?"

"这要看时间了。"男子比此前的语速要快很多。

"如果我没猜错,你们这个房子的抵押过期时间,在拆迁通告下放之前,就可以做。"

"原理上是这样。"

丁喜在袁得鱼的提示下,拿出了房产证,还有自己的身份证。

"你们运气不错! 我能操作!"

大约折腾了一下午,手续都办齐了。

"接下来我们做什么?"丁喜疑惑地问。

"当然是卖房子!"

"我有个疑惑,我的房子,不是只值20万元么? 怎么可以抵押那么多钱?"

"因为他也知道,我会很快转手。你的房子,只不过是一张信用凭证而已。"

"你怎么知道这里能买到便宜的房子?"

"因为经济不景气,大部分实业面临资金链的风险,就会出现很多抵押出去的房产。那些抵押公司的房子,都会有很高的折扣。比如原先要卖100万元的房屋,现在只卖75万元,与外界唯一的区别是要求全部现金。大一点的投资标的,基本都要走拍卖流程。但这些小项目就未必。只是我没想到,这个熟人,竟然还偷偷地自立门户,反倒给我们提供了很多方便。"

丁喜沉思了一会儿说:"我,有个直觉。见到这个人,你,像是预期了很久……"

袁得鱼笑了一下,心想,未来会有更多的棋子,这里仅仅是整个庞大计划的开始。

"如果他，没项目？"丁喜问道，依旧用他的说话方式，"不就，没戏了。"

"我还有备选方案。再说，他手上的这些项目，我基本都打听过的，是有准备之仗。"

购买程序随即启动。

袁得鱼在报纸上刊登售房广告，说自己因为要做生意，以110万元为一口价，卖出市价120万元的房子。

袁得鱼留下的联系电话铃声很快就响个不停。

袁得鱼他们对有希望成交的买主进行了一一筛选。当房屋在法律上归袁得鱼所有后，所有有望成交的买主都被允许去实地察看这套房子。交易非常火爆，房子在几分钟之内就售出了。袁得鱼要求得到3万元的手续费，买主很高兴地支付了。袁得鱼马上用这笔钱支付了中介服务的公司手续费尾款，还偿还了银行的2万元和额外的2000元利息。

几乎是马不停蹄，袁得鱼将到手的107万——因为其中3万让房东作为定金先预留出，自己将这笔钱中的2万元作为交易花费，还有1万元作广告费，在第一时间赎回了作为抵押的丁喜的房产，又支付了高达10%的贷款利息——10万，袁得鱼净赚94万元，而所有的工作时间累计起来大约不到2天。

当多数人为自己的大量资金无处可投，做很多生意失败率都很高发愁的时候，袁得鱼反倒发挥了现金优势，轻轻松松空手套白狼了一把。

丁喜一直坐在车上发呆，后来比划着问袁得鱼，自己的房子是否完好无损。

"没错！"

他有做了个放大的手势："多，多了94万元？"

"是啊，只要脑筋活，一个粗通财务并能阅读数字的人，就能将金钱创造出来。即使在萧条的市场中，也不怕没有机会。"

丁喜有点后怕："你，不怕，他们不付钱……"

"你看，我对买主可是精挑细选的。再说，若是如此，倒是个好消息。因为房地产未来还将是最火爆的市场之一。我们那栋售价110万元的房屋，若交易失败，还能以120万元的价格重新卖出。此外，倒是我们可以以对方违约的名义，将对方定金收入囊中，这个赚钱过程还可以被继续下去。如果实在不行，那对于新买主，我们还可以提供别的优惠，比如首期零支付，对我们而言，只存在资金进入的时间长短。我计算过，银行放款时间至多一个月，反正我们总是能拿到现金，但让买主感觉到十足优惠了。"

"别，别人，怎么做呢？比如，我，我没熟人，就没有，房源……"丁喜焦虑的时候拔了自己一根头发。

"你觉得我与那个给我们提供房源的家伙有很密切的关系吗？熟人，都是自己创造出来的。我只是恰好认识这个人,我就懒得去找其他人了……"

"哈……"丁喜摇头晃脑,露出不可思议的表情,"一下子……那么多钱……"

"这才是开始。"袁得鱼开着吉普又来到那个简朴的办公室。

那个老板正在办公室里喝咖啡。

"你上次说,你还有一套220万元的商铺是吗?"

……

袁得鱼与丁喜又一同做了三笔交易,有一笔交易,因为也是老板的熟人,只是利用了一下他们的现金流周转了一下,基本没捞到什么钱。

但他们通过这总共四次的买入、撮合和卖出交易,一共赚取了200万元。

"嘿!"在银行里,袁得鱼让丁喜看ATM机显示器上的存款数额。

"啊!"丁喜满眼扑进的都是2后面无数个零,他数都数不过来。

"别那么激动! 这又不是真金白银,不过是一堆数字而已。"

丁喜吃惊地望着袁得鱼:"可以,可以用来买吃的……"

"如果你不会玩。这些钱,就是一堆越来越少的数字! 不说这些了……"袁得鱼说,"你说说你自己最爱吃什么,哥带你去!"

丁喜想了很久很久,终于吐出了这么几个字:"白,白斩鸡……"

袁得鱼倒也不意外:"那就走吧!"

啃着小绍兴白斩鸡的时候,丁喜还一个劲儿地在那里发呆,眼前还是那一长串数字,他仿佛能听见钱从天而降的哗啦啦声响。

袁得鱼一脸满不在乎的样子。

"你,你见过,那么多钱,钱吗?"

"没有啊!"袁得鱼果断地说。

"那你,为什么,那么,那么平静……我这里,跳得,好快,好快!"丁喜说着,捂着自己的胸口说,"你,一个子,也没,没出……"

"因为我会用杠杆啊!"袁得鱼说,"因为现在房地产交易清淡,所以我可以用很大的杠杆玩。用杠杆玩房地产,就是最好的交易。不过有个前提是,你得会这门生意!"

"那,那你会吗?"

"你说呢?"

丁喜一下子愣住了,木讷的眼睛再次放光。

袁得鱼啃了一口鸡腿,又痛饮了一口啤酒:"从技术上讲,我在交易中没有投入任何资金,可我的投资回报是无穷大。你看,当我第一次卖出房屋时,我就归还了银行2万元与利息。我在做第二笔交易中,我就完全不需要银行的成本,我的选择范围变得更大,我还可以将贷款延期至30年。那样,我就可以拥有更多现金,猎取更大的投资标的。我借第一笔资金,就是用了一次杠杆,我把这个杠杆,撬动了第一套房子,接着,我撬动了更大的房子,这就是杠杆!"

"你,你是天才,一个月,月还不到,200万元……"

"喏,这是给你的报酬!"

丁喜满脸不可思议,张大嘴巴,嘴角的葱花也顾不上擦掉——足足20万现金。

他使劲摇着头不肯收:"不不,我,我只想,想跟着你……"

"那就先放我这里。"袁得鱼倒也痛快,"我倒不是说,不给你。而是,现在的我,比你更会用这笔钱,所以你做了一个聪明的选择。"

丁喜一个劲儿地点头。

"不过,你,你能先给我2万元吗?"

"当然,这本来就是你的钱!"袁得鱼说,"我正好拿出了一点散钱,包里正好有2万元,你先拿走!"

丁喜受宠若惊,摸到一张张票子的时候,比看到那些一长串的数字对他而言更触目惊心。

"你现在知道,你的这套房子,值多少钱了么?"

丁喜又点点头。

"如果他们拆迁,只给你40万元……"

"啊!"丁喜一脸怎么可以的表情,随即若有所思。

"想想未来,什么是你的王牌……"

虽然,袁得鱼能清楚地感觉到,银行卡揣在裤脚口袋里,那种被硬质卡角触碰的感觉。这张卡也像是无时无刻不在提醒着自己,这里有200万元,这是普通人可能要辛苦大半辈子才能赚得的财富。

然而,此时的袁得鱼确实没有太多兴奋。

他想起自己曾在车库里看过的《说谎者的扑克牌》里的一个片段,一个大学刚毕业,进到华尔街所罗门兄弟公司上班的小职员,公司给他的开价是4.2万美元外加6000美元奖金。而当时,他学校的一个老师——一个伦敦经济学院的资深教授,已经40多岁,收入却只有他的一半。

他冷笑了一下,这个世界有多少正义呢? 完全由懂得金钱游戏的一群人在操盘。

袁得鱼不爱那个世界,但他深知那个财富世界的规律,也知道如何利用自己过人的天赋将这个规律发挥到极致。他知道,明不明白那些规律,决定着一个人是将一生清贫还是有享用不完的财富——这两类人,所处的是两个彻底截然不同的世界。

袁得鱼原本不想介入这个纸醉金迷的世界。

然而,他所面对的那些劲敌,全都是那个世界的高手。兴许,这20多天里赚得的 200 万元,捞到的仅是一张进入那个世界角逐的入门券,就好像进入"门萨"智商至少要不低于130,好像每个高尔夫球手必须把球打过 250 码才能离开练习场。

袁得鱼也知道,至于你将在那个世界能跑多远,依赖更多的,是你本身的天赋。这也是他如今自信与他们决战的原因。这个世界的规律好在,财富的起点有时候并不是那么重要。袁得鱼自己也有种好奇,自己在那个世界,将有多大的主宰力。

毕竟这只是开始,在未来,那里,可能他会抵达他自己都无法想象的遥远距离。

至少此刻,他隐隐约约觉得,那个复仇棋盘比以往任何时候都清晰可见,尽管上方的空气也更为稀薄——那一张黑魆魆的赌桌上,他一共面对着 6 个形态各异的玩家,还有一个人至今看不清面孔。就是这些人,形态各异地在中国证券市场这张危险的大赌场上杂耍,神通广大,各显能耐。

如果把这 200 万元现金换成筹码会怎样?他能想象筹码倒下的哗哗响声。只是,这么点筹码,现在恐怕连一把像样的轮盘赌都玩不起。

袁得鱼开着轰轰作响的吉普。

"接,接下来去哪里?"丁喜好像也有点振奋起来。

"A股!"袁得鱼不假思索地说。他知道,眼下的房地产市场已经无法满足自己的胃口,他的下一站是资本市场!

二

唐煜下班的时候,偌大一个办公室差不多就只剩下他一个人。他习惯性地打开自己的一个资金账户,似乎距离目标不算太远了。

他松了口气,眺望了一眼窗外,夜空下尽是星星点点的摩天大楼灯光,充斥着物欲横流的味道。

他忽然看到那个他梦寐以求的号码亮了起来——是邵小曼!

自上次从海南回来后,他们基本没有什么联系,邵小曼整个人就像消失了一样,打电话给她也不接,没想到这次居然会主动打来。

电话里,邵小曼像是有什么心事,直截了当地问:"一个人,是不是只要忙碌起来,就可以忘去很多不开心的事?"

"理论上,是的吧?"唐煜完全不知道邵小曼在想什么。

"你陪我出来吃点东西吧!我在香港!"

"啊!你在香港呢!太好了!你在哪儿呢?在兰桂坊吃个饭?"

唐煜几乎是从中环交易广场飞奔出来,赶往香港中环最有特色的酒吧区。

兰桂坊最大的特色就是盘旋在山间的蜿蜒小路,有着贴近原始的野趣。然而,兰桂坊又是那么现代,那么灯红酒绿,那么时尚。

上海似乎就缺少这样错落而干净的山坡，即使是低调地坐落着美琪大戏院的奉贤路，也完全撑不起神秘慵懒的气息，无数曲曲折折的角落更像是别有隐喻的空镜头。

唐煜坐上一道山间电梯，看到正好在之行山道间酒吧前发呆的邵小曼——她发呆的样子还是那么美，无懈可击的侧脸，头发干练地扎起，露出白皙修长的脖子。

与此前唯一不同的是，她鼻梁上架着一副无镜片的古奇黑框眼镜，像是在遮挡白天工作的疲惫。

她看起来没有在海南时那么精神，眼睛里有点忧伤。

"小曼!"唐煜大方地坐下，"我带你去个好吃好喝的地方!"

邵小曼打量了一眼唐煜，精神不是很振奋："我都可以。这些地方，对我来说，没什么区别呢!"

"那怎样才有区别呢?"

"只有开心与不开心的区别……"

"怎么啦？小曼，你有心事。"

"没事……"

"饿么?"

邵小曼摇了摇头。

唐煜想了想说："要不，我们先点一些小吃与咖啡？我还记得我们在上海一起喝过咖啡呢。如果我没记错的话，你喜欢 Espresso(意式特浓咖啡)。嗯，这张单子上正好有!"

唐煜看了一眼小店柜台前一排满满的装满咖啡豆的密封玻璃罐，说："我后来才知道，Espresso 是 on the spur of the moment 与 for you 的意思，就好像，嘿，来杯咖啡，因为，那是我与你一起独享的时光，这感觉还挺美妙。这家店的特色是自制咖啡，我来亲手为你做一份 Espresso 吧!"说着，他取出一点咖啡豆，娴熟地倒在研磨勺上，合起来，在竹炭上加热……

唐煜端上来的时候，金属的盛器中，咖啡还在翻腾，散发出浓郁的香味，直冲鼻腔而来。

邵小曼心满意足地喝了一口，心情像是好了一些："没想到你还挺细心的!"

"看你开心一些了，我也好过多啦!"唐煜呷了一口这里所谓的蓝山咖啡。

喝了一口后，邵小曼依旧一个人发呆，若有所思。

"现在袁得鱼怎么样了?"唐煜随口问道。他想起，自己离开海南的时候，好几个女孩还在一起照顾他。

邵小曼听到这个名字的时候，又有点伤神起来："不要跟我提这个人好吗?"

"好吧! 我们都不要睬他了! 他是个坏人! 行不行?"唐煜哄着她。

邵小曼突然站起来："走吧，带我去喝酒！"唐煜还没反应过来，就被她拉住袖子，直接往兰桂坊深处走。

酒逢知己千杯少。

这是一家创意酒吧，整个就像一个太空舱，大门会自动滑开，银白色的墙壁，昏暗得只看得到一臂距离的灯光，在欧洲风弥漫的兰桂坊反倒有些另类。

酒端了上来，一个银色大冰钵中插放了 25 支试管，每支试管里都有清澄的鸡尾酒。

唐煜玩笑道："我最爱这款鸡尾酒，因为是我的泡妞神器。"

"哈哈哈，像你这样的乖仔，还有泡妞神器！"邵小曼笑话了一下，"不过，这个倒让我想到原来去欧洲玩的时候，医院主题酒吧，他们的服务员都穿着护士装，酒就从试管里倒出来，还是红酒……"

"真是毛骨悚然啊！哈哈！"

"为你这个无往而不胜的泡妞神器干杯！"

两人说着，就拿着试管酒干了一下。

邵小曼一仰头就把整个试管里的酒都喝完了，嘴边留下清冽的甜香："好喝。"

唐煜笑了起来，试管酒最大的特色就是，一试管一试管喝下去的时候，觉得很小量，很爽口，酒量不胜时，一旦喝到十支以上，就会自动醉倒，就像古人喜欢用小盅喝白酒是一个道理，一小杯一小杯，自己也记不得喝了多少，真的想起来的时候，早已不省人事。

他们畅怀地喝了起来，聊了不少开心的事。

"你说那次我们玩'摩天轮'的运气怎么那么好？"邵小曼有些喝多了，抓起唐煜的手臂上的红线说，"我上次在海南的时候，就想笑话你，怎么还系着，都脏死了！"

"话说，当年我们玩的时候，我就想要这一个奖品，没想到还真是它！"唐煜痴迷地看着邵小曼，"如果这个红线，真的是月老的红线就好了。"

"哈哈！"邵小曼开玩笑道，"那我赶紧成全你跟袁得鱼，他不是也有一根？"

"那还不如我把他手里的那根夺过来！"

"说不定他早就扔了，上次就没看到！"

"这种时候，谁长情谁专一真是一目了然……"唐煜故意捋了一下袖子，又把红线给亮了出来。

邵小曼很开心，把脚翘起来："你看，我的红绳也在，在这里呢……"

唐煜分明看到白皙的脚踝有根红绳："原来，我们都是痴情的人呢！"

他看邵小曼又开始发呆，于是拨动了一下冰钵里的冰沙："话说，你去了哪家投行？他们的人真是有福呢！我干脆也跳槽过去算了。"

"高盛,我现在到了一个很奇怪的部门,做 SWAP① 的……"

"我知道,掉期交易……"

"我跟别人说,别人都不知道呢,还以为我是卖手表的——Swatch,我在那里做交易助理,我刚去的时候他们都以为我是实习生。"

"哈哈,投行经常会招募一些顶级名模做实习生,一方面可以让她们做 Sales,另一方面,可以激发金融男的斗志呢! 那可是金融衍生品最核心的部分,你的干爹真是用心良苦! 你在那儿真的可以好好锻炼一下呢! 而且,高盛的创业气氛很浓厚,这是我很羡慕他们的一点……"

"那大概是高盛没有上市之前吧! 听说他们上市之后,跑了很多人! 他们说做了公共公司之后,就不是原来的味道了,因为有些事要做给公众看。这些跑的人,反倒成了高盛创业精神的象征,真是讽刺。对了,我听说,你们摩根士丹利有个部门特别厉害……"

"是过程驱动交易部吧,也叫 PDT,也就是 Process Driven Trading,这个部门有个很厉害的人叫穆勒,他们过去 10 年的业绩足足可以傲视华尔街,区区 50 个人就为我们公司带来了 60 亿美元的利润……"

邵小曼点点头,发现自己好像有点喜欢投行的氛围了。

唐煜也很开心,他从没想到可以与自己心爱的女孩子聊这些,尤其是他对未来已经有十分明了的计划,如果心上人也是 partner,那就更美妙了。不过,他也知道,目前看来,这仅仅是个稍纵即逝的念头:"看你适应得那么快,我好高兴。我就知道,你是个特别聪明的女孩子。记得上次在海南的时候,你还好像不是很乐意的样子,怎么突然就想开了呢?"

这不由说到了邵小曼的伤心之处,她拿起面前一个"试管",一口气倒了下去,自言自语地说:"为什么,一点都不自由呢?"

这句话说到了唐煜的心底里:"虽然我跟我爸爸现在有些疏远,但我还是觉得自己在他的安排之中。所以,我一直在酝酿自己的计划……"

"你是说,成立自己的对冲基金?"

唐煜有点兴奋起来,他很喜欢邵小曼这种知己的感觉,不是只有对自己有兴趣的女孩子,才会这么理解自己么? 唐煜目前最大的焦虑,正是想自己赶紧成立一个对冲基金。

虽然这些年投行的高收入也让他积累了不少资金,但目前,不论是从自己在市

---

① SWAP,掉期交易是一种金融衍生品,指交易双方约定在未来某一期限相互交换各自持有的资产或现金流的交易形式。较为常见的是外汇掉期交易和利率掉期交易,多被用作避险和投机的目的。——编者注。

场上的号召力还是成立一个对冲基金的起始资金等方面来说,都还有不小的距离。他相信自己的实力,他差的,可能就是一点机会,或者说,一点点运气。最理想的方式是,在资本市场上,他能成功打出一场有影响力的战斗,并在这场战斗中,攫取自己最大的第一桶金,这是最完美的方式!

他后悔直到很久以后才明白当年老爷子让他主战申强高速的用意——那可是当年上海滩最受瞩目的股票。只不过袁得鱼的出现,彻底搅了那场局,真是辜负了父亲的一番好心。但现在对于唐煜来说,他无论如何也不想再依靠父亲了。

不管如何,唐煜已经意识到,在投行正儿八经地积累财富,绝对不是自己最好的出路。如果说,申强高速是他与袁得鱼这一代的小试牛刀,那还是属于他们父辈那一代的资本游戏。如今,他要自己找到这样的战役,还要干得漂漂亮亮!

邵小曼也意识到唐煜眼睛里的亮光,她知道他误解了。对于像她这样聪明的女孩子来说,很多接触过她的人都说过,你怎么能那么理解我呢?她的美女身份更增加了这些人的喜悦感,而她不过是把记忆中的一些事串联起来罢了,所有人做事不都是有前后逻辑的么:"为什么不在摩根士丹利做自己的团队呢?"

"爸爸会管到我! 有时候,我只想离他远远的……"

"想离开就是能离开的吗?"邵小曼有点触景生情。

"我什么都不怕! 因为,这里有动力……"唐煜指了指自己的心,突然深情地说,"你的笑,比我的心跳重要!"

邵小曼已经喝了很多酒,听到这句话,突然"扑哧"一下笑了出来。

"我知道你在你干爹的干涉下也不快乐。我们一起离开好不好?"

邵小曼有点恍惚地看着眼前的男子,眼睛有点迷蒙起来:"唐煜,你真好,我做你的女朋友好不好?"

唐煜怔怔地望着小醉后,神情娇嗔的邵小曼,心里想着求之不得,但总感觉有些奇怪,他小心翼翼地说:"你,放得下袁得鱼吗……"

"放下,不放下,是我可以选择的吗?"邵小曼冷笑了一下,痛快地又喝完一根试管。

"他到底对你做什么了?"唐煜紧张起来。

邵小曼闭起眼睛,不知为何,脑海中忽然浮出在上海最后一次相见的时候,袁得鱼把自己揽入怀中的那一幕。她至今能记得他"砰砰"乱跳的心跳声,还有那温热宽广的胸膛,真的好安心,真想一直靠在他身上,好好甜蜜地睡上一觉。

如果袁得鱼对自己狠一点就好了。为什么自己能觉察到,他是喜欢自己的呢?不然自己也不会那么伤感吧。邵小曼沉默了半晌,眼睛又迅速红了起来。

唐煜捏起了拳头,有些愤愤不平地说:"我一定要去收拾一下那小子!"

三

2005 年的 A 股,依旧是一片阴郁之气,犹如烈日暴晒下又干又热的沙漠,了无生机。

袁得鱼走进一家证券营业部。

丁喜也半信半疑地跟在他身后走了进去,尽管他完全不知道这是什么地方。

袁得鱼娴熟地打开营业部散户室的操作台面,看了没多久,嘴角很快露出一丝笑意——目标出现了!

他锁定的这只股票叫海上飞。如果没有判断错,这只股票会给他带来不错的收益。

他翻看了一下 F10 上这只股票的最新动态——当前,海上飞正在轰轰烈烈地"公开选秀",不少财经媒体也在做跟进报道。所谓"公开选秀",就是上市公司在市场上找个东家。因为中国很多大企业集团,从国有公司转型成上市公司,但管理方式还比较滞后,一旦不小心沦为债务重重、有大量不良资产的"烂摊子"后,它们往往会选择进行重组改制。

早在 2002 年年底,海上飞就被当地政府列入需要改制的全国 82 家大企业集团名单。半年前,海上飞开始正式公开寻觅东家。据说,不少机构有意向。大概还有不到 10 天,谁是东家就会水落石出。

丁喜在一旁见袁得鱼一直在研究海上飞,不由好奇地问:"为,为什么是这只股……"

"赌过马吗?"袁得鱼问丁喜。

丁喜摇摇头。

"那你赌过钱么?"

丁喜继续摇头,他不明白袁得鱼问他这些做什么。

"连赌博都没碰过,还能叫男人?"袁得鱼笑了一下。

"不,不是说,赌博是不好的么?"

"又没说让你做赌徒!"

"这,这跟股票,啥关系……"

"赌马的时候,你不能赌那种特别热的马,因为这样没钱赚。你也不能赌那种特别冷的马,因为参与的人太少,也可能会玩不下去!这个海上飞,就是最好的马——它呢,还算有点热,但没太多人敢碰,因为它不赚钱。"

丁喜完全听不懂,但他认真地说:"我,我学得会吗?"

袁得鱼得瑟了一下:"投资是需要天赋的……"

从盘面来看,海上飞股价很长时间一直纹丝不动,在低位震荡。

袁得鱼看了看加入竞购程序的公司——一家是摩根士丹利,一家是明日系旗下的投资公司,还有一家是泰达系旗下的泰达信托。

他不由心想,这下好玩了,竟然还跟唐子风有关系。

他突然想到,自己在海南装傻期间,乔安说过秦笑公司架构的事。他当时就觉得,秦笑应当还暗中控制了一家公司,这家公司会不会就是海上飞?

袁得鱼又看了一些资料,海上飞的盘子实在是太小了,总市值才8000万元,流通市值才3000万元。袁得鱼暗想,这不正是自己搅局的最好机会么?

他把丁喜拖了出去:"走,喝咖啡去!"

"现在不,不买吗?"

"不着急,我们的弹药都准备好了,就差个信号了。"

"什么信号?"

袁得鱼微微一笑:"到时候自然会知道。"

他端着咖啡,泡在营业部,翻阅起最近的报纸,很多财经媒体报道了一些海上飞的尽职调查情况,报纸也对这三家参加竞购的公司做了热门点评。

有媒体称:"唐子风作为上海滩江山稳固的金融大鳄,在资本市场上一路斩获,他为何会竞标海上飞呢?难道海上飞有它不可思议的价值?非常值得观察!"

也有媒体犀利地指出:"这恐怕是唐子风做的最无策略的一个决定,海上飞只是家奄奄一息的死公司,这笔交易,最大的受益者将是当地政府。"

难怪海上飞的股价就那么胶着。

袁得鱼觉得很好笑。

快到收盘的时候,营业部的很多人都叫起来了。

袁得鱼抬起头——大屏幕上显示的正是海上飞的日线。只见临近尾盘时,海上飞股价笔直坠落,若不是因为收盘,都很难想象,这次跳水究竟会已掉落至多么深不可测的悬崖。

袁得鱼火速查了一下信息——原来,就在三分钟前,海上飞突发公告称,未来三年不再提交再融资方案。这也就意味着,就算新东家入驻,也无法进行圈钱融资。不少机构竞拍这类资质不好的公司主要就是看中上市公司的"壳"效应。未来三年连钱都没法圈,海上飞的吸引力自然大大削弱。

"买不?"

"还不是时候!"

他觉得海上飞怎么看,走势都相当蹊跷,直觉告诉他,这只股票可能与秦笑有关,自己距离打开整个复仇计划的缺口是那么近。

正思忖着,乔安打来电话:"有个重大发现,有没有兴趣一听?"

"关于什么的……"

"你知道海上飞么？"

"哈哈，那不是我的猎物吗？"

三

袁得鱼好歹也算是见过世面的人，但他到达丁喜住处的时候，还是被眼前景象惊呆了。

丁喜家门前从来没涌现过那么多人，整个走廊完全都挤满了。

"哎哟，这就是那个大英雄！"一个阿姨一见袁得鱼，就激动地赞许道，"不愧是个天才，长得真是一表人才！"

"阿姨，你才是天才！你长得比刘晓庆还漂亮！"

"啊，这孩子还知道刘晓庆！阿姨好开心！"

袁得鱼穿过人群，不由轻声问丁喜："这是怎么回事？"

"阿，阿姨说，今天下午来，来找我。"丁喜指了指一个粉色衣服的中年女子说："就是，我，我这个邻居，大，大概，是她，把他们拉过来的……"

这位阿姨说："我们听丁喜说了，你小子特别能发财！我们打算不动迁了！"

丁喜转头对袁得鱼说："那，那天，我，我一回来，就还，还给她 5000 元，以前借，借的。她，她问我，钱哪来的，我，说，说是你赚出来的……"

袁得鱼大致明白了事情的原委，但他没想到会把这七大姑八大姨引过来。

"小兄弟！我们都不想拆迁了！"一个人突然叫起来。

不想所有人都嚷开了："对的，对的！小兄弟带我们发财！"

袁得鱼只好安抚大家："我明白，明白！我非常感谢大家那么看得起我！我不是不想为大家赚钱。不过呢，有些赚钱的办法，只能用一次，第二次就不管用了！就像做生意一样，一条街，如果一家人卖酒肯定生意不错，人人都做这个生意，肯定得亏钱！"

"那你，肯定有其他门道啰！"一个阿姨还朝袁得鱼飞了一个媚眼。

丁喜一直低着头，非常不安，又束手无策。

"这样吧，我们进去也不合适，房间那么小，又很闷，我们下楼说……"袁得鱼说。

一帮人跟着袁得鱼下了楼。

袁得鱼心里琢磨着，如果秦笑的资金岌岌可危，而自己有办法拖住"东九块"的动迁，说不定就能让秦笑功亏一篑，既然这帮人自己都围过来了，那不如顺水推舟一把。

袁得鱼先是在小区花园里跟他们忽悠了一会儿赚钱之道，那些人个个听得都像是得到了什么真知。

袁得鱼最后总结陈词道："总之，不要轻易动迁！这是你们的第一桶金！"

"我们才不管是不是第一桶金，我们知道，就这么搬走，肯定不划算！"

"是啊，你看，丁喜都能搞出200万元出来！对吧，丁喜，200万元！"

丁喜在那边一个劲儿地擦汗。

袁得鱼瞪了丁喜一眼，他没想到连200万元这样的细节都透露了。

这时，正好几个在"东九块"驻守的黑衣人看到了这一幕。

黑衣人认出了袁得鱼："怎么又是这臭小子！"

"老大不是说，不能动他！"

这时，雷声轰鸣。

"哎呀，要下雨了，我下次再跟大家说！"袁得鱼赶忙溜走。

那些人在他背后狂叫："带着我们发财啊，我们做钉子户！"

窘迫不堪的丁喜跟在袁得鱼后面："对，对不起……"

袁得鱼把丁喜远远地甩在后面。

"原，原谅我……"

袁得鱼不做声，继续大步流星往前走。

"如果，如果你不原谅我，我就一直站在这里……"

袁得鱼没空甩他，他要去见乔安。

袁得鱼沿着余姚路一路向北走去，一路上形形色色的美艳女子，时不时向他抛来性感的媚眼。袁得鱼嬉皮笑脸地对着她们，反倒是把几个本来想迎上身的女子吓了一跳。

他斜靠在余姚路的一根电线杆上，低头抽了根烟。

不知怎的，他想起了妹妹苏秒。

他吐了口氤氲的烟雾，看着它一点一点消散在空中。

他不知道乔安的报社怎么会在这个地方。他朝四周围眺望了一番——那是静安区北面一个老厂房改建的文化创意产业集聚地，三角地形，最早是被一个人称"交际花"的香港女明星包揽下来，难怪取了个听起来有些纸醉金迷的名字——同乐坊。

乔安来了。她穿着一件紫色的格子衬衫，浅蓝色牛仔裤，比较居家随意模样，与周遭香艳的氛围很不一样。

"这里是什么鬼地方？你怎么在这里上班？"袁得鱼问。

"哦，这里有好几个上海滩出名的酒吧，这里还有个知名的鸭店。不过，我们的办公室也在这里面，也算是出淤泥而不染。喏，就是那栋大楼。"

"看起来真像监狱！"袁得鱼瞄了一眼由老厂房改造的办公大楼，整栋外墙都是灰色的。

他们去了同乐坊里一家叫"老灶店"的餐厅——白墙瓦屋,老上海的家具什件,四方桌子、红格子的小方巾……袁得鱼觉得像是回到了小时候,住在弄堂里奔跑的那个喧闹年代。

"这个店是上海老演员林栋甫开的,本帮菜,你应该喜欢……"

"难怪这里有种似曾相识的感觉,原来是'老克勒'风格……"袁得鱼嚼着腌制过的小黄鱼,一脸满足状,"对了,你说什么重大发现?"

"给你看个东西——"乔安想起什么,从包里挖出一叠纸抛到了桌上。

"这是什么?"

"海上飞的财务报表。"

"这封皮上白纸黑字写得清清楚楚,不用说都看得到呢!"袁得鱼指着封皮。

"你这人怎么那么讨厌!"

"这就是你说的重大发现? 这些不都有公开数据……"袁得鱼颇为不满。

"你先看看吧!"

袁得鱼仔细翻阅起来。

"我们发现,其实秦笑早在2003年年初,就对这家公司暗中操盘……"

"这么说来,差不多快三年,可以看出不少名堂了。"

"你是说,什么样的名堂呢?"

"至少可以看出管理层是否诚实。如果是我,从来不会买不诚实的上市公司股票。"

"怎么判断他们是否诚实呢?"乔安好奇心又起来了。

"看他们是否会自相矛盾,因为如果吹牛,他们必须得用一个谎去圆另一个谎。你想,如果是真事,他们三年前讲的,他们永远都记得,而那些自己吹出来的假话,时间一长,他们自己都会忘记,三年后就随便编。而且,假话是圆不了的,编来编去,总是会首尾不能兼顾。你发现这些人前言不搭后语的时候,特别好玩! 所以,平日里,你若要注意高管的言行是否一致,一个最好的方法就是看年报——诚实的年报很连贯,自然就逻辑性很强;不诚实的,你把时间拉长看,就发现很难自圆其说。这点很容易辨别。"袁得鱼看了没多久,仿佛心领神会,"不出所料,果然有破绽。"

"啊? 我怎么就是看不出来?"

"你看,海上飞2002年的年报称公司亏损0.1亿元,2003年年报显示,一下子亏了6.73亿元。直觉上,这里面有问题,应当是隐瞒了什么真相。乔安,你认识什么财务专家么?"

乔安想了想,说:"财务专家我有认识一些,但并不太熟。我倒是知道一个人,对财务十分精通,虽说本行不是财务,但我只要稿子中遇到财务问题,每次都能从他那得到解答。而且你随时都能找到他!"

"是谁？"袁得鱼有些惊喜。

"是我们主任，他是复旦大学世界经济系毕业的，对财务研究很有自己的一套。不瞒你说，他之前就提醒我说，海上飞财报里有问题，但我没搭理他。如今看来，你们还真是英雄所见略同。"

"他的专业性或许能给我提供更多细节。他人在哪里？"

"就在对面那栋楼的办公室里。"乔安笑得一脸得意。

大约十分钟后，袁得鱼看到一个瘦高个男子进来，三十岁左右，身高大约一米七八的样子，看起来很斯文，戴着一副精巧的无框眼镜，乍看起来有点腼腆、内向。

他看到袁得鱼后，神情透出一丝诧异。

"幸会！"袁得鱼伸出手。

"幸会。"

"我来介绍一下，这位就是我那高中同学——袁得鱼！这位是我们英明神武的主任——吴恙。我们全体办公室女生的暗恋对象。"

"啊，我知道你！"吴恙笑起来，他打量了一下眼前的袁得鱼，他没想到传说中的投资天才是这么个青春逼人的小伙子，眉宇间还透出少年英气，乍看还以为是哪里来的调皮高中生，蓬头垢面，很随性的模样，与金融行业那种自命不凡、成熟狡猾的精英气质完全不同，却又难以掩饰一种不凡的气息，"请问你是在哪个机构……"

"我就是一个人在家没事的时候，看看盘……"

"我知道你是谁了！"吴恙点点头，"乔安经常提到你，当年，那个震惊中国资本市场的中邮科技，好像也有你的参与？"

"那是我师傅做的。"

"那你师傅呢？"

袁得鱼停了一会儿，透过窗外，看到了一片星空："天各一方……"

"对不起……"

乔安打破了尴尬："主任，我跟袁得鱼说，你对财务方面非常精通……"

"这不是做财经调查新闻的基本功嘛。"

"哎呀，我要无地自容了，我就老学不会……"

"如果你想好好学，我随时等着你！"主任的镜片闪了一下，"你现在不是还小嘛，还是多跑跑，见见世面。"

"主任，你对我真好！"乔安随即将那叠纸扔在吴恙面前，"你白天扫了这个财务报表一眼就说有很大问题，但我看了半天就没看出来。赶快给我指点一下迷津吧！"

吴恙的镜片又闪了一下。

"主任，多吃一点。"乔安将刚端上来的虾丸夹了一个在吴恙碗里。

吴恙幸福地吃了一口，随即对着财报看起来，像是入了迷。

过了一会儿,他举着纸说:"我看出造假的点在哪里了。"

乔安激动起来:"主任快赐教!"

"固定资产减值准备这一项有矛盾。"

乔安吐了吐舌头,她完全不知道这个财务项目。

"2003年年报显示,公司亏损。公司说亏损原因是计提巨额的固定资产减值准备。在那一年的财务报表中,公司共计提了5.04亿元资产减值准备,这让公司的营业利润下降了6.73亿元。这意味着,如果不算计提,公司正常的经营亏损是1.69亿元。然而,这家公司过去每年都是赚钱的。尤其是在2003年之前,每年的营业利润基本都在6亿元左右。"

"是的是的。"乔安点头。

"好玩的是,公司前三季度的报表还显示,营业利润为0.1亿元。你不觉得奇怪么,四季度一个季度就亏了1.7亿元。我们再看单价信息——公司第四季度的营业收入是1.36亿元,营业成本高达2.62亿元。这意味着什么? 说明海上飞在以一半的价格销售产品。这可能吗? 就算真有这样重大的成本变化,肯定会有公告。这不就是明显的造假嘛……"

"主任,我觉得你今天特别帅……"乔安盯着吴恙猛看一番。

"那这笔资金,是去哪里了呢?"袁得鱼问道,这才是他最关心的问题。

"如果我没猜错,应该是关联公司。"吴恙顿了一下说,"2003年年报上,海上飞承认了关联方经非经营性占用了2.34亿元,除此之外,还经营性占用了应收账款4.61亿元。但是,谁能分清经营性占用与非经营性占用的区别,应收账款与其他应收款的区别? 这笔资金加起来是6.95亿元……"

"有意思……这笔资金,正好与公司往年收益差不多……"袁得鱼说。

"对的,海上飞正是通过这些手法,隐瞒了与关联方发生的巨额资金往来。"

"合情合理。"袁得鱼点点头。

"利益方吞掉的资金还不止这些。如果涉及'占款假还',那说明公司还可能通过资金循环运作,或者倒贷的方式偿还欠款。那公司第三季度的实际账面上的3.66亿元现金也可能早就被关联方非经营占用了。如果真是如此,关联公司占用的资金达到10.61亿元。"

袁得鱼像是被打通任督二脉一般,高兴地拍了一下桌子:"好一个乾坤大挪移!"

"以你看来,这家公司现在都被秦笑掏空了,照理说恨不得赶紧卖个好人家。为什么他们还要发布三年内不融资的公告呢?"乔安不由好奇地问道。

"如果要融资的话,那对公司的财务状况会查得更细致。三年是个过渡期。说不定,这家公司背后还有其他的利益输送! 乔安你好好跟踪一下,查查这关联公司到底怎么一回事。"吴恙说到这里,木讷的神情一下子放开,"哈哈,又有大新闻可做了!"

乔安禁不住拍起手来:"太精彩了!我终于知道,我们杂志的调查新闻为啥在同行中遥遥领先了。"

吴恙不好意思地推了推眼镜,低头喝起汤来。

乔安忽然将头转向吴恙:"主任,以你的财务分析能力,很多上市公司的暴利手段你都一清二楚吧,为什么你连股票账户都没开过?"

"想来,很多与我一起出道的新闻同行,好像就这样暴富了。但这样,怎么能做出纯粹的新闻呢……"吴恙一脸书生的样子,"乔安,你仔细想想,如何把这个稿子做出来,找到他们前后的逻辑。这里面已经有很多有意思的新闻点了,如果没事,我就先走了!"

乔安望着主任精瘦的背影,不知为何,有些感动。

她转过头对袁得鱼说:"你知道吗?复旦世界经济系是复旦录取分数线最高的几个系之一,从那出来的很多学生现在都身家上亿了。他那么有才华,随便进入一家财经机构,赚取丰厚的收入,对他而言根本不是难事。"

"身家上亿又怎样呢?"袁得鱼转过头说,"不过,我喜欢你们的主任,他知道,什么对他来说是重要的事。得到不是最难的,知道怎么放弃才算人物。"

"我此前好像误解了他。总觉得,他这样的人,有点傻。说不定,他才是最幸福的呢!"

"小心哦,他喜欢你!"袁得鱼凑近乔安的耳朵说。

"别乱说!"乔安的脸红了一下,朝袁得鱼踢了一脚。

四

秦笑拿着高尔夫球杆,狠狠地砸烂了动迁户刚递来的联名抗议信。

秦笑强烈意识到,这个"东九块"是块难啃的铁骨头。

这些抗议信都提到坚持要回搬房。这些身经百战的拆迁户在信里直接挑明,什么货币安置,什么搬到杨浦,对他们来说,都算不得划算的买卖。唯有回搬房方案,不仅能享受同样的地理位置,还有政策优惠。拆迁户都想着在原地买大一些的新房子,因为那在价格上还可以打个折扣。

然而,秦笑自恃等不起。对秦笑来说,这歇一天,就是一天的巨额成本,比拍影视剧时大腕拒演养个摄制组可烧钱多了。

秦笑奇怪的是,之前搬迁工作都进展得还可以,怎么突然就冒出来这个茬儿。

"怎么回事?"秦笑对着一群黑衣人大发雷霆。

黑衣人中,有两个人面面相觑,终于,他们站出来说:"老大,下午的时候,我们看见好大一群拆迁户,跟着袁得鱼,说不搬了……"

"什么,袁得鱼,就是那个人吗……"

"没错,就是他!就是那小子从中作梗!这帮拆迁户一边跟着他,一边还在叫,我们都做钉子户,做钉子户!"

秦笑想起邵冲的关照,顿时一副很头痛的样子。

另一个黑衣人仿佛看出了他的心意,马上出主意:"老大,我们还发现,他好像有个弟弟……"他对着秦笑耳语了一番。

秦笑点点头,想起自己原本就埋伏好的手腕——唐焕,他马上打了个电话:"唐焕,有个事,我看就你出马最合适了……"

唐焕心领神会,毕竟,这个"东九块",也有他的八分之一,听到袁得鱼这三个字他更是咬牙切齿了一下。

唐焕他们杀到"东九块"的时候,天已经下起了暴雨。

"那小子的弟弟呢?"唐焕问道。

黑衣人指了指"东九块"小区门口一个胖胖的男孩,只见雨水把他浑身都浇透了。

男孩仿佛有些发烧,嘴里喃喃地说:"哥,请,请原,原谅我……"

"原来是个傻帽!"唐焕对手下说,"再帮我搞几个钉子户过来,就说我们约他们谈谈,问问他们需求。"

手下很快就从联名信上找来几个带头的钉子户。

钉子户们经过丁喜身边的时候,诧异地望着他:"走啊,小兄弟!"

"不,不走!"丁喜继续喃喃地说,"我答应好的……"

衣服上流下的雨水在他脚下形成一根根水链,但他仿佛一点儿也没有察觉。

黑衣人上来拖丁喜,丁喜死命儿站在原地。后来又上来两个,才把丁喜塞到车里。

谈判地点在延安中路一家叫"望日"的会所后面一栋黑魆魆的三层高的小楼里,周边灯火阑珊。

会所一边是个乌烟瘴气的泉池,另一个是家叫做红高跟鞋的俱乐部。

"上去吧!"有个黑衣人叼着根烟,看了一眼时间,推着这帮人往上走。

"我们老大就在那里。"黑衣人指了指楼上的一点灯光说。

拆迁户虽然觉得感觉有点不对,但仗着人多势众,还是跟过去了。

他们沿着潮湿的楼梯走上了二楼,穿过一条暗长的走廊。

丁喜抬起头,走廊顶部是圆弧的透明玻璃顶,雨水在顶上无助地拍打出"啪啪"声,他头发上的水也机械般地滴落下来,他终于感觉到一丝冷意。

正在这时,一个黑衣人接了个电话,他没听几句,就停下脚步,脸色有些阴沉,说:"老大想和你们在一楼谈。"

他们只好折返,黑衣人说:"坐电梯吧! 就在前面。"

在走廊的拐角处,呈现出一部破旧的电梯。

黑衣人拿出一把钥匙,对着电梯旁的钥匙孔旋转了一下,电梯的楼层显示电子板亮了起来,电盘上的数字上从"1"变成了"3"。

电梯门打开,一个瘦高个先走了进去。

很奇怪的是,只听"啊"的一声回音,这个瘦高个就不见了人影。

这时大家才发现,这个电梯根本就没底,只是两块松动的有反光的纸板。

瘦子在下面发出一声声惨叫,像是见到了什么恐怖的东西。

钉子户们有点害怕了,他们退缩着,想从上来的楼道下去。正在这时,从走廊尽头一下次冲出来一群黑衣人,把这几个拆迁户一下子包围了。这些黑衣人来势汹汹,一句话也不说,面无表情地朝他们黑压压地杀来……

一个大妈哭得鬼哭狼嚎:"呜呜呜,求你们了! 我一分钱不要了还不行吗? 我家里有老年痴呆的老公,精神病的儿子……"

黑衣人毫不留情,将大妈死命往电梯里拖,大妈的手死死扒住电梯门。

黑衣人拿着铁棒敲打她的手,门上一下子凿出了醒目的红色血印……大妈用仓皇绝望的神情望着丁喜:"我,我签字!"

还有一个中年男子,他看起来很健硕,但声音也颤抖起来:"你,你们想干吗? 你,你们这是犯法的……"

他想突破重围冲出去,但还是被几个彪形大汉挡了回来。一个大汉用脚朝他肚子一蹬,中年男子一下子就翻到了电梯边沿。但他还是眼明手快地抓住边沿,没让自己掉下去。

黑衣人对此早就司空见惯,他们按了一下电梯按钮。两扇电梯门重重地朝那男子夹去。"嘭——嘭——嘭",男子的身体被夹了三下,他发出痛苦的哀号,掉落下去。

在掉落的一瞬间,丁喜见到他张大嘴一副难以置信的痛苦表情。

丁喜也禁不住地瑟瑟发抖。

"哎哟,怎么那么臭。怎么搞的?"

"哈哈哈,这小子尿裤子了!"有人捏着鼻子,打量着丁喜。

"岂止尿裤子,黄金也下来了吧!"

"哈哈哈……"三四个黑衣人一齐大笑起来。

丁喜瘫软在地。

"哎哟,你小子不是很会挑事的嘛……"有人嘲笑道。

丁喜跪在地上,声音发抖:"我,不,签……"

这帮人如一群猛兽般,冲向丁喜,有的人直接拿刀架在他脖子上……

袁得鱼赶回"东九块"的时候，发现屋子里门关着，丁喜不在里面。

他又跑出来问小区门卫，他人去了哪里。

"哦，这小子，刚才一直在门口站着，大概站了有三个多小时……浑身上下都是水……"

袁得鱼惊讶不已："那他现在去哪里了？"

"我们也不知道……有几个人把他带走了，好像……"

"你刚才说，他就一直站在那根柱子旁吗？"

"是啊……"门卫上下打量着袁得鱼。

袁得鱼看到柱子上密密麻麻地写着："哥，请原谅我。"他心里不由"咯噔"了一下。

他的视线一直下移，发现有行小字，歪歪扭扭地写着一个地址。

这群黑衣人刚想走，突然听到警车的呼啸声。

一个黑衣人往楼下看："妈呀，警车来了！"

袁得鱼与警察一同赶了过来。

袁得鱼一眼就看到倒在血泊中的丁喜。丁喜的脸色青白，嘴唇没有一点血色。他左边淤青的脸上，还有好几个被烟头烫下的印子。他的身体就像一摊烂泥。

丁喜看到袁得鱼的时候，嘴角露出微笑。

"丁喜，你一定要恢复过来啊！"

"哥，我，我太笨……"

"不，你有投资天赋！投资中最重要的一条就是纪律。在超级恶劣的环境下，能遵循自己的诺言，遵循自己设定的纪律，不是一般人都能做得到的。所以，你会是最厉害最厉害的投资高手！"

"原，原谅我……"丁喜艰难地吐着字说。

袁得鱼点点头。

丁喜笑着闭上了眼睛，颈部动脉的血还是一个劲儿地往外直飙。地上一大摊血凝固起来，黏稠地凝结在一起。

"下手太狠了。"一个警察说。

送到医院的时候，丁喜已经彻底失去了知觉。

"医生，他怎么样？"

"脑部可能有损坏……"

袁得鱼一个人静静地待在病房门口，握紧了拳头。

五

日本北海道的温泉故乡登别,四处飘散着刺鼻的硫磺气味。

距离温泉酒店一条街不远,是非常奇异的地狱谷景观——所有的山石都曾被火山的岩浆覆盖,留下一道道青黄、姜黄、鹅黄、灰白和褐色的岩层,四处都雾气腾腾,从地面的裂缝冒出热气,整个人就像置于地狱的沸水大炉中。这里的水质在世界范围内也很闻名,多为硫化氢与食盐水质。由于温泉海拔200米,坐落于原始森林之中。路间时不时会出现一些小鬼的石雕,却完全不吓人,有父子鬼,有地鬼,就像长着角,露出獠牙的有血有肉的人。

一群来自上海滩的大佬在"第一陇本馆"相会。

这是个周末夜晚,几个大佬因为身处露天温泉,头上都盖着一块白布,升腾起袅袅蒸汽。

这稀罕的泉水仿佛能洗尽满身铅华。

就在第一陇本馆温池不远,有一个大约50平方米大小的泉源,热气腾腾,时不时有高达10来米的滚烫温泉喷出。很奇怪的是,虽说是泉源,待平静时凑近看,还是无法看到实的泉眼,也看不到岩石上有可以让地下水涌出的裂缝。

然而,滚烫的泉水,倒是无形无影,源源不断从地底流出,嘟嘟冒出滚烫水泡——仿若如火如荼的资本界,圈内人早已刀光剑影,圈外人却怎么也看不清其间的激烈交锋,以为一切太平。

此时,他们仰面躺在雾气蒙蒙的温泉中,山中正好雾气大,时而朦朦胧胧,看不清对方的脸,这让他们无比自在。他们一边聊天,一边痛快地喝酒。

这群人嬉笑着一些八卦,在他们的眼睛里,任何事物总不过资本二字,而他们对这样一个世界的底细了如指掌,他们眼前中的事物都是由各式各样的人脉与金钱搭建而成的。

"温泉真能治疗很多病么?"有人问道。

"有一定道理。不过,如果我面前放着两套别墅,一套温泉别墅,一套高尔夫别墅。那我宁愿选择高尔夫别墅。最近佘山又建了个高尔夫别墅,业主直接享受每年40万元高尔夫的年卡,你们可以考虑考虑……"

"我知道那里,是仿莱茵的一个小镇,私家庭院也很大,外墙都是从德国空运来的石灰岩,私密性不错,还有个马场……"

不过,他们讨论的焦点,很快又落在了海上飞上。

"上次秦笑不来,是为了运作海上飞么? 这一次,他怎么还没出现呢? 你们唐家,一会儿说要竞拍海上飞,一会儿又撤出,是不是跟他在联合操盘啊?"一个长得有点富态的中年男子说,他是银海证券总裁卞时庆,说话非常直接。银海证券是上海数一数二的券商,在券商重组大潮中,银海证券通过并购其他小券商奠定了自己的江山。

"他说要以空间换时间。我们只是帮他多争取一点时间而已。"唐烨说。

卞时庆笑了笑,他这个人很喜欢笑。

"最近秦笑是不是动真格了,听说还是那小子惹出来的事?本来不是说要干掉他吗?"卞时庆只是略知一二。

唐子风将身体往水中潜下去一些。

唐烨声音在雾气中升起:"哼,那小子估计最近也很痛苦吧!"

韩昊冷笑了一下,忍不住说:"我看最好还是赶尽杀绝。"

唐子风目露凶光,以他的个性,早就斩草除根了,如果不是邵冲那天电话到唐府,哪还轮得到那小子在眼前跳来跳去。不过,邵冲只是暗示让他们撤回追杀令,不要惊动太大,但他还有其他选择,不让这个人死,但可以让这个人生不如死。

池子雾蒙蒙的,云气流动,潮润的水珠一颗颗坠落。

韩昊仿佛能感觉到唐子风从水底里透出的杀气。

唐子风环视了一圈,心里想着计划——找谁呢?这里每个人都各有所长。

韩昊是个神奇的波段操盘手,精于计算与强大的盘感,总是能用直觉捕捉到市场上一闪而过的短线机会。

唐烨是个社交天才,很多电影明星经常在他的豪宅里聚会。那塞满小野马敞篷汽车、钴蓝色大切诺基吉普和灰色宝马单排座轿车的车库,飞速的时髦游艇,在法国石灰石眺望台的求婚仪式,每一次都能成为社交圈的一时之谈。他那上天入地的老婆恰到好处的作秀方式,也总是与他相得益彰。他总有源源不断地来自投行、金融圈高层的一线消息。

唐烨本身就是基金圈人士,此前的传奇经历也令他拥有深厚的投资圈人脉。他平时喜欢打德州扑克,是牌局上的高手,像中投这样最有钱的机构投资,他少不了会混迹其中。

那些个证券老总、上海交易所的人,虽说也有些官方背景,但也都算得上半个市场人士。这是他们这个圈子若即若离的一群重要角色,总是带来精准的"官方"消息。他们也清楚,像邵冲这样高学历的金融高官,也需要他们这样的组织,因为新政策推进,总是需要即时了解来自市场一线的精准反应。而他们自己,同时也是邵冲们将伟大的想法兑现为利益的纽带。

没出现的秦笑,原本算是个台面人物,唐子风原本都要让他三分,毕竟帝王医药是以他的名义为主力搞起来的。只不过,他的身份更像是个实业家,虽然现在已经正式转型成超级地产商,他仍总是喜爱用不断冒风险、不断用杠杆的方式,把虚拟资金搞到最大。

唐子风，如今成了这个圈子的核心人物，是这里的老爷子。

现在，谁有什么了不起的赚钱主意，总是会先与唐子风分享。

唐子风很受用如今这个地位。谁让杨帷幄与他们一刀两断，谁让秦笑自己去香港避难，把这么好的江湖地位拱手相让。这个圈子关系早就不再是多年前的制衡阶段，他唐子风一个人就足以统筹这一切。

只是，唐子风知道，在他们中间，一直有个神秘人。这个人几乎从来没有出现过。那个人有着惊世骇俗的宽宏视野，总是将他们无以复加地推到一个更大的局面。那人不管是全球宏观思维，还是股票方面的各种交易天赋，绝对不亚于当年的袁观潮。

据说，很多人如果处在迷局，与他对谈几分钟，便对一切都了然于心。

世界上总是有这么一种人，总能让人心悦诚服。

只是，他们这个圈子里，只有邵冲清楚那人的底细。

唐子风看着韩昊："我看你一人搞定那小子足矣。"

韩昊笑了一下，也算是心领神会："好吧！既然老大那么看得起我。那这事情就放在我身上。我一定让那小子在市场上输得再也爬不起来，痛不欲生。从此不再来找我们麻烦。不过，我更喜欢打配合战！不要让那小子觉得是我一个人在欺负他！"

"哈哈，你有什么需要，尽管提。"唐焕开怀地说。

"话说唐总，你真是有远见。深圳证券交易所在主板市场内设立中小企业板块，你早几年就在中关村高科技园与高校一起合作成立软件公司。如今，这些公司上市在望。你的大钱又要来了！"卞时庆说。

唐子风虽然也觉得自己的这几个项目还运作得不错，不过，在他心里，他最希望的，还是自己一手筹建的泰达证券赶紧上市。只不过，自2004年9月9日IPO（首次公开募股）暂停以来，这个上市通道就被封住了："以下总看，泰达证券什么时候上市？"

"这家公司早在一年多前就该上市，只是IPO叫停，确实有点生不逢时。毕竟那年，德隆系倒了之后，证监会加强了对民营企业进入券商的监管。民营资本想要进入券商通道，眼看看来，绝非易事。"

唐子风倒也淡定："不过，叫停IPO不过是暂时的。第一次暂停与重启IPO，是1994年7月21日到1994年12月7日，不过5个月不到时间。第二次，是从1995年1月19日到6月9日，也不过5个月时间。第三次，1995年7月5日到1996年1月3日，时间稍长，7个月。眼下是第四次，从2004年9月9日开始，我们不知道将来什么时候重启，但肯定会重启，我们只要准备得充分，机会还是会回到我们手里！"

卞时庆暗暗佩服唐子风的记忆力，不过，他说："只要有谋略，也未必走IPO那条路，这也是唐总你，最擅长的。"

一说到上市与资本,在场所有人都无比兴奋,这是财富金字塔顶端的隐秘部分。

这兴许也是他们自己热爱这个组织的原因,在中国资本市场上发挥无限想象力掘取不可想象的财富。不管何时何地,这里总能冒出无穷无尽的赚钱方法,有时,哗啦啦的金钱就像开了阀门的水闸,流动不止。

很快,大家的盘子里都出现了两个鸡蛋。

"这是现做的日本温泉蛋……"唐子风说。

很多人拿起来,将那蛋壳敲开。

半凝固的蛋清汁液流淌出来,整个落入碗中。蛋黄竟是熟透的凝固,蛋清反倒是奇特的流质,但也不完全是清色,白色的部分,像是一朵一朵零碎的雪花,尝起来柔软爽口。

吞的时候,温泉蛋整个就从喉咙口滑下去,口齿间只留有鲜嫩的口感。

"味道真是不错。这个蛋是怎么做的?"韩昊问道。

"温泉蛋因为水温造成,蛋清与蛋黄的沸点不同。若在普通的沸水下烧煮,蛋清与蛋黄都会凝固,温度由外及里,蛋清先熟。这里煮蛋池的温度在 85 度左右,是蛋黄的沸点,达不到蛋清的沸点,就形成了雪花状的蛋清与半凝固的蛋黄,才成了这个独特的温泉蛋。"唐烨说,他有时候更像是个学者。

大伙儿点点头。

"很多事情,谁都能做,但是又有几人真能把握得住火候。"唐子风突然冒出这么一句,他的声音不高,热气缭绕中的回声更显低沉。

他们心领神会——在上海滩上,只能有一个老爷子。

这个圈子的座次就是论资排辈,资金的资。

唐子风如今最不可一世。

"你们看这个地方叫做地狱谷温泉,听起来恐怕是个很危险的地方。大多数人总是不敢去碰最危险的地方。有个八字真言我自己非常喜欢,分享给大家……"

泉池里一片寂静。

"人心惟危,道心惟微。"说罢,唐子风站起身,离开了雾池。

其余人也纷纷站起,跟随在他身后。

第六章 "东九块"血案

> 人心惟危,道心惟微;惟精惟一,允
> 执厥中。
>
> ——《尚书·大禹谟》

一

这些天,袁得鱼一直守在丁喜的病房门口,他想了很多事情。

病房墙壁的颜色是清冷的绿。

他想起在三天前,医生从手术台出来,摇摇头说:"脑干出血太多,苏醒可能性极小,先留院观察吧!"

袁得鱼走进病房,目光很快被床头柜上一盘刀工利索的切片哈密瓜吸引,切口精细得就像是出自米其林星级餐厅的大厨师之手。他感叹了一下这里护工的水准。

他静静望着丁喜的脸——他胖胖的脸现在就像一个在外面风干的面包。他的嘴巴微微张开,但听不到任何呼吸声,虚弱得就像冬天枝头上的残叶。不过是一天工夫,丁喜看起来整个人缩小了一圈,生命迹象很虚弱,只有胡须还在坚韧地生长。此时此刻,他像僵尸一般昏睡,完全看不出醒来的迹象。

袁得鱼想起父亲在形容垂死的母亲时曾说,死亡就像一辆列车在一点点减速,总有一刻会完全停止,等待那个时刻的感觉是最焦灼的。

现在的丁喜也像是一辆在徐徐减速的列车。

沉默了半晌,袁得鱼有点像是自言自语:"我也想像你这样躺着,不管外面发生了什么。但是,我好像生来就为一些早先设定好的目标活着,必须得沿着预先设定的命运一直走下去。

"爸爸告诉我,高手的常识判断可以很惊人,往往可以把将来的可能预估得八九不离十。因为事物之间本身就有一种最合乎自然的逻辑。就好像有些人低头走路,快撞到前面电线杆之类的障碍物总是会自动闪避开,我好像天生就会这些,就好像我小时候看兵书的时候,发现很多谋略与思路,我天生就会。我看那些东西,仿佛只是在印证自己已有的那些想法而已……

"认识你后,我发现,事物之间,什么都可能发生,本就没有预伏的道理,只要新的平衡点出现,所有正在发生的就是合理。就好像你遇到一个女孩子,你不确定你们是否适合在一起,怎么想也是没用,不如直接和她交往,因为结果就是最好的道理……他们总说你是傻瓜。在我看来,做再聪明的高手,还不如像傻瓜般主动出击……"

丁喜没有任何回应,眼窝一点点深陷下去。

袁得鱼好像闻到了什么熟悉的清新气味。

他听到门口散落了一串零碎的脚步声,连忙追了出去。

医院的草坪上,那个熟悉的身影在他眼前晃动。

"许诺!"袁得鱼唤出这个名字。

女孩有些迟疑地转过身来。

没错,真的是这个女孩——她永远那么挺拔,却瘦弱得叫人怜爱。许诺与此前看起来没太大不同,耐看细致的眼角眉梢,每次笑的时候都几乎把牙肉露出来,眼睛眯成一条缝,阳光得让人看见一下子心里就会暖融融的。

"这几天,你一直在这里偷偷照顾丁喜吧?"袁得鱼问道。

"你自己都睡得七零八落的……"

不知怎的,袁得鱼有点感动。他很喜欢许诺的笑,那笑容舒展得就像阳光底下绒毛被晒得暖融融的兔子,这个女孩阳光单纯的笑脸总是能让袁得鱼轻松自在。

草坪上青绿色的嫩草郁郁葱葱,好闻的沁人清香围绕着他们俩。此时此刻,两人大约只相隔十米的距离。

许诺歪着头,看到袁得鱼嬉皮笑脸地冲她笑,乱蓬蓬的头发,还是像以往那样意气风发。

"对了,你还在卖鱼么?"

许诺侧了一下脸,说:"上次去海南的时候,我发现了很廉价的海产品,比上海铜川路的更便宜。我现在就帮他们在上海做代理,自己不用每天去菜场,赚的还比之前多得多。"

"那菜场岂不是少了个令人牵肠挂肚的卖鱼西施?"

"我可不想做整个菜场的卖鱼西施……"

"哦,你想做全上海滩的卖鱼西施……"

"好傻!"许诺仰起头,心里想,我只想做你一个人的西施。

这时,阳光从高处的梧桐树叶子间透过来,正好照在许诺扬起的脸上,整张脸在发光,袁得鱼看得有些入神。

许诺一想到丁喜,有点黯然地说:"真没想到会这样,我听乔安说你在'东九块'那里,就过去找你,然后就听说这个小区出血案了,真是太恐怖了!"

袁得鱼打算再回"东九块"去看看。

许诺跟在他身后。

他伤感地看到小区又空了不少时,不由黯然神伤了一番——估计这两天迁走了不少人家。

"袁得鱼,你打算怎么做呢?"

袁得鱼沉默了一会儿,问道:"你们认识什么可靠的律师吗?"

"你想做什么?"许诺说。

"把秦笑告上法庭!"

"你告他什么?"

"非法拆迁! 代表丁喜打这场官司!"

"支持你!"许诺点点头道,"再聪明的高手,还不如像傻瓜般主动出击……"

袁得鱼笑了笑。

他突然想到什么,冲到门卫那里,火速将那里的电视机调整到财经频道。门卫表示抗议。袁得鱼像头豹子一样"吼"了一下,门卫老头顿时不吱声了。

在电视里,袁得鱼看到,海上飞高层正在信誓旦旦地向媒体表示:"我们并不在意潜在股东的退出。受让人的风险资质是我们评估的重要因素,我们要防止投资者把公司作为资本运作工具。海上飞希望改制后的股东着眼于海上飞品牌的长期发展,而不是急功近利地利用海上飞做其他的事……"

真是冠冕堂皇,袁得鱼心想。

他看到电视最下方的行情移动列表中,海上飞跌停了——跌了 10%。

"照顾丁喜的事,就拜托你了! 我有急事先走一步!"

袁得鱼一溜烟儿地没影了。

袁得鱼走后,许诺有点低落,她发现袁得鱼多少有些冷漠,好像始终在隐忍着什么。

不过,许诺觉得自己知道袁得鱼会去哪里。

营业大厅,袁得鱼飞快地操作着自己的账户。

他查了一下信息,海上飞已经连跌三天了! 跌了整整 17%! 就在海上飞发布了三年内不融资的公告后,摩根士丹利、明日系旗下的投资公司宣布退出!

然而,距离海上飞正式竞标只剩下最后一周了!

袁得鱼火速将银行卡里的账单转入证券账户,他已经很久没有照看这个账户了。他听了一下电话,账户里只有那只他病得迷迷糊糊时,用电话交易的股票。那只股票带给他的收益果然翻了一倍。

他将银行卡里所有的资金都转入证券账户,差不多凑出300万元。袁得鱼一下子就拿出200万元狠狠砸向海上飞。

很多人看到尾盘时,海上飞股价飞速上扬了2个点。这一天海上飞的成交量,创造了近几日海上飞交易的历史天量。

"好像有异常情况!"乔安打来电话,"有人买海上飞了!"

"哈哈!你们能知道这人是谁吗?"

"从成交金额来看,大约在190万元到210万元之间,此人操作非常娴熟,所有单子都在倒数10分钟之内分次完成,下单非常有节奏。只是路数很怪,因为中间有2分钟一点成交量也没有,后来以比之前快一倍的速度完成了所有交易……"

袁得鱼不由也乐了:"那是因为我中间实在憋不住去上了趟厕所!"

"啊,原来是你!"乔安也觉得很好笑,不过她很快担忧起来,"海上飞资质那么差,你不怕被套住?毕竟现在和前阵子不一样,买个股权转让的股票就赚好几个涨停。最近披露出几个股权转让的股票财务造假的案子,搞得大家都开始小心行事。"

"海上飞查得怎么样了?"袁得鱼突然问道。

"进展不大。但可以确定的是,海上飞被秦笑彻底掏空了,他们的资金都进入了一个叫作林凯投资的平台,就是这个平台,目前在运作'东九块'……"

"看来我判断得没错。"

"你为什么想到这个时候买呢?"

"你不觉得很奇怪吗?如果你们分析正确的话,秦笑应该已经掏空了海上飞,那么他此前在二级市场掌握的很多股份,应该赶紧撤出来啊,这样他也好给'东九块'提供更多资金不是?按这个逻辑,应该抬高股价才是。然而你看,'海上飞'的股价一直在下滑。再说,唐子风的泰达信托到现在还没出招呢!"

"他会出什么招?"

"我不用知道这个。我只知道,现在我可以先趁火打劫一下就可以了!"

"你是说,接下来泰达信托会与他一起抬高股价吗?"

"这不好说,但我觉得,秦笑现在还没想把股份撤出来,我在想是不是跟海上飞高管达成过什么协议……"

"我明白了!原来真正想收购海上飞的是秦笑!"

"你终于跟我想一块儿去了!"

"天哪,我之前怎么没想到!这样一来,秦笑就可以理顺这些账目了。袁得鱼,你真是天才!"

"你知道我现在在做什么了吧?"

"嗯,只要收购消息明确,股价肯定会疯狂上涨。真是——林凯泰达暗中串谋,坏小子袁得鱼横刀夺爱。"

"哈哈。"袁得鱼挠了一下头,"你真会拟新闻标题啊!"

<h1 style="text-align:center">二</h1>

秦笑拿到法院传票时,气得七窍生烟。

不过秦笑知道自己的当务之急,是赶紧把海上飞收入囊中。不然,万一查起来,如果套上利益输送的罪名,岂不是会非常被动,闹不好,连到手的"东九块"项目都会受影响。

虽然秦笑在第一时间就发现了海上飞尾盘的走势非常诡异,却以为只是游资玩一下,他还有更重要的事要做,就没太在意。

没想到当天晚上,财经媒体纷纷报道二级市场上出现了一匹黑马。有网络媒体引用上海知名的中金淮海中路营业部负责人的观点:"从盘面走势看,接盘者应该是实力非凡的机构。"网上还有人倒出了 10 个交易日的营业部交易数据,说是发现了上海"四大敢死队"营业部有控盘的痕迹。

第二天,海上飞又跳空高开,早盘 10 分钟又上涨了 3 个点。

秦笑额头上冒出了汗,他感觉到了明显的压力。

他妻子贾琳也忍不住出主意:"依我看,就像玩 show hand① 那样。把手上所有的流通股放出来一点。活活吓死他,不,活活淹死他!"

秦笑想了想,说:"不管如何,我必须得控制住局面,快速把股价打下来! 一来把一些散户再吓吓跑,二来提醒他们不要跟我夺食。时间不多了,也就一天操作时间了!"

海上飞股价一下子被秦笑打落下来。

袁得鱼看到账户上密密麻麻的挂单觉得很是好笑,当机立断,把账户上最后的100 万元资金又加了上去。

秦笑有些烦躁,显然,对方把他紧紧咬住了,但时间已经所剩无几了,他只好收手。

不过秦笑开始不放心起来,索性跟踪了一下那个账户。

他打开交易数据研究了一番后,不由得有点恼怒,马上打了个电话给唐子风:"是不是你干的? 我已经压了那么长时间价格了,你干吗要跟我盘!"

---

① Show hand 是扑克游戏梭哈里的一种打法,即全部押上(所有筹码)。——编者注

唐子风耸耸肩："老兄莫着急！不过，你错怪我了！现在市场机会那么少，半路杀出个程咬金也很正常，应该就是短期资金疯炒一下嘛，不碍事！"

秦笑说："我不是完全没有根据地找你。龙虎单上明明白白是原海元证券小白楼的账户。是你们的人追过来几百万资金。我越打压，他跟得越凶，这不是明摆着跟我对干吗？这几天我用来打压的少量对倒股份都被那家伙吃掉了！那小白楼不是你的老巢么？你还敢跟我说与你无关！"

"我们这里大户太多了，我怎么可能一个个去查人家账户呢！"唐子风耐住性子。

"唐子风，你不要以为我不知道，你去年4月就和他们谈过并购。你说，你参加竞拍，到底是玩真的，还是帮我掩护呢？你不要到最后这个关键时候跟我乱来，搅乱我的风水！"秦笑把话挑明了——海上飞可是我的救命稻草，你唐子风怎么可以落井下石。

"哈哈，老兄，说让我参拍是你，说不让我参拍也是你！那'东九块'的事我还没找你算账呢！我帮你张罗了半天人马，结果你倒好，拿了全部的地不算，还在我儿子的婚宴上做好人，你也好意思！"

"唐子风，如果你这次真的跟我抢食。你可别后悔啊！"

唐子风觉得好气又好笑："秦兄，你是狗急跳墙还是怎么的，怎么那么糊涂呢！"

秦笑沉思了一下后，好像醒悟过来："看来是我误解你老兄了！"

秦笑挂上电话后，还是有点一筹莫展。

虽说，听唐子风的口气，说的应该是真话。退一步说，如果唐子风真的想拿下这个公司，自己也没有办法。只不过，这样一来，自己投入的那么多筹码岂不是让自己无比被动？

贾琳看秦笑一个劲儿地抽烟，不由说："你真是太猴急了，怎么可以这么对唐子风说话？我觉得你太多虑了，他既然答应帮你护盘，应当不会做这种背信弃义的事。他若不在明处帮你挡着，万一真的有公司拍走，你岂不是一点办法也没有？还能让你在暗道大展乾坤？"贾琳边说着，边欣赏着自己刚抹完的鲜红色指甲。

"我不是担心上次我在'东九块'上捞多了，他们嫉恨在心吗？他们这些人，连肉汤都要来分一口，难道有肉骨头会放过？"

第三天一早，一条消息在网上疯狂流传，形同"涨停股密参"——说是一家权威的资产评估机构对海上飞实际的赢利收入做了分析，直接得出结论——海上飞故意隐藏了自己的资产，现在股价绝对低估。

逻辑也很简单，这么做的目的是，转让方为了得到更低的成本。而海上飞高层之所以同意做假账隐藏了自己的资产，是为了提高自己手里的持股比例。上演这出好戏的重组方，就是现在唯一的竞拍者——泰达系唐子风。现在如果买入海上飞,到时候股价将会有大的飞跃。

无数机构都在前一天晚上通过邮箱得到了这个消息。

市场反应无比灵敏。

海上飞一下子成了热门股,无数机构抢单扫货,都想在海上飞重组前进驻。

毕竟,历史上复牌后连续无数个涨停板的股票为数不多,谁都想押中这样的奇迹。更何况"密参"上的财务分析有理有据,不无道理。

受到强势消息的影响,第三天一整天,海上飞股价封死涨停板后,一直没有下来。

袁得鱼顺利将手上筹码完全放出,短短三天,300万元变成了370万元。

"你怎么出来了?"乔安说,"很多机构还在抢着进,都说复牌后还能创新高呢!"

"时间也是成本啊!"袁得鱼说,"三天赚20%以上收益,还不知足?"

"对了,你怎么会想到这么玩的?"

"哈哈,江湖上一直种玩法,江湖名叫'僵尸股活跳仙'。市场上专门有一类玩家,会找一些死股,就是流动性很差,盘子小,业绩看起来很不理想的股票,然后专门死马当活马医。这类股票获得超额收益的可能性很大。而我做的,不过是放出了符合逻辑的利好消息而已,市场上的明眼人自然会抓住机会,我就跟着水涨船高一下。"

他话音刚落,海上飞的股价就掉落下来。

原来,泰达信托退出竞拍了。

这下谣言不攻自破。

海上飞管理层当即发布公告,停牌一周。如果这段期间没有出现新的竞拍者,他们这一轮公开选秀就此结束。

袁得鱼与乔安看着这场闹剧发生。

"得鱼,我一直有个问题,你说,秦笑的真正目的是收购海上飞。但他们都没有参加竞拍,怎么收购呢?还有,我还是很奇怪,为什么海上飞会甘心把那么大一笔资产输送给秦笑,暗地里还让秦笑控股呢?"

"这就是我刚才才想明白的地方!只有一种可能——这个钱,其实不是海上飞的,相当于是秦笑自己的。也就是说,这家公司本身确实很糟糕,是秦笑把自己的一块核心资产,注入到了海上飞。"

"啊,你说的核心资产是?"

"如果我没猜错,应该就是——'东九块'!"两人说到"东九块"的时候,几乎异口同声。

"天哪,这样一来好多事情都理顺了。难怪我在名单上只看到了海上飞。原来,我之所以没有在财务上发现这个资产,是因为他们是用成本计价,而不是工程计价。账面上看,可能只有 2 亿元,但实际可能要值几十个亿。"

"的确,这个公司就算挪出 10 亿元资金输送给秦笑,又算得了什么?"

"啊,是这样。"

"你有没有观察到秦笑有什么动作?"

"我刚得到个消息,秦笑旗下的一家上市公司利用短期融资券刚刚融资到手 1 亿元资金。这笔资金,秦笑在短短一天内就用完,感觉他像是等了很久。你说他用这笔资金做什么呢?"

袁得鱼拍了一下脑门说:"你赶紧去看看,他在香港的上市公司是不是也有什么相似动作?"

"好吧,我去看看。"乔安有些惊讶地说,"真不知道你们是怎么想的,你与我们主任的思路还真一致。吴恙他知道这个消息后,也在收集秦笑在香港上市公司的资料。"

不一会儿,乔安的电话就来了:"嘿! 真的有消息! 他旗下的一家上市公司,最近在香港当地的投行融了一笔差不多 1 个亿的过渡性贷款。好奇怪,香港的贷款利息绝对不低……"

"哈哈!"袁得鱼大笑起来,"我明白了! 我问你,过渡性贷款是不是可以用来并购,而短期融资券不行!"

"什么意思?"

"他现在已经打通了所有环节,他就要正式上位了!"

"啊?"

"你看,秦笑在香港的上市公司——上海置业,融了 1 亿元的过渡性并购贷款。同时,他在 A 股上市的一家公司,融了 1 亿元的短期融资券。"

"什么是并购贷款?"乔安疑惑道。

"这是在玩曲线并购啊! 秦笑在用这里的短期融资权,去抵偿那里的并购贷款,这不是正做了一场空麻袋背米的游戏吗? 就像当年美国垃圾债之王迈克·米尔肯的手段一样。"

乔安这才明白过来——原来,这就是典型的垃圾债收购啊! 只是在 A 股市场,还没有这样专门用于并购的债,根本无法实现那样的杠杆收购。然而,现在秦笑把香港金融工具变通了一下,通过两家上市公司转手一下,把短期融资债变成了并购债!

"对了,这种过渡性贷款需要秦笑本人签字的?"

"是的!"

"那最快去香港的飞机是什么时候?"

三

香港中环的国际金融中心,一个戴墨镜的男人坐在香港交易所旁的咖啡馆里,看了一眼"香港交易及结算中心"这个新招牌。

秦笑在等什么人。

秦笑想起刚刚路过香港半山区时,那里很有一些位于太平山山顶及中环之间的豪宅,但真正能成为标志的也就几座罢了。秦笑想,自己对地产的爱好,似乎是来了香港之后就越变越大的。

他记得自己有一次在香港的一个竞标会上,拍下一座南区浅水湾的半山豪宅。

他很快把屋子装修得很吸引人,还选了两张巨大的性爱画作,挂在豪宅西翼,把一张元代的纸币做的黑金属复制图悬挂于大门上方。屋子的其他地方则用了当代越南艺术与欧洲古典的融合风格,他还请了秘鲁木制品雕刻家制作了壁炉雕刻和天花顶。

秦笑找了很多人,给豪宅选定了个很洋气的名字——Palazzo di Amore,意思为"爱的殿堂"。他觉得这样一个浪漫的名字会是一个卖点。

"每一座伟大的房子,都应该有个伟大的名字。"秦笑说。

这栋房子很快以他购买价格的 50% 涨幅出售。

秦笑冥冥之中觉得,"东九块"也会这样。

上海滩是未来的群英逐鹿的圣地,中国如今的发展速度越来越快了,而他正好又在发展速度的金字塔尖,自己真是赶上了好年代。

如今,上海市中心稀缺土地上的宅邸,本身就是奢侈品,房型可以复制,地段却无法复制,无论如何,"东九块"必然能卖个好价格。

只是此时此刻,秦笑的压力还是很大——这是资本人士惯有的压力,因为未来是最不可控的东西,但他也清楚,自己必须冒这个险,他的思路也很清晰——"东九块"迟早是个造钱机器。

到时候,贷款也罢,卖产权也罢,只要自己炒作足够,"东九块"这个金字招牌就是无穷无尽的财富。

"东九块","东九块",铁定能包装出一个好价格。

"东九块"肯定也会像以往那么幸运,秦笑想。

这时,从电梯走出来一个清瘦年轻的男子,挺拔英俊,一身英伦范的纯色西装。

"嘿,秦叔!"那男子开心地与秦笑打着招呼。

"你真是天才啊!"秦笑拍着他的肩膀说。

"秦叔过奖了。"

"现在都顺好了？"

"嗯，所有手续都办完了。"

秦笑点点头，过去的偷梁换柱在当前看来，是如此天衣无缝。

秦笑刚走，袁得鱼就上气不接下气地赶到香港交易及结算中心，刚好看到唐煜在楼下拿文件。袁得鱼想起跑过来时，擦肩而过的身影有些像秦笑，一下子反应过来："难不成是这个小子干的？"

"唐煜，你站住！"

唐煜诧异地望着袁得鱼，刚想微笑，就被袁得鱼当场质问："上海置业融资，是你干的吗？"

唐煜不知该说什么，确实是他一手经办的，他好像看出了袁得鱼来的目的："你现在来做什么？融资手续都已经都办好了。"

袁得鱼一拳挥向唐煜。唐煜躲闪不及。门卫冲上来拉住袁得鱼。

"你知不知道秦笑在做什么勾当？他给了你多少钱？"袁得鱼大叫道。

唐煜不知所措。

袁得鱼还想继续挥拳，但被两旁的门卫用电棍电了一下。他痛苦地看着唐煜。

唐煜很想说什么，他不想知道秦笑这么做的背后，有多复杂的背景。资本游戏本身就是残酷的，不是吗？对他来说，他只想为了自己的梦想，拼命赚钱，就这么简单！

"秦笑怎么那么聪明！你知不知道，这么一来，你为他节省了多少收购成本？"

唐煜愣了一会儿，他平复了一会儿，说："你们这些恩怨跟我无关！"

这时邵小曼正好过来找唐煜，看到两人都脸带伤痕，怒气冲冲地望着对方。

"你们在做什么？"邵小曼上前制止。

"不要你管！这是我们之间的事！"袁得鱼把邵小曼的手甩开。

"你怎么可以这么对小曼！"唐煜一下子怒不可遏，"袁得鱼，你不要以为自己会做点投资就神气！我才是资本市场的高手！你有种跟我决一高下！"他这句话像是当着邵小曼面前当场发出的挑战书！

"你在发什么神经！"袁得鱼觉得不可理喻地摇摇头，转身就走了。

"你等着，我会来上海找你！"唐煜大叫道，一边安慰着邵小曼。

邵小曼还对刚刚发生的一切惊讶无比："究竟怎么回事？"

"我帮秦笑搞了一笔并购资金，秦笑可以拿它收购一家A股上市公司，我不知道他干吗火气那么大，有毛病不是？"

邵小曼陷入深思。

袁得鱼从摩天大楼走出来，蹲在天桥上，给乔安打了个电话："秦笑已经拿到并购资金了！"

"并购没那么快吧？"

"我估计这一周能搞定。"

"明天'东九块'开庭,你去吗?"

"怎么那么快?"

"好像是秦笑一手安排的,我猜他不想让'东九块'变成一个争议资产,不利于他的资本运作。"

袁得鱼冷笑了一下:"他这么有把握?"

"据说请的是上海滩最好的律师之一。"

四

"东九块"案在静安区法院审理。

静安区法院坐落在静安区中低调的康定路与万春街交汇处。外面是白灰色的城墙,看起来并不醒目。

这起案件的审理安排在第一审判厅。

这里的庭审现场,几乎座无虚席,挤满了来听审的拆迁户。

袁得鱼环视了四周,觉得这里的陈设有点像教堂——多排质地坚硬的赭红色长椅肃穆地安放,最前方是个方厅。或许对人而言,最重要的地点大抵都是相似的——有亲朋好友见证,有眼泪,有公证人,你自己是台上的主角。

审判长与审判员坐的镂花高脚背椅,背椅上镂刻着一个天平,衬出些许肃穆的气氛。法官身后有几个仿宋体大字——"公平、公正、公开"。

袁得鱼安静地坐在长凳的第一排。

诉讼现场,原告方是静安东八地块58街坊的丁喜代表,由公益律师全权代理。被告方为林凯投资。

不过,被告席上,只有律师代表出庭,不见林凯系人员的任何踪影。

原告律师提出,应当撤销静安区房屋土地管理局核发的"2002年第26号房屋拆迁许可证",暂停对58街坊的暴力拆迁行为。

庭审的焦点很快就落在"原址回搬"上。

原告律师振振有词:"十份裁决书都显示,没有一份向居民提供了原址回搬待遇!"

被告律师请求休庭。法官点点头,宣布休庭。

下午,庭审继续。

庭审一开始,长相精瘦的被告律师推了一下眼镜:"在座的诸位想想,如果只有一个人要求回搬房,难道我们还特意为了这一个人的需要,在商务区专门造个小居民楼,为这一个人独用吗?这就好像一套住了十个人的屋子,其中一个人说,我要听电子摇滚音乐,难道另外九个人就要陪着这个人一起听噪音吗?我们没有义务满足所有人的需要……我们只有义务,满足多数人的需要。"

他说到"所有人"与"多数人"的时候,都用语调特意强调了一下,"法官,我们的拆迁方案非常合理,是所有人都认可的方案。我的代理人的合同上,有个补充条款,上面称,如果认同方案的人数少于总人数的10%,那我们就放弃满足这10%的人的利益。"

原告律师说:"这些人都是被迫签字的,如果我们把所有拆迁户邀请到现场,进行投票,我们不妨看看是什么结果。"

"你这是强词夺理,你明明知道,法院是不可能请所有拆迁户过来的。好,你说他们是被迫签的字,你要拿出证据。"

原告律师知道没有拆迁户愿意站出来,连丁喜也不省人事。

被告律师乘胜追击:"你没有证人,我倒有证人证明大家都乐意接受我代理人的法案。"

被告律师拍了一下手,一个老伯伯走到证人席上,苍老的眼睛环顾了一圈,说:"我们很乐意搬到杨浦,那里空气新鲜,房子也大,我不用每天出来倒马桶,我要谢谢开发商……"

被告律师"哈哈"大笑起来:"请法官明示。众所周知,中国钉子户在全球也是臭名昭著。哪里是为了拿到合理权益,分明就是变本加厉地敲诈。"

原告律师请求休庭。

间隙,原告律师在法院门口掏出一个烟嘴,娴熟地套上黑色的"芙蓉王",抽起烟来:"很显然,他们在作伪证。但我们却找不到反驳的证据。"

袁得鱼怅然地抬起头,仰望纯净的蓝色天空,将背贴在水泥墙上——官司果然难打,一开始就碰壁。

四

秦笑的并购交易异常顺利。海上飞停牌了几天后,就发出公告,林凯集团董事长秦笑强行收购了海上飞。

秦笑果然是通过林凯系旗下香港上海置业注资的林凯投资,借道短期融资券,复牌前的倒数第二天,在大宗平台上以10.2元的均价,火速买入海上飞980万股,一举获得总股份12.25%的比例,蹿升为公司第一大股东。

海上飞高管层对媒体说,这个结局多少令人意外,但他们默认这个结果,因为基本解决了海上飞长期以来"选不出秀"的问题。

复牌后,圈内人士都极其看好这一场并购,因为秦笑的林凯系正朝着地产方向转型,而海上飞全国地产商的背景,给了秦笑一个极好的平台。

谁也不知道这个案子里具体发生了什么,大家只知道秦笑拥有"东九块",而他并购公司后,这个"东九块"也将顺利地过渡到海上飞门下,其成为"东九块"的直接运作商,这一切顺理成章。

很多人说,这是一场天作之合的交易。

袁得鱼心想,海上飞高管层当然喜闻乐见,这笔交易,既满足了他们多年来的增持心愿,又有一个预期收益非常好的项目——他们注定能分享到这个地王板块在未来带给他们的巨额收益。

而对于秦笑而言,这又是一出空麻袋背米的绝佳操作。

坊间传闻,在秦笑给海上飞管理层股份时,那些人自己都没想过能拿那么多。

双方怎么看都是一场对等互利的买卖。

秦笑也很开心,他这次从香港学了很多财务技巧。

从这次并购资金的成本看,香港给秦笑的并购贷款利率是9%,他已经用短期融资款抵消了这部分利息。这就意味着,一年后,秦笑只需拿出3.6%的利息,就获取了并购海上飞的资金,这可比美国的杠杆收购成本低多了。

如今,作为第一大股东的秦笑,知道自己下一步,就是要将全部精力放在"东九块"对海上飞的资本注入上,这绝不能出现什么差错。只要秦笑把"东九块"再装到海上飞里,一切资产窟窿就可以顺理成章地被堵上了。而且,重组后的海上飞将提供源源不断的现金流,因为很多市场人士会不断追逐这个变好的公司——现金流,真是他在世界上最爱的事物!

他下一步要拯救的是林凯集团。

这个集团现在其实就是个随时会倒塌的冰川,一切要靠重组后的海上飞来拯救。"东九块"杠杆,太美妙了,不仅能让他做上海地王——这是他转战地产界后由来已久的心愿,更重要的是,这是林凯集团真正翻身的机会。

这个赢面太大了,而且他实际没有太多资金,都是杠杆,杠杆!对于善于运用杠杆的秦笑而言,他心甘情愿去冒这个风险,他自信能控制好这个风险。这是他理顺林凯系这个资产航母漏洞的关键。而最令秦笑得意的是,案情也朝着他预想的方向发展。他仿佛已经看到二级市场上,海上飞连续拉出无数个涨停了,而自己,只要心满意足地看着海上飞如日中天的上涨曲线,这很快就都是属于他的现金流了!

诉讼最后一天,案情果然还没有任何进展。这一天,正好是复牌前一天。袁得鱼不由感叹秦笑安排得恰到好处。这样的话,秦笑当天就直接可以宣布"东九块"资产注入海上飞。如此一来,海上飞在二级市场表现一定神勇。

袁得鱼走过法院,看着街旁蓊郁的梧桐树,还是一点主意也没有。

如果还像前几次那样，他们最终将以失败而告终。

乔安走过袁得鱼身边："上午10点有'东九块'项目推介会，一起去看看么？"

"诉讼下午开始，那就先去那里看看吧，走吧！"

推介会位于南京西路的上海万隆广场，"东九块"项目的签约仪式在那里轰轰烈烈举行着。

万隆广场也算是中国小有名气的商业地产品牌，坐落在市中心的这家是旗舰店。大门口是一面青石板高墙，瀑布飞流直下，溅起一片氤氲的水雾。

好几个上海滩上的风云人物红光满面地站在巨大的红台上，依稀可以看到，每个人的兜里都塞得鼓鼓的。

台上有个知名的地产咨询界老总在发言，他身体矮壮，有些秃顶，身穿卡其裤、开领衫，他是致词嘉宾之一，自己手上有个地产俱乐部，专为富人寻找合适的地产标的。他公司的另一块业务是倒腾情报一样的开发商数据，顺便可以从竞争对手那里骗取一些资金，所以地产大佬虽都号称对他敬畏三分，倒不如说是警惕三分。

此人声音无比洪亮，他宣称，这个项目是个很有远见的项目，在未来潜力无穷。他很专业地分析了商业前景，说开发投资超过50亿元，预计销售额超过80亿元，若加上周边100多万平方米的联动改造，10亿元年商业销售量稳若泰山。他知道有些话是秦笑故意让他说给银行听的。

秦笑走上台，掷地有声地说："'东九块'项目正式启动！"

袁得鱼很久没有见到秦笑了，尤其很久没见到他眉眼中那掩饰不住的笑意。

袁得鱼以为秦笑在香港漂泊，肯定憔悴了不少。但如今他起来神清气爽，光脑瓜子更亮了，神情中依旧带着一股草莽的精明，眼珠飞速转动，俨然还是那个游走黑道的商人，估计现在"东九块"的顺利推进，也让他的信心陡增不少。

彩炮响声不断，彩色碎片在空中飞舞，恍如坠入一个巨型的万花筒。

秦笑话音刚落，一个硕大的氢气飞艇袅袅升到空中，犹如一只雄鹰在空中翱翔。"鹰脚"上飘浮的横幅上有几个粗宋体大字——"上海之星"，背面是"能看到摩天轮的CBD①"，飞艇上绘了一个华丽的摩天轮，金黄色的一闪一闪，活像"伦敦眼"的翻版，方圆三公里的人只要抬起头，都能看到这个活广告。

袁得鱼可以想象，不出五年，这里将崛起上海顶级娱乐消费新地标，办公、酒店以及商业购物中心一应俱全。上海滩地产界确实也缺少这种在顶级地块的大型商业娱乐项目，这简直就是纸醉金迷的缩小版"拉斯维加斯"。

"啊，恐怕秦笑有个地方失算了！"袁得鱼突然说。

"是什么？"在一旁的乔安不由问道。

---

① CBD，Central Business District 的简称，指中央商务区。——编者注

"哪里可以搞到'东九块'的开发项目的数据？结合我们从海上飞财报分析的资金挪用情况，看看能不能找出什么破绽。"

"要不我去报社调一下数据……一会儿在法院门口见！"说罢，乔安匆匆离去。

袁得鱼站在人群中，一边看着恶人秦笑，一边在脑海中翻腾出上回看的海上飞财报投资那个条目中的几个关键数字。

无论怎么算，把贷款授信提供质押担保、土地使用权，还有土地出让金、土地动拆迁等前期开发资金，与银行贷款利息等统统加上之后，还缺口了2亿元左右，怎么算都找不到秦笑能在什么地方生出2亿元。而且这笔钱绝不会是银行给的。因为银行已经公开表示，在拆迁没有完成之前，绝对不会贷款——因为"东九块"历来的开发风险都太大。

袁得鱼非常能理解秦笑，他处心积虑整出超级强大的拆迁队，肯定巴不得所有人都迁到杨浦区，这显然是拆迁方案中最廉价的一个。但成本再怎么廉价，再怎么算，秦笑都少2亿元！

岌岌可危的资金链是打败秦笑的唯一路径，但哪个缺口能切中要害呢？

袁得鱼暗想，爸爸、师傅，如果你们是我，会怎么做呢？那2亿元，究竟是从哪里来的呢？赶紧给我一点灵感吧！距离最后一场打官司的时间不多了！

台上，秦笑潇洒自如地与一群大人物碰撞着香槟杯，撞击出一片芬香。

并购程序在明天完全完成之后，秦笑就能把二级市场的上涨完全兑现了。他肯定会把这笔资金拿来填补"东九块"的空缺，这是太可怕的现金流游戏！

袁得鱼黯然离去。

五

袁得鱼回到法院，他坐在法院外的草地上，顺手拔了两根杂草，打发烦躁的虚无时光。

乔安走来："我没找到特别新的数据……"

"没事。"

"你跑哪里去了？"

"去看丁喜了。"

"是不是很烦闷？"

"没什么。"袁得鱼从不轻易向人祖露自己的不安，那是懦夫做的事。

看他难得沉默，乔安觉得，陪他安静地坐在草地上，或许是最好的选择。

她还是那么喜欢看着他——他在草地上乱玩的样子，就像一个在地上画圈圈的小男孩。

她像是回忆起什么，索性另辟话题："嘿，你别闷声不响的，我有个问题一直想问你呢！"

袁得鱼抬起头来，虽然还是有些低落。

"记不记得，高中的时候，你有一次在体育课上，对我们几个女生说了一个故事，关于兔子的。但那天，你刚说完，就打下课铃了，你一下子就蹿了出去玩了，后来我也一直没机会问你。"

袁得鱼想乔安这女孩的心思真是厉害，什么时候的事情，自己怎么没啥印象。

乔安说："你给我们说了这么个故事，说是从前呢，有一只小白兔要穿过一座很大的森林，可她到了一个路口就迷路了，正好看见一只小黑兔，于是就跑过去问路。小黑兔说，你让我爽一下，我就告诉。小白兔很委屈，但她想过去，想了想就答应了……"

袁得鱼听了之后坏笑不止。

"你别笑，你是不是想起来了，听我说完！"乔安绘声绘色地说了下去，"后来呢，小白兔就继续奔奔跳跳地往前走，到了一个路口的时候，又迷路了。这时候呢，出现了一只小灰兔，于是小白兔就向它问路，小灰兔也很邪恶，说，你让我爽一下，我就告诉。小白兔只好又答应了。她走啊走啊，终于穿出了森林。但是，小白兔发现自己怀孕了，过后生了一堆小兔子。然后你当时问我们，这些生下的小兔子是什么颜色的。你还记得吗？"

袁得鱼肚子都快笑疼了："我当然记得，当时你们好几个女生都听得特起劲的。那我问你，你想知道小兔子是什么颜色的么？"

"想啊想啊，那么多年过去了，我还不知道答案呢！"

"哈哈，我说出来之后你铁定要杀死我！"

"快说快说，我想知道嘛！"

"你让我爽一下，我就告诉你！"

"啊！"乔安气不打一处来，"原来我琢磨了那么多年未果，就是这个破答案！"

袁得鱼哈哈大笑："这是当年耍弄你们女生的啊！谁像你，会记那么多年！"

"你们男生怎么那么坏啊！"乔安感慨了一下。

袁得鱼突然间眼睛一亮，说："我好像有主意了！我们也'爽一下'秦笑他们好不好？"

"这……"

"你看，当时那个玩笑。其实谜面就在故事本身。我们想想办法，让他们自己把答案说出来！"

"你有什么办法呢？"

"他们的要害是什么？"

"你不是一直说是资金链吗?"

"没错,本质上就是一笔账!我们想办法让他们自己算一下!因为我算了老半天,这笔账平不了,那就让他们告诉我们这笔账怎么算平。只要他们算,那我到时候就不怕找不到他们的破绽!"

"听起来不错!"乔安欣赏地望着袁得鱼,这就是这个男孩子身上的优点,总是看起来什么都满不在乎,也从来不会给你任何压力,却总是在不经意间,给你一种什么事情都能搞定的沉着,反而让人更为依赖。

法庭上,袁得鱼申请自己辩护。

法官征求被告方意见。

被告律师看袁得鱼一脸稚气的模样,就甩甩手,说:"自便!"

袁得鱼说:"这个案子,很简单——我方认为,被告之所以找那么多借口,还施展强拆,找借口故意逃避责任,归根到底就是因为没钱!如果我没钱,我也会请这样的拆迁队!这群人头脑简单又好用!"

在座的人群发出轻微的笑声。

"但这笔账又很好算,'东九块'的开发成本,不就是由这么几部分组成么——土地使用权、土地出让金、土地动拆迁和前期开发资金,还有一些银行贷款与利息……"袁得鱼停顿了一下,"如果开发商能告诉我,这笔资金他们完全有实力担负,那我马上就撤诉!不会再找他们麻烦!现场的诸位都可以给我作证!"

"凭什么要搞那么麻烦?小子,我的代理人很有钱,但这和大家就是乐意搬到杨浦有什么关系呢?你怎么能有这样的假设呢?说让他们搬到杨浦,就是我们没钱?再说,开发商为了追求更高的利润率,降低成本也无妨啊!"

"我说了,只要证明你们是有钱的就行!根本不需要几分钟时间!让所有人心服口服!"

法官也有点累,就同意了袁得鱼的意见。

"林凯集团的代表来了没?"助理法官问道。

"我在!"林凯集团的代表出现了。

这时,乔安听到有人在交头接耳——毕竟,这个律师是专打房地产业纠纷的知名律师,也是林凯集团常年聘用的律师,多年来从没有过败诉的历史。

乔安暗暗捏了把汗——这个直接到台上对法律半生不熟的袁得鱼,怎么能对付得了这种经验老到的高手呢?获胜的唯一可能性就是速度,现场反应的速度。乔安默默祈祷,袁得鱼能像那次学校里跑步比赛那样,一个箭步抢跑到最内侧的跑道,但目前的现实比体育比赛复杂太多了。乔安紧张地看着台上。

这个律师精神抖擞,整个人像打过鸡血一样兴奋:"好,你们要我们的费用凭证是么？好的,就让你们心服口服!"

这个代理律师拿出了一份由上海一家商业银行房地产信贷部出具的证明,证明显示,在 2002 年 6 月 25 日 9 时 20 分,被证明人在该行房地产信贷部资金存有人民币 3.32 亿元。

袁得鱼看了一下,与自己估计得差不多,他不动声色地说:"这笔资金,只是第一笔资金,其余的拆迁资金呢?"

林凯投资的律师似乎是有备而来,他又拿出一份海上飞股份在银行的质押合同,上面写着抵押金为 5.75 亿元。正是这个抵押,腾出了划账到建行的 3.32 亿元资金。另外,加上海上飞现金流投资,正好是 10 个多亿,与当前"东九块"投资的账目完全相符。

律师得意地望着袁得鱼。映照在墙上的幻灯片资料分明。在场的人也都在看,整个场子一下子没了声响。

正在这时,袁得鱼忽然举起手来:"我发现了一个问题!"

"什么问题?"

"字好小啊!"袁得鱼说。

底下的人哄堂大笑。

法官敲着小榔头:"肃静肃静!"

袁得鱼瞥了一眼被告律师,那家伙趾高气扬,他再看了一下在场的林凯集团的其他人,看到有个中年女子,估计是财务。刚才就是这个女子给律师那些财务资料的,她一直盯着左上角看,神情紧张。

袁得鱼歪着脑袋,指着幻灯片对书记员说:"能不能朝左边移动移动,放大一下……"

书记员按照他的方法挪动着。

袁得鱼继续看了一眼那个中年女子的反应,那人非常紧张。

幻灯片越放越大。中年女子不由痛苦地闭上眼睛,她的表情说明了一切。

袁得鱼笑了起来,走到幻灯片前,说:"我看到了! 土地使用权转让费,0 元。而在海上飞的土地使用费一栏里,写着 2.89 亿元。"

大家这下都看到文件上有一行字——海上飞投资的资金中,有 2.89 亿元资金指明作为支付给林凯投资土地使用权转让费用。

"什么,土地使用转让费是零?"底下座位传来一片唏嘘声!

此时,在场的人几乎同时把目光都投向林凯集团,土地受让方怎么可以做这样卑劣的买卖! 这是明显的利益输送!

袁得鱼也意识到这个数字已经超出了他的意料。

不过,他终于理解,为什么他头脑中的数字总是有残缺了,原来关键在这里,秦笑的开发费抵押资金的 2 亿元,是从这里来的——因为他没有支付土地使用转让费的资金,所以还有 2 亿元!

不过,这个"零"太夸张了。

袁得鱼煽风点火道:"谁都没想到吧!这么优质的一个地块,拆迁费还没下文,就已经享受最高级的优惠!这天理何在?我们看一下前几年香港富豪李嘉诚在上海虹桥收购的一块同等地段的地皮,支付了每平方 1000 美金的土地出让金,我算低点,按每平方米 800 美金计,仅 58 街坊的 4 万多平方米,被告人就至少应该支付 3 亿元以上的土地出让金。以目前的市场行情,上海城区二级地块每亩的土地出让金约为 600 万元~800 万元,这个 58 街坊 4 万多平方米的出让金至少应该在 4 亿元上下!"

庭审现场喧哗起来。在场的听众都愤恨极了——那么大笔巨额资金竟然是零!这样的黄金地块的土地转让金竟然全免!

被告律师马上慌了,说:"啊,这不关我们事啊!这,这是合法的!"

被告律师取出一份资料:"根据沪建城(2001)第 0068 号文件的规定,这个旧区改造房优惠的第一条就是,土地使用权出让金为零。"

袁得鱼不慌不忙地说:"这样,既然说合法,那我们打一个电话问问上海市房屋土地管理局房屋拆迁管理处,问一下他们,你们是否有权力享受这样的土地出让金的优惠。"

"喂?"上海市房屋土地管理局房屋拆迁管理处有人接了电话,听筒放在扬声器上,场内所有人都听得见。

那个办事处工作人员一听来意,就说:"是啊,我们这个条款是施行过一小段时间,但现在已经不提倡了。"

"好,既然这个零是合法的!那么,这个账目上的 2.89 亿元,又是怎么回事呢?"袁得鱼愤愤地说,"难道,是你们这些人分了这笔资金么?"

袁得鱼对乔安眨了一下眼睛。乔安带头在底下拍起手来。台下人都跟风一般地发出"嘘"声。

袁得鱼咧开嘴笑了,他把双臂高举起来,大声说道:"很显然!你们在撒谎!你们根本没有钱,所以你们必须强拆!"

被告律师一下子熄了火。

"你们会发现这么一个事实——开发商一开始根本不需要一分钱,就可以拿一块价值至少 50 亿元的地!他根本不需要花自己的钱,用银行的钱啊,用上市公司挪来的钱啊,用发公司债的钱啊,就可以把这个事情做下去——他真实的成本可能是 2 亿元。然后,他把这个 50 亿元的地,变成了 100 亿元的样子。他只要赚 20%,就是 20 亿元,足足翻了 10 倍。况且地产远不止赚 20%,可能是 50%,也就是 50 亿!地产商他只花了 2 亿元,就足足赚了 50 亿元!然后,他可以用这 50 亿元再去搞 25 个项目!所以富人越来越富,而穷人永远买不起房子!"袁得鱼突然指向在座的居民，"没错，你可以说，那就是富人的本事！但他们，他们只想要一个舒适的家而已，如今他们仅有的机会也被这些贪婪的商人给剥夺了！"

底下一下子沸腾起来。

……

乔安冲了上来，他们抱在一起。

袁得鱼有点激动地说："我是不是打败秦笑了？"

"是的！你太厉害了！"乔安深知，"东九块"土地出让金为零的这样消息，将震动整个财经界！不，整个上海滩！不不，全国！

乔安抬起头问："你怎么知道土地使用费有漏洞！"

"是他们告诉我的！哈哈！真的是他们告诉我的！"袁得鱼说，"我本来也没有多少把握。财务上表面做平很容易，但再聪明的财务，也无法圆一个弥天大谎，在细节中总是会有破绽，如果刚才幻灯片刷刷地翻过去，而我又没有抓到的话，他们就过关了！"

"你太厉害了！"乔安也激动起来。

"关键是……"袁得鱼坏笑了一下，"我真的爽到了！"

"哈哈哈！爽死你！"

"我太知足了！秦笑，这个上海滩的大佬，竟然被我硬生生地摆了一道！"

所有人都没想到，这件拆迁权益起诉案，竟然现场翻出了一起活生生的利益输送！

在庭审现场的几个小喽啰马上给秦笑打了电话。

听到这个消息后，秦笑一下子瘫倒在地上。他知道，任凭自己如何施展乾坤，无论如何也逃脱不了了。不过，任是擅长玩杠杆的他，这次也确实玩得太过火了，已经完全超出了他能力可以承受的极限！

六

如今，"东九块"的所有角落都暴露在镁光灯下，什么边角料都被挖了出来。

这样的资产已不可能注入海上飞，也不可能成为撬动整个林凯系的撬板。

"东九块"的拆迁事件，就像一个大雪球，聚集了各路人马的关注和想象，成了最热门的财经八卦，层出不穷的黑幕曝了出来。

市场反应也很激烈——海上飞在短暂的停牌后，复牌后股价暴跌起来比涨停还快，一口气就是20个跌停，秦笑知道自己距离"末日"不远了。

拘捕人员抵达时，秦笑彻底瘫软了。他没想到，这个拆迁，竟然会惹出那么大的麻烦。

他苦笑，原本还想在上海滩再次施展一番，创出一片新的辉煌。没想，做上海滩地王还不到几个月，就又变成了阶下囚。这辉煌的地块，如今成了最悲剧的烂尾楼。不，几乎是一片虚妄的废墟。

他最想苦笑的，不是自己再次入狱，而是他的合作伙伴们怕惊动面太大，最终，还是义无反顾地牺牲了他。

他觉得，自己有点像当年的杨帏幄。

不过，他对罪名的判决有些哭笑不得——不是操纵土地交易，而是"操纵股价"。这个判决结果让他用不了多少时间就可以出去。或许，他没什么可抱怨的了。

秦笑被拘捕的消息传出后，受到波及的林凯系股票因被停牌或连续跌停，导致市值缩水达 30 多亿元。就在他并购完海上飞后，与银行刚签订了"东九块"的授信协议，也一律被取消。

"东九块"就像个魔咒，连秦笑这个"混世魔王"也没拿下来。

秦笑知道，因为"东九块"的垮掉，海上飞这个美味的鸭子也早就飞了，因为这个公司也因此次事件彻底被搞垮了。他们最后费尽心力腾出的现金流由于"东九块"的覆灭也拿不回来了。

秦笑面对监狱冰冷的墙壁，听到不远处自己帝国轰然倒塌的声响。

而这一切本应该是无比完满的。

原来，只要等到"东九块"拆迁完，银行的授信资金进来，就自然而然能拢起一个新的雪球，他那个泡沫一样的林凯系盘子，也就又活起来了。

他无论如何也没想到，"东九块"这根救命稻草，反而成了压垮马背的最后一根稻草。如今摆在秦笑眼前的，只有冷冰冰的铁窗。

他又苦笑了一下，自己在短短十多年，已经来这里三次了。

他站在狱舍里四处张望一番，不由得脚底发凉，全身发慌。

如果他没记错，这个狱舍，正是当年杨帏幄也住过的。

当年那个将杨帏幄往外推的黑手，与自己也不无关联。他还清楚地记得，对方再三确认了一下杨帏幄的狱号——039。

这难道是一场宿命？

秦笑躺在监狱中，听到有人在粗暴地敲击着铁门。

他朝对面望去，恐惧一下子抓住了他，眼前是一个大约十多年前的生意朋友。当年，他问那个兄弟借了 300 万元，后来陆续陆续只还了几十万元。没想到，那个生意朋友也进局子了，在同一时间，同一个地方。

放风的时候，那个黑老大拍了拍他的肩膀："事业那么大，把老朋友忘了？"

秦笑赔笑说："怎么大了，还不都是些皮包公司！"

"那钱怎么说，利息也都快赶上本金了。"

"老大,我帮你敲背、洗脚,难道不值这点钱?"

黑老大说:"你怎么讲到这个地方去了!"

秦笑身材不算矮小,但还是被这么一群人围住,他觉得自己就像一只可以任意被人蹂躏的小鸡。

秦笑不慌不忙,索性躺在地上:"只要你乐意,我躺着给你们踩。"

这群人朝他吐了几口唾沫,就散开了。

黑老大掐住他的脖子:"出去后第一件事就给我打款!"

秦笑死命点头。

贾琳也来监狱里看他,见他眼睛都是肿的,脸上还有些淤青,眼睛忍不住红了起来。

"喝点鸡汤。"她说。

秦笑狼吞虎咽地将鸡汤喝了个精光。

贾琳爱怜地看着他:"以前我煮鸡汤,你还不让我动手,说这是下人干的活……"

"其实,是因为我煮得比你好……原来刚出道的时候,每天给大哥们做……"

他望着贾琳,心头涌起一股暖意。

往事如烟。

不知怎的,他想起第一次见到贾琳的情景。

那时,贾琳住得离自己家不远,那一天,她穿着一袭白裙,来到一张油腻腻的小方桌旁,那时候,他还是个小馄饨摊的摊主。

"老板,我要一份馄饨……"

那时的秦笑,还只是个杨浦区的小流氓,是上海滩普普通通的市井小子,约莫20出头,这个小馄饨摊,也是为了帮着母亲才经营下来的。

但他自己早就知道,馄饨摊无法满足他的野心。

贾琳一个人吃着馄饨,朝他微笑,翩翩长裙在风中起伏,依稀露出迷人的长腿。

她笑说,自己刚看完杨丽萍的《雀之灵》,整个人都被迷倒了。

秦笑在夜色中,叼着烟头,一边刷碗,一边欣赏着她,心想,总有一天,你会成为我的女人。

关在监狱中的秦笑,多么想回到那属于年轻自己的时光——他拉着女孩贾琳的手,在大雨中抢购到一台CD。这在当时是多稀罕的货物呀,他们惊喜地打量着这个银光闪闪的小盒子。

两人在雨中嬉笑着看着对方,然后就像街头上任何一对文艺范儿恋人一样,一人耳朵上戴一个耳塞。在雨幕中,踢着雨水,享受着音乐的浪漫,这恐怕是他们无数纸醉金迷年头里最浪漫的时光。

秦笑永远记得那首歌,是柯受良的《大哥》——他特别迷恋歌里那种情非得已的爱情,他每次在KTV里必点:"我是真的改变,但没有脸来要求你等一个未知天,只恨自己爱冒险,强扮英雄的无畏,伤了心的诺言,到了那天才会复原。我不做大哥好多年,我不爱冰冷的床沿,不要逼我想念,不要逼我流泪……"

他唱的时候,贾琳总是难得乖巧地靠在他身上,就是他理想中女人的样子。

有时候,他觉得这样的生活幸福已经足够。

然而,他是一个永远不缺乏进取心的人,贾琳也是。他们没想过,这样的野心,总有一天竟会彻底吞噬他们。

秦笑万万没想到的是,继老婆后第一个探监的,竟然是这么个年轻人。

这个年轻人顶着一头乱草,漫不经心地双手插在裤袋中,坐在自己的面前。

秦笑自然认得这个年轻人是谁,这个年轻人与以前相比,看起来有些邋遢,胡子也没刮干净,眼神却犀利异常。

不知为何,他这个40多岁的老江湖,在这个20岁出头的小子面前,却感受不到任何心理优势,反而被对方的某种气场所压迫。他早就听说,这是个天才少年,如今看来,就算完全不加修饰,也掩盖不住那年轻人眉宇间的狂放不羁与气度不凡。

那年轻人也倒是直接:"你还记得我爸爸吗?"

秦笑笑了一下:"我当年可是你爸的铁杆兄弟……"

"当年不就是你要收购帝王医药么?这个事儿可是掀动了整个上海滩呢!啧啧,你那时候就是一代枭雄……"

秦笑的脸在抽搐。

"不过呢,你后来也没收购成功。可你与当年临时倒戈的唐子风倒是交情不浅……"袁得鱼停了一下,"我告诉你个事,不过我想你也知道了!你知道现在谁接手了海上飞么?是唐子风,他用对价的方式,用旗下上市公司换股的方式得到了海上飞!"

秦笑想起唐子风曾对他提过对价方式收购,没想到是真的。

他产生了一种恍惚的感觉,他甚至怀疑,这些是不是唐子风事先就安排好的——如今,唐子风不仅拿到了更便宜的股份,还彻底控制了海上飞。

"虽然因为'东九块'案子引发调查,牵出的事越来越多,但海上飞的管理层过得还是蛮滋润的。他们安然无恙,因为有唐子风罩着他们,所以他们都很欢迎唐子风。想想也是,这样,他们从本来不能流动的限售股,直接转成了能直接在二级市场买卖的流通股,尽管折价出售,但总比股份在一个阶下囚的手里好太多了。"袁得鱼每一句话都刺激到秦笑的神经。

不过秦笑心态还算平和,他觉得,自己也怪不得唐子风。

原本,秦笑是可以在这场资本游戏上分到自己那杯羹的。确实是自己搞砸了。

只有唐子风介入，才能够把原本漏洞百出的财务账搞得眼花缭乱来瞒天过海。

"秦笑，你是天才，能想出垃圾股债券的方案！"袁得鱼叹了口气说。

秦笑冷笑了一下。

"中邮科技后，你又连着又收购了两家香港上市公司，我问你，这些资金哪来的？这些事情几乎接连发生。如果说是巧合，也未免太蹊跷了吧！"

"你在说什么？我想收购哪家公司，什么时候收购，还不是我想怎么做就怎么做的事？"

袁得鱼对他笑了一下，反而令秦笑浑身不自然。

秦笑有种感觉，这个年轻人知道自己将中邮科技的胜利果实转换成了上市公司资产。

袁得鱼仿佛对秦笑的事情兴趣不大，他问了自己最想知道的问题："一直以来，我都有个疑问，你就看在曾经是我爸的铁杆哥们份上，回答我好吗？"

秦笑不吭声。

"我爸爸就算当时做多失误，但我在他本子上发现，他有一张沽空的交割单，他为什么放弃兑现这笔巨额收益？为何要白白承担这样的后果？你们到底在暗地里做了什么？"

"我听不懂你在说什么。"秦笑老奸巨猾，什么都不肯说。

"那我问你一个很简单的问题，为什么我爸爸最后能追沽33亿元，这笔钱他从哪儿而来？"

"我为什么会知道你爸爸的事？"

"如果我没记错，你们在帝王医药大战之前，玩过一场叫做'七牌梭哈'的游戏……"

秦笑定睛看了袁得鱼一会儿，心想，这个年轻人究竟都知道些什么。

"你们约定了如何分成。我只想知道，你们让我爸担负的究竟是什么角色。"

秦笑依旧不动声色，思绪却早就飘回到了过往时光。

那个事距离现在已经太遥远了。但是那个帝王医药事件，无疑是他雄踞上海滩大事业的真正起点。他怎么可能真的忘记？

再说，这个手笔又是如此惊心动魄！此后，再也没有见过如此有想象力的大手笔。

或许，当时他们是太残忍了。至少应该多关照一下袁观潮的孩子。但怎么办呢？他们也不是完全不厚道，最后难道不是因为袁观潮自己也失控了么？

"刚才我在等候见面的时候，看到一个美丽的女人，她犹豫了一会儿，还是走了。我想，她应该就是你的妻子。我几年前看到过她，她明显沧桑很多。我知道，你们还有个在英国读书的漂亮孩子……如果我爸爸还在，或许我也在英国读书吧……"

"对，对不起……"不知为何，冷血的秦笑突然脱口而出。

"我后来好不容易有了一个干爸爸，他叫杨帷幄……但他就在我看望他的那一天……"袁得鱼稍稍停顿了一会儿，"你觉得，你会比他们更幸运吗？"

秦笑望着袁得鱼，袁得鱼的眼睛燃烧的火苗忽明忽暗地闪动。

秦笑深深地觉得，眼前这个男孩是一个巨大的风火轮，一旦旋动起来，可能永不停息。

"我只想问一个很简单的问题。当年，我爸爸原本没想过介入帝王医药，后来有两个客人过来，改变了他的想法。如果我没记错的话，这两个人一个是日本人，一个是香港人。那个日本人头很大，长的样子很奇怪，整个就像是个方形，总之，脑袋与身材都是方的。我之所以记得，是因为当时我想，如果去推这个人一把的话，估计他都滚不动。还有个高个子，是个香港人，说起话来声音很生硬，他的样子很像国民党军官，身材还算是高大挺拔，但是个长短脚……如果我没记错，你和日本那边的关系很好。这两个人你认识吗？"

秦笑陷入深思。他自然知道那两个人是谁。

袁得鱼仿佛看出了这一点，继续问道："你只要告诉我，当年我爸爸那笔钱是不是他们给的？"

秦笑不由自主地点了下头。

"他们怎么会有那么多钱？"

秦笑不语。

"我还有个不解，我爸爸在5月上旬时，花了3亿元用杠杆沽空了帝王医药。就在政府宣布补贴钱这一政策后，他还追沽了33亿元。就算最后9分钟无效，他这笔资金就可以稳赚55亿元，如果算上亏的部分，那也浮盈12亿元，现在，这笔资金又去了哪里？账面上怎么变成了亏损5亿元呢？"

秦笑摇摇头。

"好吧。那你能不能告诉我，唐子风找到的究竟是什么？如果不是钱，那究竟是什么？"

"是一本本子，红色的本子……"

"本子？"

"我也只是听说，没真的见过。上面有很重要的信息，至少对袁观潮这样的人而言，这些信息他们绝对无法忽略。我只能告诉你这么多了，因为，我也希望你能扳倒唐子风……"

"那两个人究竟是谁？"袁得鱼又反过来问道。

"不是你能想象的。"秦笑最后想了想说，"总之，你是斗不过他们的！"

袁得鱼邪邪地笑了一下："恐怕你看不到这个结果了。"

这天晚上，秦笑无论如何也睡不着。

他好像来到了一个黑魆魆的洞口，微亮——洞口处有个人，背对着他。他看不清是谁，走近一看，那个黑影转过身来，竟是杨帷幄的脸。他的整张脸看起来是斜的。杨帷幄瞥了他一眼，头上还顶了一束鲜红色的花。

"你也来了……"他的声音仿佛是从洞的深处传来，四周围都在发出同一个声音，在洞里微微震动。

"你在这里做什么？"

"是你把我推了下去！是你把我推了下去！……"那个声音重复而坚定地说。

秦笑开始发抖："不是我……"

秦笑记得，当时有人特意来香港找到他，让他提供监狱里一些地头的联系方式。

他没想到，那个人那么快就对杨帷幄动手，还不留一丝痕迹。

秦笑见到杨帷幄冲着他张牙舞爪地冲来，吓坏了，下意识地跑进了山洞。

那个山洞里竟然出现了一条璀璨明亮的橙黄色光带，忽明忽暗，照耀着他的前方。

山洞里罡风四起，穿行其间，寒风刺骨。一辆火车呼啸而来，由远及近，几乎就要吞灭自己……

他趴在山洞的壁岩上尝试躲开，那山洞剧烈晃动起来，两边的岩壁越来越靠近，他想方设法往上爬，但岩壁好像倒挂的光滑漏斗，没爬几步，就兀自滑了下来。

火车越来越近，这个风驰电掣的黑暗庞然大物就像一个怎么也逃脱不掉的魔咒。火车撞击的一瞬，秦笑胸口感到一阵剧烈的绞痛，就像被火车一下子碾压在车轮底下，魂魄一下子抽离身体……

袁得鱼走在霓虹灯照耀的大路上，一阵似曾相识的冷意从背脊传来。

他还是保持着双手插袋的姿势，抬起头，恍然地望了一眼被云雾遮挡的月亮。

他知道，自己已经拿到了一个重要线索，可以渐渐填补复仇棋局的那些破绽。那棋局在这样一个没有星星的黑暗夜晚，竟是无比明亮。

第七章　唐少的挑战

流动性的音乐停下,事情就会复杂起来。但只要音乐继续,你就得起来跳舞。我们现在仍迈着舞步。

——前花旗集团首席执行官,查尔斯·普林斯

一

袁得鱼站在一块石碑后面,等一群大佬散开去后,在秦笑墓地上默默地放了一枝花。

黄昏的陵园,沉寂异常。

他走出陵园,漫无目的地在大风肆虐的街头漫步。

干掉棋盘上的敌人,是他长久以来的心愿,但真的从报纸上得知秦笑在狱中死于心脏病突发的时候,他的第一反应竟是胸口撕裂一般的疼痛。

他发现自己在骨子里竟是佩服秦笑的。秦笑是真正的白手起家,凭借自己的天赋,创建了自己的江山,着实有份能耐。只可惜,秦笑虽然神通广大,勾搭了不少关系,但毕竟只是一种由金钱交易下的交情,还是比不得那些真正的"皇亲国戚"——不用花一分钱就能签份协议,倒手个地皮,就有上亿入账。无奈秦笑处心积虑,还是一失手就酿成大祸。

袁得鱼想了想整个过程,他自己也没想到,最终会以这样的方式,破坏了秦笑的一手好戏。如果再拖延一点时间,秦笑的资金窟窿就被填上,他的帝国又会像一台轰鸣的铲土机那样,呼啸而去,一马平川开往看不尽边界的疆域。

袁得鱼想起,秦笑最后对他说:"对手不是你能想象的……你是斗不过他们的!"

"你是斗不过他们的。"这句话这些天来一直回响在袁得鱼耳边。

袁得鱼回到家里,或者说,回到丁喜的家里。

他想起自己已经有一段时间没去看丁喜了,也不知道那胖乎乎的家伙怎么样了。他想起,在积累第一桶金的那段时光,每晚沙发那端,丁喜会发出轻微的鼾声。

他的床头上,摆着自己用捡来的石头搭出的国际象棋,也许只有他自己知道,这些奇怪的石头各自的身份。

他轻轻地推了推一枚棋子,冷冰冰的棋子黯然倒下。他很难过,秦笑亦是这样的命运,一个"枭雄"倒下了。

他盯着棋盘看了很久。

他又想到了自己的爸爸和他下最后一盘棋的情景。那场景在梦中却是那么诡异与伤感。

虽然从秦笑那里得到了一点线索,比如,那两个身份诡异的人其中有一个是日本人,比如,参与其中的人,可能不只是"七牌梭哈"的人——也就是当年血色交割单上的人,或许,还与那个红色本子有关。

袁得鱼隐隐觉得,唐子风他们还在进行更大的交易,应当比自己想象得更为盘根错节。

他苦笑了一下,自己眼下显然需要更大量的资金,才能真正卷进到未来变幻莫测的局势中。

只是眼下的这些线索,至今还是支离破碎,完全拼不出答案。

在一切明了之前,他只能继续决斗。

从陵园回来后,唐子风坐在家里的皮沙发上,摩挲着手里毛茸茸的小黑猫。

电视里正在回顾"上海地王"秦笑的传奇。

纪录片末尾提到了"东九块",这个黄金地块就像魔咒,又变成了烂尾工程。听说有个香港巨贾对这块地产生了浓厚的兴趣。

唐子风有点坐立不安了,他不是对"东九块"有多大的兴趣,而是刚才电视放资料片时有一个镜头,他一眼就看到了袁得鱼在法庭上振臂高呼的样子。

唐子风关掉遥控器,像 20 世纪 80 年代港片里的香港大亨那样,一边叼着雪茄,一边摇了摇头,心中琢磨着如何干掉这个让他心烦的小子。

他苦笑,秦笑的案子,本来眼看就胜利在望了,竟然又是袁得鱼这小子搅了局。无论如何,自己必须得主动出击了。

他想起那次泡温泉时,韩昊那句话:"我让这小子在市场上输得再也爬不起来,痛不欲生,从此不来找我们麻烦。不过,我更喜欢打配合战!不要让那小子觉得是我一个人在欺负他。"

那小子料也是滑头得很,想必也不会那么容易迎战。

谁是最合适把袁得鱼挑出来的人选呢？

正在这时，唐子风把目光放在一旁的唐煜身上——因为秦笑的葬礼，他也来上海了。唐子风心想，唐煜这几年成长速度很快。他印象最深的一次，是多年前，他看破杨帷幄 MBO 财技①的往事。当年，唐煜在申强高速一役中，算是在袁得鱼对抗中败下一局，不过那场战役的主角还不是年轻的他们，而是自己与杨帷幄。

唐子风心念一转，如果真要说与袁得鱼棋逢对手的人，那个人选非唐煜莫属。

唐子风唯一担心唐煜的是，唐煜大体来说比较正直，不像袁得鱼那么邪气十足。不过，唐煜如今也是越来越成熟，再说，他背后不是还有老爷子我么？

唐煜刚才也在目不转睛地看着电视里的片子。

他也有点难过，他想起，秦笑给了他一笔自己未曾想到的大资金。正因为这笔大资金，他的事业马上就可以开展起来了。在他心目中，秦笑无论如何都是一个了不起的人。

不知不觉，唐煜的眼泪流下来了。

唐子风见状故意说："太可惜了，太可惜了。"

唐煜望着父亲："秦叔为什么会这样啊？他怎么会心脏病突发呢？"

"监狱里不适合上了年纪的人啊，暴毙是常有的事。"

"爸爸，我好后悔……"唐煜突然说。

唐子风有些诧异："你后悔什么？"

"我不知道他的公司只剩下一个空架子，我以为他只不过需要一笔短融资金……是我帮他准备了并购资金，如果不并购的话，或许，秦叔也不会那么快被媒体……当然，我也知道，秦叔必须得面对刑惩的，但未免也太……"

唐子风的反应大大出乎唐煜意料，他兴奋起来："原来是你一手导演的？我想呢，秦笑怎么会想出这一手，原来是我儿子的主意！太妙了！"

"爸爸，早知道会惹那么大的麻烦，我死也不会这么帮秦叔操办的。"

"你不要太难过了。内地玩地产就是圈地，先行一步，就能圈更大的地。你如果不圈，就相当于缴械投降，你说你是圈，还是不圈呢？"

唐煜默不作声，他知道爸爸这么说肯定有他的道理。唐煜现在也对中国的经济发展模式有了一定的认识与了解。

"唐煜，在你看来，秦笑最后失败在什么地方？"

"因为林凯系就是一空心架子，不该玩那么大，太容易玩火自焚！"不过他说到

---

①　MBO 财技是一种金融投资、企业融资及财务策划的技术，一般指不正之财。常用于上市公司、外汇市场、金市、期货市场、派生工具之动作等。玩弄财技的人又不是为风险管理，他们持有猎人心态，唯一目的是找快钱，之后尽快离场，不考虑商业伦理和公司的健康成长。——编者注

这里也说不下去了,因为他能做到那么大的杠杆,自己不也参与其中了吗?他好像能理解当时袁得鱼在香港时怒不可遏的原因了。

"你错了。在中国资本市场这么做的人比比皆是。真正打败他的,是那起拆迁案……"

唐煜恍惚地说:"你的意思是,是袁得鱼?"

"是啊!"唐子风自言自语道:"你看这小子有多厉害。不仅拉了那么多拆迁户,还一下子识破了秦笑的财技。"

唐煜心想,这一点上,他不得不佩服袁得鱼,要知道,他基本运用的是西方那套工具,然而,毫无国际投行背景的袁得鱼竟然丝毫不逊色。

"听说,那个女孩也跑到香港去了?"唐子风突然提到邵小曼,他非常清楚儿子的心思,"你们有没有交往啊?"

"哎,爸爸!"唐煜被爸爸说得烦躁起来,"哪是你想交往就能交往的,人家各方面都那么出众。"

"你不懂女人。女人是需要征服的,你如果不争取,不就是拱手让人?"

"我可是一直在表白啊!"唐煜有些负气地说。

"女人是看你做什么的,不是听你说什么的。所有的女人都希望等到那个保护她的男人,你怎么证明给女人看,你能保护她呢?你看人家袁得鱼,总是能适时地表现一下自己,这些对女孩来说,就是潜移默化的影响……你真觉得你比袁得鱼差吗?"

"唉……"唐煜拖了一下头,"虽然袁得鱼上次打了我,但他还是我兄弟!"

"他打了你?"唐子风很惊讶。

"他上次来香港,好像本来想阻拦秦笑的……然后看是我经手,就直接……"

"那么,那个女孩子是不是也看到了?"唐子风犀利地问道。

唐煜点点头。

"你看,你总是输给人家,怎么会赢呢?"

"爸爸……"

"你还记得爸爸有个兄弟叫韩昊吗?如果你想好好跟袁得鱼干一仗,爸爸会在背后全力支持你!"唐子风随即把他的计划和盘托出。

唐煜有点纠结,他想尽快自己做对冲基金,就是想好好证明一下自己的实力。不过,或许这一仗对自己未来做对冲基金也有帮助。兴许,把握住这一次机会后,他的资金实力也就可以一下子壮大,那他就彻底自力更生了。

这不正是他梦寐以求的状态吗?

最重要的,还是邵小曼!不知怎么,他又想起那一晚邵小曼在他怀中痛苦的样子,心头有些发恨,我倒是要看看谁是天才。袁得鱼,挑战的时刻到了!

事业与爱情距离自己都不再遥远。

唐煜点了点头,摩拳擦掌起来!

二

第二天,袁得鱼还在睡觉,就接到一个电话,竟是唐煜打来的。

"老兄,出来见个面如何?我到上海了!"

袁得鱼挠了下头,照理说,兄弟久未见面再见是件开心的事,但为什么唐煜的声音听起来,带着一点不善罢甘休的愤懑味道,难道他还记恨上次自己打他的事吗?

"好啊!"袁得鱼也不多问,爽快地答应了。

他们约在恒隆广场的采蝶轩,英文名是 ZEN,简洁优雅,那里有地道的港式美味。

袁得鱼到的时候,看到唐煜一个人坐在做工考究的沙发上,一副风度翩翩颇有教养的富家公子哥的模样,头发油光可鉴,从容淡定。

唐煜抬起头看了一眼袁得鱼,不由感慨这小子就像吃了什么不老丸似的,还是那副青春逼人的少年模样,松垮垮地站着,一只手永远插在破牛仔裤的裤兜里,倜傥、自然、掩饰不住的聪明。

难怪他让邵小曼至今还那么着迷,他有些哀怨地想,不过,不管怎么样,现在是该了结的时候,不是吗?他无法再容忍了。

"嘿,怎么臭着一张脸?"袁得鱼拍了一下他的肩膀,"还生我气啊?"

"没有,没有。我都看到新闻了,我能理解你!这个海上飞先是一下子猛拉了13个涨停板,复牌后又连续了20个跌停板。"

"不过,这个是很难改变的不是?如果给他重来一次的机会,他恐怕还是会这么做!他没法选择。"

唐煜想,虽然你对秦笑有一些成见,但你怎么能把这些事说得如此轻描淡写,真是太无情无义了:"你不觉得秦笑很可怜么?"

"哈哈。来,喝点酒!"袁得鱼见唐煜低头不语,"开心点呢!你看,这件事情与我们都有这么点关系。"袁得鱼说完后痛快地喝了一杯酒。

"我觉得你还是海南时那个死相更好些。"唐煜不动声色地嘲讽说,"我有很认真的事要跟你说。"

"什么呢?"

"你还记得邵小曼吗?"唐煜说出这三个字的时候,心里还是纠结了一下。

怎么可能忘记呢!袁得鱼脑海中闪过和邵小曼在圆明园路临别的那一晚。他又想起,在香港那时,邵小曼那张不解而忧伤的脸,他只好在她面前完全不动声色地走过去。

袁得鱼故作满不在乎地吃了块红烧肉："这个好吃……"

唐煜喝了一杯酒,心想,邵小曼怎么会喜欢你这种人："你猜她来香港时,跟我说过什么……"

"哦?"袁得鱼恍惚了一下。

"她问我,能不能做我的女朋友。"

"这不正中你的下怀?"袁得鱼盯着唐煜的眼睛,笑了一下。

"我一开始当然很开心,以为她回心转意了。但她不知怎么回事,看起来就是不对劲。后来我才知道,原来是你伤害了她!"

"伤害?"袁得鱼脱口而出,他实在想不起来自己做过什么对不起邵小曼的事。

"有一天,她看起来就不太高兴,后来非要我请她去兰桂坊喝酒。她喝着喝着,猛地大哭了起来,她说,你怎么可以对她那么不好……"

"这,她真是这么说的,女孩子究竟在想什么……"袁得鱼差点语无伦次起来。

"我后来将她送回宾馆。她醒来后打电话给我,说那天她有些冲动,因为她太苦闷了。她是不是在去美国高盛之前,和你在上海道别? 你到底做了什么,让她那么伤心……"

袁得鱼埋头喝了一口酒。

"我不知道你对邵小曼做过什么,但你见过邵小曼酒醉的样子么? 她就这么揽着我,哭啊笑啊的,问怎么做才愿意与她在一起,我知道她不是在对我说。她就这么枕在我的肩膀上,像小猫一样地默默地抽泣了一个夜晚。我不忍心看到她这个样子,我今后再也不想看到她这样子! 我看不下去了! 你这个禽兽,你到底对她干了什么?"唐煜重重地砸下酒杯。

"我配不上她。"袁得鱼沉默了一下说。

"懦夫! 那就让我打破你在她心目中的位置吧!"唐煜恶狠狠地说,"这次我回来,一方面,是为了我全新的事业做准备,更重要的,是过来和你一决高下!"

"一决高下?"袁得鱼有些不解。

"你不是邵小曼眼中的金融天才吗? 我相信,市场的结果是最公正的。我们就在市场上决一高下!"

袁得鱼没直接回应。

"这样吧,权证①事隔九年第一次重新复出。这个品种在国内会怎么演变,对我们而言,都算是一个新鲜事物。我们不妨就在这次交易上打个赌。不管我们本身的资金量多大,从权证入市第一天开始计算,一个月后,看谁在这个品种上赚的收

---

① 权证,是指基础证券发行人或其以外的第三人发行的,约定持有人在规定期间内或特定到期日,有权按约定价格向发行人购买或出售标的证券,或以现金结算方式收取结算差价的有价证券。——编者注

益率最高。谁赢了，谁就有资格得到邵小曼！"

袁得鱼心想，虽然他自己也不是很懂女生，但他至少明白，邵小曼怎么会愿意用一场跟赌博差不多的交易来决定感情去向呢？而唐煜似乎是来真的，现在的他，是如此咄咄逼人。

不过，凭着天然的嗅觉，袁得鱼觉得权证会有点儿意思。他想起自己曾在机场时看到过有一期《中国证券报》上面提过一条消息——权证将卷土重来。权证这玩意儿，袁得鱼在南方时，跟一帮投机客玩过，不过那还是在香港的时候。

权证在香港叫作"涡轮"。权证的交易量一般很小，就像是交易世界里的"阴暗王国"——在投机经纪商手中买进卖出，像是赌棍们的最爱。照理说，权证只是一张信用合约，是一种长期合约。认购权证属于期权当中的"看涨期权"，认沽权证属于"看跌期权"。

他想起，前几天，财经新闻上有个新消息放出来——重返中国的第一个权证是新赛棉花。这也就意味着，这个权证与大宗商品挂上了关系。

袁得鱼太了解大宗商品中期货圈的那些老家伙们了，在中国资本市场上，棉花期货也称作郑棉，棉花期货在赌性很大的郑州粮食市场交易。因为过于血光冲天，棉花在期货市场上也被称作"邪恶之花"。

这么一来，这个权证就可以当作是一类特殊的金融衍生品，就像是大宗商品那样玩耍一番，另外，新赛棉花还是一只A股的权重股。

光从种类看，这个品种就充满了想象。

袁得鱼相信，按常识，他自己都能那么轻松看到的机会，绝不会逃过对市场敏锐度极高的作手眼睛。

或许这里真的存在一场难遇的暴富机会，就看怎么玩了。

不过，袁得鱼想起了自己对于大势的判断，不由思忖起来。

"你到底应不应战？"唐煜喝得有点多，情急之下还推了袁得鱼一把。

"你有邵小曼的授权吗？"袁得鱼只好找了个借口，还挑衅地看了唐煜一眼。

唐煜愣了一下："这是我个人对你发起的挑战！"说罢，唐煜眼睛里燃烧起熊熊怒火！

袁得鱼很长时间来，都隐隐感觉到香港那边有个无形的强大对手。

在他的棋盘上，这也是一股足以左右局势的力量，但他没想到，那股力量，如今竟会以这样的形式出现。

"袁得鱼，你怕了吗？别告诉我，你都不懂'涡轮'怎么玩！难怪我爸爸说，这里的大多数人都不太熟悉这个品种。"唐煜有点醉了。

袁得鱼心想，难道唐子风也关注了这个品种么？难道他也会卷入其中？他故意问道："原来你是为你爸爸来做这场交易的！"

"不是！是我自己要在这个全新的战场向你挑战的！"唐煜还是怒火中烧，"你个自私的家伙！你到底是答应，还是不答应？"

"你喝多了吧！再怎么样我也不想把邵小曼牵扯进来！"

"我以为你很男人！原来你只是个懦夫！"唐煜挑衅道。

"男人不就是能软能硬？我回头再想想！"袁得鱼只好用缓兵之计。

一回到家，袁得鱼打开久违的期盘看了起来，他意识到，这个市场早就风起云涌。

他前几年一直在期货公司做经纪人，对很多期货品种的研究也算是颇有心得。

他这么长时间以来之所以没看期货，是因为就像他看淡当前的股市一样，他也看淡所有的期货品种……前阵子的行情正如他此前的判断，期货价格一直往下掉。

他重点看了一下郑棉行情——这个品种不仅可以代表不少农产品，也基本反映了整个期货市场。

如果用一个字总结行情的话，那个字就是——惨。

2005 年以来，棉花行情急转直下，9 月合约和 12 月合约同时出现暴跌。

他沉思了一会儿，问了圈内几个消息人士。非常有意思的是，他们都说，棉花背后的大主力是韩昊。

"韩昊？可当真？"袁得鱼警觉起来。

"韩昊垄断了这个市场，他直接调集了 800 万吨棉花现货……"

袁得鱼暗想，韩昊搅进棉花市场，会不会与唐煜操作权证有关系呢？

袁得鱼知道，国内拥有的棉花数量比报盘多太多了。期货中，供需法则总是会起作用。现在，需求方主要来自韩昊——这个自己一心想干掉的敌人，或许有机会一箭双雕！

他想了想韩昊的风格——江湖上一直流传着关于他的传说。

听说有一次，韩昊坐在家里看电视，电视里正在播放一档非常热门的证券访谈栏目。他看到了一个节目预告，说某一档证券访谈节目将采访一家上市公司的总裁。这档节目前一期采访的是另一家上市公司的总裁，在节目播出的第二天，那家公司就开盘涨停。他当时就灵机一动。当时距离股市收盘还有 30 分钟，他火速地买了这家公司的股票。在访谈节目播出的第二天，这家公司就涨停了。这真是典型的"事件驱动"，无比敏感的敢死队作风！

袁得鱼又看了一眼床头的棋盘，这个棋盘现在充满了死亡的气息，这股气息越来越近。

袁得鱼会心一笑，他心里有了一个不错的主意，他打了个电话给唐煜："唐煜，我和你赌这只权证的交易！只是，这纯属我们兄弟的战斗！不管结局如何，都与邵小曼无关!"

"只要你答应就好!"电话另一头的唐煜兴奋地说。

唐煜心想,自己总有办法让邵小曼知道胜负结局,到时候,他与袁得鱼之间,自然也会有一番结果。

"你选什么权证?"

"你先选吧! 我怎么玩都可以。"袁得鱼说。

唐煜想了想说:"还是你选吧,省得别人说我欺负你。"

"那我不客气了,我选认购权证①。"

"好,你买升,我就买跌!"唐煜选定了认沽权证②,他心想,不管你买跌买升,我都可以驾驭。

"恩,那就这么一言为定了。"

"第一个交易日就算是决战的开始,一个月后,也就是 6 月 6 日,输赢自见分晓!"

三

袁得鱼接到一个从医院打来的电话。

他飞也似的赶到医院,发现丁喜已经端坐在床上,旁边还围了一圈医生护士。

"醒了!"看到袁得鱼进来,护士有些欣喜地说,"我在这里工作了九年,还是第一次见到有这样的病人会醒来! 不过,他是你弟弟吗? 怎么不太像……"护士打量着袁得鱼,脸庞微微泛红。

袁得鱼几乎是蹦到丁喜面前:"丁喜,你瞧瞧我,还认识哥吗?"

丁喜眼睛缓缓转了起来,看到袁得鱼的时候眼睛亮了一下,不知怎的,眼泪一下子涌了出来,他死命地点头。

"别动,别动!"袁得鱼见他眼睛里流露出一些担忧的神色,说:"那场官司我们胜诉了! 胜诉了呢!"

丁喜嘴唇翕动着,泪流不止。

袁得鱼目光很快被床头柜上的一只巨大的黄色维尼熊吸引过去。

"这只熊……"

丁喜吃力地努了一下嘴:"这个姐姐拿来的……"

---

① 认购权证,又称为看涨权证、买权权证。权证可分为认购权证和认沽权证。——编者注
② 认沽权证,又称为看跌权证,卖权权证。具体地说,就是在行政的日子,持有认沽权证的投资者可以按照约定的价格卖出相应的股票给上市公司。——编者注

袁得鱼转过头，一眼就看到疲惫的许诺。

原来这些天来，许诺一直在照顾着丁喜。

许诺看见袁得鱼，冲他一笑。

"对不起，我来得太少了……"袁得鱼有点内疚起来。

许诺有点担心地说："听说唐煜要跟你一决高下？你最近在忙这个事吧？"

"啊，你怎么知道？"

"很多报纸上都写着呢，说这下上海滩热闹了，从香港过来一个投资奇才，和一个上海朋友打了一个赌，据说是为了一个女人。我一看，就猜是你……"

"啊？搞得那么轰动。猜是我？没有提到我吗？"

"没有。你是隐身的江湖高手。你答应他了？"

袁得鱼点点头，他明显看出许诺脸上闪过一丝不快。

"是为了邵小曼吧。好奇怪，你们不是好兄弟么？怎么还像放学回家的小男孩一样，打个架才痛快？"

袁得鱼"嘿嘿"一笑："真是要打架，我也是个中好手，随时可以奉陪到底。"

"真是受不了你们男生，不知道你们在想什么。"

他们走进病房，只见医务人员帮丁喜检查完后，痛快地说："可以出院了。"

丁喜听到后，像是被注入了什么力量，一下子从床上坐起来想下地，却还是没能站稳，一下子摔倒在床上："头，好痛！腿，没力！"

袁得鱼扶了他一下："你躺那么久，就像半个两栖动物，早就适应了陆地生活，都忘了水底下怎么呼吸了。"

丁喜忽然看到镜子前的自己，惊喜地说："这，这是我吗？"

"你瘦了好多！"袁得鱼打量了一下。

许诺也观察了他一下："话说还真是！记得我刚来照顾你的时候，你还真的是个胖子！丁喜，你这场病真是别人花钱也换不来呢！现在的瘦身产品，一盒就要上千元，几个疗程下来，少说也要花上一年半载。"

"回家吧？"袁得鱼说，顺势把丁喜背到了自己背上。

"要不要找个轮椅？"许诺问道。

"这里离门那么近，何必那么麻烦！"

许诺想起第一次在百乐门那个十字路口见到袁得鱼的时候，他腿上满是血，但毫不在意的样子。

她笑了一下，他还是像以往那样大大咧咧，还是那个自己熟悉的男孩子。

袁得鱼大步流星地背着丁喜出了门。

"等等……"许诺说。

袁得鱼转过头，看见许诺抱着一只硕大的维尼熊跟在他身后。

"对了,我刚才还想问呢,这只熊怎么来这里了!"

"你走后,我经常对着这只熊说话,祝你平安归来。果然很灵验。我前两天突发奇想,想把这只熊带过来,给丁喜一点运气。没想到也灵验了!我真是太开心啦!"

许诺整个头都贴在维尼熊庞大的身体上。

他们很快来到丁喜家。

许诺看到房间后,有些惊讶:"天哪,丁喜老弟,没想到你这么有品位!"

丁喜环视了一圈:"这,这是我家么?"

袁得鱼说:"许诺,没想到你跟我分开那么久,你的眼光在你们菜场这个圈子还是那么鹤立鸡群!"

"袁得鱼,其实我走进这里的一瞬间,就觉得有你的气息!"许诺仔细环视了一下房间,随即拿出了桌上的《奔流》翻了一下,"这不是你在修车厂的时候还不离手的书吗? 我也想看!"

"拿去吧! 我早就烂熟于心了!"

许诺一下子蹦到袁得鱼的电脑前,屏幕并没有关闭,上面是一个期货的盘面。

"得鱼,你还在玩期货? 最近期货不是一直在暴跌吗⋯⋯"

"是啊⋯⋯"

袁得鱼又看了一眼盘面,突然警觉起来,这个下跌形势进一步加剧了。他知道,现在外围市场也不是很好,这么下跌,也算是情理之中。

许诺歪着脑袋,有些不明白:"你跟唐煜是怎么赌的呢? 我记得好像是赌大小那样,一个月后,看这个股价是跌是涨?"

"没错哦。"

"你赌的是?"

"我买升。"

"袁得鱼,你在赌什么啊? 只剩下十多天了,你就能保证行情会力挽狂澜?"

袁得鱼很快就呼呼大睡起来。

丁喜与许诺两人面面相觑。

四

唐煜特别高兴,形势完全在朝着他所想象的方向发展。

尤其当他知道,邵小曼回到上海的时候,高兴得简直要昏死过去。

而当他在机场里看到邵小曼的时候,几乎把什么都忘记了。

邵小曼不知发生了什么事,闪动着迷人的笑靥:"什么事那么神秘,非说有什么重要的比赛,要我做评委。是不是什么模特比赛,很好玩吗?不要让本小姐的年假落空哦!"

唐煜故弄玄虚地说:"当然会很精彩,比模特大赛还精彩。而且,还真少了你不行,只有你是最当之不愧的评委。不然,我怎么敢把你从那么大老远请来!"

"我想也是!"邵小曼自负地仰起头,"不过唐煜,我发现,多日不见,你气色很不错呢!肯定有什么很开心的事瞒着我,对不对?"

"到时候你就知道啦!"唐煜满面春风。

"那我就等着那个惊喜啦!"邵小曼也不深究。

"来,邵小曼,我带你去一个地方!"

邵小曼坐在唐煜的车里,随着他一路开到了陆家嘴。车子一直沿着陆家嘴环路,一路向南,在一个优雅的庭院前停了下来。

邵小曼看到门口如章刻一般的名字,念了出来:"汤臣一品?"

唐煜掏出门卡,轻轻一划,电梯缓缓上行,门一打开,就直接对着房间。

这是一个有着敞亮落地窗的大房间,微微的灯光透出低调的奢华。落地窗外,繁华夜色的江景就在脚底。船只在水面上轻轻摇动——就像年少轻狂的内心,一览无余的通亮。

"喜欢吗?"

邵小曼双手贴在玻璃窗上,出神地望着黄浦江景。

她虽然见过很多豪宅,但她能感觉到,这个房子,恐怕在上海滩也算得上是独一无二的顶级豪宅,因为房型可以复制,地段无法复制——这里显然坐拥了上海最美的夜景,全世界这样能俯瞰江景,又能把对岸万国建筑尽收眼底的未来金融之城,绝对是屈指可数。

"你知道是谁开发了这里?"

邵小曼摇摇头。

"是汤臣集团。小时候,我最喜欢看的就是香港武打片。《绝代双骄》《好小子》,都是汤臣影视投资的。他们还投资了《霸王别姬》,多么好看的电影。你肯定知道这家公司的女主人徐枫,她原来是香港的女打星,当过金马影后。我记得我知道这块宝地被他们买下的时候,大概是刚刚离开上海去美国的那段时间。前几年知道他们要做汤臣一品之后,就很想成为这里房子的主人,也算是为了圆我小时候的武侠梦……"

"武侠梦……"邵小曼笑了笑。她想起,陆家嘴原来是一块荒蛮之地,成就了汤臣集团的汤君年这批商人,用低廉的价格买下了这里的最黄金的地块。就像当年他们邵家那样,以不可取代的财力,加上不可替代的政策航向标,坐拥旁人看来"富可敌国"的财富。

但她诧异的是,唐煜为何不惜重金买下这里,尤其是,他怎么会有那么多钱?

邵小曼记得去香港找唐煜的时候,他还是个投行的基金经理,难道他在这里自己创业了?但从这个汤臣一品的房子来看,似乎发展速度也太快了一点:"这里是不是你爸爸投资的?"

"不,全部是靠我自己努力得来的。"唐煜看着邵小曼一脸的将信将疑,"说真的,我确实运气不错!因为我会资本游戏!"

唐煜娓娓道来。

原来,他去洛杉矶出差时,正好遇到一个朋友,正在拯救一家濒临破产的日本供应商驻洛杉矶分公司。这家公司连续 7 年亏损,当他们去接手拯救公司时,总公司给了他们 2 年时间来改变。

他们去的时候,发现一年里公司就亏损超过 700 万美元。不过,他们到公司后,经过一系列艰难复杂的缩减成本、财务控制以及重新设定公司策略等大变革。使得一年后,公司的运转就接近了损益平衡。

有一回,唐煜与同学在洛杉矶圣莫妮卡的一家串烧店里聊天。

聊到这个事之后,唐煜好奇地问道:"公司现在怎么样了?"

"很好啊,如果一切顺利,今年年底应该能赚到 200 万美元左右。"那个朋友诚实地回答。

唐煜一下子睁大了眼睛:"你知道你遇到了一个多好的机会么? 如果你做对了,5 年之内,你会拥有这家公司,并且成为百万富翁。"

"怎么做呢?"这个朋友问他。朋友只是随口提到这个事,他不知道这件事在这个基金经理眼中,可以如何变成一个资本游戏。

"你把公司的财报拿来给我看看吧!"

他们第二次碰面的时候,唐煜了解到了这家供应商的基本数字——这家公司年度业绩约是 4000 万美元,负债近 3000 万美元。

在看过这些数字和确认了公司近期一系列的重整措施后,唐煜也相信,这个公司年度确实有机会实现 400 万美元赢利。

然而,现在这家公司由第三代继承人经营,被弄得一团混乱,会计账也是一笔糊涂账,员工士气低落,没有明确的策略和方向。

最重要的是,现在的总经理虽然是个好人,但却是一个很糟糕的管理者。因为,他从小就被当成第三代的接班人来培养,但他完全不知道他在做什么,也不知道如何管理美国人。

唐煜的点子来了:"我有个主意,要不,我们一起拿下这家公司吧!"

后来,唐煜就带着朋友去了银行,告诉他们如果公司现在继续由这个老板经营,那这家公司会持续亏损,他们将永远拿不回他们的 3000 万美元。

一开始的时候,银行并不买账。

他朋友就依靠在公司内拥有的权力,为了让公司股价跌得更重,于是故意出方案——提高成本、开除员工、拉低业绩。然后他们再去银行提案,说现在的管理层是白痴,告诉他们,现在唯一能够救这家公司的就是他们。银行就逼走了现在的老板,因为他们现在是公司最大的债权人。

在银行的帮助下,他和朋友两人成了公司的联席主席。因为对银行来说,他们比现在的老板要有用得多,不然,银行觉得自己完全没希望能拿回3000万美元。

于是,银行一直支持着他们,直到他和朋友完全控制了这家公司,并且使公司业绩每年达到400万美元,这时公司就有能力在4年内还清银行的债务。

在那以后,公司赚的每一块钱,都进了他们口袋。

"我就这么成了百万富翁,我28岁,和朋友拥有一家价值4000万美元的公司。你说,对于我们而言,买一套汤臣一品算什么呢?"

邵小曼觉得不可思议:"难怪你在摩根士丹利每天加班,原来一直在想办法赚钱。但你说的那个事,虽然在财务上这么操作是合理的,但你不觉得这么做过于残忍了么? 不能因为你们能赚更多钱,就把原来的管理者毁掉!"

"这就是资本运作啊! 如果不这么做,这家公司会永远老旧、没有效率、没有改进。不过,我们一开始也没决定这么做,毕竟是他们家族邀请我朋友帮他们解决财务危机的。"

"所以?"

"我们这样做,让公司重新上轨道,相当于帮他们彻底干掉了对手,因为对手比他们更虚弱!"

"好吧,真是惊人!"邵小曼有些不是很情愿地说,"但你们太贪婪了,总是不断寻找下一个交易,总是期望下一个有更容易的赚钱方式,永远不顾及对别人产生什么后果。我想,华尔街那帮人和你们这群人,迟早有一天,会毁掉整个世界的金融体系。"

"到那时候,岂不是另一场暴利的机会?"唐煜坦然地说。

不知怎么,邵小曼突然想起了袁得鱼在那次郊县的山间别墅说的那句话:"富人之所以富有,是因为他们不仅是庄家,还是规则的制定者。"那句话曾让她伤心,但她现在似乎有点理解袁得鱼了。邵小曼猛然意识到,自己当时有点错怪他了。如果可以选择,她宁愿选择不富有,她想与袁得鱼一起奋斗。

唐煜还是完全投入在一种怡然自得的情绪中:"你知道这件事给我最大的启发是什么? 我突然变得很有信心。我这次出差来上海,是公司派我研究权证。如果我在权证上做好,就能带给公司上百亿的利润。这样,我不仅能赢得这个房子,还能赢得整个世界!"

邵小曼忽然觉得眼前的江景不再那么美好了。

唐煜看出她脸色有些泛白,慌忙问道:"怎么了?"

"我有些困了,想早点回去……"

唐煜有些担心地说:"我送你回家吧?"

"不用,只要到门口就好,我想一个人回去。"

走到门口的时候,唐煜说:"小曼,我和袁得鱼将在一个权证品种上进行最后的决战!"

邵小曼有些惊讶:"最后的决战?你让我当评委的比赛,就是这个?"

"6月7号那天,来上海证券交易所吧,这是我的席位号。"唐煜递来一张卡片,"相信你不会失望的!袁得鱼已经接受了挑战!我相信他也会全力以赴!"

邵小曼看着眼前既熟悉又陌生的男子,一想到他的对手是袁得鱼,心头就有点隐隐作痛。

她对自己的反应也感到疑惑,自己不是已经对袁得鱼完全放弃了么?但为什么唐煜真的显示出要把袁得鱼彻底收拾一下的样子,又真心觉得很受不了,自己怎么了?

她隐隐预感到,那一天,将是一场凶狠的绞杀,她想逃开,但又不得不去。

五

一连好几天,棉花价格还在低位徘徊,一周不到,又跌了15%,成交量呈锥形放大。

许诺有些担心袁得鱼。

然而,袁得鱼这些日子对商品市场显得漠不关心,倒是一直在研究A股市场。而且睡饱了就吃,吃饱了就睡,一副怡然自得的样子。

"袁得鱼,你好歹也把自己的资金都投下去了呢,怎么那么不在意呢?"许诺关心地问道,"为什么我怎么看你都输定了呢?"许诺抓着头,"现在,韩昊垄断了整个棉花市场,价格要涨要跌不都由他们说了算?"

"对啊,你说的没错,的确是这样!"袁得鱼点点头。

"也就是说,唐煜跟你打的这个赌,根本就是没什么悬念的嘛!他请来了韩昊助阵,完全控制了棉花市场,把棉花跌到他想要的价格,完全就是易如反掌的事。我们没有韩昊这样的资金实力,该怎么办呢?"

"对啊,该怎么办呢?"袁得鱼也摊开手。

"除非你也能垄断棉花市场,不然怎么可能抬高价格?"

"但这个市场也不是给他一个人玩的!还有很多精明的作手参与。"袁得鱼冷静地说。

"好吧,就算市场上有很多聪明的作手,但你怎么能确定,他们会帮你的忙呢?不要卖关子啦,你到底打算怎么做呢?"许诺着急地说。

"你看盘面就知道了,未来有个大机会!"

许诺歪着脑袋看了很久:"我的脑袋都180度了,怎么还没看出来呢?"

"哈哈,你脑袋的角度,跟看出这个有啥关系呢?"

袁得鱼又快睡着了,却硬是被许诺推醒。

"韩昊的确是垄断了棉花市场。但你不觉得,垄断市场的韩昊,就像草船借箭中的大船一样,用铁链连在一起,虽然平稳,但一旦遇到火攻,这种垄断战略,就像连在一起的大船,也会成为最大的累赘吗……"袁得鱼哈欠连天地说。

许诺抓了抓头:"那我们是不是还要借东风!"

"许诺,你终于说了句明白话!哈哈!"

"可我自己还不是明白呢!"回应她的是袁得鱼的鼾声。

低迷的行情一点儿也没有出现什么变化。

6月6日当天,大盘依旧低迷,新赛棉花走势微微下跌。

唐煜坐在上海证券交易所席位上,有些忐忑地朝着开放式玻璃层望了一眼。

他见到邵小曼安静地趴在护栏上。

他朝她挥挥手。他心想,太美妙了。自己的心上人能看到自己是如何完胜袁得鱼的了。只要时间一到,韩昊放空棉花,新赛棉花再下跌一点点,他就能彻底击败袁得鱼。

邵小曼似乎也感觉到了空气中弥漫的火药味道。

她打了个电话给唐煜:"你真的有那么大的把握么?你怎么会有那么大的把握呢?"

唐煜觉得这个时候无须再隐瞒什么了:"因为棉花期货肯定会大跌!到时候,新赛棉花的价格也会联动下跌。这次的胜率像调闹钟那样精确,像割草一样容易!赌博的赢家是有必然性的,为什么有些人总是胜率比较高,因为他们总是能把手中的牌发挥到极致,就算是烂牌,也有烂牌的玩法,更何况我现在手里握的是一副好牌。"

"唐煜,我懂了。是不是到时候有人会做空棉花期货?"邵小曼一下子反应过来,"这就是你所说的赢面吧!"

"小曼你太聪明了!因为市场已经完全被我掌控了,在11点的时候,棉花期货就会暴跌,到时候,新赛棉花少说也会下跌3个点!我下注的认沽权证也就满载而归了!"

"那袁得鱼大概会亏多少?"

"从我们每人进手的 100 万张权证计算,大约亏个 150 万元左右吧。"唐煜想到了什么,马上一种安抚的口气说,"小曼,你不用替我担心!你就等着看我精彩绝伦的演出吧!"

邵小曼已经无暇看下面的决战,她来回踱步,内心强烈地感到不安。她思前顾后了一番,终于拨打了一个电话,幸运的是,电话通了。

许诺还睡得迷迷糊糊的:"喂……"

"你能找到袁得鱼么?"邵小曼语速很快,"我这里有确切消息,棉花期货会在 11 点的时候开始砸盘!千真万确!他本来钱就不多!让他赶紧把资金撤出来!"

"当真?"许诺好像终于清醒过来,但很快又陷入了睡眠状态,"不对,不对,如果你都知道棉花会大跌。那袁得鱼应该也知道吧!我懒得通知了!"

邵小曼气不打一处来,心想,怎么会有许诺那么神经大条的女孩子,这可是性命攸关的事:"我是有内线消息。你赶紧通知他吧!不然他至少会损失 150 万元!"

"什么?150 万元?这要我卖多少鱼啊!"许诺总算频频点头,"好的!好的!这个话我一定带到!对了,你在哪里啊,你怎么知道啊,为什么你不直接跟袁得鱼说呢?"

"说来话长!对了,不要提到是我说的!"邵小曼急忙挂了电话。

许诺看了一下时间,已经是 10 点 40 分,她打袁得鱼的电话,却一直没人接。

她知道,袁得鱼忙着操盘的时候,是无暇顾及电话的,其实就算不是操盘时间,袁得鱼也懒得接电话。

许诺只得敏捷地爬起来,以最快的速度冲下楼。

"嘿!出租车!"她蓬头垢面地叫着车。如果说十个女人九个不化妆不敢出门,许诺绝对是那个特例。

一下车,她就上气不接下气地冲向丁喜的住处。

丁喜开了门,袁得鱼果然坐在电脑前,眼睛盯着盘面。

许诺大声地说:"袁——得——鱼!我告诉你一个很重要的消息——"

"哦?"袁得鱼头也没回,头发还像是刚起床那样,横七竖八地翘在那里。

"11 点的时候,棉花期货会大跌!商品期货不是跟资源股走势相同吗?期货大跌的话,联动的新赛棉花也会大跌!你输定了!"

"哦?"袁得鱼抬头看了一下墙上的挂钟,距离 11 点还有 3 分钟,"你怎么这个时候才告诉我!"

"谁让你不接电话!"许诺好不容易从一堆脏衣服里找到了袁得鱼的手机,"我可是死命地奔过来,看我连妆都没化!"

"你妆化得再好也没人看!"袁得鱼还是头也没回。

"气死我了!"许诺气得浑身发抖。

袁得鱼心里寻思着许诺的话:"你这是哪里来的消息?当真?"

许诺睁大眼睛："消息源绝对可靠！你这次绝对要相信我一回！"

袁得鱼点点头："嗯，从盘面来看，我觉得可信！"

"那你赶紧把认购权证撤出来吧，还有你那些在棉花期货上的多头头寸……"

"不，我还要再买一点。"

"袁得鱼，你大概没听清楚我的话，我说的是——棉花期货会大跌，新赛棉花，也会随着期货大跌好几个点呢！"

"是啊！"袁得鱼点着头，"所以，我就再买一点。"

许诺歪着脑袋看着袁得鱼，一副完全没辙的样子："你自己玩就算了！不要把我的20万元也扔在里面！"

"我剩下的钱可不多了，不加你的加谁的？"袁得鱼嬉笑道。

"啊啊啊！"许诺一屁股坐在地上。

果然，11点03分，有人一下子抛出4万多张多单，棉花期货惨绿一片。

棉花期货惨跌的走势瞬间蔓延开来。

"嘿！许诺！你的消息还真可靠！"

"袁得鱼，你是不是活死人啊！那你干吗还买多啊！"

棉花期货市场的消息直接带动了股市——11点04分，人们纷纷大量抛出新赛棉花，股价直落3个点。

这时有人惊叫起来："新赛棉花是大盘股，权重占到指数2个点！大盘也要跌了！"

大多数人都没意识到，这个最重要的历史时刻就要来临。

原本还颤颤巍巍站立在1000点关口的上证综指应声而落，千点大关以迅雷不及掩耳之势溃败！

998点！这是上证综指8年以来首次跌破1000点关口。

市场上所有人都傻了眼，谁都无法忘记这个时刻——2005年6月6日，998点，沪指击破千点大关。

"走吧！最好看的戏码已经看完了！沪指都到998点了！今天不看盘了！"袁得鱼收起搁在桌子上的双脚，一下子从座位上站起来，抖了抖衣服。

"袁得鱼，你的权证会亏多少？"

"谁让我是认购权证呢，大概150万元吧！"袁得鱼不假思索地说。

"你什么时候可以认真点啊！"许诺倒是算得飞快，"这相当于18000斤黄鱼，3800斤三文鱼，7900斤海螺，23000斤蛤蜊，天哪，巨款啊巨款……"

"好啦！我请你吃个饭，安抚一下你？"袁得鱼说着搂住了许诺的肩膀。

许诺一下子逃开："别碰我！我真不想理你！"

袁得鱼毫不在意，自顾自地吹起了口哨。

第八章　998 点大反底

敬胜怠者强，怠胜敬者亡。义胜欲
者从，欲胜义者凶。凡事不强则枉，不敬
则不正。枉者灭废，敬者万世。

——《丹书》

一

唐煜自己都没想到，新赛棉花的走势会是如此惨烈，自己梦寐以求的胜利那么快就达成了。新赛棉花正股下跌了 8.87％。

当日，新赛棉花认沽权证最高时涨幅超过 300％。

唐煜有些得意地想，这次袁得鱼输大了。

不过唐煜也没想到市场的炒作程度如此令人瞠目结舌，他先前也低估了人们投机中贪婪的疯狂。不管怎样，这场与袁得鱼的战役，他赢得不费吹灰之力。

唐煜对着邵小曼振臂高呼："小曼，看到了么？我赢了！"

他在证券交易所的红地毯上飞奔，冲到了邵小曼面前。

"小曼，我赢了！我打败了袁得鱼！"

邵小曼思绪复杂："袁得鱼真的还是买涨了？"

唐煜兴奋地伸出手指："是啊！这个赌我们在一个月前就打好了！我们各自买了 100 万张权证，当时的市价是 1.5 元一张……小曼，这数字确实不能代表什么。关键是，我与袁得鱼之间有了胜负，不是么？"

唐煜顽强而固执地看着她，他奇怪的是，邵小曼此时所关心的怎么与自己那么不同。

"你真的跟他这么打赌的么——你说，谁赢了，谁就能追求我？"邵小曼低下头问道。

"是呢！虽然他的确说过不想把你扯进来，但他应该很清楚这场交易在赌什么！"

邵小曼纠结了一下，她不敢相信袁得鱼会输得如此轻易，他怎么可以这样对待这个比赛，难道自己对于他那么不重要，不足以让他去赢得这场比赛？

令邵小曼万没想到的是，唐煜这个时候突然单膝下跪，交易大厅中庭上方，无数玫瑰花瓣扬扬落下，四周响起热烈的掌声与口哨声。

唐煜认真地望着她："小曼，能给我一个做我女朋友的机会么？"

邵小曼不知道该说什么。她不想伤害这个年轻人，但也绝对不允许这个年轻人伤害到自己心爱的人。但那个人，真的值得自己如此吗？自己为什么那么矛盾呢？

她恨自己，无法像许诺一样，无论如何都可以任性地在他身边。她恨袁得鱼，最后告别的时候，送给她一个让她难以释怀的出其不意的拥抱。她至今还记得袁得鱼在她耳边动听地说："是我离不开你……"

她之前总是心存侥幸，总觉得聪明的袁得鱼总有办法反转，再说，或许袁得鱼为了自己，无论如何也要赢一把吧。

然而，随着这么显而易见的结果出现，她竟然完全透不过气来。她很懊悔，她甚至觉得是自己让袁得鱼背负了这场早就被人算计好的巨亏旋涡。

但她更加伤心的是，袁得鱼难道真的没有把她当一回事么，怎么可以如此无动于衷？难道他是真的没有能力赢么？我明明给了他可靠的消息的。明知道会输，为什么还要去输呢？

唐煜见邵小曼一脸纠结的样子，站起身温柔地说："没关系，我会等你心里彻底放下那个人的那一天。"

邵小曼看着唐煜的微笑，她也恨自己，为何对他就是喜欢不起来呢？

突然有人对着大屏幕大叫了一声。所有人齐刷刷地抬头望。

那根飞流直下的行情线，像是突然遇到了同极磁铁，止跌的收口一下子变小了。

显然，这场较力没有结束！

就在新赛棉花带动沪指跌破千点关口后的 3 分钟，股指停在 998.23 点时，几乎所有人都不约而同地在各自电脑前，飞快地点击鼠标购入股票——似乎所有人都在等待这一刻，甚至还有一丝高兴：僵局终于打破了！新的行情就会到来！股市置之死地而后生！

唐煜的拳头又握紧起来。

邵小曼在一旁认真地看。

收盘的最后一分钟时,唐煜拭去额头上的汗珠。

袁得鱼回到丁喜家的时候,似乎很累,很快就在沙发上睡去。

许诺趁他睡着的时候,翻了一下盘面——截至最后收盘,新赛棉花还是跌了1.2%。

许诺明白这场决战对袁得鱼意味着什么。

袁得鱼的账户就开在那里,她不忍心去看。

许诺也学着袁得鱼白天那样,关上电脑。她也只想好好睡上一觉,但无论如何也睡不着。她依稀听到,袁得鱼一直在沙发上咳嗽。

午夜时分,袁得鱼睁开双眼,他做了一个悠长的梦。在梦里,许诺一直在对着他哭。他轻轻地拍着她的背……

他醒来时,发现房间里漆黑一片。

他蹑手蹑脚地打开灯,许诺依偎在沙发脚旁,正在熟睡,几缕碎发凌乱地披在脸上,双手轻合,露出好看的侧脸。

袁得鱼小心翼翼给她披上毯子,轻轻来到电脑旁。

他看了一下分时交易记录——上午的时候,基金的卖压①在998点之后骤然消失。

下午收盘时,沪市成交仅几个亿,然而,一个明显的信号是,整个市场已经缩量。如果没有猜错,那个酝酿已久的机遇就要来临。

6月7日,这一天的上海格外闷热。

大盘高开,不过,可能是此前的熊市过于漫长,谨慎的投资者一直守在电脑前,只要自己的股票涨个两三毛钱,就纷纷大批抛出,毕竟,这些股票已经在很多股民的资金账户底下沉寂太久了。

这种股票在他们嘴里,也叫"死亡心电图",因为这么多年来,它们就像垂死之人的心电图一样,几乎没有任何起伏,直接通向死亡。

然而,袁得鱼还是守候在大盘面前,对外界发生的一切都置若罔闻,就像一尊雕像,他静静地蹲在那边,眼睛一眨不眨地盯着盘。

下午,一根上升线撬动了整个大盘,朝着无限高度冲去!

"终于来了!"袁得鱼激动得差点就要从椅子上翻下来,惊醒了客厅里熟睡的许诺与房间里的丁喜。

他们睁开睡眼,以为出了什么大事,看到袁得鱼在房间里翻筋斗,都拥到电脑前看。他们惊讶地睁大眼睛——

① 卖压,股市用语。在股市上大量抛出股票,使股价迅速下跌。——编者注

这不就是传说中的"满江红"吗？

浦兴银行、国电电力等十几只大盘股集合竞价后涨停，占股指权重近十分之一的中国石化开盘后半小时后拉至涨停。

石破天惊的转折点终于到来！

市场上超过 100 只股票涨停，成交额放大到 320 亿元，沪市两市涨幅均超过了 8%，上证综指收于 1115 点。

袁得鱼心想，牛市早该来了，自己难道不就是在等待这个信号么？

既然等待不来，那就想方法创造一个。

监管层不也是在等待一个信号么？

股市砸落千点的瞬间刚巧就是这个信号。

在袁得鱼眼中，6 月以来，从来没有发现证监会官员的行程如此之密、会议如此之频、出台利好政策如此之多，均属历史罕见——

6 月 1 日，时任国务院副总理黄菊出席在北京举行的世界交易所联合会论坛，表示要"推动中国内地资本市场的改革、发展和开放"。

6 月 2 日，尚福林赴上海考察申银万国证券，与央行官员一起讨论关于券商给予再贷款的支持。

6 月 3 日，尚福林向上海 140 多家上市公司老总游说股权分置改革，"老百姓买白菜还要讨价还价呢"。

6 月 4 日，证监会召开内部会议，决定推出股权分置后，最重要的是一个宽松的环境，"所以一定要让股市直接回升，给老百姓信心，这样大家才能支持改革"。

6 月 5 日，证监会在北京召开基金公司联席会议，警告基金"不要砸盘"。

6 月 7 日，很多券商悄悄展开行动——海通证券研究所紧急召集机构投资者电话会议："请注意，中国股市的转折期马上就要到来。"

……

救市的一切措施早就准备好，不就在等待一个显著的信号么？

袁得鱼正好趁着与唐煜一搏，让他们猛砸了权重股新赛棉花，直接把大盘朝 1000 点一下砸去。

上证综指 8 年来首次惊人跌破 1000 点关口——

998 点，恐慌到了极点。

谁也绷不住了，不是这个时候救市，更待何时？

市场上所有人都觉得 998 点那一天的下影线美妙绝伦。

袁得鱼笑得很开心，那个创造大盘下影线历史的点位，貌似有他的一份"贡献"。

他更开心的是，期货老手们纷纷赌韩昊还在船上，都去火攻他！

邵小曼与唐煜坐在一辆车上，正好听着新闻："下午一开盘，上证综指就直接高开 13 个点，深能股份、国电电力等 18 只股票直接冲上涨停板……"

唐煜一下子愣住了。

邵小曼警觉起来："难道这就是袁得鱼前一天做空的原因？"

唐煜急忙打电话，他想知道袁得鱼账号的情况。

他不由沉默起来——袁得鱼的账户里充满了所有能做多的杠杆产品，从期货到权证不一而足，买入时间，无一例外地在 998 点的那一刻。

唐煜叹服地说："太厉害了！太厉害了！"

邵小曼不解地看着唐煜。

"小曼，输的人是我！"唐煜沮丧地说，"袁得鱼知道整个市场就要反转，市场上只需要一个诱多的诱饵，诱多未必是厉害，完全可以反向而行，俗话说否极泰来。这个诱饵就是新赛棉花！"

唐煜停顿了一下，继续说道："如果我没猜错，他在答应与我决战的时候，就想好了这一点。他故意答应我跟他对赌。他知道，我背后肯定会有实力让我赢定这场赌注。这样一来，6 月 6 日当天，我这里的实力肯定会猛烈地砸盘。"

唐煜有点哽咽起来："没错，如果光从 6 月 6 日那天来看，我是赢了！但我一共只赢了 150 万元。但是，袁得鱼除了新赛棉花权证品种那天亏损以外，他在整个市场上的获利是 850 万元！计上他在新赛棉花上的损失，他足足净赚了 700 多万元，足足是我的 5 倍！"

唐煜一直在自言自语："是的，三天前，我以为我是了不起的大赢家！但我现在明白了，谁才是真正的大赢家。我只赢了新赛棉花权证这个小品种，但袁得鱼赢的是整个市场这个大牛市！新赛棉花权证只是个小小的导火索。这个导火索，自砸破千点的那一刻，就把市场给彻底点燃了！"唐煜把头转向邵小曼，"小曼，输的人是我！他用输掉的 150 万元，换来了整个市场的胜利！袁得鱼输掉，是为了更大的赢面……"

邵小曼听傻了。她不知道该开心还是难过。她又陷入了一种难以言状的纠结中。

"大盘受到明显支撑，午后更是在蓝筹股的带动之下，上证综指突破半年线压制，发力冲过 1150 点关口，并且收盘顺利站上这一高点，两市成交量依然十分活跃，达到 200 亿元以上。上证 1150 点是公认的本轮反弹第一目标，这一目标达到后，大盘又将如何运行呢……"新闻广播里的男主持人声音慷慨激昂。

唐煜突然想到了什么："完了！期货市场更危险！那里现在肯定是个多头市场！"

他与邵小曼告别，披上外套，飞快地朝韩昊的老巢奔去。

三

股市的兴旺也带动了期货市场。

期货市场的所有品种骤然翻红,超跌的棉花市场蹿升得比任何时候都凶猛。

敏锐的期货作手们发现千载难逢的机会来了——这些市场上敏感的交易者会这么想,如果市场上能有一股力量,一旦敲开由韩昊垄断的这个市场,就会获得非常惊人的利润。

在期货市场浸淫多年的袁得鱼很能摸透这些期货作手的心态!

果然,这些交易高手开始非常起劲地敲开的棉花价格之后,市场一下子兴奋起来。

韩昊压根儿没想到自己会陷入股市与期货两头夹击的局面,他措手不及。空投军饷才刚调完,市场一下子拔地而起。最悲剧的是,韩昊完全找不到对手盘,连一包棉花都发不出去。

韩昊产生一种强烈的不祥预感,他无比后悔之前当着唐子风的面,答应帮唐煜这个忙。

尽管唐煜说,只需要帮他顶到权证到期日。虽说韩昊只是顶个短短十来天,但韩昊始终觉得,市场如沙场,自己只能顺势而为,不然一不小心会丢条命。

韩昊奋起回击,既然市场信心在这里崩溃,也可以在这里重建!

然而,个人力量怎么能胜过大势所趋呢?他面前做多的行情一浪紧接一浪,将他一次一次拍打到沙滩上。大量的平空单,让行情快速上行,直冲四浪、五浪,价格不断刷出高位。当天持仓量和交易量都创本轮历史新高。

疯狂的多逼空完成了!

由于韩昊的空头单太多了,再灵活的掉头也太难了!

棉花尾部行情又因上涨惯性,价格一路高走 300 多个点。

韩昊只得眼睁睁地看着自己的资金急剧缩水,在痛苦地强行平仓的那一瞬间,韩昊清楚地知道,自己不仅输得精光,而且负债累累。

韩昊忽然有了一种被外界什么力量追击的感觉,这种久违的感觉,怎么会那么强烈?

他警觉地从自己的沙发椅上蹦起来,向门口跑去。

韩昊来到电梯前,想了想,还是直接打开安全出口门,沿着楼梯往下飞跑。

前台小姐还在纳闷,电梯门"哗啦"打开,一群彪形大汉赫然站在自己跟前:"韩昊人呢?"

前台小姐从来没见过这个阵势,声音颤巍巍地说:"不在,这,这里……"

韩昊在大厦后门转弯时，还是被人堵上了。

韩昊没想到自己会败在自己引以为豪的期货市场上。

有时候，自己最自信的地方，往往输得更为凶悍。因为在失败的地方，你会知道自己的过失在哪里，至少会避而远之，然而，成功往往会遮住自己取巧的影子。

他被人带到苏州河边的一个仓库。

仓库外面有各种形形色色的涂鸦，斑斓绚烂的颜色似乎在安慰着他，令他不至于想起多年前，同样在这里的冰冷与绝望。

他被人推倒在阴冷的水泥地上，那尘封已久的记忆开始复苏。尽管多少年来，他都不忍心去回忆那不堪的过往。

韩昊也算是少年得志。初中毕业后就踏入社会。他记得，自己的学习成绩其实还算不错，只因家里贫穷，他少年时就一直和父母、俩兄弟一起挤在上海城隍庙附近老弄堂里十多平方米的房子里，因为大哥智障，他只得过早地子承父业。

他记得，那时并没有"创业"这个词，他一直都将当初办生产皮包的手工作坊，包括后来开的小商店归结为"做小生意"。

他的目的只是为了多挣点钱，于是，在做皮革之余，他还在上海老城隍庙的豫园干起了百货买卖，在经营百货的同时，他开起了出租车，成为上海第一批有牌照的出租车司机。

20岁那年，韩昊对中国资本市场一无所知。他只是发现，那个时候，上海滩的米店开始减少，大量证券公司和各类机构安营扎寨，各路热钱涌入上海滩。

20世纪80年代末，韩昊开始购买国库券，与大多数的老股民一样，当时的他并不知道中国还有股票。

那时候，钱多了，股票显得少了，从1994年上证指数330点开始起步一直到20世纪末，全中国的各路热钱都涌进股市去捞一把，那时的市场真是相当壮观。

他记得当年市场不规范，游资肆无忌惮，他也跟着庄家玩，从中经开玩到辽国发，再到海南赛格、中农信、海南港澳……一直玩到这群金融机构和准金融机构的市场主力消失，他自己的风格却与时俱进，反倒是越做越大。

他仿佛很早就知道自己与众不同，他知道自己身上有种与生俱来的"取之不尽、用之不竭"的淡定。

在期货市场成立的时候，他就搞了台电脑在家里操作，练就了比一般人更神乎其神的手法，他细长的手指在键盘上方如影随形。

他看着这群人，回想起年轻时候遇到的似曾相识的场景，懊悔万分。

他记得那个地方，年轻时，他也来到同样的仓库，不过是在杨浦区长海医院附属的一个空置的大仓库，平日里就堆积一些杂物——那时外地人还承包了一个地下室，为了专门储存香蕉，这样可以防止腐烂——所以，他至今还记得在混杂的空气中弥漫的一股香蕉味道。

那群人作势要砍他的手。

他哭泣着求饶,黏糊糊的鼻涕眼泪挂满了整张脸。

他觉得自己就像香港赌片里那些势单力薄的赢钱小子,不管自己多聪明,是不是凭自己本事赚的钱,总会被人栽赃成老千,永远被赶出赌场,自以为很聪明,却聪明反被聪明误。

看到白花花的刀朝他扑来时,他当即就昏了过去。

他们是看上他财生财的潜力,决定放他一马,但他还是没躲过另外一劫——砍手指变成了喝一口马桶水。那些人铁青着脸看着他,目的就是让他彻底滚出期货市场。

他后来真的退隐了,尤其他发现自己的操作风格在股市上也能大有作为。

他最有把握的赚钱路数很简单,就是敏捷地捕捉把握性极大的市场机会,然后积少成多。在他看来,尽可能地去把握确定性较高的机会,就像玩21点那样,对于有些心算能耐的人来说,总是大致能估算出这一把获胜的概率,股票也是一样。

之后不久,他就以"敢死队"名扬天下。

不过,他发现自己虽然精通操盘术,但年轻时的遭遇却时不时在自己眼前一遍遍掠过,所以他想方设法转型做私募基金,增加一些股权私募项目。

然而,股权私募这个玩法,自己没有任何优势,如果算上那个关系网,或许还有一定资源。

他没想过自己会重回期货市场,他本来只想给唐煜一个面子,或者说,是给唐煜身后的唐子风一个面子。

他原本以为,做这些交易,就像玩个闪电战一样,速去速来。没想到一次就失手了,还招来了期货市场最大的"饿狼",自己活活被套了进去。

他觉得,每一个灾难发生之前,上天总是会给人一个启示。

上一次,就在他年轻时遭遇劫难的地方,那个叫做常凡的年轻人痛苦的样子,也同样令他战栗,不是么?那几根断裂的、满是鲜血的手指,就是一个活生生的触目惊心的盘面。

他很绝望,此时此刻他才意识到,自己将会遭遇比那血腥盘面更悲剧的命运。

就在这个时候,一个年轻的声音大声说:"停下!"

众人转过头,只见一个风度翩翩的男子站在门前。

"唐煜?"韩昊惊讶于唐煜的出现。

"这不关你的事!"带头的汉子说。

"你落难与我有关,我怎么能不管?"唐煜质问道。

"唐煜,你别管了! 这是我和他们之间的私人恩怨!"

这群人把唐煜围了起来。

"你们放了那个年轻人吧,他是无辜的,我担保他不会报警……"

"你别管,我们自会处理!"

唐煜被人打晕后拖进了一个幽暗的密室。

韩昊则被这群人死命拖到一个布满钢刺的老虎椅上,韩昊的脸上瞬间露出痛苦的神色,尖锐冰冷的钢刺一根根戳进自己的肉里,他一下子痛得昏死过去……

他被人浇了一盆水,勉强醒来:"我现在只有一个请求,让我见一下袁观潮的儿子——袁得鱼!"

大汉们面面相觑。

"你们老大会知道……"满身血污的韩昊用尽最后一口力气吐出这句话。

四

袁得鱼见到韩昊的时候,韩昊身上的衣服早就破破烂烂,满身都是血污,整个人无力地瘫倒在地上。

韩昊,这个内向的不动声色的汉子,看到袁得鱼的时候,灰暗的眼睛亮了一下。他喘着粗气,费力地说:"这次,你打了一场无懈可击的漂亮一仗,我心服口服!"

袁得鱼将他从地上扶起来,把他的头靠在自己强有力的臂弯上,他看出,韩昊的眼神对自己没有丝毫恶意,甚至有一点点温暖。

"你的,爸爸!"韩昊吃力地说,"是我的偶像……"

袁得鱼看着这个中年男子眼神执拗的样子,实在无法想象当年他在帝王医药上恶狠狠的大手笔。

袁得鱼永远无法忘记韩昊在帝王医药中的一举一动——就是他在帝王医药关键日子的前一天晚上,买通了上海礼查饭店的"红马甲"们,在形势发生变化之前,韩昊与"红马甲"们将自己手上的筹码尽数抛出,就是他的临时倒戈,给了帝王医药致命一击。

韩昊最早的时候可是与父亲统一战线啊,却在最后让父亲孤身一人负隅顽抗。

韩昊在最关键的时刻,先平了 50 多万多单,又追加了 50 万口空单,正是这反转的 100 万单,让他赚了 20 多亿元。

不过江湖传闻,韩昊在帝王医药事件前一天,喝得烂醉,一步一蹒跚,在大街上东倒西歪,感叹道:"要想在中国证券市场赚钱,还是要有铁后台。"引起了很多人的侧目。

袁得鱼想,他所谓的铁后台,到底是什么人呢?他为什么要在一个就要胜利的战场面前,临时倒戈,从而反转了整个战局呢?就算父亲施尽回天之力,也难抵最后宣布的无效 9 分钟。

如果不是韩昊这么倒戈，父亲也不会用"非法"透支来拼死一搏。

这中间，到底发生了什么事呢？

袁得鱼有太多问题。

却没想，韩昊先问他："你知道，我最喜欢哪个军神么？"

他说话的样子是如此吃力。

袁得鱼脑袋里一下子冒出很多军神："英年早逝的护国军神蔡锷？"

"不是。"

"三国屡出奇招的智多星郭嘉？"

"不是。"

"奠定日俄胜局的以少胜多名将乃木希典？"

"不是。"

韩昊咳了两下："是尽打'神仙仗'的粟裕。"

袁得鱼一震，这也是他极爱的一个战神，很少有人与他有这等共鸣。

韩昊这么一说，袁得鱼就清楚不过韩昊的路数——除了他过去与邵小曼他们提到过的，粟裕每一役只有四五成把握就开打之外，粟裕还有个特点，就是专打"枕边师"。

当年，粟裕带领 20 万兵力，要对抗国民党 50 万人，其中还包括国民党 1.2 万王牌之师，俗话称蒋介石的"枕边师"。大部分人的想法是，王牌之师最厉害，不要碰。然而，粟裕要做掉的就是王牌之师。他集结大部队一口就吃了人家的王牌军。奇妙的地方是，对方的战略是，让王牌军消耗粟裕的时间，然后再来个外围，一举歼灭。但是每次粟裕都是在援军到来之前就撤离。

"你说，粟裕的优势在哪里？"韩昊随即又咳嗽了两下。

袁得鱼缓缓地说道："我觉得，是与多数人不同的把握，林彪打仗有八成把握才敢打，粟裕打仗可能只有五成把握他就开始干。因为在粟裕看来，如果等到大家认为有八成把握才能打，那敌人同样也有这个想法，早就跑了，打不起来了。不过这一招，也只有粟裕可以这么玩，因为他的速度不是一般人可以比拟的，就好像当年怀玉山一战，红十军团 8000 多人马几乎全军覆没，只有粟裕带着一个无炮弹的迫击炮连、无枪弹的机枪连、一个步兵连和部分伤病员、机关人员等冲出重围。后来大家不是说这场战役是，'方志敏兵败皖南谭家桥，釜底游鱼独跑一个粟裕'，可见他卓越的突破能力非常人所及。这一点，不正是韩昊你也擅长的么？"

"袁得鱼，你果然是个天才……"韩昊欣慰地笑起来，"我没想到竟有人和我一样，也那么喜欢这个军神。我真的没有白看错你！他赢的……就是这个速度。在……在孟良崮中，他迅猛地消灭了 74 师，击毙敌酋张灵甫。在……淮海战役中，就是这个速度，他七战七捷，更是拿下了林彪不敢想象的胜利。"韩昊深深地吸了一口气,"然而,这种速度与机敏,是一种天赋,尤其是这种做出判断的反应,是否能直接传递到你的行动!"

"就像你卖货一样! 对你来说,你赚钱就是靠卖的工夫,不是吗?"袁得鱼不屑地说,"我倒是还有个自己格外欣赏的军神……"

"谁?"

"陈庆之……"

韩昊的眼神充满惊异,他强烈感觉到,眼前的年轻人有着自己未曾想过的深度,如果他自己是在股市上相当有天赋的人,那么这个年轻人的能力,完全超越了自己。或许,他还有自己更加深不可测的厚度。

袁得鱼说:"南北朝时期的南梁将军陈庆之一生身经数百战,没有一场败绩,而且没有一场不是在绝对的劣势中大胜敌军。读过《梁书·陈庆之传》的人,都会发出'再读此传,为之神往'的感慨。南北朝时期,洛阳街头流传着这样的一句童谣,'名师大将莫自牢,千兵万马避白袍'。"

"在你看来,他常胜的原因是什么?"

"不可说。"袁得鱼笑道,"留给后人神往就足够了。"

韩昊钢铁般的脸上,难得浮现出一丝微笑:"你肯定很想知道……十年前的帝王医药事件,前前后后究竟发生了什么……"

袁得鱼点点头。

韩昊回忆起了当初的情景——

他至今还记得帝王医药战役前一个月那场"七牌梭哈"聚会,还有那张分成比例的交割单。从此以后,他们这群人,在暗地里也相互叫对方为"七牌梭哈"成员。

前一天晚上发生了什么? 虽然这段记忆距离现在有些久远,但韩昊绝对不会忘记。

那天之前,韩昊自己都没想到自己会被如此安排。

他原本也像他们大多数人以为的那样,站在多方阵营,因为他们计算过当地政府财力,根本无法偿付这个贴现。然而市场上必须得做对手盘,不然无法吸引大量资金进入这个赌局。

所以,杨帷幄就担负了多方诱饵这个角色,他们还约好,让他在关键时候多翻空。然而,就在前一晚,唐子风从北京那边得到消息,有个高人,给当地政府出了一个非常绝妙的主意。但那天时间比较急促,只有韩昊、唐子风两人与邵冲一起赴会了。邵冲把高人的想法一说,他们吃惊得嘴巴都无法合拢。

邵冲说:"所以,我们的计划,要改一下。"

唐子风当时就提出:"要不要都通知一下……"

"不用了,就让他们按原本的计划行事,这样才会出现最理想的资金冲力,这个最新计划,也就会执行得相当漂亮了。"

韩昊坐在座位上,一言不发,终了,他说:"这也就意味着,贴现依旧,帝王医药不会被收购了?"

"嗯。"

"可不可以认为,我们这些人早就被安排好,负责把帝王医药疯狂炒作起来?"

邵冲笑了一下:"此前都是你们自己在做局。只是在一个月前,你们被发现了,被选定了,就这么简单。所以,这个计划是从那场牌局开始的,行动名称就叫做'七牌梭哈'。"

韩昊猛灌了几杯酒:"不过,这个计划也未必能成功。袁观潮未必会参与进来,他本来就不太情愿入这个局。"

"我们的消息是,他已经回来了,不然你们都做多了,谁来挑做空的大梁呢!"邵冲点到为止,举起酒杯,"为了明天的旷世之战,干杯!"

袁得鱼听到这里,无法控制地咬牙切齿起来,心想,你们这帮畜生:"你们这么做,不是故意让我爸去送死吗!"

"你错了! 你爸爸是个很了不起的人。他早就看破了! 他好像在我们之前,就知道了那个高人的想法。你不是也发现,你爸爸此前都是在做多的吗? 他是故意陪我们这么玩的! 他在决定负隅顽抗的那一刻,就已经知道自己会是什么结局。"

袁得鱼吸了一口气,强忍住自己的愤懑,问道:"那你说的那高人的计划,究竟是什么?"

韩昊看着袁得鱼,犹豫了一下,像是鼓足很大勇气:"在我说之前,我想把我的绝技教给你。"说着,韩昊在冰冷的水泥地面上,用小石块,艰难地画出了 64 格围棋棋格。

韩昊与袁得鱼对下起棋来,所下之处,两人只是轻点一点棋盘,所有的落子都是默记。

"41 扭断!"

"飞出。"

韩昊落子如飞。

袁得鱼沉着应对,很快就汗如雨下。

最后,袁得鱼松了一口气,韩昊以半目之差,负于袁得鱼。

"没想到你竟也是围棋的个中好手。能把刚才的棋记下来么?"

袁得鱼点点头:"每盘棋多至 300 多手,我脑子里本来就有几十盘棋,每下一盘经典的棋,我都会记忆犹新。"

"为什么会记得?"

"每一手棋都有逻辑,每一局棋都有生命,怎么可能忘?"

韩昊无力的嘴角浮出一丝笑意:"交易中,我的最长处在于卖。知道我为什么能卖得比别人好了么?对我来说,从我手里出去的每一手,都有生命。"

袁得鱼也愣了一下。

"我对不起你爸爸。外面有人在监视我们,我不能说出那个秘密。不过,刚才你问我的答案,已经在你我所下的这盘棋中……"

袁得鱼狠命地点点头:"我会明白的!"

袁得鱼看着韩昊耗尽全部精力死灰一般的脸,说:"你被打得那么严重,我要救你出去!"

"我本来就快死了。我被查出患有鼻咽癌一年多了。只是我没想到,我的末日会是经受这般才消停。"这个硬汉喉咙里发出了强忍住痛的"咕咕"声。

正在这时,一大帮人冲上来,把袁得鱼打晕过去。

袁得鱼醒来时,看到一旁的韩昊倒在血泊中。

袁得鱼抱着他毫无血色的褪去生命的脸,号啕大哭起来。

五

韩昊的葬礼在龙华殡仪馆悄悄举行。

那天,下了很大的雨,潮湿的水汽蔓延在灰蒙蒙的天空四周。

袁得鱼撑着一把黑伞,雨水打落在伞面上,反射出他内心的苦楚与惆怅。

袁得鱼静静地守候在韩昊棺柩身边。

他发现,很多韩昊的亲戚完全不知道韩昊是做什么的,只知道他赚钱有些本事。

家属席上,韩昊傻乎乎的哥哥歪着头坐在那里。

韩昊父母死去的时候,据说葬礼无比风光。

袁得鱼那个复仇棋盘上的一颗棋子又倒了下去,但他并不快乐。

葬礼上,唐家一群人也来了。

袁得鱼低着头的时候,瞥见了在唐煜身边的邵小曼。

她看了袁得鱼一眼,发现他还是那个令自己心动的男人,满嘴胡楂透出一番颓废。

邵小曼向唐煜说了什么,走到袁得鱼边上,轻声说:"很久不见。"

袁得鱼点了一下头。

"唐煜后来被他们放了出来,一直惊魂不定,我陪了他几天……"邵小曼说,"你还好吗?是谁下了那么重的手?"

"是原先韩昊做期货军师得罪的人。但我没想到他们积怨那么深。"袁得鱼有些无奈地说，"有时候发生在多年前的事情，自己忘了，就以为别人也忘了。然而，恩怨还在那里，不离不弃。"

"是啊，冤冤相报何时了。你又为何要离开呢？"

"黄鹤一去不复返，千里白云空悠悠。"袁得鱼笑了一下，不过他发现自己还是蛮喜欢看到邵小曼素装的样子的，他"咳"了一下，问道，"唐煜待你如何？"

"还是老样子！"

袁得鱼笑了一下："你可别耽误人家。"

"谁耽误谁啊？"邵小曼嗔怒道。

这时，撑了一把白伞的乔安走了过来，身边站着瘦高个吴羑。

她在海南时，和邵小曼见过，打了下招呼。

灵堂里突然传来一个男人无法自抑的号啕大哭声："韩叔，都是我的错……"

袁得鱼看到，唐煜跪在灵柩前，抖动着肩膀，愧疚至极。

邵小曼走上前去，抚摸着他的肩膀。

"看样子，两人关系非同一般啊。"乔安对袁得鱼说，"听说，这场葬礼的费用还是你出的大头？他不是你的仇人嘛？"

"一言难尽……"

"嗯。跟你说个事。还记得当时我们在看海上飞财务报表的时候，秦笑有一笔资金我们不知道去向吗？"

"记得，当时我们发现，他们通过做账套出来 10.61 亿元现金，但他们对'东九块'实际只用了那 4.75 亿元减去 2.89 亿元，也就是 1.86 亿元……"

"你记性真好。我猜想，补上'东九块'那个资金窟窿，恐怕不是秦笑费尽周折的目的所在。"吴羑说出了自己的猜测。

"英雄所见略同，我一直觉得，他当时手上还握着一个十拿九稳的项目。"

"不愧是袁得鱼，我们看了最新的财务报表，如果没有猜错，这部分挪用的资金，盯上的项目应该是——浦兴银行。"

"你怎么会知道？"袁得鱼不禁问道。

"他们忘记擦去报表上的痕迹，那一栏的证券投资中写了这一条，不过很奇怪，浦兴银行不是上市公司吗？怎么出现在'持有非上市股权情况'一栏里？"

"我知道了！"乔安想起了什么，"不过，这个消息也不是什么秘密了。花旗银行过了禁足期后，一直在二级市场吸筹，貌似撼动了上海国资的大股东地位……上海金融办特意下发文件，把法人股集中到两家国资背景的公司旗下。对了，这样的话，秦笑怎么可能有办法买到浦兴银行的法人股？"

吴羑推了一下眼镜："我倒是听说个事。说来奇怪，浦兴银行当初成立时，虽然都是国资企业出资,但当时上市急迫,资金告急,股权成分有些复杂。这些上海区县政府旗下的大大小小公司,加起来大约有十多家。时隔多年,如今这些公司,有的被重组,有的被改制,法人股也有不少散落到民间。"

"你前面所说的大股东是谁?"袁得鱼深思道。

"两家国资背景的公司——上海国际银行与上海国际信托。"

"我懂了,虽然政府金融办有令,但原则上,这些持有股份的,只要不卖给花旗银行就可以了,不是吗?谁都可以参与收购……"袁得鱼打响了手指,"我们就跟着他们玩吧。吴恙,你有没有当年浦兴银行成立募股的资料?"

"杂志社的档案馆可能会有……但是,如果在其中要找到真正转型成民营性质的公司,恐怕也为数不多……"

袁得鱼笑了一下:"试想,如果真能拿到低于净资产的股份,又能很快上市,岂不是暴利?这个逻辑很符合秦笑这些人的胃口……"

"但这些法人股,是不能随意抛售的……"吴恙提醒道。

"这不正是折价的机会所在吗?"袁得鱼说,"我知道有一类私募股权公司,他们的投资方法,就是等到同行去调研无数家公司后,自己直接从他们的结果中找到目标公司的负责人,出比同行更高的价格,拿下这些公司股权,反倒使得 IPO 成功率很高。"

"你的意思是,站在巨人的肩膀上?"

"我只是凭借常识。秦笑当时做了那么多事,不就是为了那个果。就算我赌输了,那我比他的代价要小很多,我实际还是赢了!乔安,快帮我找找,哪里能搞到这样的股份?"

"就算我知道,谁肯卖给你呢?"

"如果你找到,我就有办法。"

"就算你有办法,你有那么多资金吗?"吴恙接着问。

"这点你们完全不用费心。"

正在这时,唐子风冰冷的眼光扫了过来。

袁得鱼一下子顿悟过来:"唐子风肯定也会抓住这个生财的方法。他最擅长的,就是利用了政策信息优势套利。他们现在,肯定是想尽办法拿到更多这种法人股股份,然后在股权分置的背景下,将它们流通上市,他肯定就是看中了这批法人股强大的金钱效应。这可能是近年来资本市场上最大一块的鲜美蛋糕了!"

乔安与吴恙对视了一下。

乔安说:"你不妨也帮我们跟踪这个线索。前两天我正好打听到,浙江上虞有一家公司有一些股份,但可能不多,也不知道其他人有没有过去收购!"

尽管心里不是很有数,袁得鱼还是振作起来,他清楚自己下一步该做什么了!

葬礼上,人群散尽的时候。

袁得鱼远远望着邵小曼——她穿着一袭黑色及膝裙,陪在唐煜边上。

唐煜还在擦着眼泪,像是受了很大刺激的样子。

邵小曼像是有心灵感知那样,倏忽间,把头转了过来,冲袁得鱼嫣然一笑。

袁得鱼想起读书时曾念过的一首情诗:"她走在美的光彩里,好像无云的夜空,繁星闪烁,明与暗的最美妙的形象,交会于她的容貌和秋波,融成一片恬淡的清光,炫丽的白天达不到的效果。"

袁得鱼沉醉了一下,向她挥了挥手。

"再见!"他轻声对自己说。

回到家的时候,袁得鱼看见许诺两只眼睛上敷着黄瓜,手里还握着个冰袋就冲了过来:"你怎么混到你仇家的场子去了?"

袁得鱼见到她张牙舞爪的样子忍不住后退了两步。

许诺一下子拉住他的领子痛骂道:"你小子,我看到你账户了,你竟然赚了那么多钱!害我这几天都没睡好!赔老娘的黑眼圈!"

"我看你睡得挺香的……"

"好吧,我承认,我的失眠结束于 6 日半夜 2 点,我后来还真没担心过……"许诺看袁得鱼翻箱倒柜地整理行李,好奇地问道,"你要去哪里?"

"上虞!"

"去那里干吗?"

"接下来,我要直接对战那个老狐狸了!"

第九章　痛失套利股

> 存天理,灭人欲。
>
> ——朱熹

一

袁得鱼乘坐着一辆电动小三轮,在泥泞的小路上颠簸,风尘仆仆。他的方向是浙江上虞。

在火车上的时候,袁得鱼发现,上虞的四周围都是山,在秋季中,披着斑驳的黄色,这在浙江是一个并不算富饶的小镇。

袁得鱼想,这个浙北六化,作为本地税收最高的公司,在当地也算是地位非同一般了吧。

很多小地方的大型公司,简直就是一家公司,养一方人。

袁得鱼以投资经理的身份,见到了浙北六化的办公室主任。

不过这个角色基本也是把人挡在门外的官方角色。

袁得鱼坐在"家徒四壁"刷着 20 世纪 80 年代绿色涂料的办公桌里,那涂料因为年代过于久远,干涸得挂在墙上。

与办公室有一段距离的厂房,时不时飘来呛鼻的化学气味,但这个主任貌似对此毫无感觉,估计早已习惯了。

那主任年纪不大,也就 30 多岁,圆头圆脑,体魄强健。他穿着一件不合身的,像是刚刚从架子上取下来的棕色西装,一件白色并显得过于呆板的衬衫外打着一条廉价领带。他面前的桌子上放着一个青花瓷的带盖茶杯,悠然飘着茶叶,面前放着一沓报纸,一副国有企业典型的中年人模样。

这个主任的声音倒是洪亮。袁得鱼与他聊了一会儿发现,此人的父亲是这家公司的高管,他也算是子承父业,自我感觉良好,从某种意义上来说,也是个"太子党"。

"我们工厂很大,这里很多员工,世代都在这里……一起去食堂吃饭,一起拎着脸盆去洗澡,很像一个大家族……"这个主任闲扯着。

袁得鱼脑子里忽然浮现出一幅画面。一家几口,手牵手走出大食堂,每个人都拿着搪瓷碗,然后相互告别——这个说,我向东走啦。那个说,我向西走啦……然后,每个人都跑去这个号称工厂的大院子里的某一个角落去上班了。想来一家子都在一个地方上班真是一个很有趣的事。

"我们的公司业绩也很稳定……我说小袁,你到底想了解什么?"

袁得鱼寻思着如何切入,好不容易有了主意。

"听说,商务部终止了你们曾提起的日本、韩国的反倾销调查,这个事对你们影响大吗?"

那主任一下子愣住了,所谓反倾销,不过是打压对方价格的一种商业手段,没想到眼前这个年轻人,对这类事情如此敏感,看来自己小看了他。

那主任稍微停留了一会儿,说:"事情不都过去了么? 还有啥影响呢?"

"如果我没猜错,你们应该还有不少外债,这期反倾销案件,从 2001 年开始提起,一直拖到 2003 年 9 月才宣告截止,为你们延缓了不少时间吧。但这种根源上的事情,怎么可能一时半会儿解决。公司主营的甲苯二异氰酸酯产品,价格也没能如愿提升。你们打算怎么提高公司的毛利率呢?"

主任吁了一口气。

"我倒是有个建议。"

"说说看。"主任开始抽起烟来。

"在熊市中,因为上游原材料成本的提升,压缩了你们的利润空间,而且,你们的产品也一直供大于求。所以,在过去一年,一直在减少你们的生产量,这样确实也有一定效果。但这不是长远之计……"

"那什么是长远之计?"

"很简单,增加生产线,扩大生产!"

"太可笑了,这不是压低我们的利润空间么? 况且,现在已经是供大于求,为什么要逆市场而为?"

"我告诉你一个故事,你们做化工的,一定知道台塑大王王永庆吧。1954 年,他创办了台湾岛上第一家塑胶公司,也就是后来的台塑集团。这家公司一开始,就立刻就遇到了销售问题,首批产品 100 吨,在台湾只销出了 20 吨,明显地供大于求。然而,他没有按照生意场上的常规——供过于求时减少生产,而是反其道而行之,下令扩大生产! 他这种举动不是大多数人可以理解的。然而,王永庆凭着直觉,背水一战！原来，王永庆研究过日本的塑胶生产与销售情况，当时日本的 PVC① 塑胶粉产量是 3000 吨，日本的人口不过是台湾的 10 倍。他相信，自己的产品销不出去，不是真的供过于求，而是因为价格太高——要想降低价格，就只有提高产量以降低成本。事实果然证明了王永庆的算盘是正确的。随着产品价格的降低，销路自然打开了。从那以后，王永庆塑胶粉的产量持续上升，从最早年产 1200 吨，发展到后来的 100 万吨，他的公司也成了世界上最大的 PVC 塑胶粉粒生产企业……"

主任深深吸了一口气："你难道是觉得，我们的产品价格太高了？一些过来调研的基金经理，还劝我们再囤一点货，提高价格。"

"如果市场没有需求，为什么日本、韩国可以凭借更低的价格与你们一起抢占市场？除了价格优势，他们还有质量优势……反倾销这起案件还没让你们觉察到，这是个你们此前无法想象的宽广市场吗？"

"可就算如此，我们也没太多现金流……"

"哈。这样一来事情就会变简单了，因为问题归根到底，就是资金。"袁得鱼终于切入了正题，他小心翼翼地说，尽量不流露出任何情绪，"你们肯定有其他值钱的资产，但未必方便变现，一旦这笔资产能正常流动起来，那么对公司长远发展的作用不可估量。我知道，你父亲是这家公司的大股东，也是创始人之一，所以我想，你同样具备高瞻远瞩的目光，这才对你畅所欲言。"

主任陷入沉思，许久，他说："这样吧，你晚上有时间么？我们一起吃顿饭。"

晚上吃饭的地点在这家上市公司一角的一家小餐馆里，看得出，这里是招待公司的贵宾的一个酒店，服务员个个都貌美如花。

在这里，除了白天见到的主任外，还有几位上了年纪的人，交换名片后，袁得鱼发现，这两个人都是公司董事会成员。

袁得鱼和他们闲聊起来，从自己做期货的一些经历，聊到海外的一些所闻所见。

两个董事会的人反应截然不同，一个人看起来听得很投入，眼神中透出好奇，另一人则冷冰冰，仿佛对外界的很多事物早就有自己的一套想法。

"不久前，韩国、俄罗斯和马来西亚在各自巨大的外债压力下发生了经济崩溃。他们大部分公司的收益也被拖下了水……"

"小袁，你是一家公司的投资经理，能否说说你们公司的情况？"那个总是面不改色的董事会人员问道。

空气凝结了一会儿。

所幸袁得鱼对这个问题早有准备，他淡定地说："我的公司成立于 2002 年，其

---

① PVC 是一种乙烯基的聚合物质，其材料是一种非结晶性材料。——编者注

实,就是一家私募基金,为一些富豪做代理投资,提取一些佣金罢了。但你要知道,我们会比公募基金更加追求绝对收益,眼光更为锐利。我们的资金不算太多,但更为灵活。"

他掏出了照片——这是民生路上的一个创业园区——很难形容这楼的外观,就像个钢铁和玻璃组成的大盒子,那里都是这样的房子。

"这个房子造得有点意思。"那个总是充满好奇的中年人托着下巴说,"听说,你给我们提了一些发展上的建议,难道你想学股神巴菲特么?他总是用自己的方式改变企业的战略。"

"这或许也是做我们这一行投资的真正价值所在。因为我们会看到更多公司,甚至是跑到你们的竞争对手那里去。我们在不断学习最新的投资方法,基本与华尔街是同步的——因为资本市场全球化了嘛。所以,我们可能会提出一些你们意想不到的新鲜建议,就算你们觉得那些主意未必靠谱,但多一个维度,也算是有新的发现。况且,公司能朝着价值更大化的方向发展,不是一种共赢吗?不过,你说我学巴菲特,这实在不敢当。因为,巴菲特有源源不断的资金,他不停地有钱进来,他不断地买,好的企业价格越跌他越高兴,因为可以越买越多。但我手上只有一笔钱,一定要很精准地用,我要让它效率最大化……"

"你看好我们公司?"

"目前并不看好,但未来看好。"

对方沉默了一会儿,说:"小袁,你今天的一席话,让我们很有启发,谢谢你,我们乐意与你做朋友。"

袁得鱼一看对方要撤,马上说:"我也与几位谈得很尽兴,很想再喝一瓶红酒,我明天就赶回上海了,希望你们能给小辈一个学习的机会。另外,我想谈一个事情,这关系到双方的利益,这恐怕也是你们关心的与投资有关的事。"

对方似乎重新安定下来,不管在何时,"与投资有关的事"终究是个有魔力的词。

"希望这不会浪费你们的时间,恕我直言,你们是否拥有一些浦兴银行的股份?"

表情冰冷的男子有点警觉起来:"你怎么知道?"

"是这样,你们恐怕也知道,花旗银行一直在二级市场吸筹浦兴银行,因为禁足期快到了,上海国资在以净资产的价格收购散落在外面的法人股……"

"什么?净资产价格?太可笑了!净资产价格大约才 3 元,现在浦兴银行的市场价已经是 12 元左右……"

"他们下了行政文件,很多公司确实就这样卖出去了。"

"哼,那我们不卖给收购方不就行了,反正是上海那边的……"

"如果惊动浙江省国资委,那岂不是更被动……"

这时,那个头脑灵活的中年人对冰冷的男子耳语了一番,脸色冰冷的男子掠过一种匪夷所思的神情,缓缓地点点头。

袁得鱼顺势说:"我只是特意提醒一下,谢谢你们陪我喝完这瓶红酒……"

饭局陷入一阵冷场。

袁得鱼产生了一种预感,他等待的时候终于出现了。

这个时刻,他等待了多久呢?是这个饭局的 2 小时,还是从乔安那里知道消息开始?袁得鱼只是觉得,自己等了很久很久,但这个机会就快出现了。

他多么想直接提出,我想收购你们手上的这批股份,但他知道自己不能先开口。

在谈判中,谁先开口,就像谁在恋爱中先主动一样,基本就是毋庸置疑的"输家"。

"那小袁,在你看来,这批股份变成流通股的概率是多少?"脸上冰冷的老家伙说。

"我不确定。但浦兴银行毕竟是金融行业。现在上海国资委这边,就是想比花旗银行拿的股份更多。当前,大部分流散的股份,确实都集中到了上海国资旗下的大公司下,这让他们有了绝对控股权。但你也知道,国资委鱼龙混杂,在这个体制内部想要转成流通股,并不是一件容易的事,这部分股权就像当年国家在处置有历史遗留问题的股份公司那样,很多年过去还是那样,一半死,一半活就很好了……"

这话说到了老头子的心结。

几年前,在他还负责公司投资部的时候,与上海一家公司换股,拿到了一些浦兴银行的股份。没想到,他手上原本有历史遗留问题公司倒是很快上市,然而他那次换来的浦兴银行股票,却在很长一段时间无法兑现,一直让公司内部管理层对他有所诟病。

"小袁,你不是想要有投资未来的机会么?如果是你,你会有兴趣收购吗?"

袁得鱼此时心里就像有小鹿乱撞,但他控制住了自己的兴奋心情。

"你们急需现金?"

"白天何主任向我们转述了你提的建议,我们商量后觉得很有道理……"

"若要投资新的生产线的话,也不差我这笔资金吧……"袁得鱼继续装矜持。

对方眼神中流露出失望的神色。

"不过,如果你们公司打算增发股份,那时候给我一些优惠的股份,我可能更感兴趣,毕竟,我此番过来,还是看好你们的未来嘛……"

"这个股份,我们想用合理的价格给你,就当作朋友,怎么样?"

"为什么卖给我?像我们这样的投资公司有很多……"袁得鱼先用缓兵之计。

他心想,自己现在真的在面临一个大选择。对袁得鱼而言,多年的投资经验,让他早就已经学会了不能相信任何人、任何事物。他绝不会过于冒险。至少,在这笔法人股真正上市之前,袁得鱼相信,浦兴银行肯定还有会有很多动作,这可不是让一家公司的销售额翻一番那么简单。如果不成功的话,自己好不容易冒险搞来的第一桶金,就会变得一文不值。

袁得鱼说:"请让我打个电话,你们知道,那么大的事,公司也不止我一个合伙人……"

二

袁得鱼走出门,遥望夜空,星星像被钉子钉住一样在同一位置上一动不动,暗蓝色的天空如水洗过一般。

他算了一下,如果要拿下这些股份,那就要把他这段时间赚来的所有资金都孤注一掷,但这个项目真的有那么可靠吗?他觉得一切好像太顺利了,哪里好像不对,但又想不出任何破绽。蛰伏那么久,能让自己彻底翻身的机会恐怕就这么一两个。

袁得鱼望着远处模糊的如同水墨的山影,头上是清冷的星空,这是在上海绝对看不到的景色。

袁得鱼走回饭桌。

"你回来了!"那个表情呆板的老人凝视着袁得鱼,一条眉毛弯成弓形,"我们以为你不过来了!我们刚才还在开玩笑,说你距离成功只有一个饭桌的距离。"

"考虑得如何了?"何滔在一旁紧张地吸着烟,袁得鱼注意到他的嘴唇上方有几粒汗珠。

"我拿下这个股票。"袁得鱼坚定地说。

何主任脸上露出了一弯笑容。

"我准备付给你们5元一股。"袁得鱼脱口而出时,发现说话声音的自信程度比他想象的还要多。

几分钟内,一桌人都没开口。

"这恐怕只比我们当年的买进价多出一点点……"

袁得鱼掏出一张传真纸,上面写着国资委内部的一个指导价:"卖给我是赚钱的,如果他们真的以净资产价格收购……"

那老头子牙齿紧咬,往回吸了一口气。他的前额、连鬓胡子和衬衫都渗出了汗珠。他向何滔要了一根烟,以极快的速度抽了许多口,整个房间都笼罩在厚厚的烟雾里。袁得鱼觉得此时他产上坐在饭桌上,而是坐在糟糕的黑白电影里的警察审讯室中。

"不,不,不够。我们以前买的时候是那个价——现在是8元了。"

"这是我和合伙人商量下来,愿意给你们的最高价格了。这个股票有很多不确定因素,权利少,而且这是在我们的风险折扣计算基础上计算的价格。"袁得鱼都不知道这些词都是从哪冒出来的,"我们只能给你们 5 元一股。"

他听到几声更大的吸烟声,老头子脸上冒出大量的汗珠集合成溪流,看上去好像袁得鱼要把他推到京杭大运河里去似的。

他不停地咕哝着:"不,不。不行。肯定不止这个价。"

"对不起,我所能做的仅此而已。"

老头子使劲摇着头,然后几乎是没有呼吸的喃喃自语:"我不能接受。我必须再和董事会一起商量一下。"

袁得鱼认为谈判结束了,他这样说只是为了要保住面子而已,甚至在自己这样一个穿着邋遢的家伙面前。

袁得鱼只说了一句:"好吧,我等你们的消息,谢谢了。"

袁得鱼随即告辞,大步流星走出那个大工厂的招待所。

电话来了,竟然是乔安。

"谈得怎么样了?"

"如果我没猜错! 明天我会接到电话。"

"你是说,回绝的电话吗?"

"哈哈,你说呢?"袁得鱼吹着口哨,"我第一次觉得砍价是件那么爽的事情,你猜我可以多少钱拿这些股份! 是 5 元! 太不可思议了!"

"你得瑟的样子还真讨厌!"乔安笑着说。

袁得鱼心知肚明会是什么结果。

出发的前一天,他还做过这家公司的功课,这家公司正淹没在债务的海洋中,公司没有足够的利润收入来偿还这些债务。

当反倾销案终止后,很多行业内的公司都纷纷赖账不还,投资者们惊慌失措,并开始要收回这些公司的贷款。任何在这个行业没有消失的东西都处于待售状态。

果不其然,第二天下午,袁得鱼接到了应允的电话。

袁得鱼开心坏了!

他很久没那么畅怀过了,巴不得围绕上虞好好跑几个圈。

"拿下这 100 万股,请问是一种什么感觉? 于无声处响惊雷?"乔安问。

"不够不够……"袁得鱼突然深情起来,"就像一场犹如以排山倒海之势掠过无边草原的龙卷风一般的迅猛的恋情。它片甲不留地摧毁路上的一切障碍,又将其接二连三卷上高空,不由分说地撕得粉碎,打得体无完肤。继而势头丝毫不减地吹过汪洋大海,毫不留情地刮倒吴哥窟,烧毁有一群群可怜的老虎的印度森林,随即化为波斯沙漠的沙尘暴,将富有异国情调的城堡都市整个埋进沙地。"

"哈哈。你就胡诌吧！这不是我当年借给你看的《斯普特尼克恋人》开头么？"

"做投资，不也就像恋爱一样？"

"你不会真的只会与投资谈恋爱吧？"

金钱最迷人之处就是轻而易举地令人精神振奋，袁得鱼脑海中那复仇的光影比任何一天都要明亮。那世纪谶语般的复仇地图发出迷幻的神采。自己孤注一掷的1000多万的本金一旦流通到市场，至少翻个三至五倍，或许还远远不止，就像瞬间扫去天空一切阴霾的光芒，这光芒愈来愈亮，这是属于掌握游戏规则的人才能任意开熄的灯泡，站在远处的人只能远远观望，对他们来说，它再亮，四周还是黑的。

他终于明白，唐子风他们在这几年是靠什么大买卖迅速崛起的，类似于南方的中小板这种就是滋生暴利的摇篮。好个政策套利，这才是最惊人的赚钱模式。他仿佛已经听见无数张钞票划动空气的"哗哗"声，排山倒海般朝自己涌来。

三

唐子风做梦也没想到，他收购浦兴银行的主战场——博闻科技竟然让他碰了壁。

唐子风站在外滩小白楼的浮世绘大彩窗前喝茶。

唐焕脸色有些难看："爸，出了一点问题。博闻科技那边非常难搞……"

"股份有没有问题？"

"没有。"

"公司是不是民营性质？"

"是的。"

"他们是不是持有现在流通在市面上最大数量的法人股？"

"没错。"

听到这三个明确答复，唐子风松了口气，至少，目标还是清晰的："那问题出在哪里？"

"我们还是按老办法，搞定了下面两员大将，照理说，这些股份的转移会非常顺利，就像当年我们搞定申强高速那样。然而，他们那个董事长熊峰，毕竟不同于当年粗心大意的'太子党'，比我预想的要狡猾得多。前阵子，那下面两个家伙忽然把东西送了回来，打起了退堂鼓，说'这恐怕不好办'云云……"

"难道嫌我们送得不够多么？"

"我与他们私下里聊过，他们也在等待机会，但苦于无从下手。我觉得，主要还是熊峰这个人比较难搞，听说，他每天连办公室酒柜里的酒都要数过，更不要说那么大一块资产了，根本无法做到暗度陈仓。更何况，他多年来一直在资本市场拼杀，每份资产都是靠他自己一路打拼过来的。恐怕他心里也清楚，他那个空心公司，也就数浦兴银行那些法人股最值钱。那家伙也是混江湖的，知道'全流通'的实现已经不远了……"

唐子风沉思起来。他脑子里搜索起熊峰那老家伙的资料来。他们曾在不同场合见过几次，那家伙人如其名，虎背熊腰。

记得第一次见面还是在圈内朋友的一个聚会上，唐子风和熊峰玩了几盘诈金花。他发现一个特点，熊峰从来不跟没把握的牌，整体下来，总是能赢一些小牌。

记得熊峰第一次见到唐子风的时候，就问他："老兄，听说你见多识广。你知不知道，哪家报社荐股最牛？"当时唐子风不知道他是何用意，熊峰继续说了下去："美国有本叫《巴伦》的周刊，这家杂志每次都会推荐一些股票。美国专门有投机商买通了那杂志的印刷工，提前一天知道周刊的荐股信息，就先买入，总是能小赚一笔。"

"你很会打万全之仗……"

"嘿，在我的炒股词典里，从来就没有赌博二字。"

第二次见面，是在熊峰的办公室里。

当时，正好一群同行在一起谈一个项目。一个人出差刚过来，就随手把一个很沉的旅行包扔在了雕工考究的桌子上。

熊峰毫不掩饰自己的市侩之气："哎哟，轻点，我的黄花梨。"这句话引得众圈内人士一阵哄笑，他自己倒也不在意，还顺势抚了一下桌子上的灰尘。

唐子风知道，这个熊峰，最早还是海元证券的一名操盘手，是袁观潮还在主持海元证券的黄金时期进驻的，当时，他兄弟先被人挖进来，于是，那兄弟一起拉他入伙。

没想到两人真的要去海元证券正式上班的那天，他的兄弟反倒临阵脱逃："宁做鸡头，不做凤尾。这里高手如林，我还是赚自己的小钱吧。"那兄弟决定还是留在原来的小券商。

熊峰曾经多次谈起那兄弟，每次都感慨造物弄人——时隔 8 年，兄弟俩再次见面的时候，熊峰已经是两家上市公司的董事，身价数亿元计。那个堪称他贵人的兄弟，还在那家券商继续操盘，职务升做了经理，但并无实质上的变化。

"兄弟，当年若不是你，哪有我熊峰的今日，你到我这里来做副总吧！"熊峰也发出仗义之言。"这就是命运，没啥好怨天尤人的。"那兄弟婉言谢绝。自那天见面后，那兄弟就再也没有出现过。熊峰无论怎么找他，那兄弟却再也不见。

当唐子风第一次听闻此段的时候，也有点恍然，那兄弟的躲避，不是性格决定命运的再一次延伸么？

熊峰在江湖上也算是出名，因为他独创了"资产重组"这个词，并且将资产重组演化为了他自己独有的投资风格。

1997 年，他做了全中国第一起并购案——一家酿酒公司收购一家濒临破产的纺织企业,股票一下子大涨 5 倍。

唐子风知道,熊峰的在资产重组上的优势也非一朝一夕修得。

1994 年,熊峰还在海元证券操盘时,曾负责过海元证券一笔 6000 多万元的操盘资金。那时,市场正好处于熊市。

他也算是得到消息。于是乎,政府出台救市政策后,他在短短几天时间里就赚了 2000 多万元。可紧接着市场又开始下滑。一周内,不仅连盈利部分没了,本金还倒亏 2000 多万元,最后他也只好割肉离开。

熊峰在事发后的一个星期,一刻也没合眼,彻夜彻夜地看复盘,后悔早几天为何没有早点卖出。

自打那以后,他就以浮肿的眼睛见人,熊猫眼也成了他的招牌。

在袁观潮倒下后,他随着大部队离开了海元证券。和别人不同的是,他带走了海元证券图书馆的一本书,叫做《门口的野蛮人》,是台湾版的。

他曾多次对人号称,自己在第一次看这本书的时候,就如痴如醉。

唐子风心想,估计在他经历了那些风雨之后,他对那本书的内容有了新的体会。

熊峰多次与人说,书里面讲的很多并购的东西,非常有趣,然而,在中国,从来没有见人这么做过,书中的一切在中国似乎很难实现,在他看来,"投资也应该是一件有创意的事"。

在唐子风看来,熊峰的成功与他在海元证券的经历不无关系,那里有中国证券市场早期最优秀的一批人脉,当然,"往高处走"的性格与偏好,决定了他与那兄弟悬殊于天地之间。

唐子风暗暗觉得,他眼下所面临的对手,与前几年相比,已经今非昔比。

话说每轮熊市,总是大浪淘沙一把,如今看来,只有这些一等一的高手才能幸存下来。

当年,海元证券分崩离析,高手们也散落各处。

他现在遇到的很多障碍,兴许是当年累积下来的苦果?

然而,像熊峰这样的高手,显然与韩昊这样的技术派迥然不同,他们最后的归宿,肯定是与自己一起在二级市场的上游——股权市场上分羹。

就好像浦兴项目一出,就棋逢对手。

唐子风有了主意:"恐怕只有一个办法了……"

唐焕的眸子闪亮了一下,虔诚地望着老爷子。

唐子风索性循循善诱:"如果你遇到一个酒量不小的人,却不愿多喝一口酒,你怎么让他醉?"

"嗯……那就让他跟我们一起划拳啰。只要他划拳了,我就有办法让他喝。"

"如果他也不肯加入划拳呢?"

"那就骗他,说那不是酒,是可乐之类……不过这好像只能骗骗傻子。"

"我们在生活中确实会遇到这样的人,非常理智,几乎从来不会失手。这种人很狡猾,也很细心……"

唐焕有点焦躁起来:"那我就把对方的头扳起来,把酒直接灌进他嘴里。我看这样最直接了,一个字——逼!把他逼上梁山。"

唐子风摇摇头:"太鲁莽了,这至多是万不得已才用的方法。"

"那该怎么办呢?"

"制造一个机会。"唐子风笑了笑,"我不相信,熊峰这一路资产重组以来,没有任何弱点。"

唐子风说罢,将脸转向窗外。一只从黄浦江飞来的黑白色的水鸟停在窗前,喳喳叫唤。

四

唐焕回到家时,已经是醉醺醺的。

他一推开门,就看见杨茗正出神地看着背投电视,啃着爆米花。她纤细的嫩白色的脚踝,搁在豹纹的沙发凳上,好看而笔直的长腿,自然地来回摩擦,一派悠然自得的模样。

杨茗转过头,用小鹿式的明眸,深情地望着唐焕,一小点爆米花碎片还沾在她娇艳欲滴的嘴唇上,白色简洁的丝绸睡裙薄得就像贴在身上的纱,一根肩带自然地滑落下来,所有内容都若隐若现,波涛"胸"涌……

唐焕恍惚起来,心想,天下怎么会有拥有如此极致身段的尤物?她好像天生就很享受作为女人的这些优势,似乎只要是个正常的男人,她都能拿捏住,她总是能巧妙而轻松地掌握对方心里的节奏,让人不经意间轻易爱上她。

男人们仿佛是她的牵线木偶,任凭她随意舞动。

他松了一下自己的灰色领带,靠近她,用强健的双臂把她一下子从绛红色的皮质沙发上托起。这时候,杨茗发出"咯咯"欢快的笑声,一点都不介意他身上的酒气。

他开始吻她,胡楂粗暴地刺在她的脸上。她也不闪躲,只是用柔弱的手,欲罢还休地将他轻轻推开:"你有心事!"

"好吧。"唐焕也坐在沙发上,将杨茗整个人放在腿上,双手捧住她的腰,凝视了她好看的脸蛋一会儿,说:"如果,你让别人喝酒,别人不肯喝……"

杨茗欢笑起来:"哈哈哈,唐焕,你不会因为这么个傻乎乎的问题而发愁吧。你为什么非要让他喝酒呢?要知道,有些人就是个老固执……你另外想个办法达到让他喝酒一样的效果不就好？"

"怎么说？"

"就是说，造一个局出来。"杨茗眨巴了一下眼睛。

不知为何，唐焕的欲念一下子褪了下去，这女人说话果真是一针见血，竟与老爷子的思路一样。他偶然冒出的清醒感觉告诉他，这个女人的才能在自己之上。

他转了一下眼珠，猛地抓了下头，将他当前遇到的棘手的事告诉了她。

自然，一些关键的部分他没透露，大致就是说，他很想买下一些重要股份，因为那股份很能赚钱，然而，对方看得死死的，搞得手下也不肯受贿，怎么办？

杨茗转动了一下眼睛，说："这个事嘛，恐怕还需要一些灵巧的东西。"

"灵巧？"

"就好像两个人眉来眼去，暗生情愫。但真的两个人滚到床上的那一刻，并不是最美妙的。最美妙的，肯定是没有上床前的那段，你来我往的时光。"

"我怎么还是觉得，上床比较美妙。"

"哈哈，有些东西，你们男人是无法理解的。女人的心思要缜密很多，就好像一个近视的人，带上眼镜后发现，看到的世界与此前完全不一样，其实没啥不一样，不过是细节更多了，对世界各个角落的发现更加敏锐了。就好像，我很爱音乐，我特别喜欢那些英伦摇滚，每次听音乐都能给我丰富的感受，但你完全不明白我为什么喜欢听这些，你只喜欢听你的张学友……"

"张学友不好吗？老婆，你还是说说，你的主意吧！"

"问题在于，熊峰这个人过于狡猾，什么事情都躲不过他的眼睛……"杨茗说，"我忽然想起我看过的一个古代故事——几个人在一起喝酒。后来，在场的人都东倒西歪地醉倒了。一个少年喝得太醉了，就躺在帐篷里睡着了。他半夜醒来，听见帐篷外面两个人正在策谋造反。他害怕起来，但当机立断地用手指倒腾自己的喉咙，吐出了不少污秽物，继续躺了下来。果然，那两个讨论事情的人，想起还有个少年在帐篷里，就拔出刀来。但看到少年头倒在污秽中，心想，这个人醉成这样，肯定什么也不知道，就作罢了。后来这两个人也走了，少年保住了自己的性命。所以，喝不喝醉，不是关键，让他考虑到如何明哲保身才是关键……"

唐焕明白自己该怎么行动了："知道吗，像你这么漂亮性感的女人，真的不应该这么聪明。"

"我聪明有何不好？只有真正的勇士才能驾驭草原上最好的马匹。"说着，杨茗像是换了一个人似的，用手缕了一下细细的黑发，雪白的脖子若隐若现。

她的双腿，很快紧紧盘住唐焕的腰，丰腴的身体，有节律地扭动，她娴熟地将裙摆提了上来，将唐焕的双手，放在自己滑嫩的大腿上，挑逗的黑眸笔直地看着他，须臾，她俯身倒在他的怀中，吹气如兰……

唐焕一下子把杨茗扑倒在床上……

"唐焕……"杨茗轻声呼唤着他的名字,凑近他的脸,将嘴唇贴在了他的嘴唇上。她微张嘴唇,柔软的舌头进入了唐焕的口中,发出好闻的香味。舌头仿佛在执拗地探索着人类原始山洞,撩拨着人类最本能最原始的知觉。

唐焕的舌与她的纠缠在一起,仿佛两条年轻的蛇从冬眠中醒来,凭借着彼此的气味,在春天的草原上,相互缠绵,相互贪求。

他的心跳剧烈如初恋,思绪好像一下子回到了童年时光,不知为何,他在校园里追逐着一个女孩,女孩转过身,那是一张楚楚动人的脸。

他忽然清晰地意识到,那张脸从来没有在他的记忆中消失过。那是苏秒的脸,不知为何,他内心涌现出奔流一般的无限伤感。

时光仿佛流到了从前,隔壁房间,应景地传来周杰伦的《反方向的钟》——"穿梭时间的画面的钟,从反方向开始移动,回到当初爱你的时空……"

记忆的闸门被打开,在一片和煦温馨的薄雾中,微弱的光线里漂浮着一些记忆碎片,不一会儿,纵深徐徐缩短,光线变亮,周围的景物逐渐清晰起来——一片焦黄的野草地上,四周围还弥漫着烧荒草的味道,那时的自己,还是个青涩的少年,一旁的女孩羞涩地走过来,用手紧紧地挽住他,小心翼翼不敢松开。

她指了指他手上提着的一只灰兔——那兔子原本还活蹦乱跳,被提起耳朵后,就像中了魔咒一样,一动不动,任凭使唤。

"我,像不像你捉住的这只兔子?"身旁的女孩问道,那是一个女孩最含苞欲放的样子,就像少女时代的冯程程,似和煦的春风一样缠绕着自己。

唐焕拉住女孩的手,在这荒凉的野地上一路狂奔,清风吹拂青春年少的脸,前方是一个小灌木丛,他蹲下身,松开兔子的双耳,兔子愣了一会儿,倏忽间,它就像水面上击打起来的水漂那样——跃动的弧线在空中一闪而过,跳进灌木丛中消失不见。

"傻瓜,你怎么会是兔子呢,不然我怎么忍心放你走!"唐焕说着。

女孩的眼睛闪动着一丝光芒,这种光芒唐焕之前从未见过。

然而,她却挥着手,疾步向灌木丛走去,像那兔子一样,消失在不远处。这时,灌木丛林发出一种光亮……

那丛林里的光亮越来越大,渐渐扩散成一个正方体,正如当年苏秒一跃而下的窗户,那一幕与少年时的一幕紧紧地贴合在一起,不知为何,在他心中升起一阵久违的绞痛。

他的眼泪"哗哗"落下,他无法控制。

他恍然意识到,此时此刻,他正在与杨茗做爱。

杨茗觉得奇怪,凑近上来:"你怎么了?"

他摇摇头,他从来没有在女人面前表现过自己如此脆弱的一面。他不是"花心

"大萝卜"么,心早就被什么东西用力地揪了出来。

他的耳边,还停留着曾经的苏秒的笑声,然而在今刻此时,他却看到了撕开伪装后的苏秒——纯洁如初,就像那个弥漫着烧荒草的味道的初冬清晨,以及那个田野间跳跃的小野兔转过头来时的清纯的,不顾一切的孤单身影。

五

唐子风一直在忙着筹集法人股。

他对唐焕很快就找到了办法感到很满意,他查出了熊峰曾经与一家彩电公司搞了一家担保公司。然而,那家彩电公司债务缠身,早就人去楼空,一大批彩电供应商赶到这里追债,里面却是大门紧锁,空无一人。

唐焕问唐子风:"爸爸,熊峰怎么会与这家人去楼空的彩电公司组建担保公司呢?担保公司做什么用的呢……"

"你正好想反了,是担保公司搞垮了彩电总公司……"唐子风心想,这不是他自己经常玩的手段么?熊峰果然也是玩股权的个中好手。他与彩电总公司共同成立担保公司,利用担保公司六倍的贷款杠杆,融资给他们自己的公司,也就是关联公司,做点自己的生意,相当于把彩电公司的资金卷走。

唐焕惊喜万分:"那我们就从这里入手!"

他发了封匿名信给有关部门,说熊峰掏空了这家公司。

熊峰很快就被上海市公安部门刑事侦查,拘留期不限。

紧接着,那两个熊峰的手下几乎是用突击的速度完成了这笔股权转让交易。

唐子风笑了,唐焕干得很漂亮。

打通了熊峰这个难啃的关节后,一切都如自己预期发展。

另外一个儿子的进展也不错。

唐烨红光满面地说:"爸爸,我找到了一些散落在浙江的浦兴银行股份。那家公司在浙江上虞,大约拥有 500 万股。这 500 万股是不是太少了,我们要么?"

"还用想吗?"唐子风喝了一口水说。

唐子风在外滩小白楼,望着桌上自己的公司版图,这艘巨型资本航母已经从大海中探出头来,冲破滚滚浪涛轰鸣而来。唐子风内心不禁升腾起"乘风破浪会有时,直挂云帆济沧海"的壮志满怀。

如果不出意料之外,另外一笔关照中的股份,也会很快入账。

果然,他很快就接到了唐焕的电话:"爸爸,很顺利!外保局旗下的 2000 万股浦兴银行法人股也买下来了。"

"过户的事?"

"放心，都已经全部搞定。"

"太好了！"看到大儿子越来越得力，唐子风感到无比欣慰。

他想了想，如此算来，泰达系掌控的浦兴银行股份已经差不多筹到了3000万股，这已经远远超出了自己的预期。

唐烨赶到浙江上虞时，发现这个原本手到擒来的资产已经不见，就在他赶到的前几天刚刚卖掉，几乎就是前后脚的工夫。

唐烨非常不爽，为了刺激这家公司老总，索性说："你卖得太早了，我们其实可以出比市场价还高的价格……"

没想，那个冷冰冰的老人还给他一个鄙夷的眼神："既然如此，你为什么不早在电话里这么说？你不用信口开河了。你们这种人，利欲熏心，只知道赚钱。"

这个老人的眼睛没有离开过桌上新生产线的图纸，眼神里放出光芒。

"哥，这家公司手上的浦兴银行股权已经卖掉了。"唐烨走出散发着臭鸡蛋气味的化工厂，给唐焕打电话。

"这么偏门的公司……"

"不会有谁暗中搅和吧？"

"派人去查查……"

唐焕查完后，脸色一灰，马上打了电话给唐子风："爸爸，有个坏消息……上虞那边的股份，被人先得手了。"

"哦，是谁？"唐子风心里想，倒是有趣，竟然还有人捷足先登，与自己做一样的事，看来不是一个简单的人。

"我前面派人查了一下，是上海一家不知名的投资公司收购的，数量是500万股。这家公司的人我原来在券商的投资策略会上接触过，是个老庄家，股票一直做得很差，基本就靠卖软件兜钱，我还以为他们早就倒闭了呢……我后来又进一步展开了调查，原来是我们的一个熟人干的，你猜是谁……"

"莫非又是他……"唐子风头痛起来。

"那小子不仅卷土重来，还在太岁头上动土了！"

"毕竟没有不透风的墙……别在意了，任何事情都有得有失……"唐子风说起了一个故事，"美国有个知名的舞台导演奥逊·威尔斯，他很长一段时间都默默无闻，有一次，他打算推出自己戏剧生涯第一部重要的舞台剧——莎士比亚《尤利乌斯·恺撒》。所有的排练都太顺利了，奥逊·威尔斯却在公演前几天低头不语，忐忑不安，总觉得哪里不对。出演前两天，一把大火不小心烧了整个化妆间。奥逊·威尔斯忐忑的心终于放下。这幕戏最终大获成功。奥逊·威尔斯此后也成为整个好莱坞神话，又导演了《公民凯恩》……"

"爸爸，你的意思是？"

"在很多对你来说重要的事情面前,要淡定一些。在大获全胜之前,出现一点小灾难,说不定是件好事! 与其说是一种迷信,不如说是一种自然世界的平衡,不用放心上!"唐子风对这笔股份在自己眼皮底下溜走,显得无比从容,因为,他自己心里早就盘算好了一个主意,顺手就给唐烨打了个电话。

袁得鱼飞快地赶回上海。

他一回家,牵上许诺的手就跑:"许诺! 我马上就会有很多很多钱了! 我有实力对抗唐子风了!"

许诺一头雾水,完全不知道发生了什么事。在她看来,自袁得鱼一说要去上虞之后,就没有正常过。不过,她看到袁得鱼如此快乐,与他一样打心眼里开心。

"跟我来吧!"袁得鱼打了辆车。

许诺将信将疑地跟着他,只见车一路载他们到上海证券交易所门口:"你等等。"

袁得鱼知道,自己无须等待,只要递交给上海证券交易所《申请浦兴银行社会法人股转户的函》,以及他与浙江六化签署的《股份转让合同》,然后经过一系列的解除质押、质押登记、股份转让确认和过户登记的全部交割手续,股权就可以顺利过户了。到时候,就等着他手下的法人股直接流通上市就可以了。

袁得鱼万万没有想到,上海证券交易所法律部把袁得鱼的申请退了回来:"对不起,这批股份不能转让!"

"为什么?"袁得鱼一惊。

"你的这部分股权是非法的,因为,没有经过股东大会通过……"

"什么? 非法的? 他们怎么没告诉我? 你等一下,我打个电话……"

"等一下,你是通过上虞的一家叫做浙江六化的公司转让的是吗?"

"没错!"

"哦,在你来之前,我们已经做过这批股份的同意转让确认书了。他们不仅有股东大会的通过资料,就连资产价值评估书都有,嗯,我们这里有登记,是 500 万份……"

袁得鱼大声叫道:"怎么可能! 你再好好查一下。"

"的确如此!"

袁得鱼痛苦地查阅着公司的资料,浑身无力起来。

许诺刚好上来,见袁得鱼的神色不对,着急地问:"得鱼,怎么了?"

"被人下套了! 我买的是死股!"

"与你上次去上虞有关?"

袁得鱼与许诺说了事情的前前后后。

"怎么可以这样,这相当于一股两卖,绝对非法的。你打个电话问一下?"

"没用的,你看这份协议。我当时觉得把握很大,就一次性付了现金,但这份协议上写得很清楚,提前支付的金额,就是作为法人股股权的定金,如果无法过户,签署的转让协议无效了,这个责任全部是我兜,他们可以说,是我自己没有办齐手续!"

"你怎么可以签下这么不对等的协议?你为什么不提前好好搞清楚?"许诺气得浑身冰冷。

"我只想抢时间!如果晚一点,就会被其他人收走了!但是,怎么会要经过股东大会呢?此前并不是所有的公司都要有这些啊!"袁得鱼摇摇头,"我知道了,我被人算计了!记得爸爸说过,如果你的精神像被人注了吗啡一样兴奋的话,就要小心行事了。我记得刚成交时,真心觉得自己强大得不得了,心里还在想,唐子风算什么!没想到竟然会这样……"

许诺痛苦得浑身颤抖起来:"我前阵子看你那么开心,我自己也开心坏了,以为好日子就要来了!没想到会这样……"

袁得鱼想起什么,对法律部的人说:"那是谁过户了这批股份?"

"这个要到附近的中国保险大厦去问,那里有中国证券登记结算有限公司上海分公司,不过,我们这里也可以帮你看一下……"

在申请转让的文书上,显示出了申请者的名字,许诺看到名字的时候更没有力气了,整个人惊呆在那里。这是个在头脑中挥之不去的乌云一样的名字——唐子风。

"唐子风……"许诺捂住嘴,一屁股坐在沙发上。

袁得鱼也看到了,他冷笑了一下:"原来最后搞下浙江六化 500 万股的买家是唐子风……原来是他一直在背后折腾这件事。一共 3500 万份,他几乎垄断了浦兴银行除了国资委手中的所有外面股份……"

袁得鱼跑到中登公司,他永远无法忘记眼前这一幕——黑板上最新公示的过户资料显示,泰达信托过户了 3500 万股份。

袁得鱼想起,在前几天,他看到上市公司外高桥发出公告,称自己旗下有股权交易行为。他知道,外高桥本身也持有许多浦兴银行原始股,当时他还在想,是谁出手这么厉害,没想到最终的最大买家竟然还是唐子风。

"袁得鱼,你的股份转让得怎么样了?我这里还有个内部消息,浦兴银行的法人股,在股权分置之后,最快将在一年后全部解禁。"

乔安本来的报喜电话就像黑夜中的响雷,袁得鱼不由有些恍惚起来。

唐子风是浦兴银行的最大买家,也是最大的赢家。

"你这么快回来,第一时间就到了这里,他们会不会还没走?"许诺问道。

袁得鱼与许诺奔出门外。

在上海证券交易所 VIP 通道,袁得鱼看见唐家父子正大摇大摆地走出来,冤家再次狭路相逢。

这是四年多来,双方第一次正面接触。

唐氏父子很得意地看着袁得鱼，眼神充满鄙夷。

"丧家犬……"他们从牙齿缝里蹦出这么个字眼。

袁得鱼咬牙切齿。

唐子风心知肚明，袁得鱼目标如此清晰地收购浦兴银行股份，自然是有些来路，但终究还是败在自己手上了。

他不过是动用了一点法律的技巧，当然，还要再加一点威吓，自然是无坚不摧。

"你卑鄙!"袁得鱼向唐子风吐了一口唾沫。

"是你无能!"唐子风嘲笑道，"成功的人是我! 而你，现在身无分文!"

袁得鱼眼睛直勾勾地盯着唐子风，看得唐子风浑身不自在。

"袁得鱼，都说你很聪明! 但你怎么不想想，他们与你非亲非故，为什么把那么便宜的筹码让给你? 这就像很多人自以为很懂收藏，想在市场上淘到一个上千万的宝贝是一个道理。你的常识哪里去了? 你太年轻了，为了这么点钱就冲昏了头脑! 就当叔叔给你一个忠告!"

落下一串狂妄的笑声，唐家父子扬长而去。

"我们东山再起!"许诺强颜欢笑。

袁得鱼撑着脑袋，若有所思，一言不发。

许诺看袁得鱼消沉得很，就想逗逗他："嘿嘿，听我说呀。有一天，小鸡拿着一张大红奖状扑到鸡妈妈的怀里，小鸡说，妈妈，你说过我考了第一名就告诉我爸爸是谁的。鸡妈妈知道小鸡已经好奇自己的身世之谜很久，决心不再隐瞒它，便说，孩子，你是一只争气鸡，你的父亲是瓦特。"

"哈哈哈。"袁得鱼配合地冷笑了三声。

"嘿，我说，争气鸡，你究竟押了多少钱?"

"1000 万元……"袁得鱼一字一顿地说。

"唐子风估计可以赚了多少?"

"大概，10 多亿元吧……"

许诺咽了一下口水："那我们还剩下多少?"

袁得鱼枕着下巴："3 万元……还有你给我的 20 万元资金，也赔进去了!"

"这是我这么多年所有的积蓄! 甚至有一年，每天都只吃方便面!"许诺昏厥过去。

"诺诺，没什么的。一年多前，我也不是一贫如洗么?"袁得鱼乐观地说。

许诺的身体还是不由自主地往下滑，袁得鱼用尽全力将许诺扶起来，让她整个人靠在身上："哎呀，别这样，我骗你的。你的钱我没动! 你个瘦子怎么那么沉?"

许诺很想推开他，但一点力气也没有。

袁得鱼知道自己错了，但他就是哭不出来，他好像天生就没有眼泪一样!

第十章　冲，对冲基金！

> 兵者，国之人事，死生之地，存亡之道，不可不察也。
>
> ——《孙子兵法》

一

袁得鱼来到一栋不起眼的小楼前。

这里的小楼就像无数个钢铁和玻璃组成的坑坑洼洼的大盒子，很多小型的创业公司都在这里。

他推开了一道布满灰尘的木门，这是他多年前做期货有一点积蓄的时候，买下的小型商业别墅，那时候大约是 150 万元。

他觉得，现在是正式入驻的时候了。

他走了进去，宽条纹的圆盘木地板上积了一层厚厚的灰尘——这是一座三层的套间：第一层是个大客厅外带花园，第二层是个工作区，中庭式的大平层，外接视野开阔的大露台，第三层是隐秘的卧房区。

他把客厅里的一块套着塑料纸的铜制板拿了出来，用袖子擦了个干净，挂到了门上。

这是一个铜板，上面赫然写着"大时代投资公司"。

这是他一直以来的梦想，在三四年前，他想过从这里开拓，但他预计这场熊市还会持续很长一段时间，而如今，正是实现的时候了。

他没告诉过任何一个身边的朋友，然而，他觉得现在是告诉许诺的时候了。

许诺挂了三天盐水，现在恢复得差不多了，但还是有些愠怒，一想到自己的钱都砸在水里人就有点发飘。

她来到袁得鱼告诉她的这个地方——她只知道这个地方原先是一片废弃的仓库。但没想到，现在看起来非常前卫，不过与上海一些时尚街区不同，主色调还是呈现出一片水泥的灰色。盒子式的外观，横平竖直的窗户，看起来倒是颇为大气，不知怎么让她想起"稳健"之类的词。

　　许诺看到9A号木门上，挂着"大时代投资公司"几个大字的时候，不由睁大了眼睛，她发现门虚掩着，一不小心就推了进去。

　　一个男子的身影靠在落地的大窗户上，一缕阳光正好照耀在他脸上。他穿着简单的白衬衫，和这里的灰蒙蒙的气氛似乎不大吻合，却叫人安心。

　　袁得鱼转过头，看到许诺时笑了一下："欢迎来到我的公司。"

　　"你的公司？"许诺不敢相信，"你什么时候注册的？"

　　"大约2002年吧，差不多是第一次从南方回上海的时候，然后花了一笔钱，买下了一个别人不要的公司注册账号，让一家代理公司帮我一直延续着这个公司……"

　　"为什么那时候不开始做呢？"

　　"时机不到吧，我一直在等待一个完美的时机。"

　　"现在到了么？"

　　"是的。"袁得鱼说，"有时候，没有钱反倒是一件好事，就当作一切从头开始吧！"

　　许诺忽然也宽心起来，发挥了她大条的本质："我真傻，前两天竟把你怪成那样，觉得一下子暗无天日。现在不也是挺好的么？"

　　许诺新奇地在这栋楼里跑来跑去，无比开怀。

　　"你打算怎么做呢？"

　　袁得鱼双手插袋，悠闲地说："本来我还不是很有方向，但我现在突然有灵感了。"

　　"是什么呢？"许诺认真地打量起这个经常带给自己惊喜的男孩子。

　　"在这里创建一个属于自己的对冲基金，你觉得怎么样？"

　　"哇！听起来好棒！"

　　"过去我们接触的很多投资高手，都是在券商那里做代客理财。可能一开始的时候，也会有很多人以为我跟他们一样，只不过在经营一家投机商号。但他们错啦，我要做的事，与那些完全不同！我要用最合法的模式，做一个公司，它运作的基金，有个三方合作，客户给我们的资金，都是放在托管行里，而我们只是定期收取一定比例的利润，按国际标准的话，是20%，只有赚钱时才收……"

　　"嘿，袁得鱼，你到底在说什么？我好像听不太明白呢！"

　　"我要成立个对冲基金！是的，这就是对冲基金！我爸爸在我很小的时候，与我提到过……"袁得鱼畅想着，"说实话，他们把我砸下去的时候，他们以为我玩完了！就在前几天，连我自己都这么想！但如果做起了对冲基金，一切就没那么艰难了。对我来说,或许是最好的一个开端!"

许诺有些幸福地微笑起来。

"与大多数基金不同的是,我们的这个基金,我们会按照未来世界的游戏规则玩……"

"为什么你的基金可以这样?"

"因为管理者不同凡响嘛……"袁得鱼指了指自己,他又想了想,"基金的话,怎么样也得有个名字……"

"得鱼基金?"

"哈哈,那太自恋啦!我看,就叫做——大时代基金!你看怎么样?"

"好啊!好啊!"许诺点点头,"听起来朗朗上口,又霸气,又符合这个基金的特点。不过,你的基金,不会只有你一个人吧?"

"我们会越做越大的!"

"我们?"许诺羞涩地胡思乱想了一番。

"我要让投资变成一件幸福的事,罗杰斯就很幸福,他一边投资,一边环游世界。"袁得鱼畅想着,比划着房间里的布置,"这里要放上最大的液晶报价器,前面是一个跑步机,你在看报价的时候,也要控制好你的呼吸……"

许诺听着袁得鱼对未来办公布局的畅想,不知怎么,有些担忧起来,心想,袁得鱼貌似又要忙碌起来了,什么时候才能安定下来呢……她打算先清理一下这里的房间。

"许诺,你怎么不开心了?"袁得鱼的话音戛然而止,他发现了许诺的异样。

"没什么。"许诺转过身,强忍住自己起伏的情绪,"我觉得你所说的一切,你想做的事都会实现,到那时候,你还会记得我么……"我会不会失去你?会不会失去你?许诺心里反复念叨着这句话,但无法开口。

袁得鱼像是看懂她一样,摸了一下她柔顺的头发,不过说出来的话让许诺有点哭笑不得:"为什么会不记得?你可是我的市场总监啊?我们还要一起筹集那3000万元呢!"

"3000万元?"

"嗯,那是成立对冲基金最低的资金规模。"

"那你打算怎么做呢?"

"当年我在期货公司打工时,认识了不少大客户,只要募集齐了资金就启动。"袁得鱼看起来信心满满。

"哈哈,原来也没那么简单啊……"许诺发现自己过于担心了,反倒舒坦起来。尤其是,她还是蛮受用"我们"这个词的。

二

一年后，大时代投资会客室。

"非常感谢！我们不会辜负你对我们的信任。"袁得鱼谦逊地对两名看起来就很挑剔的投资者说，随后，礼貌地将两个客户送到电梯口。

他回来的时候，许诺着迷地望着他，心想，我更喜欢你现在的样子……

袁得鱼笑着对身边的许诺说："今天又有一笔大资金过来了！"

"是呢，太好了！"许诺原本的披肩发型，变成了短发的小卷毛，身上也穿了一件职业套装，看起来很有几分干练的办公女郎的样子，"最近这三个月，我们的业绩比公募基金出色多了。那些机构也真是嗅觉灵敏，好多资金都自动找过来了。"

"因为我们追求的是绝对收益……"袁得鱼有些欣赏地打量了一下许诺，"你这段时间成长好快！我都快不记得你原本在菜场里的邋遢样子了。"

"哼！人家本身就是商界奇才。"许诺很开怀地笑了起来，"不过有时候我自个儿站在镜子前，也觉得不可思议呢。"

袁得鱼想起许诺跟着他一起去拜访他原先在期货公司交下的人脉时，把那帮有钱的老头哄得前俯后仰的。

有回见到一个海归叫 Star Chen，许诺说，幸好你不姓林。那人问为什么，许诺说，那就变成"斯大林"了啊。周围人都笑起来。

在 KTV 玩的时候，许诺倒水酒也是一绝，那放在方盘子里的 20 个小酒杯，她拿着酒瓶一遍倒过去，每个杯子里的酒在一条水平线上。

袁得鱼也啧啧称奇，许诺轻声在他耳边说："以前经常拿水枪往养鱼的水盆里倒水，练出来的。"

袁得鱼大笑，他心想，那帮人平时听投资太多了，许诺这样的女子，就像一股清新的山风那样，倒也别有一番乐趣。

袁得鱼回到自己办公室的时候，还是忍不住将双脚搁在办公桌上，双臂枕在脑后，透过大玻璃望着大时代投资办公室里的情景——十几个员工在兴奋地走动，个个充满朝气。

他想起最初的时候，大家没日没夜地苦干，才把这只私募基金成立起来，途中也走了很多人。所幸，现在一切都好起来了，公司的发展速度比预想得要快很多，真是非常幸运。

这个公司，还有个很特别的员工——袁得鱼一眼看到了坐在角落位置的丁喜。

丁喜很认真地看着屏幕，还在本子上记录着什么。

他现在正跟着资深人士学一些金融研究的基础知识，进步也很快。

许诺很开心地见到袁得鱼转笔的时候的怡然自得,她想起当初认识他的时候,他还是个送外卖的少年,就是这样一副与世无争的状态,那个状态才是袁得鱼最天然的状态。

"得鱼……"许诺轻声唤了一句。她本来想问,你还会复仇么?

"嗯?"

许诺只是笑笑,没说出口。

她不想提醒袁得鱼复仇的事,她满心希望他驾轻就熟地做好投资公司。

在许诺看来,袁得鱼好像也已经把什么都忘记了,这样真好,每天都是最幸福的日子。她自己也没想到,开业一年多后,袁得鱼创立的大时代基金就成了中国对冲基金里的一匹黑马,不仅一些机构资本,越来越多的有钱人慕名前来。

只是那时候,对冲基金一词在中国还不是很普及,大时代基金更多被另一个名字替代——私募基金。在很长一段时间以来,私募与非法集资、内幕交易关联在一起,在投资圈是个相当隐秘的名词,业绩也一直不为人知。

袁得鱼的开局成功,似乎是因为他一开始就选择了一条幸运的道路,因为他自创立起就找了第三方公司,业绩成了件公开的事。

他们的产品很快就被托管方推荐到布隆伯格的基金评级平台下,名次不断朝第一梯队攀升。

2007年年初,大时代基金的一个大客户要追加资金。

许诺有点无奈地说:"这个客户,非要你亲自去。我每次打电话过去她都说,我非你们袁总不见。这两天,她还主动打电话来,说要追加1000万元资金。"

"什么人?"袁得鱼看了看资料,没发现什么异样。不过这个客户,貌似是大时代投资公司成立以来最早认购的一批客户,在大时代公司刚刚成立的时候,他们连面都没见过,就发了份传真过来,一下子挥掷豪金认购了1000万元。这笔资金,绝对是袁得鱼创业之初资金的重要来源之一。

"跟了我们那么久,你从没见过?"

"这个客户很奇怪,跟我联系的一直是个男的,据说是她的男秘书。客户本人是个老女人,好几次都点名要见你,都被我推掉了。但现在他们要追加资金了,你还是见一下吧?"

"唉,只好出卖一下本公子色相了。"袁得鱼挠了一下头,"下不为例哦!我的精力只会放在投资上。"

袁得鱼故意穿得正式了一点,他还是不太习惯穿正装,但许诺似乎总有本事把衣服搭配得既正式又有点雅痞的气质。

袁得鱼来到约好的地点——上海证券大厦。

这是他第一次来到这个交易厅。这个大厅的地面肮脏而杂乱，覆盖着迷宫一样的电线和电子设备，一块块可移动的地毯就像是个大垃圾筒的盖子——几百个电话的响声此起彼伏，电话屏幕播放着新闻，闪烁着证券报价。

几张长方形的桌子，上面堆着五颜六色的电脑和显示器——蓝黑色的新华社接收终端和橙色的布隆伯格接收终端与很多特制报价器。

桌边面对面站着几十个交易员和经纪人，之间相隔不过一米。

他很快就被带进三楼平层的一间大概能容下20个人的会议室。会议室桌上摆着一个大浅盘，里面装着各种颜色包装的玉米圆饼。他知道，这是上海证券交易所标准的供应食物。

虽说袁得鱼多年的投资经历，让他早就学会了不相信任何人、任何事物，但食物除外。他摸了摸自己的饥肠辘辘的肚子，随手拿起玉米圆饼啃了一口。

神秘的客人出现了。

袁得鱼看到她之后，差点把嘴里的玉米圆饼呛出来，他脑海中浮现过形形色色的投资人，但他万万没想到会是这个人。

他不太敢相信，继续往后面张望了一下，真心希望这个人只是过客，但没有，确实，只有她一个人。

就是她，这个人。

"不用看了！你协议上的客户，就是我！"贾琳得意地说，随即坐在他的对面。

"我有点事情，先走了！"袁得鱼起身离开。

"你不用想太多，你就是我的资金管理人，而我，就是你一般的客户。这2年来，你做得很好！我还想追加资金！"贾琳颇有职业风范地说。

"老的资金，只好放在里面了。新的资金么，考虑到稳定现有基金的流动性，公司暂时不接受新的资金了！"

贾琳好像早就料到袁得鱼是这个反应，悠然地说："有一天，小鹿对公鹿说，爸爸，你为什么怕狗呢？你比他更高，比他跑得很快，还有很大的角可以用来自卫。公鹿笑着对孩子说，你说得没错，可我只知道一点，一听到狗的叫声，我就会不由自主地想立即逃跑。难道你一看到我，就想逃了？"

"哈哈，我也听过一个恶俗的伊索寓言。从前呢，有一头小羊，在河边喝水。狼见到它以后，想用一个名正言顺的理由吃掉它。于是，狼说，你把河水搅浑了，我喝不到干净的水。小羊说，你明明在河的上游，我在下游，怎么可能让你喝不到清水呢？狼看这么说行不通，就说，我爸爸去年被你骂过。小羊说，那时，我还没有出生呢！狼对小羊说，不管你说什么，我都要吃了你。所以，遇到恶人，还有什么废话好说呢？"

"好吧！但是，不管你相不相信，我是真心愿意帮你！你想想，你在那么短时间，怎么可能那么快募集到6000万元？那些大客户，也有不少是我介绍的……"

袁得鱼盯着贾琳看了三秒钟,觉得贾琳还算是真诚,于是又坐了下来。

"我有理由恨你,因为你间接谋害了我最爱的男人。你也可以恨我,因为我知道,你一直认为,是我谋害了你的师傅……"

"说实话,我是挺恨你的。"袁得鱼不假思索地说。

贾琳笑了一下:"但我不像你所想的那样,我是真心来帮助你的。"

"为什么帮我?"

"帮我对付唐子风,秦笑是他们害死的……"

"为什么这么说?"袁得鱼脱口而出,但他觉得自己一不小心又沉沦到那个圈子里去了。

"说来话长……我知道,秦笑跟你说过一些,但你知道的只是很少的一部分。我们都是牺牲品。但这个牺牲,对我来说,太大了!"贾琳说,"袁得鱼,以你现在的实力,和他们相比,根本就是拿鸡蛋碰石头。你的对冲基金虽然做得还算不错,但唐子风他们其实才是最早在中国做私募的,他们的产品成立于云南,就在泰达信托旗下,门槛就是 500 万元,认购者趋之若鹜。你可能也知道他们的名字——中华龙。你得仔细想想,和他们相比,你的优势在哪里? 你怎么找到你的世界?"

袁得鱼笑了一下:"我自然有我自己的方式,但我未必需要你!"

"比起老的交易中心大楼,这里可悲地只有一个地方胜过那里……"

"电梯。"袁得鱼不假思索地说。

"袁得鱼,你真是聪明,我喜欢聪明的男人。"贾琳有些伤感地说,"我的作用,就像那部电梯一样,可能一开始并不是很起眼,但你会知道它的价值。"

袁得鱼在关闭电梯的一刹那,冷漠地看了贾琳一眼——她那件绣着大蝴蝶的黑旗袍非常得体,白色笔直的腿若隐若现,她的红唇娇艳欲滴。

在大多数人眼中,她或许还是个风姿绰约的女子。他冷笑了一下,就这么个女子,竟然勾引成功过自己的师傅,肯定有不简单的地方。

"如果你想找我,随时过来!"电梯门合起来的时候,贾琳魅惑的声音还是飘了进来。

虽然不知道贾琳葫芦里卖的什么药,但袁得鱼对于事实的一个基本判断是,不用看对方说了什么,而是看对方做了什么。

客观上看,贾琳确实在他创业之初帮了他不少忙,再说,进来的资金有两年封闭期,他也不怕对方在关键时候釜底抽薪。

只是,经贾琳提醒,袁得鱼方然意识到,那个强大的私募对手原来也牢牢控制在唐子风麾下,袁得鱼曾经研究过中华龙基金,最早的管理者是陷入基金黑幕的两个基金元老。后来,那两个人又自立门户去了,剩下的基金经理们,完全都是一些无名小卒,也从来不在媒体上露脸,对外界而言一直很神秘。

让袁得鱼不得不叹服的是,他们的大时代基金,净值波动非常小。但这只基金自2003年8月1日成立以来,一直涨势惊人。然而,中国资本市场是从2006年后才开始出现牛市的迹象,这个私募基金的走势仿佛完全与市场无关。

袁得鱼愈发意识到,唐子风的金融帝国是个很可怕的黑洞,他必须掌握更多证据,才能抽丝剥茧地深入到唐子风的资本格局中。

如果没记错,贾琳继承了一部分秦笑的商业遗产,这个上海证券大厦只是他们租借的一个对外门户而已。

不知为何,贾琳的出现,仿佛给了袁得鱼一个信号,敌人一直没有远去。

三

这天一早,丁喜呈上自己的一个关于封闭式基金的统计报告。这是个很简单的统计,就是把市场上一些封闭式基金转型为开放式基金的数据整理出来。

不过,丁喜像是发现了什么:"鱼哥,很多封闭式基金都有开放的时间表,为什么这个封闭式基金没有呢?"

袁得鱼眼睛朝着这个封闭式基金净值盯了一会儿,发现这里果然可以大做文章:"丁喜,你的进步很快,这个研究很有价值。"

丁喜也很开心。

丁喜离开后,袁得鱼拿着这份资料又找了几个数据,就想出一个不错的套利计划。

他觉得最有意思的是,这个基金在唐二公子唐烨的基金公司门下。

这似乎是袁得鱼蛰伏了整整两年等来的机会,至少可以在唐家门前搅搅局。

如今,唐子风的势力扩张得太快了,他们几乎成了中国金融界第一梯队的航空母舰。而且,唐家就是太擅长自我保护了,从来不抛头露面,坚守着自己神秘低调的生存之道。

袁得鱼心想,没办法,必须得主动进攻,逼着他们回应。

原来,唐烨所在的财恒基金,有一个叫做财丰的封闭式基金,规模30亿份,续存期为15年,到期日为2017年8月14日。

这个基金此前一直因基金契约中曾明确表示可提前封转开,也就是封闭式基金变成开放式基金,这引起了很多投资者的关注。然而,2007年年初,基金封转开大潮不断,这只基金仿佛忘了承诺似的,迟迟不见封转开的征兆。

2007年4月中旬,基金财丰折价率在30%左右。这也就意味着,如果这只基金如果转成开放式基金,持有人获利将超过30%。

袁得鱼顺手查了一下基金财丰的重仓股,他兴奋了一下——竟是海上飞。

海上飞自从秦笑事件之后,长期低迷。

然而,就在他见过贾琳没过多久,这个 ST 股①爆发了一次奇特的逆势涨停。

2007 年 2 月 28 日起,ST 海上飞逆市连续 4 个涨停板,总成交量达 1543.95 万股,占流通盘的 18.84％。到同年 3 月 5 日收盘,ST 海上飞换手率达到了 133.89％。2006 年年末持有 ST 海上飞的投资者都将筹码交了出去。

袁得鱼突发奇想,这会不会是基金财丰不愿意封转开的原因呢?因为如果基金转成开放式基金,这个基金遭来赎回。现在之所以基金公司纷纷封转开,是因为市场还不错,大多数投资者还是愿意留守在基金里。但显然,这只基金财丰还是希望保持安定。

尽管袁得鱼不知道基金财丰不封转开的原因,但他愿意赌一把,毕竟怎么样都对自己的公司有好处。

2007 年 4 月下旬,袁得鱼入手了 5000 万财丰封闭式基金。

同时,他给财恒基金发了一封通知函——《上海大时代投资公司提请财恒基金公司主动召开基金财丰持有人大会并讨论封转开的通知》。

通知函的大致意思就是,为维护所有基金财丰持有人的权利,消除基金 30％的折价,基金财丰赶快封转开!如果基金公司不在 2007 年 4 月 28 日前回应,那我们就根据《证券投资基金法》第 75 条规定,在网上进行投票表决取消财恒基金的管理权,让其他基金公司接管基金财丰,让他们来封转开……

这封信表面看起来不动声色,对基金公司本身还是很有威慑力的。

4 月 25 日,财恒基金管理层马上召开了董事会。

全公司上下有些惊慌失措,毕竟从来没见过这样的事情。这种基金持有人要求自行召开持有人大会,决定一个基金是否要封转开,在国内根本就没有先例。

"唐烨,这件事情交由你全权处理。"董事会成员一致做出了这样的决定,原因主要有两条:一来,唐烨是基金业元老;二来,他们都知道唐烨家有深厚的背景,对这类事件,肯定有自己独到的处理方式。

唐烨擦了一下汗,陷入了焦虑。

他原本想着,只要在基金公司,不惹什么麻烦,自己就能颐养天年,安享这里性价比还算不错的高薪。然而,如果没处理好,不管是对基金公司的声誉,还是对公司利益来说,都会造成很大影响。

唐烨自己也有个心结,因为基金重仓股——ST 海上飞是他在投研大会上强行推荐的。

---

① ST 股是指境内上市公司连续两年亏损,被进行特别处理的股票。由于"特别处理"的英文是 Special treatment(缩写是"ST"),因此这些股票就简称为 ST 股。——编者注

这个基金经理私下里与唐烨关系不错,知道唐烨这么推荐,肯定有他的原因,于是也没问太多原因,就买了这只股,毕竟封闭式基金平时比开放式基金受关注要少很多,于是把 ST 海上飞变成了第一大重仓股。那个封闭式基金经理很想成为明星基金经理,他想,唐烨肯定有什么消息,所以两者也算是一拍即合。

唐烨知道大时代投资是袁得鱼创立的,他也知道,大时代投资是故意朝自己开火。

唐烨请教了自己的父亲。

唐子风想了一下说:"我就不信那小子有这番能耐,能召集起 99%的基金持有人。"

这句话仿佛给了唐烨一颗定心丸。

没想到很快基金公司又收到了一封通知,大时代投资在《财经日报》上登了个声明:诸位基金财丰持有人,如果想放弃召开持有人大会权力,请把委托书传真和邮寄到我公司。如果没有相关委托书,就视为同意提请召开基金财丰持有人大会,讨论封转开。

许诺看着报纸,不由开心地笑起来:"哈哈,这种主意你也想得出来,如果不收到委托书就视为同意,哈哈!"

"这个么,我上次我正好看了个电视。那个主持人想让嘉宾唱首歌,他对台下观众说,如果你们不赞同我的话,就不要拍手。在场的人都没反应过来。主持人说,他们都没拍手,说明他们不反对,那你就唱歌吧!"

"哈哈。这不是耍人嘛!"

"我这不是在公开征求大家意见嘛。"

"袁得鱼,打赢财恒基金就收手,好吗?"许诺突然想到了什么,有些担心地说,毕竟唐烨是唐家的人,那种"冤冤相报何时了"的感觉,她不想再经历了,她很珍惜这么长时间以来的平静日子。

袁得鱼笑而不答,很有经验地说:"需要你这个市场总监出马了……"

在接下来 2007 年 5 月 16 日的《证券日报》上,刊登了一篇《基金财丰持有人高调要求封转开》的跟踪报道,上面提到:"5 月 14 日,大时代投资再度发函要求召开持有人大会。大时代投资总经理袁得鱼说,作为此次行动的发起人,已经联络到的基金财丰持有人中包括四家 QFII[①],中国人寿等投资封闭式基金的机构大户。"

唐烨看到报纸后,有些晕头转向,事已至此,只能借助法律手段了。

唐烨请来了律师,律师也从没见过这个事,不过,他还是根据一些例行的程序,给大时代投资发去律师函:"大时代若要成为代表,对基金财丰的持有比例必须达

---

① QFII(Qualified Foreign Institutional Investors),合格的境外机构投资者的简称。——编者注

到《基金法》规定的 10％以上的要求；其次，贵公司声称的不收到反对信就'视为同意'没有法律效果……"

许诺没怎么经历过官司，她有些焦虑："这怎么办？貌似打回来了！"

袁得鱼一副周旋到底的样子，他摇了摇太师椅："你说，基金公司最怕什么？"

"赎回吗？"许诺不解地摇摇头。

袁得鱼扬了扬手上的《证券投资基金运作管理办法》："这个唐烨，当年就爱玩法律，他上次倒是得逞了，逃到国外去避难了。我这次呢，也非得拿法律治他，把他治得心服口服。你看第三十九条，基金管理人如果作出不召开持有人大会的决议，要向基金托管人提出书面提议！"

"啊，我懂了！基金托管人就是银行！"许诺点点头，"基金公司很怕得罪银行！我们直接告到他的老太爷那里，逼着他们采取行动。"

"哈哈，我又要调用我的御用媒体啦！"袁得鱼扮了一个鬼脸。

"你又想找乔安姐啊，她最近好像特别忙，我们叫过她很多次，她现在几乎都不出现呢。"

"因为你是找她玩嘛，我找她有正经事。"

四

袁得鱼与乔安相聚在石门二路的一家日本料理店。

这家小店，是乔安上晚班的时候，经常光顾的小店，里面有她最爱吃的明太子泡饭。

袁得鱼也很喜欢这家小店，对这家店的芥末章鱼与鸡肝韭菜赞不绝口。

两人索性叫了一小盅松鹤清酒有滋有味地品尝起来。

"好多年不见了！"乔安看起来变化有些大，由于长期加班的关系，她看起来比实际年龄大一些，她身上的那件黑白格子风衣，也让她看起来也比较成熟与大牌。

她递来一张名片。

"哈哈，失敬失敬！常务副社长。"

"我们的常务副社长，有五个人呢！"

"不过我敢肯定，你是最年轻的一个。"

"这倒没错！"乔安笑了起来，"你最近如何？"

"忙着公司的事……"

"哈哈，听说了，你自己开了公司，三十而立真是一点都没错！"

"哈哈，你呢？"

"我……"乔安不知该说什么，自己都快三十了，却没有遇到第二个心上人，她瞅着袁得鱼与许诺渐入佳境,心情是既矛盾又复杂,但确实感觉大大咧咧的许诺特别适合他,"你和许诺怎么样了?我看她对你一心一意,你可不要耽误人家哦!"

袁得鱼不由自主地低下头:"未来有很多事情在等待着我,我不知道能不能给人家幸福,怎么能随便给别人什么承诺呢?那样太轻率了!"

"女孩子只关心你是否在乎她。她们不在乎你未来是否有特别伟大的成绩!"

"我还是没法去考虑那些事呢!话说,我最近抓到了唐家的一个小把柄,正想趁机赚他们两笔呢!"

"吴羡好像也发现了与唐子风有关的一些线索。话说,我们最近一直在研究泰达系的致富模式。我们了解到,最近,唐子风打算让泰达证券上市。其实在2005年时,他们就想让泰达证券上市,但那时候中国证券市场还处于黎明前的黑暗时期,券商行业整体低迷,所以他们这个动作一直往后推迟……"

"那么他们打算怎么上市呢?"

"我们正在跟踪,但他们到现在还没走正式的上市路径。有个地方很蹊跷——泰达证券在整个泰达系资产中,属于挺花钱的公司,他们这几年的财务报表都很难看,连续两年业绩为负,累计亏损8000多万元。公司要上市,有个差不多所有人都明白的道理,就是连续三年赢利,虽然管理规定最近有了修改,说是三年累计赢利达到3000万元以上,但他们都无法符合这些要求……"

"或许他们另辟蹊径……"

"你是说借壳吗?这个可能性的确存在。一方面,泰达证券最近在增资扩股,另一方面,他们最近与ST海上飞有些接洽……"

"啊,你是说,他想借道海上飞?"

"是啊,这也是最近ST海上飞股价出现异动的原因。好像海上飞本身也要股权分置改革与重组上市。"

"好大的动作,一定布局了很久。只不过,在股市低迷的年头,很少人会留意那些事。"

"嗯,熊市才是最暗涌的资本市场。对庄家而言的韬光养晦,就是选择这样的时机布局。在2005年4月,泰达证券变成了综合类券商。2006年7月,泰达证券获规范类证券公司资格。

袁得鱼突然哀叹了一下:"这场股改可以诞生多少富豪啊。就拿借壳上市来说,只要顺道帮助一家ST上市公司完成股改,就可直接上市。"

"但听说他们不是走借壳这个路线,听说他们要换股……"

"换股?表面上是换股,本质上就是换股东吧。"袁得鱼笑了一下,"我也一直在跟踪泰达系,但还没找到他们的漏洞。"

"原来你一直没有放弃……"

"嘘，别告诉许诺。我只想让她快快乐乐的……"

乔安心想，你对她真好，而自己一直以来，不过是他的红颜知己，但她不由提醒道："我和吴羌都有种预感，如果发现什么，那肯定是个大案，震惊程度不亚于当年的帝王医药。"

乔安见袁得鱼陷入了沉默，"真对不起，提到了你的伤心事。"

"帝王医药至今还是个悬案……"

"但有一点你不觉得很诡异吗？唐子风他们正好也都参与其中……"

"是啊。所以我想了个主意，先搅个局。因为他们实在太严密了，只能敲打他们一下，做个顽皮的小孩子，拿着石头砸玻璃窗，才能引屋子里的人把脸露出来……"袁得鱼把基金财丰的事说了一下。

乔安听后笑了一下："我还以为什么搅局呢。我估计这连打草惊蛇的重量都不够！财恒基金封转开不就完了！干吗那么死脸皮呢！"

"哈哈，那你就太小看这个基金了。最近指数冲上了 4000 点，基金公司业绩分化严重，好的基金，到了 5 月份业绩已经翻番，差的基金，净值增长才是个位数。财恒基金旗下的大部分基金就是个位数的水平，你说他们慌不慌？这个他们公司规模最大的基金之一，如果封转开，就要损失掉 30％的利润，你说他们是愿意还是不愿意？"

"原来是这样，倒是有点意思。"乔安喜笑颜开。

"你猜猜他们的第一大重仓股是什么？"

"啊，难道也是 ST 海上飞？"

"真聪明。你不觉得很蹊跷？"

"所以，你觉得唐烨有做老鼠仓①的嫌疑？"

"至少也是个内幕交易！"

"好吧，但以这个资讯现有的信息量，恐怕只能登在我们豆腐干那样的快讯版面上。不过，我登这个报道，不是看在你的份上，是看在广大基金持有人的份上……"

"多谢多谢！《中国财经报道》可是一字值千金呢！"

2007 年 5 月 21 日，《中国财经报道》跟踪报道了基金财丰的最新发展。

这本杂志奉行了一向严谨的传媒作风，报道称："根据《基金法》第九十五条规定，基金管理人不按规定召集基金份额持有人大会的，责令改正，可以处五万元以下罚款，不然，将对主管人员给予警告，暂停或取消基金从业资格……"

《中国财经报道》报道一出，这则消息就在财经圈传得沸沸扬扬。

财恒基金公司遭遇了空前的舆论压力。

---

① 老鼠仓(Rat Trading)是指庄家在用公有资金在提升股价之前，先用自己个人(机构负责人，操盘手及其亲属，关系户)的资金在低位建仓，待用公有资金拉升到高位后个人仓位率先卖出获利。——编者注

唐烨只有一个信念——守住！

不巧的是,市场上开始传出调整印花税的消息。

2007年5月30日凌晨,财政部网站通知调整证券交易印花税税率,由1‰调整为3‰。

A股当日全天出现恐慌性大跌,沪指大跌281.84点,跌幅高达6.5％,深成指大跌829点,两市近900只个股跌停,跌幅在5％以上的个股更是超过1200只,并创出了4292.7亿元的历史天量,也创下历史单日下跌点数之最,总流通市值一天内蒸发4253亿元。

与2007年的"2·27"暴跌不同,"5·30"暴跌被理解为管理层在市场狂破4300点后的紧急措施,部分商业银行紧急下发文件,要求全面严查信贷资金入市的情况。同时,证监会对延风公路等信息违规披露展开处罚,并将涉嫌犯罪的证据和线索移送公安机关。

这些动作对庄家的打击都极具震撼力。

这一消息出乎寻常地在央视的《新闻联播》中播出,对内幕交易打击的规格再度提升。

很多题材股^①的玩家纷纷撤退。

ST类股的平均跌幅在20％以上,很多低价股、题材股一片惨绿。

唐烨不得不让基金经理抛售了一些海上飞。

此前就布局好蓝筹股的袁得鱼倒是大赚了一笔,他看到自己的账户一下子多了2000万元,握了一下拳头,把这笔资金全打到了基金财丰的账户上。

他的基金持有份额一下子上升到11％,符合了代表人的资质。

6月11日,银行投资托管服务部给大时代投资作出回复:"……由于我部目前并未收到基金管理人财恒基金管理公司关于不召集持有人大会的书面告知,建议贵司就有关事项与基金管理人财恒基金管理公司进行沟通……"

这一切都在袁得鱼的意料之内,银行肯定会把这个事继续推给财恒基金。

"下一步该怎么办?"许诺问道。

"继续逼他们封转开……我的硬件条件都符合了!"

唐烨收到新的通知函后,一筹莫展,只好又找唐子风。

唐子风抽着雪茄,听着唐烨的描述。

听完后,他点点头,有了主意:"这不难,你说,他们为什么要提封转开?"

"因为他们看中了大约30％的折价……"

---

① 题材股,有炒作题材的股票。通常指由于一些突发事件、重大事件或持有现象而使部分个股具有一些共同的特征(题材),这些题材可供炒作者借题发挥,可以引起市场大众跟风。——编者注

"没错,这就是这件事的前提。你把这个前提给消除了,不就解决了?"

唐烨想了想,茅塞顿开:"爸爸,我不是担心开放了之后,影响我们对海上飞的持仓吗?"

"我本来就没想你买这个股……"唐子风怒目圆睁,唐烨被吓退了好几步。

不出一周,财恒基金公司称,鉴于境内尚未有基金持有人自行召开持有人大会的先例,此前投票是否具有法律效力不得而知。公司决定,将这只封闭式基金的现金流进行大规模分红,基金财丰一季度分红0.45元,这么一来,基金折价便大大降低了。

袁得鱼终于嗅到了棋逢对手的味道:"看来老爷子参与进来了! 我只能静观其变了。"

为了消除折价,基金财丰二季度又再度分红0.45元,同时预告三季度分红0.2元。

袁得鱼算了一下,这么一来,这只基金基本消除了折价,封转开本身的套利就没啥太大意义了。不过,从投资这只基金本身而言,高比例分红让很多投资者对封闭式基金进行抢购,这只封基在二级市场表现强劲,甚至出现了溢价。

袁得鱼急流勇退,从这只基金中,赚了一大笔丰厚的利润。

唐烨气得七窍生烟:"这个袁得鱼,原来就是来刮我油来了。"

唐子风倒也淡定:"好个声东击西。你们封转开,他可以套利30%,你不封转开,搞个大规模分红,他也可以赚个30%。最后又出现个溢价,他还可以再赚个5%。真是有谋略!"

唐烨说:"没什么了不起的,万一我就是不封转开,跟他拼到底呢?"

"人家肯定已经掌握了你在海上飞的内幕交易,注定完胜啊!"

五.

袁得鱼撤出资金后没几天就接到贾琳的电话:"我没看错人! 你又让我赚了50%!"

"不过,我只会再玩1个月了!"

"为什么?"贾琳追问道,"现在市场这么好! 每个人都想再赚翻番……"

"这不是我的风格。"袁得鱼说,"我很赞同2003年基金宣传的价值投资理念。如果说价值是投资的基础,那么,人性就是投资的上层建筑。不管是牛市的疯狂还是熊市的恐惧,都是由组成市场的这帮人的不理性行为所造成的,这种不理智行为并非一天可以形成。正是人性造成了牛熊交替——这与企业价值无关。现在这个市场显然过于疯狂。"

"你怎么感觉到的……"

"很简单呢,如果你每天上班都坐公交车就会知道。如果车上很多人都在讨论股票,那不就是该我撤出的时候了么……"

贾琳无语了。

2007年7月,袁得鱼宣布旗下基金清盘。

接下来的一个月,是大时代投资备感煎熬的日子。

许诺尤其忙碌,她每天都接到很多客户电话,他们都纷纷指责,为什么大时代基金要提前清盘。许诺的头都快骂痛了。

因为大盘的走势似乎出乎袁得鱼的意料之外——"5·30"暴跌后,市场投机行为没有完全平息。8月初,大盘回升到了4300点。2007年10月16日,上证综指历史性地站在了6124.04点的高度。

"他们都怪我们没有继续操盘,没给他们赚更多钱……"许诺欲哭无泪。

袁得鱼对清盘的事倒是显得无比轻松,只是看到许诺这样,倒是有些于心不忍:"他们难道觉得赚这么多钱还不够?市场都疯了!难道我们也要跟着一起疯吗?老子才懒得陪他们玩!"

"我压力好大……"

袁得鱼摸了摸许诺的头发:"我给你看个数据,你就知道这个市场谁在玩了。你还记得我们跟唐煜在玩权证的时候,还没多少人开户吧。你看这张报纸上的小边栏——2007年6月,新开权证账户254.38万个,近70%的账户进行'T+0'①操作,平均交易次数达到23次。5月30日之后,换手率从前一个交易日的39%骤升至355%。8月,权证换手率在112%……"

许诺认真地看着袁得鱼,果然头不痛了。

她发现,面前的这个人,总能发现一些别人关注不到的重要信息,但这种另类的分析方法似乎又很有说服力,至少让自己一下子平静了下来。

她更开心地发现,公司清盘后,袁得鱼非常自在。

或许,她想要的日子不远了。

贾琳打算亲自去大时代投资公司签署清盘文件。

她自己拿到账户上的资金时,非常震惊——在袁得鱼操盘的两年时间内,大时代基金赚了534%,虽然不是她听说的操盘者中最高的,但确实是公开数据中最高的——这是她有兴趣亲自去袁得鱼的公司跑一趟的主要动力之一,另一个动力自然是去再去见见袁得鱼这小子。

大时代投资公司对她而言并不好找。

---

① "T+0",是一种证券(或期货)交易制度。凡在证券(或期货)成交当天办理好证券(或期货)和价款清算交割手续的交易制度,就称为"T+0"交易。

她找了很久，才发现大时代所在的大楼，夹在两座古老又矮小的灰色建筑中间，从另一个角度看来，又是个庞大的绿色玻璃水族馆。

这是贾琳第一次踏入公司大门——大时代投资公司不过100多平方米，装饰看起来非常简单，就是白色与鲜花的组合。

她一进来，就看到了在前台旁边整理文件的许诺，这时候袁得鱼也正好走过来。

贾琳看到许诺看袁得鱼的眼神，心里便明白了几分。

贾琳在会议室签署了大时代基金清盘的文件。

袁得鱼客气道："劳驾你过来一趟，其实我把文件快递给你，你在上面签个字就行了！"

"我也没啥事，过来玩玩。或许以后有很多人想过来看都未必有机会呢。"贾琳眼睛又瞄到了站在袁得鱼身边的许诺。

许诺站得很挺拔，但明显感觉到对方向她投来的一股杀气，让她多少有些不太自在。

这是许诺第一次看到贾琳，眼前这个身形丰腴的女人，穿着大花的黄色旗袍，举手间散发着成熟的风韵，但这女人绝对不是胸大无脑的货色，她犀利的眼神也似乎彰示着她有着敏捷的思维。

袁得鱼看到她们盯着对方看："我来介绍一下，这是我们的市场总监——许诺，是我们公司的元老。"

"你好！谢谢你给我们公司那么多支持……"许诺大方地说，伸出手去，但贾琳手都懒得伸出。

"我不是支持你们来的，我就看好他，就他一个人。"贾琳指了指袁得鱼，笑着瞥了一眼这个瘦瘦高高的女孩，对袁得鱼抛了一个媚眼，"我有点事，我先走了！"

袁得鱼礼节性地送她到门口。

没想，贾琳突然"啊"了一下，像是脚崴了一下，袁得鱼本能地扶起她。

贾琳顺势扑在袁得鱼怀中，还捏了一下他的胸肌，说："发育得还不错！"

袁得鱼皱了一下眉头。

"小子，她是你的女朋友吧！你们不合适！太稚嫩了！只是个小女孩！袁得鱼，你是天才，你拥有大多数人都羡慕不来的天赋！而她是什么？她现在是很年轻，也算漂亮，但这些能持续几年呢？她很快就无法吸引你的。"贾琳用一种看破一切的口吻说，"袁得鱼，你可以抵达一个更大的世界，而这个小女孩，在你的世界里，顶不了任何用。"

"那你就搞错了！"袁得鱼不屑地说。

贾琳四处巡视了一番："袁得鱼，看看你现在待的是什么破地方！你至少应当拥有 300 平方米的浮华大堂,地上铺满玛瑙色大理石,干净得可以反衬出行人的倒影。在那里,会有泉水拍打出的淳淳水声。那里,是宽大的银色柱子,一线品牌店围绕其中,聚集着全世界最富有的银行家们……袁得鱼,你迟早会明白,成熟的女人的好处。"

"我就喜欢她那样的!"袁得鱼歪了一下脑袋说。

"记住我这句话吧!你需要找到一个能和你匹配的、能真正理解你的伴侣,平庸的女孩迟早有一天会限制你的才能,因为她们无法了解你,她们迟早会有一天不明白你在做什么,她们的眼睛里满是对她们而言重要,但对你而言一点都不重要的事物。而你,必须得把你的才能发挥到极致,不然就太可惜了!你现在也还太稚嫩了。不过,你迟早会来找我的!"

贾琳声音还是充满自信,趾高气扬地走了。

许诺贴在公司门背,他们的对话,她每个字都听了进去。她气得眼泪都快掉下来了。

袁得鱼进了公司,见许诺的脸色很差,说:"那个女人真是疯子!"

许诺浅浅地笑了一下,她知道自己的痛苦,但她没法说出口。

第十一章　绑架下告白

> 没有人是完全孤立的小岛，每个人都是大陆的一小块，是整体的一部分，因此绝对不必派人去探听，钟声为谁而鸣，钟声为你而鸣。
>
> ——[英]约翰·邓恩，《信任者》

一

这一天晚上 9 点多，乔安离开杂志社驾车回家。

当车行至延安中路华山路匝道口附近时，乔安的车被拦到主路上，车上下来几名男子，把乔安强行拽到一辆别克商务车上。

司机问："你知道是怎么回事么？"

乔安说："是泰达证券的事吧？"

司机说："算你说对了！我是唐总派来的，我们就是他派来灭你的。"

在车上，乔安的头一直被丝巾蒙住，被压得很低。

途中，绑架者先后四次用塑料袋将乔安的头套住并勒紧，等到乔安窒息并要晕过去时再松开，如此反复，就像猎人对待猎物一样，他们先从肉体和精神上击垮对手。

乔安一直在发抖，心想，这帮打手把她拽上车的时候都没戴头套，就是不怕我日后认出来，估计是要杀了我。

乔安被他们带到一个密室，她感觉自己一直被推搡着，走路摇摇晃晃，非常不稳，只觉得自己走了不少楼梯，她默默数着，但拐了好几个弯，她发现自己已经全然不知道方向。

这时，乔安感觉到有人在她耳朵旁递了个手机，那手机出了声，乔安听出，那是唐焕的声音,估计是在外场指挥,难道他们说的唐总,是唐焕?

"乔大主编,你们干什么非得报道泰达证券,你知道我们损失了多少钱? 我们损失大了。这个连中纪委都没定案,你们凭什么说违法呢。你们的报道让我们把上面的人都得罪了!"

折磨了乔安几个小时,唐焕又来了电话,他算是正式提出了要求:"这样吧,你在你们的《中国财经报道》上刊登更正启事!"

乔安嘴巴还是很硬:"如果有错可以登更正,但即使我想登,我们编委会不同意刊登我也登不成,进不了印厂。"

唐焕的声音低沉地说:"你是什么背景我们都清楚,现在编委会谁是负责人我们也都知道。只要你肯登,他们会不同意? 难道你非要让我给你们吴大主任打电话?"

乔安心想,他们果然摸得很清楚,现在吴恙就是编委会的大主任。

不知为何,她现在很想听到吴恙的声音。

"吴恙……"她一听到电话里吴恙的声音,一开口就哭了,什么话都不下去了。

那个司机觉得好笑:"你们这种跑新闻的,写起稿子来不是挺英勇的么?"

他厉声对那头的吴恙说:"你们赶紧登更改启事,不然我现在就办了你们的女主编。我们会让她得艾滋病,知道吗? 车上就有带病毒的针!"

吴恙有点紧张起来:"你们到底想要什么? 这个东西不是我一个人可以说了算的!"

"你想清楚了给我们电话!"说罢,那个电话就挂掉了。

袁得鱼接到电话的时候,是半夜2点多,他万万没想到会是吴恙打来的。

"总算联系到你了! 袁得鱼,乔安出事了!"

"怎么回事?"

"乔安,她,她被人绑架了! 前,前两天,我们报社就收到一个恐吓信,说如果再查一个券商IPO的案子,就会报复我们! 没想到,真的出事了!"

袁得鱼与吴恙坐在茶馆里,吴恙比他第一次看到的时候憔悴很多,他看起来脸色灰黄,像抹上了一层泥似的,头发也像是用520胶水加角度尺画出来的杰作。

吴恙摘去眼镜,无声地抹了一下,不知道是不是在抹眼泪。

"别这样,男子汉大丈夫的。"袁得鱼很受不了这个,"你们写了什么报道?"

吴恙摊开他拿来的《中国财经报道》:"就是这篇。"

袁得鱼看了起来,文章的标题是《谁批准了泰达证券上市》。他看过这篇稿子,主要就是剖析泰达证券如何上市的经过,说泰达证券上市实现了三级跳,他们分析出来有很多漏洞。

袁得鱼摸了一下脑袋,梳理了一下这个模式——泰达证券先是通过一系列股份化改制,让股本增至 15 亿股。后来,他们通过定向增发的资金,又通过借壳的海上飞进行换股。

根据 2007 年 4 月 14 日海上飞股改方案透露,海上飞非流通股每 8 股换成 1 股泰达证券的股份,流通股每 4 股换成 1 股泰达证券的股份,换股比例分别为 8:1 和 4:1。

换股后,海上飞 2.8 万多名股东投票表决了海上飞的股权分置改革方案。在 2007 年 8 月 27 日,泰达证券终于发布了上市公告书,次日在上海证券交易所挂牌交易。

他们没有经过证监会发审委的审批,直接成为挂牌交易的上市公司。

上市首日一度摸高到 49 元的高位,泰达证券的市值突破 600 亿元。

由此,泰达证券在 2007 年实现了三步跨越:增资扩股、成为规范类券商、上市……

文章评论说,这家上市券商,挂牌首日股票涨幅就达到了 424%。从 2007 年 2 月以后增资进入泰达证券的一些股东,获得了约 40 倍的回报……泰达证券已经开创了一种全新的证券市场造富模式。这个上市模式,是否意味着一个技术含量很高的寻租游戏诞生了?

犀利是挺犀利的,但袁得鱼觉得,这稿子只说出了一半,与其说写稿人是欲说还休,不如说是确实没有把握到这个事件本身的火候。

"他们说,我们没理由这么评论,非要我们重新登个声明出来……"

"因为你们直接说他们是寻租游戏?"袁得鱼指了指杂志的一些措辞。

"我们一直对海上飞进行追查,发现了很多问题,尤其是秦笑的林凯系退出后,有更多问题暴露出来。我觉得,我们其实只是报道了表面,他们可能怕我们追根溯源吧!"

"是啊,从你们的报道中,完全看不出他们曲线上市的巧妙手法,无法对他们形成有效的呈堂公证,就像一幅美女出浴图,被人擦去了最关键的一块色彩。"

"受不了你的比喻,不过还算是满贴切的。"吴羔点了一下头。

"你看,首先我们不知道泰达证券这批新股东是谁,因为这批股份打得太零散了。而且,从目前大致的轮廓看,他们应当还借用了第三方公司的一些助力,但我看不出任何痕迹。既然如此,为什么还要盯上你们呢?"

"在报道出来之前,乔安去了一趟上海证券交易所,但交易所拒绝就泰达证券的实际控制人回答任何问题。我记得接待的最高层的领导好像是个叫贾波的家伙,他是上海证券交易所副总经理……"

"啊,原来这样。虽然你们没有识破他们的财技,但他们也绝不希望这种利益关联被泄露……话说,你们怎么知道那么多信息的?"

"你也知道,做新闻这一行的,真正有料的信息,其实都是业内人士爆料的。"

"能不能告诉我呢?"

吴恙犹豫了一下:"是一个叫熊峰的家伙,他原来是博闻科技董事长,和金融圈不少大佬很熟……"

"熊峰?如果我没记错,不就是原本手里有浦兴银行股份的那个?"

"是啊。他前不久从监狱里放了出来。这里就扯到另一件事,熊峰放出来之后,质问他手下浦兴银行股份去哪里了。手下就跟他说,有一笔贷款即将到期,不得已变卖了这批股份。然而,熊峰从财务那里得知,压根儿就没有这个'燃眉之急'。熊峰发现,这笔1500万股的交易,转到了唐子风手里。这本来也不好说什么,没想到被熊峰发现,唐家拨出的330万元中介费,全部进到了两个手下的口袋。熊峰气急之下就要打官司,理由是博闻科技是国有资产占有单位,这部分资产必须经过国资委监督机构批准。然而,他的手下出具的说明书称,这部分股权转让不需要评估。手下后来被搞怕了,把330万元吐了出来。但熊峰非要与他们一争到底,他还发现了个情况,就是当时浦兴银行的股权都被一个代号叫'Apple'的信托计划收购。这个信托计划是泰达信托发行的。如果能查到这个信托计划的受益者是谁,或许能发现一个更大的黑洞……"

"于是熊峰就让你们查这个信托计划了?"

"是的。不过,乔安找了纪检委的人去银监会申请调阅'Apple'信托计划的受益人名单,但被银监会拒绝了……"说到这里,吴恙懊悔万分地抓了一下自己的头发,"我真的太不小心了,明明知道这个事情并不简单,竟然还让乔安一个人去冒那么大风险。我真的不是人!不是人!"他使劲地揪着自己的头发。

袁得鱼拦住他:"就算你不让她查,以她一贯的事业狂激情,也一定会去查的!没什么好自责的。我们现在要想的,是如何解救她。"

吴恙深深地吸了一口气:"不好意思,我有点失态!你有什么思路?"

"我想到一个人。"

"谁?"

"贾波。"袁得鱼看了资料,很确定地说,"他这个角色,完全可以在交易双方与上证所及中登公司上海分公司之间穿针引线。你有没有发现他另一个身份?"

"我想起来了,泰达信托顾问。"

"你不觉得,这其中可能有什么必然联系么?"

"天哪,熊峰也这么猜测过,但我们没有证据。"

"能带我去见熊峰么?"

"你不觉得要先报警么?"

"你报了之后,警方也无从下手……"在袁得鱼眼中,这个世界的规则,不是外界世人所以为的这个规则,既然他们能让上市这样的利益事件公然走出一条另类途径，那在这个世界里，外界以为的警力，恐怕也是无效的，可能要通过另一个规则来办事，在这个暗黑的世界里，才能生出一种力量。

"好吧。"吴恙思路也很清晰，很快答应下来，"还有点时间，乔安那边，他们2小时后给我电话。"

吴恙拨通了熊峰的电话，没有人接，连续拨打了几个，都没有结果。

"我们有没有办法直接到他住的地方去？要抓紧时间啊！"

"我知道，他现在在一家小型贷款公司上班，但现在已经是晚上7点了，他会在吗？"

"赶紧走吧！"袁得鱼迅速抓起外套。

他们来到坐落在金陵东路毗邻外滩的一座顶部是莲花形状的大厦，可能是冬天的关系，大楼大堂显得有几分萧瑟。

"就是这里了。"吴恙抬起头说。

袁得鱼点了一下头。

他一推开旋转门就发现了异常："怎么连一个门卫都没有？快进去看看！"

这大概是他们等过的有史以来最慢的一部电梯。

电梯门一打开，他们就直接冲了进去，却大吃一惊——玻璃门有明显敲碎的痕迹。袁得鱼把手绕过玻璃按了一下开门键。他们冲进走廊时，发现办公室里一片黑暗，像是都下班了。整个办公室里看起来也是空空荡荡。

"有人吗？"袁得鱼一边叫一边摸索着灯光的开关。

只听走廊深处的拐角，传来一阵痛苦的呻吟声——是从董事长办公室传出的！

他们马上推开房门，只见一个头开了花的微胖的中年男人抱着头在角落里蜷缩着，他看到有外人来，惊恐地睁大了眼睛。

"熊峰？"吴恙吃惊不小，他马上走上前去，"谁干的？"

"我什么都不知道！你们不要问我了！"中年男子死命地摇着头，眼神有些恍惚。

袁得鱼仔细看了一下周围，企图从一些细节找到线索。

正在这时，吴恙的电话响了起来，对方的声音非常低沉："吴恙？想好了么？你们现在就马上更正你们的报道，不然我就勒死你们的乔主编……"

电话那头，传来乔安一边抽泣时虚弱的喘息声。

吴恙听得很清楚，这确实是乔安的声音。电话听筒里还传来扇耳光的声响，一边还怒骂："就是你个娘们，不知道写了多少恶心的稿子！"

"求你们放了她……"吴恙有点崩溃，"我什么都答应你们！"

吴恙挂断电话："他们非让我登个更正启事，不然就撕票……"

"你们下期什么时候截版？"

"就在明天……"

袁得鱼想了想,说:"很显然,熊峰这边,肯定也是泰达系那帮人干的!以我对他们的了解,这种黑道的手法,非唐焕莫属了!我去找找一个人,可能会有用……"

"你想找谁?"

"我只能试一下,也并不是很有把握。我找那个人一来可以找到他们制衡的证据,二来看看能否曲线让唐焕放弃这次行动。其实他们也很愚蠢,登个更正启事有什么用,怀疑的人还是会怀疑。如果实在不行,你就答应他们。"

"他们也有自己的道理,至少在某种程度上可以洗脱罪名,让他们有办法自圆其说。"

"还有个好处,就是威吓你们不要再进一步深究了。"袁得鱼看了一下手表,"他们让你最晚什么时候答复?"

"明天截版前,也就是明天正午 12 点。他们会派人去印刷厂蹲点,以看到按他们要求来的传版样子为数。"

<h1 style="text-align:center">二</h1>

袁得鱼静静地走上一栋简约风的四层别墅,房子四周覆盖一片竹林,透出几分雅致。

他心想,就在几年前,师傅应当也来过这里。

袁得鱼按了一下门铃,过了很久,门才打开。

开门的竟是女主人贾琳,她盘着头发,身上散发着一股香气。

"我刚才还在想,谁那么晚到我这里来。从猫眼一瞄,原来是我最爱的小兄弟上门来了!"贾琳的语气里透出一种鬼魅的兴奋。

袁得鱼大大方方地走了进去:"这么晚来你这里,应当不是什么稀奇的事吧。我刚才还在想,自己怎么运气这么好,都不用排队呢?"

"哈哈哈,你当我是老鸨啊,我可是一个很正经的女人,你太不了解我了。"

"是啊,不然我师傅怎么对你如此情有独钟……"

"别取笑我了。"贾琳不由自主地送了一个秋波,"我知道,你迟早会来找我的!"

袁得鱼看了一眼,这个女人穿着一件洋红色的丝绸短裙,在大厅橙黄色的射灯下,胸口的事业线直接进入袁得鱼的视野,裙摆下是黑色的网眼袜,和其包裹下的性感双腿。

"那是,谁让你那么美艳,搞得小弟我一见你心就怦怦乱跳。"

"哈哈。你师傅魏天行还说自己是情圣,原来他的徒弟才不浪得虚名。那我们就不用客气了,等我洗个澡出来与你寻欢。"贾琳说着,就趋步来到袁得鱼面前,以迅雷不及掩耳之势海底捞月了一把,袁得鱼本能地闪躲着。

"哈哈哈,像是很久没尝过荤了。我看你还是蛮健康的,是你那个小女朋友不行吗,让你很快见识一下我这种女人的好处……"

袁得鱼故作淡定地目送她进了浴室,她关起门的一刹那,袁得鱼摸了摸身上的鸡皮疙瘩,心想,怎么会有这种女人。

袁得鱼四处转了转,他看到走廊里贾琳与秦笑的照片。

有一张他们在雨水中欢笑,那时候的贾琳还穿着一袭白色裙子,头发虽然有点淋湿,却透出一种女孩的烂漫风情。他隐隐约约能感觉到这对夫妻的感情。

不知为何,他相信他们还是相互爱着对方的。

贾琳出来了,她换了一件黑色的睡衣,头发也束了起来。

她呷了一口杯子里的薄荷酒,似乎觉得不是很入味,开始细心地在杯口洒上一层糖,糖的晶体在杯中迅速溶化成一朵朵的小云。她轻轻地舔了一口,像是在品尝什么新鲜的味道。

她抬起头,有些深情地望着袁得鱼:"小子,我真的很喜欢你……"

袁得鱼笑了一下:"有个忙不知姐姐愿不愿意帮?"

"愿不愿意帮,要看你的表现了。"贾琳整个人缠绕上来,坐在袁得鱼的大腿上,蹭了蹭袁得鱼的敏感部位,"我上次说的是真的,那个女孩子不适合你。"

袁得鱼强忍住贾琳对自己的挑逗:"都说女人三十,如狼似虎,看来还不是很贴切,我看女人四十,更似狼虎。不过,我怎么知道你能帮到我呢?"

"你真是个狡猾的小子,你不会后悔的。"贾琳自信地抛了一个媚眼给袁得鱼,闪动着妩媚妖娆的目光,"跟我来吧……"

袁得鱼随贾琳来到二楼的卧室,这个卧室很大,放了很多面镜子,玻璃房似的阳台地砖,上,有个青石板砌成的浴缸。

"什么事,说吧!"

"我的一个记者朋友被你们的人抓去了。惊动警察也不好看,还是快点放人走吧。"袁得鱼坦言道。

贾琳沉思了一会儿,说:"什么叫我们的人?这事可跟我一点关系也没有,肯定是唐子风他们干的。自从秦笑出事之后,我与他们也一刀两断,不同戴天。这些日子以来,我也一直在找人收拾他们。说实话,我也不是就给你一家投资,信托公司会给我推荐一些有潜力的投资公司。但我发现,到目前为止,只有你的实力才能与他们抗衡,不是吗?"

袁得鱼心想,原来贾琳如此用心良苦。

他猜得没错,她果然与秦笑情深似海,但为何她总是欲求不满的样子,就算在秦笑在的时候也是这样,女人真是令人费解。

"既然如此,那你能给我提供一些线索吗?"

"你要的东西在这里……"贾琳拉开梳妆台右边一个带锁的抽屉。

袁得鱼凑上前,抽屉里放着两三张照片,袁得鱼一眼就看到照片上熟悉的面孔——有三个人他认识,分别是秦笑、唐焕与唐烨,他们都穿着缤纷的热带衬衫,迎向海风,站在另外两人旁边。

"这算什么证据?"袁得鱼问道。

"这是以唐烨基金公司身份,邀请证监会官员去欧洲四国游的照片,中间那个头发微秃的,是上海证券交易所的贾波,中间那个高个子戴眼镜的麻皮脸,是中国证监会副主席,分管发行与基金……"

贾波?袁得鱼警觉了一下,但他却摆出一副不屑的样子:"这也只能证明他们关系还不错啊……"

"那次出游的一些手续性资料的复印件,我这里都有,可以证明,不是事务性质……"

袁得鱼仔细看了照片的落款,是 2005 年。

或许从秦笑操作海上飞开始,他们就已经想好了今天的计划。或许,真像秦笑所说,他在"东九块"的环节惹出麻烦,被这个"七牌梭哈"的组织始乱终弃。

他不由试探问道:"原来还是'七牌梭哈'的这帮人么……"

"那你就想简单了,'七牌梭哈'只不过是最外围的一个圈子而已……"贾琳话忽然止住了,她不想被袁得鱼套话,眼明手快地锁上抽屉,"如何,你答不答应我的要求?"

"什么要求?"

"呵呵,我也不为难你。你陪我把这杯薄荷酒喝掉,然后,抱着我在房间里转三圈,再帮我脱掉我的高跟鞋……怎样?"

"那岂不是扫兴?"袁得鱼露出一番色狼的样子,扯开领口。

贾琳见状反倒愣了一下,不由大笑道:"我还以为你有多特别,男人果然都一个样。"

袁得鱼的大脑飞速旋转着,心想,当年他英明神武的师傅魏天行就中了美人计,这关简直是对每个男人的考验。

不过,贾琳貌似知道很多事,不如和她斗智斗勇一番。

他摸进大衣口袋,偷偷地打开了手机内置录音系统。

"好吧,我答应你。"袁得鱼捧起贾琳递给他的薄荷酒,一饮而尽。

贾琳躺在床上,撩人地张开手臂。袁得鱼抱起她,在房间里转了三圈。

这个女人,白皙而丰满,一点也不重。

贾琳心满意足地躺在他怀中,心想,这个男孩子,不仅聪明,身体也好极了。

"好吧,帮我脱掉鞋子,我就把钥匙给你。"钥匙在贾琳手里闪动了一下,但转眼就不知道被她藏到哪里去了，"你想知道什么，我都告诉你……"

不知怎么回事，袁得鱼感到有一点点晕眩，他看了一眼那个抽屉，胜利在望了，他抬起贾琳的腿，那是脱起来相当有难度的居家鞋，就像一根根带子缠绕在脚踝上，他像是打开粽子一样，将外面的包裹的带子一圈圈卷下来。

"剪不断，理还乱，是离愁，别是一般滋味在心头。"贾琳笑盈盈的，她知道，自己现在完全占了上风，眼前的男子虽然聪明，但毕竟还是太年轻了，"这句话，是不是很难解。你抬起头，就知道，什么是理还乱了……"

袁得鱼抬起头，惊讶不已——贾琳的双腿一下子分开，她穿的是吊带袜，中间一览无余。他的身体一下子有了强烈的反应，两只鞋也应声而落。

贾琳用光着的脚，轻轻地踢了一下袁得鱼一下，浪笑起来："太好玩了。你不要再死撑了，剑已出鞘，难道还有收回去的道理？"

袁得鱼更晕眩了，他忽然觉得浑身都没力气，唯独身体一个地方非常坚韧……

许诺一个人在办公室里完成最后一份文件，喝了一杯咖啡，自我陶醉了一会儿。

许诺看了看袁得鱼的桌子，细心地帮他洗了一下杯子。这个杯子是她选的，上面印着两只可爱的兔子。她很喜欢那个小故事：

大兔子和小兔子一起吃饭。小兔子捧着饭碗，对大兔子说："想你。""我不就在你身边吗？"大兔子说。"可我还是想你。"小兔子咂吧咂吧嘴，"我每吃一口饭都要想你一遍，所以，我的饭又香又甜，哪怕是我最不喜欢的卷心菜。"大兔子不说话，只是低着头继续吃饭。

大兔子和小兔子一起散步。小兔子一蹦一跳，对大兔子说："想你。""我不就在你身边吗？"大兔子说。"可我还是想你。"小兔子踮起脚尖，"我每走一步路都要想你一遍，所以，再长的路走起来都轻轻松松，哪怕路上满是泥泞。"大兔子不说话，只是慢悠悠地继续走路。

大兔子和小兔子坐在一起看月亮。小兔子托着下巴，对大兔子说："想你。""我不就在你身边吗？"大兔子说。"可我还是想你。"小兔子歪着脑袋，"我每看一眼月亮都要想你一遍，所以，月亮看上去那么美，哪怕乌云遮挡了它的光芒。"大兔子不说话，只是抬起头继续看月亮。

大兔子和小兔子该睡觉了。小兔子盖好被子，对大兔子说："想你。""我不就在你身边吗。"大兔子说。"可我还是想你。"小兔子闭上眼睛，"我每做一个梦都要想你一遍，所以，每个梦都是那么温暖，哪怕梦里出现妖怪我都不会害怕。"大兔子不说话，躺到床上。

小兔子睡着了，大兔子轻轻亲吻小兔子的额头。"每天每天，每分每秒，我都在想你，悄悄地想你。"

她觉得自己就是那只小兔子，她觉得幸福距离自己越来越近了。

她细心地用小吸尘器吸走了袁得鱼桌上的灰尘，又伺候了一下他桌上的花，不由心满意足起来。

正在这时，她看到自己的手机响了起来，是袁得鱼打来的，她不假思索地按了接通键……

贾琳用力把他拉到床上，袁得鱼四仰八叉地平躺着。

"唉，谁让你那么不听话。我最喜欢'火车便当式'，其实你完全可以……"

"我看你可没饭岛爱那么有鞠躬尽瘁的敬业精神……"袁得鱼嘴一点都不饶人。她知道，这个是日本 AV 界的女王饭岛爱开创的高难度性爱姿势。

"哈哈哈，你连这个都知道！"

贾琳用双手抵住袁得鱼的胸肌，激烈地狂吻袁得鱼，那种难以自持的呼吸声时不时传来，一边说："你小子真的比你师傅幸运多了，老娘可是真心喜欢你！"

袁得鱼一点反抗的力气都没有，但嘴还能说话："你是不是在酒里放了什么好东西？不过你也太低估我啦，你就算不放东西，我也绝对不会让你失望的，你这样的女人，如此倾国倾城……"

"你虽然这么说，万一逃走怎么办？你不觉得我这个万全之计也很不错吗？"

袁得鱼知道自己在劫难逃，只好问她："你们到底有多少人？"

"你怎么那么无趣。你应该多看看我风情万种的样子……"

贾琳褪去了自己身上最后一件内衣，袁得鱼只看见白花花的双乳，圆润挺拔，她丰腴的身体晃动着，雪白的颜色滚动，这个半老徐娘的身材一点都不差。

袁得鱼只觉自己本能地浑身滚烫，欲火焚身。

贾琳猛地扯去袁得鱼的短裤，开心地笑起来："你果然从来没让我失望过！"

袁得鱼忽然想起从前与玩伴们的玩笑："知道怎么对付美人计么？将计就计！"

他当时觉得这个玩笑真是不错，但现在却完全没有同感。

"姐姐，你慢点来，我换个问题，你们是不是有个叫'Apple'的信托，受益人是谁？"

贾琳哈哈大笑起来："好吧，那我就让你死一下心。这你是查不到的，因为这里面有个精妙的设计——在收购浦兴银行法人股的时候，如果信托计划资金直接出面，那如果后来谁认为其中有猫腻要查的话，是可以要求公布的，一旦到法庭上，就没有秘密可言了。现在的做法是，以泰达信托的名义将股权拿下，然后再转让给'Apple'计划，这样一来，谁也没有理由要求司法介入了……"

袁得鱼说："真是太精明了，你也获利不少吧！"

"40 倍总是有的！不然我哪来钱投资你的公司啊！小乖乖，我们快进入正题吧！"

"我有个癖好,我喜欢从背后,这样可以发挥我的长处……"

"原来你那么坏……"贾琳背过身去……

袁得鱼站起身,哈哈大笑:"我拿到钥匙了,谢谢你啊!"

"你个小子,不是喝酒了吗?"

"酒都在这里……"袁得鱼指了指自己的外套袖口。

他快速打开抽屉,取出了他想要的东西:"都说反腐斗争离不开你们女人,还真是一点没错! 快告诉我,他们把人藏哪里了?"

"听说,今天唐焕在望日出没……"

"望日,这不是你们过去一起合伙开的黑店嘛……"袁得鱼想起那个黑店后面的那栋小楼。

"相信我,我现在与他们真的一点关系也没有了。"贾琳心服口服地说,"我果然不是你的对手! 我现在真的好恨你的聪明!"

"什么声音?"

袁得鱼听见,那放声大哭是从手机里传出的——他把电话拿起来,愣住了,竟然是许诺的声音。

原来,刚才在床上的时候,录音状态的手机没有键盘锁定,不小心按到了通话键。

袁得鱼一慌,心想,天哪,不知道她会听到什么:"诺诺,是诺诺吗?"

这可能是许诺生来经历的最痛苦的十多分钟。

她刚才就像一块僵死的木头一样,用难以言状的复杂心情听着袁得鱼与老女人调情。

她提心吊胆,担心那个她无法想象的事情发生。但渐渐地,产生了一种无力的绝望,她希望自己赶紧从这个世界上消失,一分一秒也等不下去! 她只想哭,大声地哭,但她一直强忍着。

袁得鱼,是她一直以来都那么信任的人。她早就把他当作自己生命的一部分。她内心里那个完美的、她一直小心翼翼维护着的信仰,骤然间崩塌了!

尽管他们之间没有明确的承诺,但她一直记得在外滩路边,清风撩起自己长发时,袁得鱼轻轻地说:做我的女朋友好吗? 那声音温柔得像春风吹拂,她的心头充满了温暖的颜色。

怎么会这样? 怎么会这样? 自己已经被抛弃了吗? 他不是自己所想象中的样子了吗?

许诺终于忍不住放声大哭起来,她气恼地摔了那个她刚刚擦干的杯子,杯子上的兔子裂成了好几块。它们无辜地看着她。

"我的心痛死了! 为什么我会喜欢你啊!"

许诺绝望的哭泣声让袁得鱼难过极了。

电话那头很快传来决然的忙音。

袁得鱼有种从天上坠到地上的崩溃感,但他还是强忍住了这份感觉。

他没时间解释,他深深地吸了口气,他必须快点赶到望日。

贾琳倒是有几分欢喜,在袁得鱼走出门的瞬间,她没好气地说:"我说,天才,你真的对我一点兴趣也没有么?"

三

袁得鱼拿起照片,直接往贾琳告诉他的藏人地点奔去,一边打电话给吴恙。

这是个他并不陌生的地方——因为那个地点,曾经发生过一场血案。就是那个地方,就在两年前,他跑到这里,把伤痕累累的丁喜抱到医院。

望日会所后那座三层高的小楼,在深夜还透出昏黄的灯光。

袁得鱼在望日那里没等多久,吴恙就来了。袁得鱼发了地址给他。

吴恙说:"要不要叫警察?"

袁得鱼说:"先不要打草惊蛇,我已经设好了一键拨出,到了万不得已的时候,就把警方召过来。"

他们转过一楼拐角,那里有部破旧的电梯,但完全没有灯光,看起来像是没有电的废弃电梯。在电梯旁边,有一道安全出口,推开后,露出一条狭长的楼梯。

"我们从这里上去!"

吴恙这个书生从来没见过这般场景,心里有点害怕,但还是壮胆跟着袁得鱼上了楼。

走廊里洒下暗淡的灯光,地上坑坑洼洼,还滴着水。

"听——"袁得鱼意识到,走廊尽头有一些声响。

他们屏气敛息听着,果然传来女子的抽泣声。

"是,是乔安,肯定没错!"吴恙声音有点哽咽,带着愤怒,"这帮畜生!"

袁得鱼看到走廊尽头有人在看守,估计乔安就关在那个房间。

"最好把他引开……"袁得鱼想着办法。他话音刚落,那男子就走进屋内。

他们快速地往走廊尽头走去。

这个门虚掩着,袁得鱼透过缝隙,看见角落里坐着一个用胶袋蒙住头的女子,全身被捆得严严实实,衣服上满是泥污。她的脖子上挂着根很粗的绳索,绳索的另一端被一个光头的汉子牵引着。这个小屋子的窗口,还站着一个身形高大的男子,应该就是刚才站在门口的那个。

他仔细看了一下,里面的人不像有枪的样子,手里拿的是刀具。

"乔安——"吴恙踢开门,放声大叫。

乔安动了起来,虽然她什么都不看不见,嘴巴上还贴着一块黑色的胶布,但还是把头转向了门口这边,用力蹬着腿。

"什,什么人……"那个手上有绳子的男人,马上用绳子勒了勒乔安的脖子。

乔安难受得咳嗽起来,几乎要窒息。

那男人大叫着,"你们退后点,不然我把她勒死。"

另一个人在拨了电话:"老大,我们这里闯进来两个人,怎么办?"

双方僵持着,吴恙的汗都流了下来。

他们听到楼梯上传来的脚步声,唐焕不知从什么地方出现在袁得鱼与吴恙背后,他一看到袁得鱼他们就大笑起来:"很有本事嘛,这个地方也被你们找来了。"

唐焕身后站着四五个体型健硕的汉子,估计是从望日那里直接调遣过来的保镖。

唐焕无视袁得鱼,径直来到吴恙面前:"你就是《中国财经报道》的执行主编吧,你们登在杂志上的那个文章报道不实,快给我刊发一个更正……"

吴恙面露难色,他是个从业多年的优秀新闻人,多年在《中国财经报道》的训练,早就培养出他的一种职业道德感,做不诚实的新闻,比杀了他还难。

然而,他心爱的人就在眼前,像可怜的小鹿那样望着他。

该怎么办?难道真的是要英雄不吃眼前亏么?

"不是都说好了么?你们最新一期明天下印厂?把最新的更正杂志给我过目,就放人。你们过来干吗呢?你们难道想让我发狠吗?你们既然来了,就不能走了。你觉得自己麻烦不,你必须再找个人改更正!"

袁得鱼对吴恙轻轻耳语道:"后续跟踪报道怎么写,还不是你说了算?"

"我,我答应你们!你们,先把她放了……"吴恙同意下来。

唐焕给手下使了个眼色,那个站在窗台旁的汉子扔给吴恙一沓纸。

"我是不是很周到,稿子该怎么写,我都替你们想好了。本来还想明天传真到你们报社的,现在正好,你直接发令过去。"

吴恙一下子愣在那里,不知所措。

袁得鱼见吴恙一副文弱书生的样子,心想,难怪说,"秀才遇到兵,有理说不清",这么简单的谎都不会撒,还能做什么大事。

他情急之下,索性把贾琳给他的照片亮了出来:"你们放不放人?不然我把这个公布于众!"

唐焕看到之后,一下子面露难色。

此时,一个打手偷偷地站到袁得鱼身后。唐焕心领神会,继续与袁得鱼周旋。

"你些东西哪里来的?我怎么知道,你有没有其他备份的照片?"

正在这时,那个打手拔出了刀子,向袁得鱼背后捅去。

"小心！"有人大叫一声。

袁得鱼转过身，还没反应过来，就被人一下子撞开。

"丁喜！"袁得鱼惊讶地看到丁喜站在他面前，他顺着身后的目光看去，许诺也站在那里。

许诺眼睛满是冰冷，像是在看一个与自己毫不相干的陌生人。

她冷漠地说："警察马上就要到了。"

丁喜的眼神充满着对唐焕的满怀怒火。

正在这时，唐焕对拿着绳索的打手挥了下手，对方一下子拉紧了绳索，乔安整个人瘫软在地上。

吴恙跪在地上说："乔安，醒醒……"

他一下子站起来，眼睛里放出可怕的怒意："我他妈的跟你拼了！"他对着大汉就是一拳。大汉一手握住，猛地一拽，吴恙差点摔倒，眼镜一下子歪在鼻梁上。

丁喜奋不顾身地冲上前去，拖住另一个对乔安持刀砍去的大汉。丁喜对着这个窜出来的大汉一阵猛咬，大汉把刀插在了丁喜背上，丁喜发出一声痛苦的惨叫。

袁得鱼捋起袖子，拿起地上的板砖就朝背后那个捅他的打手脑袋上拍去，一下子把那汉子脑袋敲花了。那汉子捂着鲜血直流的脑袋，一屁股坐在墙边。袁得鱼夺过那汉子手中的尖刀，冲到乔安跟前，砍断了系在乔安脖子上的绳索。

吴恙也不知道哪里来的勇气，与那个手上拿绳子的汉子厮打在一起，口里嚷着："你敢打我心爱的女人，我要你好看！"

乔安惊讶地看着吴恙生涩挥拳的样子，不知为何，觉得又好笑又感动。

许诺帮乔安松开脖子上的绳索，撕去眼睛和嘴上的胶布……

乔安好不容易喘过一口气。

袁得鱼与唐焕互相对峙着。

让所有人都没想到的是，唐焕从衣服内侧掏出一把手枪，直接用枪口对着袁得鱼："快点把照片给我！"

所有人都呆住了，包括那些打手。

正在这时，门外响起了警笛声。

"你把枪放下，警察上来了！"袁得鱼不依不饶。

"不要扯到警察，不然对你们也没什么好处。"唐焕拿着手枪，"我们坐电梯下去，装作没有什么事，反正人你们已经救好了。"

唐焕说着，所有人都朝到电梯那里移动。

警察的脚步越来越近了。

"你就是绑架犯，警察一过来就可以把你绳之以法。"吴恙咆哮起来。

"绳之以法，太好笑了！"唐焕嘲笑道。

正在这时,跑上来三个警察,一看这个架势,都把枪掏了出来。

唐焕与那个带头的警察点了一下头,乖乖地将枪扔在地上:"我已经把枪扔了!我是无辜的!是那小子拿着刀子想袭击我,我纯属自卫!你看,他还想威胁我,是他在抢我的钱我没答应,你们快抓住他!"

这个带头的警察平常是唐焕夜店里的常客,他指挥着手下,袁得鱼的手一下子被人反剪起来,唐焕马上在他身上找照片。

"你们不要抓他!是这个人!他让这些打手绑架了我!"一旁的乔安不知什么时候苏醒过来,脸上还带着伤痕,她嘶哑的嗓子,对警察大吼大叫,"你看,我脖子上还有勒痕!要抓的人,是那个刚才持枪的人!"

反剪住袁得鱼双手的警察迟疑了一下,望着那个带头的警察。

袁得鱼一下子挣脱开,就势推开个子较矮的唐焕。

正在这时,唐焕一下子撞向袁得鱼,同时敏捷地拉下电梯旁的闸门。

"鱼哥,小心!这个电梯有机关,那是空的!"丁喜大叫起来。

电梯门开了。袁得鱼用力抓住墙壁,不让自己掉下去。

唐焕狠命抓住袁得鱼的手腕,死命将他往电梯里推。袁得鱼一下子没站稳,身体失去了平衡,唐焕扑向袁得鱼,袁得鱼马上就要被推下去。

就在这个时候,"啪啪"两声枪响,唐焕在袁得鱼前方倒下。

他侧过脸想看看是谁,待他看到了击中他的那个人的脸时,眼睛里露出一股不可思议的神情。

警察们在电梯井边倒吸一口气,电梯底下的确什么都没有,但依稀可以看到底下有几具腐臭的尸体……

丁喜颤抖地握着手里的枪,他像是受了极大的刺激,害怕至极地扔掉了手枪,蹲在地上哭泣起来。

警察一下子冲上去,拘捕了他。

"丁喜!"袁得鱼抓住他带着镣铐的双手。

丁喜流着眼泪:"鱼哥……"

丁喜咽了一下口水说:"他们,警察,是不会帮你的!就算唐焕被抓进局子里,也会很快放出来。只有,只有靠自己!一切都靠自己!刚才,你差点,差点被唐焕推下去……我只有这样,杀,杀了他,才能保,保护你……"

袁得鱼望着这个少年的背影,身上透出彻底的绝望。

袁得鱼第一次在这么多人面前,流下了愤怒与痛苦的眼泪。

唐焕倒在血泊里,手朝着袁得鱼,似乎在轻声地说着什么。

袁得鱼想了想,凑上前去。

"你别,别以为自己聪明,这,这些都不是一个人可以操纵的。推动这些事的另有其人,背后的利益关系比你想得要大,我们,也只是其中一环,为人效力……"

袁得鱼看着血泊中的唐焕,慢慢地闭上眼睛。

袁得鱼完全没有想到,唐焕会以这样一种方式死去。

积满灰尘的棋盘,又有一枚棋子倒了下去。

不知为何,袁得鱼想起童年时,唐焕还是个少年的情景,手里提着一只小兔子,让苏秒抚摸着兔子细软的白毛。他们眼神交汇的那一刻,是如此纯真!

他突然很执拗地想,或许在苏秒纵身一跃的那一瞬间,唐焕唯一的爱情也早就死去。

乔安惊魂不定地躺在吴恙怀中。

吴恙看着乔安,不禁心痛起来,他喃喃地说:"乔安……我,我喜欢你……"

乔安张着嘴,望着眼前朝夕相处的男人,她没想到,吴恙会对自己表白。

"还记得你第一次来实习的时候,我给你写了一张纸条……"

乔安突然脸红起来,她当然记得,那张纸条上写着:"无数女记者从我身边走过,但我只听得出你的脚步声。因为,她们都踩在地上,只有你,踩在了我的心上……"

乔安当时只是觉得媒体圈的男人都过于多情,后来她发现,吴恙一直没有女朋友,似乎只对工作感兴趣的样子,就渐渐忘了这件事。她没想到,吴恙一直钟情于自己。

"乔安,我知道你所有的心事与失落,所以我平时没有再说什么,怕被你拒绝,怕成为你的压力……但我今天终于发现,再没什么比失去你更可怕的了。我只想给你快乐,给你幸福,我要拼尽一切地保护你,不允许你在未来受到任何伤害……"

乔安动容地望着他,发现自己原来还是会为除了袁得鱼以外的男人心跳。她前段时间刚刚放下袁得鱼,想开启一段爱情,没想到,就这么遇到了。原来,自己一直都是幸福的……

许诺触景生情,想起了那个令她心碎的电话,不由泪流不止,头也不回地离去。

四

得到唐焕死讯的唐子风,悲痛地合起了眼睛,整个人陷进深咖啡的皮沙发里。

他的神态有点僵硬,身上的灰色条纹西装也显得有些宽大,像是挂在身上似的。

唐烨守在他身边,在他眼里,老爷子还是跟以往一样,一如既往的刚毅,显示出来的威严丝毫不逊色于如日中天之时。

唐烨拿过酒瓶,倒了点火红的、有点花蜜味的怡园深蓝葡萄酒。

这酒出产于云南怡园酒庄。据说在一次国际品酒会上,两瓶没有贴牌的云南怡园深蓝与拉菲酒,分别倒在玻璃杯里。五个品酒专家品过后,都指出左边那个杯子里的是拉菲。美酒呈通体的宝石红色,微微泛出紫光,初味在葡萄酒香外,唇间留下清新典雅的花香,就像热带森林奔放的野兽,入口滋味醇和、绵甜甘爽、顺畅,酒体丰满,骨架丰富,香味自然,余味绵长。其实,那个杯子里的是怡园深蓝葡萄酒。

唐子风也极爱这个味道,几乎每年,云南那里的老朋友都会运来一卡车。

唐烨不想给父亲带来更大的压力,但他还是哭丧着脸:"爸爸,大哥他……"

"没事。"唐子风说,"昨天晚上,我听到你入睡前一直在哭。我今天来公司的时候,看到有三个人站在我们的公司门口,他们对我欲言又止,但头上与脸上都像是受了不同程度的伤。他们最后还是没有告诉我,大概是担心我听到噩耗的反应。我觉得,你应当把你所知道的所有事情,完整地告诉我……"

唐子风的弦外之音,是对唐烨的软弱进行含蓄的责备。

唐烨深深吸了一口气,把他所知道的事情经过告诉了父亲,最后他说:"他被人用枪击中了背部,那人一共开了三枪,一枪飞出去了,但有两发子弹,一枪击中在大哥的腰部,一枪击中在他的左背,直接从心脏穿过去了,当场就死了。"

"什么人,会有那么大的仇恨……"

"是一个19岁的孩子,他很早就辍学了,原本是个中专生。我们也很奇怪他怎么会用枪,后来调出了他在学校里的资料,他刚入学的时候,军训时的枪击训练是全班最高分……"

"他为什么会这么做?"

"那个孩子,就是当时'东九块'的一个钉子户,我们就是拿他杀鸡儆猴……"

"造孽,造孽啊……"

"那钉子户好像跟袁得鱼关系一直不错……"

唐子风的眼睛定了约莫一秒钟,他那坚强意志力的围墙仿佛彻底崩溃了,他枯槁的面容显现出来,但很快,他的神情就恢复了正常。

他的双手交叉握得紧紧的,搭在自己面前的大桌子上,直视着唐烨的眼睛。

"几个跟随在唐焕身边的人,都是很精干并有着多年江湖经验的,把他身上的伤都检查清楚了,他们把他的尸体从那个楼抬出来。本来警察可能还要干涉,后来,他们把警察给挡住了。"

"怎么还会有警察?"

"爸爸,"唐烨有些不忍心地说,"其实,唐焕是为了掩盖住泰达证券的事,才这么做的……"

不知为何,听到这里,唐子风更加伤心了,但他没有让此时的情感流露出来,仅仅沉默了几分钟后,说:"好好举行葬礼。把唐煜,叫回来……"

葬礼在佘山天马山上举行,天上挂满了青色的流云。

白发人送黑发人,终究有些凄凉。

唐子风的步子颤颤巍巍,他扶住灵柩,第一次看到唐焕脸上连化妆都没法掩盖的淤青。他一想到唐焕的肉身上还被凿出两个弹痕,漫过脊椎的痛苦像是要把自己的心揪出来一样。

他无法控制自己,直接扑倒在儿子身上大哭起来:"他们怎么可以这么对你……"

唐烨用力扶着老爷子,这一瞬间,他忽然觉得父亲很苍老,这种苍老的感觉,像是无力回天、大势已去。难道,唐家帝国真的像外界传闻的那样出现了拐点了么?唐烨不敢往下想。

葬礼散场后,邵冲在人迹罕至的地方等待着唐子风。

他们站在一棵树下,面面相觑。

"现在情形不妙!"邵冲直截了当地说。

"嗯,我也听说了,好像有人把照片递给了纪检部。"

"我会用我自己最大的能力,把事情缩小到能控制的范围内,但我估计,还是会有牺牲品,这是我不能控制的……"邵冲的语气中也透出一些憔悴。

"如果真的追查起来,孟益、贾波他们,估计难逃干系……不过,我有这自信,尚且没什么人能解开我们设下的资本迷局……"

邵冲故作轻松而大气地说:"没事,什么困难,我们都能挺过去的。"

邵冲忽然回想了自己在北大的时光,那时候是多么意气风发,他们继承了西南联大的血脉,他还曾一起跟师兄们高唱西南联大的校歌《满江红》:"万里长征,辞却了五朝宫阙……千秋耻,终当雪。中兴业,需人杰……"如今他与他的兄弟们可能到了一个危险的时刻。

他想起大学期间的平静,那时的他们是多么优秀,虽一贫如洗,却很富足。他们哥几个至今都会在喝酒时缅怀一下大学往事。

幸好这个坎很快就过了。

纪检部的结果给了邵冲一颗定心丸。

纪检部的结论是——那段时间,证监会正在着手研究基金公司开展专户理财业务以及基金投资股指期货等金融衍生品的相关政策。这次旅行是为了学习海外经验。经批准,一些官员组团赴英、法两国的资产管理公司考察——至于基金公司担负的人均3万元的消费单,是因为唐烨所在的基金公司相关高管人员在其外方股东单位,款待考察团的一些礼节性工作餐。

这场最靠近邵冲的风波,就这么悄无声息地平息了。

五

许诺坐在乔安跟前,她们已经很久没坐在一起聊天了。

许诺还是一如既往对着乔安笑嘻嘻的,但却无法掩饰她的低落。

"姐姐,我真羡慕你。"许诺感受出乔安现在的幸福。

乔安笑了笑,一脸沉浸在爱情的滋润中:"我真的没想到他突然这么勇敢。"

她觉得自己真的很傻,一直没意识到吴恙对自己默默而细腻的关心。和他在一起后,她才发现,原来男生的心思也可以那么细腻,会替她想很多事。她几乎被一种全方位的关怀征服了。她想,这或许就是一种润物细无声的沉静的力量,不张扬,却含着可以期待的持久。

乔安望着许诺:"袁得鱼对你不是挺好么?"她发现自己说出这句话的时候是那么轻松,原来自己已经在不知不觉的时候放下了,这个发现让她安心、自然。

许诺想起那件事,还是觉得有些委屈。

她想起这段时间她都没去上班。袁得鱼给她电话她也不接,去她家里找她,她也不开门。

许诺倒不是不想见到他,但是她不知道自己该怎么面对他。

"我们一直是普通朋友罢了。"许诺有些酸楚地说,"再说,我们并不合适,不是么?"

乔安惊讶许诺的变化:"怎么可能?难道袁得鱼欺负你了?"

许诺的眼泪"哗哗"流淌下来,禁不住把那天晚上听到的电话说了出来。她憋屈在心里很久了。

"啊,这么坏!那你不要睬他了!"乔安故意这么说。

"不,不是这样的!他没跟她怎么样,他只是为了要照片……"许诺忙不迭地辩解道。

乔安觉得很是好笑,心想,看来要与袁得鱼好好聊一下。

乔安把袁得鱼约了出来。

乔安开门见山地说:"我……快结婚了。"

袁得鱼有些惊讶,但想想也是,一晃就好多年过去了。乔安都29岁了,自己也都快30岁了:"哈哈,我早说吴恙喜欢你吧!我自己也特别喜欢他。别看他有点内向,但他肯定特能照顾你。"

袁得鱼多打量了几眼这个女孩,他至今还能想起乔安高中时的样子——他想起,在他跑完长跑后,乔安红着脸递给他白色毛巾的样子。他又想起,他去上海的前一个大雨滂沱的傍晚,他们在屋檐下,彼此听得见对方急促的呼吸与吐出氤氲般的热气。乔安像是鼓起很大勇气那样,蜷在自己胸口。

他看着她温柔与满足的眼神,很替她高兴。

他无法忘记,乔安与许诺两个女孩子,几乎纵贯了半个中国,开着一辆二手的吉普车,从上海千里迢迢过来找他。如果不是她们,或许他……

"祝你幸福。"袁得鱼笑着说,"请接受我这个初恋男友的祝福吧!"

"哈哈,初恋男友,你以前好像并没这么认为过哦。"

"既然你敢说,你是我的初恋女友,那我有什么不敢承认的。"袁得鱼一口灌下去一杯酒。

"不过,我还是得谢谢你!"

"谢谢我?"

"我好像以前不是那种很有勇气的人,但遇到你之后,很多事情,我就会自然而然地奋不顾身,连我自己都控制不了。这个勇气一旦被打开之后,我对生活中的其他事情,好像也有了勇气与能量,所以呢,谢谢你!"

"我告诉一个秘密哦! 你当时可是我们全班男生都很喜欢的女孩子哦,所以呢,对你来说,没什么鼓不起的勇气呢!"

乔安也干了一杯,脸有些潮红:"不过,袁得鱼,我觉得,当你的红颜知己,让我更舒坦呢。你说的没错,他对我真的很好,我从来没想过的那种好。"

袁得鱼眨了一下眼睛:"我也算半个媒人吧!"

"这么说还真是! 不过,你自己也得好好努力一把了!"乔安不由切入正题,"许诺最近很伤心,知不知道?"

"我估计她再也不会睬我了。"袁得鱼不由自主地低下头,"我这人真的很差劲!特别差劲! 我不想耽误她了,她赶紧去找她的幸福吧!"

"你真的舍得她和别人在一起么?"

袁得鱼被这么一问,发现自己从没考虑过这个问题,但他一想到许诺和别人在一起的样子,就无法想下去,一刻也不行,但理智的情绪顶住了他的意识,他心想,未来有那么多事等待着我,我怎么能随便给别人什么承诺呢? 还不如让她去找自己的幸福:"我是很难过,但我没有理由阻拦她,不是吗?"

"你错了,许诺只喜欢你。只有你,才能让她幸福。"

"但她已经对我伤心透顶了,她不会再想见到我了……"

"你错了,她一直在等你。女孩子只关心她在乎的人是否在乎她……"

"我不能那么自私,不是吗? 许诺是个非常简单的女孩,我担心她没法承受和我在一起的未来……"

"简单难道不是最强大的力量吗?"

袁得鱼立刻跑了出去。

低落的许诺走在巨鹿路上,时不时强忍住眼底的泪水。

她发现身后一直有一辆汽车跟着自己,她转过头,看到袁得鱼坐在车里。

袁得鱼笑着说:"上车吧!"

许诺完全不理睬他,清冷的大街上,梧桐树叶随风吹得"沙沙"作响。

袁得鱼耐心而缓慢地跟在她身后。

正在这时,袁得鱼看到一个年轻的男孩子骑着单车,单车的双把上挂着两排大红色的保暖盒,不由回忆起当年自己送外卖的时光。他多么希望自己永远留在那个时光里,那个男孩子双手脱把,吹着口哨,一副惬意自在的模样。

"我能带你吹吹风吗……"

许诺发现身旁的感觉不对了,那辆灰色的奔驰不见了。眼前竟是袁得鱼低着头推着一辆单车,和她并肩走着。

"你的车呢?"

"跟那小孩子换了……"

许诺不作声了。

"这个,给你……"袁得鱼递给她一枚小礼物。

她犹豫地接过来,发现是个小兔子钥匙圈,塑料纸外面缠绕了一圈又一圈红色十字架胶带纸,小兔子露出半只可怜的眼睛。

"小兔子,在里面疗伤,很快就能恢复……"

许诺没有说话,但好像有什么东西融到了她的心底。

袁得鱼趁机手脚利落地将许诺抱到了单车的前杠上。

许诺低头不语,那感觉似乎又回来了,只是清风吹在脸上,特别冷。

袁得鱼时不时被咸咸的水滴打到,原来是许诺哭泣的泪水,袁得鱼心里难过极了。

袁得鱼把车停下来,把她搂在怀里。他感觉到她浑身都在微微地颤抖。

"对不起。"袁得鱼说。

许诺哭了好一会儿,终于开口道:"我真的很恨我自己,我为什么会喜欢你这样的人呢?我见你的第一天,你就偷偷地骑了我的单车……"

"我喜欢你……"

"为什么我现在觉得自己与你越来越远,越来越不认识你了呢?"

"你说过,我是你手里牵的兔子灯,奔跑的时候,都可以把我拽得飞起来……"

"好多事情都变了。"许诺抽泣着,"记得那个网络股泡沫,你胜利的夜晚,你带我去外滩看,我看了像变魔术一样的'天下第一湾'。你说,你重返上海的第一天就对自己说,你会带自己喜欢的女孩过来看。就因为你这句话,我等了你四年,我第一次跑外地,就是去海南找你,他们告诉我,海南也是中国的天涯海角,我还很开心,我说,我去天涯海角找我心爱的人啦。然后,我在你身边,与你一同奋斗了整整三年。我一直等你再次说喜欢我,我就像个傻子一样,却只等到你对别的女人甜言蜜语。我突然惊醒了,我好像做了一个很长很长的梦,我觉得这个人我根本就不认识,我很害怕这种感觉。无论如何,我再也不想你在这种时候,再次说,你喜欢我……"

袁得鱼低下头。

"你知道吗?前两天,我还特意跑到外滩那里去看,现在,那座高架拆掉了,只剩下光秃秃的大马路,那外白渡桥也挪了位置,原来最美好的魔法,就像过去发生在我们之间那个最美好的夜晚那样,再也不见了!"

袁得鱼也想起那个在七年前的夜晚发生的美好,他还想起,那个女孩子,轻轻地在黄浦江边,翩翩起舞的样子,她抬起手臂的样子是那么美。

"你知道为什么吵架的人会那么大声吗?因为他们距离太遥远了,听不到对方心里的声音。"许诺指了指袁得鱼的胸口,"你问问你这里,你能听见我的声音吗?"

袁得鱼更难过了。

"你真的好陌生!我每次看到家里摆的那个你用石头拼成的国际象棋,我就觉得眼前的人不是我认识的那个人。因为你每次盯着棋盘上的棋子看的时候,眼睛里充满了仇恨,这样不是会很危险么?你会逐渐失去自己的,不再单单是我失去你……"

"不,我永远是你牵着的兔子灯……"

"但这个兔子变得好重好重,就像灌了铅一样。有一天,我也不知道哪一天,我只听到'啪'的一声,绳子就断掉了,我没法控制你了……"许诺顾自哭了起来。

"我记得在中邮科技的时候,我要反击他们。有一段时间,你每天都会给我送来你煮好的鸡蛋与牛奶。送到我手上的时候,牛奶还是热的。你总是笑眯眯地看着我,刮去我嘴巴上的白奶油……"袁得鱼说到这里的时候,许诺直接抽泣起来。

袁得鱼把许诺抱起来,往前骑去。她抬起头的时候,猛然发现,单车不经意间已骑到了外滩,这是她熟悉的地方。

他们两人靠在江边。但许诺还是与袁得鱼保持了一段不短的距离。

袁得鱼落寞地看着她消失在外滩江边的堤道上,那堤道很长,一路延伸到陈毅雕像上,夕阳的光在她身上镀了一层光影,泛出洁净的光晕。

"那个外白渡桥,好像比先前的更美了。"许诺感慨道。

"嗯!就算'天下第一湾'没有了,我还会其他魔法……"

袁得鱼拿出一枚硬币:"你看,这是一元钱,我把它放在手里,你向它吹一口气。"

许诺迟疑了一下,不知道葫芦里埋什么药。

"现在,它不在我手中,你相信么?"

许诺摇摇头。

袁得鱼将手摊开,果然,手心的硬币不见了。

许诺掰开袁得鱼的另一只手,也没有。

"再看看,这枚硬币在哪里?"

许诺惊讶地发现,硬币又回到了袁得鱼手里。

"这是爸爸小时候教给我的,让我不要相信眼见为实,要相信自己的逻辑……"

许诺忽然愣住了:"搞了半天,你还是在为你自己开脱啊!"

不过,不知怎么的,许诺没先前那么不高兴了。

"到现在,我还是很想爸爸……"

许诺想起什么,说:"我,我想转个圈,你帮我一下,好吗?"

袁得鱼点点头。

许诺双手高举,脚踮起来,袁得鱼双手扶起她。

许诺点了下头,袁得鱼一放开,她就笔挺地旋转起来,还是那么直,那么稳。

袁得鱼不由拍起手来:"太美了!"

许诺破涕为笑:"到现在为止,至少有一样东西,是与原来一样的!"

"有更多呢!"袁得鱼拍了拍自己的心,"你曾告诉我,什么都放下,反倒是最稳的,我爸爸也说过相似的话。他对我说,学不会放下,何以装得下天下?许诺,你知道吗,你总是能在不经意的时候,给我意想不到的启发……"

许诺忽然沉静下来,终于,她在地上捡了一枚小石子,在石板的围栏上,圈圈画画起来,很快,就画出了一个满是方格的棋盘。

她捡了很多小石子在上面:"现在,是不是只剩下四枚棋子了?"

袁得鱼有些激动起来,世界上最美好的事莫过于遇见一个理解自己的女孩。

"那一枚是谁呢?"

"如果我没猜错,是唐焕。不过,在我们在基金战役中打败他的那一刻,他已经只是个空架子了。如果一个人只是个架子,会发生什么?"

"被人端掉?"许诺丈二和尚摸不着头脑的说。

"哈哈。"袁得鱼觉得许诺很可爱。

许诺看了袁得鱼一眼,发现他整个心思还是没法脱离复仇的轨迹,她虽然能理解,但不知道这还要继续多久,她想起早逝的父母,想起他们虽然相爱,但没有多少相聚的时光,心头不由隐隐作痛起来。

"我一直在等终结的那一天……可现在还停不下来……"

许诺说:"可是,你说,等一等,等一等,再等下去,就连袖子也摸不到了。"

袁得鱼苦笑了一下,从身上取出几张报纸的剪纸。

许诺看了起来。

那些报纸上,都是泰达系的最新动态,在这场烈焰牛市中,泰达系的资本航母更加庞大:

> 在疯狂的牛市中,泰达证券借壳的海上飞复牌后首日暴涨 129.6%,成为中国第一高价金融股,2 万多股东获利不菲,股东数在换股前是 20 个。若以近 10 日均价——收盘价 79.27 元计,泰达证券的 3348.27 万股的市值已高达

26.54 亿元。

泰达系获得上海财政局所持有的 2791 万股运通银行国有法人股,以每股 6.05 元的价格各获得 1395.5 万股,在不到两个月后,运通银行于 2007 年 5 月 15 日在 A 股上市,以 2007 年 5 月 17 日的收盘价 13.59 元计算,泰达系持股市值分别达到 1.9 亿元,账面赢利达 1.05 亿元……

在许多曾名噪一时的系类家族企业,如德隆系、林凯系等销声匿迹后,泰达系进入了一个快速发展阶段,目前其所持上市公司股权的总市值已超过 28 亿元。

袁得鱼把手臂枕在脑袋下:"这个资本航母,本来还能看到个桅杆什么的,现在大到自己仰起脖子也都看不见了。如果对方是个航空母舰的话,我现在还是个小渔船……"

"袁得鱼,我们就做我们自己的投资公司好不好,你不觉得前阵子我们很快乐吗?"许诺一点都不想让袁得鱼卷入惨绝人寰的战斗,她终于把自己的真实想法说了出来。

"虽然现在唐子风很无敌,很强大,但并非完全没有办法攻破,关键是,如何找到那个阿喀琉斯的脚踵……"

她想了想,问道:"如果是你现在是你爸爸,你会怎么做呢?"

袁得鱼答道:"在帝王医药最白热化的日子,我们去了一趟嵊泗,他的话至今清晰回想在我耳边——人在江湖打滚,心在荒村听雨。"

"荒村? 你觉得,现在哪个地方最像荒村呢?"

"诺诺,你还真的是天才! 我们也去荒村好不好?"

"去哪里?"许诺有些莫名。

"美国!"袁得鱼兴奋地说,心里有了新的主意。

许诺不知怎的,对袁得鱼有股说不出的失望。

"再见吧! 袁得鱼!"

许诺把袁得鱼一个人扔在风里。

第十二章　华尔街靴子

> 能攻心，则反侧自消，自古知兵非好
> 战；不审势，即宽严皆误，后来治蜀要
> 深思。
>
> ——赵藩

一

袁得鱼徜徉在全球最出名的欲望之街——美国华尔街。

华尔街虽是梦想家的天堂，但这条街道本身看起来没有丝毫浪漫色彩。它不过是纽约曼哈顿南隅一条小单行道，长不足 500 米，宽仅 11 米。

袁得鱼知道，早期荷兰统治时，在这里筑了一道防卫墙。英国人赶走荷兰人后，拆墙建街，华尔街因而得名。

华尔街虽短，中间却横过 9 条街道，从头到尾 120 个门牌全是清一色的摩天大楼。

密密的街道有如峡谷，抬头只能望见一线天。阳光永远无法畅快地照到这里，高楼的穿堂风倒是一年四季反复地吹。

袁得鱼心想，就是这条"又窄又暗"的小街掌控着美国乃至全球经济的命脉——华尔街集中了纽约证券交易所、美国证券交易所、投资银行、政府和市办的证券交易商、信托公司、联邦储备银行、各公用事业和保险公司的总部，以及美国洛克菲勒、摩根等大财团开设的银行、保险、铁路、航运、采矿、制造业等大公司的总管理处以及棉花、咖啡、糖、可可等商品交易所。

这个华尔街真是神奇，从 18 世纪末交易员和投机者在路边梧桐树下做买卖的场所，发展成如今美国一流财团云集的金融服务中心。

在惊心动魄的交易中,有人一日内飞黄腾达,有人一夜间倾家荡产。华尔街被比作天堂与地狱的交会处,魔鬼与天使的聚集地。无数肮脏复杂的欺诈哄骗和催人奋进的励志故事在这里重复上演。

现在除了一些主要证券交易所总部还在华尔街,许多金融公司已经迁离至曼哈顿中城,比如纽约市外围诸如长岛、威斯特彻斯特、新泽西州和其他各地,但"华尔街"仍然是金融巨头和垄断资本的代名词,它的每一次呼吸,都牵动着全世界的神经。

袁得鱼虽然听不懂周围人在说什么,但明显感觉到他们语速很快。

袁得鱼一直在深思一些问题,他隐隐觉得,这里的情况并不像媒体报道得那么简单。

他坐在一家露天咖啡馆,等待着邵小曼的到来。

正在这时,"哗啦啦"的巨大噪声漫过头顶。他抬起头,看到一架直升机从空中飞过。

邵小曼随着这股直升机的巨大响声到来。她一身正红色的大衣,向袁得鱼挥了挥手,随后,她向直升机里的人告别,螺旋桨刮起的旋风,将邵小曼的长发吹得飞舞起来。

袁得鱼心里惊叹了一下——以前飚法拉利,现在开直升机,这个女人总是那么爱玩刺激。

"嘿,发什么呆呢!别看起来像没见过世面的好不?我们这里每个人都有飞机驾照。我还没开过几回呢。正好我们老板顺路,把我带过来了。"

"每次见到你都非常不一样!没想到吧,我真来美国了!"

"就像做梦一样!"

两人在华尔街附近逛了一圈,邵小曼还是觉得自己身在梦中。

"看你头一次过来,我介绍一下吧。你看,那里距离华尔街东端不远,专门设有直升机场,是供华尔街的金融巨头们乘坐飞机上下班的。"邵小曼又指了指另一个方向,"不少人呢,还是会选择驻留在曼哈顿一江之隔的新泽西,每天上班需要耗费一定时间,因为要长驱座驾穿越曼哈顿大桥,我呢,就是其中一员。你每天早上会发现,宾夕法尼亚火车站、时代广场、中央车站等几个交通枢纽站总能看见腋下夹着《华尔街日报》、手里拿着咖啡杯和早餐袋匆匆忙忙奔向办公室的通勤族,他们的早餐组合是最简单的'咖啡＋硬面包圈'……"

袁得鱼问道:"你在高盛做得如何?"

"挺开心的,我发现我果然有适应不同环境的能力。这里很有趣,大致就可以分为两类人,懂行的投行男与美艳的模特女……"

"我猜猜,那你应该是——懂行的模特女。"

这时，他们眼前闪过几个西装革履的男子，邵小曼说："一看他们就知道是投行男。"

"为什么？"

"如果马路上走来三个金融从业男，穿西装的肯定是做保险的，穿得花里胡哨的肯定是银行职员，穿一身假名牌还让你觉不出来的就是投行人。投行男低调是分条件的，如果身处小型聚会之类的，最吸引眼球的绝对是投行人所处的地方，单凭讲话的内容和气势就会让无数教授汗颜……"

"喂喂，你的什么资金能几时到账？喂喂，可以做到几个亿的融资案？喂喂，现在是半夜3点，多美好的开始，一日之计在于晨啊！"袁得鱼假装投行男的语气。

"哈哈，还真有点像。"

"除了没有百万的年薪！"

"我们这里，都不说几百万，都说几个'吧'，'吧'至少是6位数以上的美元。"

"你在这里开心吗？一直在过灯红酒绿的生活？"

"怎么说呢，在别人眼里，我总是拖着跟随自己走南闯北的黑色途米（TUMI）行李箱，登上了从纽约飞往各地的航班，至少是阿联酋航空，很 fashion，我也习惯了这样的生活。"邵小曼沉默了一会儿，"还记得我在上海第一天认识你的那晚，跟你说过些什么吗？"

"你说，你与家人断绝了联系。你问我，会不会觉得你特别无聊，因为你的人生没有目标。你说你最喜欢宫崎骏的《天空之城》，因为最后一次是你妈妈带你去的，你想画出那样纯洁的图画。"

邵小曼有点伤感起来："没想到你都还记得……"

袁得鱼不好意思地挠了下头，他的记性一直不错。

"我发现自己还是在过那种漫无目的的日子。我看起来似乎有了目标，但都是被安排好的。像我这样有些背景的女孩，在这里的大行混个几年后，肯定会去千人万人挤破脑袋想去的中金公司。"

"中金公司……"袁得鱼摸着下巴说，"中国直接圈了3000亿元，一下子成立了全球前三大的投资公司，还真是绝了。话说中金的路线也没什么不好啊？"

"你也这么说……太不像你了！"邵小曼笑了一下，"有时候，你以为你做出了一个对别人最好的决定，但别人未必会这么觉得。就好像有的男孩子觉得另一个男孩能带给女孩更多幸福，就把自己喜欢的女孩拱手让人，或许从各方面条件看，别人也会觉得如此，但女孩子喜欢这个人就是喜欢上了。这个男孩子和她在一起，就是她最大的幸福。"

袁得鱼盯着她的眼睛说："你猜如果让我自己选择，我会做什么？"

邵小曼恍惚了一下。

"我是说，做什么?"袁得鱼像是故意岔开话题。

"呃……可能还是跟现在差不多吧! 你不做投资奇才太可惜了!"

"哈哈，其实我超级想做农民，然后把老婆放在我的哈雷摩托上，成天在阡陌交通的小土丘上穿梭……"

"笑死了! 农民哪买得起哈雷摩托!"

"我看好大宗商品嘛! 或者开垦一块地让别人帮忙看着，然后像罗杰斯那样边全球旅行边投资也成!"

"哈哈! 为什么我能想出你戴着农民头巾的样子?"

"因为我黑吗?"袁得鱼也笑起来。

袁得鱼切入正题:"听说你在做 SWAP，应该属于 DPG 吧，Derivative Products Group(衍生产品部)! 我第一次听说的时候，还以为是 Sweet，糖果! 哈哈哈!"

"你懂的可真多，我曾想过，如果你把你的投资公司放到华尔街做会怎样?"邵小曼说，"我主要做的是交易助理，偶尔与产品设计打一些交道。我干爹说，华尔街就是通过诡计和欺骗在衍生品上赚取巨额利润。然而，只有少数精英分子知道这里价值万金的秘密……"

袁得鱼想起自己看过的《说谎者的扑克牌》，写的就是做债券衍生品的一些买卖。他知道，所有的衍生品分两种——期权和远期合同。不论是不是蒙特卡罗模拟法，总之所有的衍生品都是这两种的组合。而他想做的是更高级的事:"我这次过来，主要是想请你帮个忙，帮我设计一个产品，按这个思路……"

邵小曼听了半天终于明白过来:"袁得鱼，你真是天才啊! 本小姐才贩卖了这么些不知道打了多少折扣的知识，你就知道如何创造个衍生品了?"

"赶紧卖给唐子风吧! 他肯定感兴趣!"

"这是个不错的主意! 不过，我觉得你作为他的对手，他那个产品对我们公司所产生的风险肯定太大，我不如把这笔买卖介绍给雷曼兄弟! 你看如何?"

"哈哈! 为什么你们这个行当都讨厌雷曼兄弟!"袁得鱼与邵小曼又耳语了几句，"我们可以同时私下搞个对赌的产品……"

正在这时，袁得鱼抬头看到天上飘过很多流云。这些云朵倏来忽往，舔舐着五极八荒。薄薄的浓雾逗留了一会儿便化为乌有，黑得像乌木的天空，顷刻间露出一张笑容——那是金星与木星交相辉映着弯月的胜景。

袁得鱼仰望着天空说:"虽然这里是最物欲横流的金钱之都，但你们有没有觉得，当你望着天空的时候，这里就是一片荒村……"

邵小曼诧异地望着袁得鱼。

袁得鱼说:"这里的人恐怕还不知道这里即将发生的磨难……"

"为什么你的想法跟我们公司刚刚发布的内部资料判断一致? 你怎么知道会

有磨难?"

袁得鱼抓了下头:"爸爸果然好厉害,当我站在这里,想唐子风的事情时,就觉得一切好简单。难怪爸爸站在嵊泗的时候,说明白了什么是'运筹帷幄,决胜于千里之外'……"

"怎么理解?"邵小曼有点费解。

"为什么有些人能决胜于千里之外,因为他们眼睛里,只注意到了最关键的东西,细节都被忽略了。那么,答案就自然浮现。"

"那你看到了什么呢?"

"很简单,我看到了美债。我在来之前找到一张图,图上是外国投资占美国国债的比例,从 1995 年 3 月到 2006 年 9 月,美国国债这个占比从 14％ 上升到 26％……"

邵小曼很吃惊地摇着头,像是觉得不可思议。

"历史上的一切危机是由于很多国家的国债总量除以 GDP(国内生产总值)到达临界点而诞生的。全球通胀正在逐步高涨,美国联邦储备的资产负债表急剧膨胀,总数远超 10 万亿美元。然而,美国的实体经济已经严重空心化,三大汽车公司的现状不佳。所以美国人在不断地印钱,一直玩虚拟经济。但虚拟经济很大程度上玩的是信心。但你如果关注失业率、美元和黄金,就会得出不同的答案。"

"袁得鱼,你的眼界跟我之前见到你的时候,完全不同。我们投行的判断也是如此,但这仅仅是小范围的人才知道。接下来,失业、美元流动性会大大收缩。这对很多国家的经济冲击巨大,这些国家在就像汪洋大海上面一叶扁舟一样,如果台风席卷而来,生存艰难……"

"报纸上说什么次贷危机…… 我早在 2006 年就听到这个说法了,事实上,次贷危机只不过是经济危机的开始,这个名称实际上是美国避重就轻,就像一个生了艾滋病的人,还要说自己是感冒一样。"

"不过呢,他们现在在想各种办法拖延……接下来他们肯定会放松货币,但在我看来,美元危机迟早会到来。就像一个人有两只靴子,他要睡觉时,一只靴子已经落下来,另外一只靴子肯定也要脱下来。要知道,真正的经济调整不是一年两年就能完成,而很有可能是未来 10 年的事情。有人在调整的时候,觉得会有复苏,但那不过只是一个开始。"

"不可思议,你和我们美国最出名的宏观分析师说的一样……"邵小曼惊叹道。

"我只是感慨为什么我爸爸当年能够预判 1989 年的经济危机!"

"那你现在打算怎么做?"邵小曼问。

"赶紧回去! 一举击败唐子风!"

二

2008年4月24日上午10点,南京西路上,一个高大挺拔的男子正在挥手叫车,他黑色的衬衣上,一条紫色波点领带随风飞舞,他的皮肤是健康的小麦色。他一只手插在衣袋中,一副松垮垮的不正经模样。

他从耳机里听到第一财经广播正在放着当日股讯:"经国务院批准,财政部、国家税务总局决定今起调整证券交易印花税税率,由现行的3‰调整为1‰。证监会发文限制大小非解禁,国务院出台了三大利好,温家宝总理明确表示要'推动资本市场稳定健康发展'。经济学家们对未来股市走向持乐观态度。不少股评员表示,印花税下调之日即股市探底之时,股市最差阶段已过去,可能重上6000点……"

袁得鱼冲抵浦东南路上的上海证券大楼四层交易大厅时,嘴里还叼着一个没吃完的馒头。

"今天涨了几个点?"他问了一下站在门口等他的助手。

"9.27%……"

"呃……让我想想这个数字。"袁得鱼歪着脑袋说,"如果我没记错,这个记录仅高于中国证券历史上的2000年2月14日与2002年的6月24日,那两次的涨幅分别是9.05%与9.25%……"袁得鱼脑子就像是闪存一样,一下子提取出了数据。

"老,老大,你不是说,今年市场形势很可怕吗?怎么,怎么今天会涨成这样?唐子风是不是会占了上风?"手下有点结巴地说。

"你没听过回光返照吗?一般来说,王八被翻过来的时候,都要苟延残喘晃动一会儿,何况是连禽兽都不如的唐子风呢?"

"那,那1000万元资金啥时候启动?"

"唐子风的资金有多少?"

"唐子风账户上的现金至少10亿元吧,是我们的100倍!"

"没错,他轻轻一挥就是10亿元。我是他的九牛一毛,如果他是汗牛充栋,白金汉宫的豪宅,我就是破草席一张……"

"老,老大,那,那我们能赢吗?"

袁得鱼放眼望去,几组密密麻麻形同交响乐队列的矩阵中间,尽是拥挤的座位与电脑屏幕。交易大厅正中,是一块铺着红地毯的空白,铜锣立在中间。正前方是一块硕大的电子交易屏幕,闪动着像洒下钱币那样"哗哗"变动的股票价格,中间一个大的折线图是上证综指的分时走势。

红马甲在人流中往来穿梭,过道看起来永远狭窄不堪,所有人都在电脑的键盘上使劲挥舞,或是在理解另一个手持电话的交易员的唇语。实时更新的数字、图表、走势图在显示器上闪烁。

电话铃声、讲电话声连绵不绝，此起彼伏，就像一下子来到了一个热闹非凡的集市。只是与集市截然不同的是，这里的所有刀光剑影都藏于无形的极度混乱，最赤裸分明的唯有无穷无尽的金钱与欲望。

这个交易大厅，很久没像今天那么喧嚣与忙碌。

袁得鱼走到自己那个席位，套上红马夹的时候，感觉到背后的目光犹如射来的芒刺。

他转过身，看到那个身形魁梧的中年男子，那张如《终结者》中施瓦辛格一样的僵硬脸上露出难得的微笑，就算是发自内心的喜悦，这个笑容也像是牙膏筒里最后的牙膏是被死命挤出一般。

那人身边围着一群谄媚的人，有些热情地朝他鼓掌："漂亮啊，唐总！今天果然是多头啊。这么好的涨幅，多年不见啊，你肯定赚了不少吧！"

唐子风丝毫不理会那些人，他的眼睛直直地盯着袁得鱼，目露凶光。

在袁得鱼经过他身边的时候，他不紧不慢地说："袁得鱼，你就要输了！因为，今天这里是我的战场！"

"你的战场有什么用？在客场我也照样赢给你看！"

袁得鱼一坐下来就盯着盘面，快速做着心算："今天，泰达证券上涨了 9.9%，现在的股价是 28.80 元。股价如果冲破 30 元，唐子风就大获全胜，现在还有一点点距离……"

"今天几号？"

"4 月 24 日。"

袁得鱼想了想，那份对赌协议上的日期是 4 月 30 日，也就是说，只有 6 天时间。这也就意味着，如果这几天里，泰达证券再上涨 4.16%，那自己就彻底输了！

"老大，如果唐子风赢了，大概赚多少钱？"

"他的 10 亿元资金将足足翻 7 倍。"

"我们呢？"

"倾家荡产吧！"

"这……我可以交辞职报告吗？"

大厅里一阵阵欢呼声，此起彼伏，时不时传来快乐的笑声。

袁得鱼紧紧握住拳头，当前，只有断崖式的下跌，才是唯一可以反转的机会。就像一群马在向前奔跑，如果前方道路一直很平坦，那么，跑在前面的永远是白马。只有在不同的恶劣环境下，才能出现一匹黑马。就像大卫·休谟说的，没有对白天鹅进行大量观察，就无法断言所有的天鹅都是白的，可是，只要观察到有一只黑天鹅就足以推翻那个结论。自己玩的，不正是黑天鹅战略吗？自己之所以做了一个

100 倍的杠杆的交易。他孤注一掷的就是,那千年难遇的黑天鹅! 他会这么幸运吗?

交易大厅里,疯狂的下单犹如一个个往水里扑的饺子,喧闹非凡。

2008 年 4 月 24 日截至收盘,上证综指锁定在 3583.03 点,当天上涨幅度高达 9.29%。整个 A 股仅两只个股下跌,以涨停报收的股票达到 860 多只,占到有交易的 1416 只股票的六成。

收盘时,泰达证券牢牢封在 28.80 元的涨停位。

看起来,这里俨然还是一个火红的牛市。

2008 年 4 月 25 日,一大早就有消息传出,证监会将适时推出融资融券业务,这个刺激交投活跃的新闻,一下子稳住了市场的信心,市场又向前冲出一截。

收盘时,较之前一天略有回档,小降 0.71%。

泰达证券股价与前一天持平,依旧是 28.80 元。

唐子风对此并不在意,他知道市场大涨后的第二天,很多人会进行调仓。至少,上面的人已经给足了马力,他感到十分欣慰。

4 月 28 日,隔了一个双休日的大盘,继续下降,跌了 2.33%。

就像是提前安排好的那样,泰达证券一早就发布了一条消息——泰达证券年度分红提前披露,分配预案是 10 转增 10,分红 2 元,将于一周后发布。

泰达证券在大比例现金分红的消息刺激下,逆势反涨了 1.55 个点,收盘的价位落在 29.25 元。

不知为什么,唐子风这个时候,反倒有点慌神了,刺激的消息几乎都发出去了,价格的反应却没有预想的那么激烈。

当前还只剩下 2 天时间,他能把价格稳固在 30 元以上吗?

他打电话给他几个其他券商管道:"你们都顶一下,你们这两天都在干什么? 真他妈的不顶用啊!"

"我们在顶啊! 你给我们的资金我们基本都用下去了,你看龙虎榜上的涨停板交易所营业席位。最近三天,我们差不多买了 5000 多万元,足以拉升 3 到 5 个点……"

唐子风马上打开交易数据看了起来,果然,东北客户资产管理部,银海证券宁波大庆南路营业部,自己合作的"四小天王"资金无一不是净流入,每天的资金量都在七八百万。

唐子风仔细一看,顿时头皮发凉——在泰达证券股票的龙虎榜最后,竟有 4 个 "机构专用"席位——这四个"机构专用"这几天来都在抛出大量卖单,加起来有 7000 多万。

正是这些机构的打压，把泰达证券的股价死劲给拽了下去。

唐子风生气地想，究竟是谁占着"机构专用"的席位跟老子作对？

唐子风知道，券商席位与机构席位分开统计，机构专用席位主要是指：基金、社保、QFII、保险这四大主流机构进出市场的通道。

那四个"十恶不赦"的机构席位，难道是基金所为？不会。他很熟悉基金的操作风格，泰达证券一向不是基金重仓股，这段时间也没有基金经理在他们那里调研，本来就没什么持仓量，也就无从谈出货量。难道是社保与保险？也不会，这些资金都是"国家队"，他们还没光顾泰达证券这样的题材股的习惯。

难道是 QFII？

唐子风打开进一步的机构持仓解析软件，不由愣在那里，他使劲地摇头——果然是 QFII 账户，那四个机构专用的代码都是 8 与 9 打头的，这就是 QFII 的专用席位。

太奇怪了，自己什么时候与那些大行干上了！

唐子风打了个电话给唐煜，这个小儿子，如今大有用处了。

"唐煜，你帮我查一下哪些大行在抛售泰达证券！"

没想到唐煜正陷入一片繁忙中："爸爸，全球经济出大事了！次贷危机全面爆发了，好多投行可能熬不过今年！我没法帮你查，因为他们无暇统计这些数据！"

"你说的出大事，是什么意思？"唐子风警觉起来。

"马上就会有大行破产了！雷曼快倒了！大投行贝尔斯登也在寻求紧急融资！美国六大抵押贷款银行都开始启用'救生索'计划！全球金融体系开始混乱了……"

"你们是不是多虑了！"唐子风虽然嘴上这么说，但心里开始有点怕了。

他想起自己几个月前在与袁得鱼打赌时，袁得鱼就这么放言过，但自己完全没有听进去。

不过，唐子风转念一想，反正自己有的是钱，只要顶顶就好了，他堂堂一个泰达系霸主，还用担心一只股票的股价，几天内顶不过去么？

"爸爸，这次不是一般的危机，可能是像 1929 年那样的大经济危机！你赶紧自保吧！"

"不，不会的。"唐子风不敢面对现实，"A 股前两天大盘还涨过 9.29％！"

"皮之不存，毛将焉附？美国这个全球金融中心都保不住了，中国怎么可能独善其身……"

唐子风挂了电话，陷入一种无比痛苦的情绪中。

难道自己真的要输了么？

审判的日子，总有一天会来到。

2008 年 4 月 29 日一开盘,市场走势没有明显下滑,反倒出现了平稳上升。

一夜没睡好的唐子风稍稍松了一口气。

然而,泰达证券股价走势忽然间就像个病秧子,颤颤巍巍震荡起来。

唐子风的汗都冒出来了。

他仿佛在迷蒙中看到,泰达证券的盘面上有两拨势均力敌的力量在相互厮杀,就像两条可怕的巨兽,它们凶猛地吼叫,厮打在一起,股价不上不下,但把他的心绞杀得七上八下。

唐子风紧紧握着拳头,泰达证券价格快冲破 30 元吧!他一边盯着泰达证券萎靡不振的盘面,一边拿出自己所能凑的所有资金,约莫 3000 万元,狠命地追杀到那些不同通道去。

加足料的泰达证券果然一路飙升,早盘就大涨 4%,一下子冲破 30 元大关。

唐子风松了口气,终于越过了这道大坎。

唐子风瞥了一眼坐在不远处的袁得鱼。

他原本以为袁得鱼会气得咬牙切齿,但万万没想到的是,袁得鱼斜靠在位置上,跷着二郎腿,脑袋上还挂着一副白色的大耳麦,歪着脑袋看报纸。

到了下午,泰达证券价格一直盘旋在 30.5 元上下。

收盘最后 3 分钟的时候,袁得鱼像过了电一样一下子坐直了身体。

袁得鱼的手指在小键盘上来回飞舞,凌厉异常。

唐子风不知道袁得鱼在做什么,眯着眼睛看着他。

他屏幕右边分比成交的小框里,瞬间跳出无数挂单,数量都很小,多数是两位数,甚至有些是一位数,但那 30.5 元的股价,像是被一大群蚂蚁蚕食一般,从小数点后两位开始,一口一口吞掉,只见数字一下子变成了 30.49、30.48、30.47……这种机械般的节奏感像秒表倒计时那样残酷得精准。

唐子风只感觉到背脊发麻,他握电话听筒的手都有点发软:"你们,快,快点继续拉!"

"老大,筹码都用完了!又被那些机构专用席位冲下来了,我们能顶住在 30 元已经不容易啦!真的一点点筹码也没了!你不知道有多可怕,我们打多少,那些机构就拿多少筹码扑回来,就像消防队员一样,把我们的大火瞬间浇灭了啊!我们也很痛苦啊!"

"你们这些个废物!"唐子风气得扔下电话,"你们返点一个子也甭想拿!"

他抬起头,偌大的屏幕上刚好显示的就是他的泰达证券。

那股价还是在一点点被吞噬,30.23 元,30.22 元,30.21 元……就像死亡的咒语与远古的催魂曲,静悄悄地推进,像一排排蝗虫,有节奏地大口吞噬着丰盛的食物。

袁得鱼娴熟地在键盘上挥舞,手指速度飞快,甚至连手指挥舞的弧线都无法看清，又如此轻柔，像是在抚摸情人的背部，抑或是嵇康在弹奏自己心爱的《广陵散》……

唐子风看傻了，这不正是多年前失传的"凌波微步"？他醒悟过来："这，这不就是跌停板吸筹洗盘法？"

戴着大耳麦的袁得鱼转过身来："你说对了一半！这是我的升级版。我现在弹的是那个绝技的小序曲，我的八分之一拍是不是还算精湛？"

"不要再搞了！不要再搞了！"唐子风失态地冲上去，拉住袁得鱼的肩往外拔。

旁边的手下也一起冲了上去，但已经太迟了！

袁得鱼站了起来，看了一下手表："嗯，现在还剩下最后一分钟，我都操作好了！现在电脑就按照我刚才的输入一步一步执行，改不了喽！"

唐子风直接扑到电脑上，气急败坏地按着取消键，但一点用都没有，他看到一长串卖单挂在那里，一点一点向上移动。

泰达证券的最终成交价显示——29.99元。

29.99元！真的是29.99元！

一分不多，一分不少，就是这个价格——29.99元。

唐子风陷入彻底的崩溃。

他浑身颤抖起来，这是他最害怕看到的结局。

他很后悔，在2008年年初的时候，和雷曼兄弟签了一份可分拆认股权证协议。那时候，泰达证券的股价是25元。

根据那份金融衍生品协议约定，唐子风买入由雷曼兄弟发行的5亿份泰达证券上市公司的可分离债，每张可分离债的纸面价值是2元，唐子风花10亿元资金购买。

双方约定，2008年4月30日为可分离债行使日。

唐子风看中的是，每1份可分离债，包含0.2份30元的泰达证券认股权证。这也就意味着，他花的10亿元中，有1亿份泰达证券股份。

对赌协议赌的是，如果在2008年4月30日，泰达证券股价在30元协议价格以上，那么，唐子风只需支付2元，就可以用30元的成本价格认股到1亿份当天价格的泰达证券。泰达证券总股份不过1.5亿股，那么，唐子风就能直接掌控70%的股权，从而实现自己曲线控股的目的。

然而，这10亿元资金如果全都是唐子风自己的也就算了，危险之处就在于这是一个打包的信托产品，有十几个认购这个信托的主子。

此前，唐子风的操作都给他们带来了丰厚的收益，他们基本都把自己前几次赚来的资金，又都放在这个信托包里。

现在的情况是，股票价格是29.99元，低于当时约定的30元。按协议规定，如果低于合同价,那认股权证自动无效。这也就意味着,唐子风这份信托投出去的 10 亿元成本,最后只能拿到 5 亿份可分离债,再减去 1 年期无担保债券的 10％ 的利息和 5％ 的手续费,只剩下 500 万元。

投出去 10 亿元,最后只剩下 500 万元,损失超过 99％,这对于一个投资高手而言是多么巨大的一场悲剧。

然而,如果唐子风赢了,如果泰达证券的收盘价在 30 元以上,那唐子风单单认股部分的获益就从 10 亿元变成了 30 亿元。如果价格在 60 元,他的 10 亿元就变成了 60 亿元,这是一个相当可怕的杠杆。

唯一的风险就是不能让价格低于 30 元,他无论如何也不会想到,他原本看好的一往无前的大牛市,竟然一下子掉头直落,泰达证券竟然连 30 元都没能挺过去。

唐子风知道,他彻底输了,这 10 亿元资金就像一堆泡沫,在阳光下一放就马上缩水风干成几张碎纸片——衍生品的金融游戏实在太可怕了。

他忽然意识到自己也很渺小,庞大的身躯大也越来越矮,仿佛就要低到地里去。

2008 年 4 月 29 日收盘后,正走向证券大厦的唐烨摇晃着手机,他很纳闷,明明前一天,刚刚充了 500 元,但手机却拨打不出去,难怪一直联系不上父亲。

他想在手机上看一下泰达证券的股价,但什么都看不到,焦急万分。

经过证券大厦时,他看到不知是哪家银行公司在搞什么热闹的信用卡促销活动,门口站着一排穿着红色短裙的女子,手上拿着各种礼品,她们就像拉拉队那样,扭动着屁股,摇摆着多彩的裙摆,吹着彩色的塑料喇叭……

外面的街道上,天空有些阴沉,这一整天都没出过太阳。

唐烨感到燥热,这些风骚的姑娘们,挡住了他前往证券大厦的路。

他在等待十字路口的红绿灯,这个路口的红绿灯切换时间一向要等很久。

唐烨在路口静静地等待,一边吃着薯片——自从发福之后,他就经常吃一些大多数人眼中的垃圾食品。

他瞥见在马路右侧路口停着的一辆金杯牌面包车,这种车虽然可以载很多人,但很多公司早已经不用了,都换上了好看又耐用的沃尔沃吉普之类。

红绿灯换了。

他一边浮想联翩,一边朝马路对面跑去。

那辆金杯却一下子冲了出来。

唐烨霎时闪过一丝不祥的预感,但来不及了,他的右肩像是被铁锤猛击了一下,整个人飞了出去,手上的薯片在空中散落,他的身体像一只球一样滚倒在马路边,狠狠摔在水泥地上,滑出好远,地面上留下了一道醒目的血泊。

他眼睛里,浮满了一抹抹红色的短裙和女孩子们惊慌失措的面孔,神情看起来都异样得有一些可怕,这种感觉,在很多年前是如此的相似。

无情的车辆朝他继续碾来,唐烨发出"啊"的一声惨叫。

在最后一刻,他意识到,这么多年来,唐焕的手下都在暗中保护着他,就像一道坚实的围墙。唐焕事发后,那道坚实的围墙已然轰然倒下。恍然之间他意识到,这座围墙,不是靠人情之类冠冕堂皇的所谓"江湖义气"搭建,而是赤赤裸裸的金钱,他睁大着眼睛——记忆像海水一样漫过脑际……

他从小就是家里最乖巧的孩子,学习成绩也还算不错。然而,可能就是那种中庸的个性与才干,使得他一直被家里人忽略。他想起自己最被父亲认可的一次,是父亲与唐煜吵翻之后,唐子风对自己说的那两个字:"壮丽。"他想起了那天自己奔涌而出的泪水,自己只不过是在这个家族里没有存在感的废物。他想起多年前接女儿时,差点被人用绳子活活勒死,幸好唐焕及时赶到,把潮州帮几个人抓住后一阵暴打。

如果他没猜错,这些人又回来了!他想起自己在家中躺着时,妻子不愿过担惊受怕的日子,带着女儿永远地离开了他。他眼睁睁看着天真可爱的女儿离自己越来越远,他伸出双手,却什么都够不着……他永远都记得女儿小时候手里摇着烟花的天使模样……他的脑海中又浮现出唐子风宽厚地冲自己笑的脸庞,"壮丽",他说——唐焕带着浅浅的微笑死去……

大马路上的人群一下子围了上去,胆小的人在对街紧张地张望。

金杯车的司机动作奇怪地从两栋楼中间的缝隙穿过,急驰而去。

唐子风在证券大厦听到了刺耳的刹车声,他心悸不已。

接到电话时,他已经没有一丝力气去现场看一眼。

他静静地等待,听到救护车早就呼啸而过,楼底下人群的声音渐渐低了下去,他才探出头去,呆呆凝望着那块用白粉笔描画出的人影……

他的眼泪顺延着布满皱纹的脸滑落下去。

在几个亲信的陪同下,他走下楼。

他能闻到空气中弥漫的儿子的气息,腥腥的,无比真实。

他垂下头,继而,他跪下来,抚摸了一下潮湿的地面,突然情不自禁地大哭起来。

现场所有人都愣住了。

谁都想不到,一个上了年纪、平时面无表情的人,居然发出如此撕心裂肺的哭声,时而低沉如黑夜中的海水翻涛,时而嚎叫如丧事中号子刺耳的走音。

无论是谁,都在空气的震动中,感受到了唐子风莫大的悲恸。

他久久地跪在地上,不断捶击着自己的胸口,反复地念着:"爸爸对不起你们。"

他的这个动作与低语,持续了很久很久,整个五官都痛苦得拧到了一起,鼻涕与泪水都挂满在脸上。他站起来的时候,趔趄了一下,在旁观者看来,唐子风从来没有那么苍老过:"扶,扶我……去,小白楼……"

唐子风坐在办公室里,充满恐惧,他还没有从儿子的猝死中挣脱出来。他浑身发抖,害怕那些个信托持有者找来,他们肯定会六亲不认,直接要了他的命!

他无法动弹,浑身直冒冷汗,不敢往下去想。

他听到了就像二战时期犹太集中营拉警报汽笛声的那种耳鸣,冷风在耳边凶猛地呼啸。

隔壁房间传来一支年代久远的影视歌曲,由远及近地飘来,遥远而清晰——"尘缘如梦,几番起伏总不平,到如今都成烟云,情也成空,宛如挥手袖底风……"

记得很多年前,袁观潮还在世的时候,他们两人在唐子风北京宅子的院子里,一起坐在一大张从黄山背来的大藤椅上,看着18寸的一台黑白彩电。

那时候,电视里正在播放《八月桂花香》,胡雪岩与董武琪两兄弟的命运,同他与袁观潮之间,有着某种似曾相识的巧合。

他不由痛苦地闭上了眼睛。

恍惚间,他的手机铃声响起,他用尽力气将通话键打开,里面传出唐煜的声音:"爸爸,你说话啊!爸爸,你是不是出什么事了!我今天晚上就回来看你!"

三

这天晚上,袁得鱼没想过自己会来这里,他也没想到这场与唐子风的终极决战竟以如此安静而单调的方式结束。

袁得鱼也意识到,距离协议还剩下最后一天,但唐子风已无心恋战。

有时候,击溃一个人信心的方式,就是让他一点一点沉落下去。

袁得鱼在挥洒"跌停板洗盘吸筹法"的时候,他似乎能听到唐子风心里某个地方溃败的声响。

袁得鱼也清楚,这与唐子风最近一连的不幸遭遇有些关联。人到老年,谁能抵御接连丧子的苦痛?

但袁得鱼还是得与唐子风见一次面,和他好好聊聊。

他现在,或许是唯一一个能把这盘死棋下活的人。

袁得鱼抬起头,望了望唐子风闪烁着灯光的府邸。

那个府邸,原来应当是灯火通明的吧,如今,只有3楼最南边的那个房间,有微光传来。他知道,那是唐子风的书房。

这个房子看起来好像是自己童年时住的那个花园洋房,他至今还记得,从大厅的火炉借着穿堂风流过来的融融热气。

唯一不同的是，这座府邸坐落在湖南路上。在上海滩，康平路一带的徐家汇一隅，是一片神秘的土地，与权贵、红色血脉、金钱，有着得天独厚的微妙联系。

袁得鱼看着眼前这个男人。

此前的他，看起来如此飞扬跋扈，而现在，他整个人几乎萎缩成一个孱弱的幽灵。

他只身坐在靠窗的角落里，角落里只有一道黯然的光。

看得出，他抑郁了很久，黑眼袋就像两把汤勺一样，无情地挂在眼睛下方，岁月的皱纹刻在脸上，整张脸像覆盖了一层灰沙，无精打采。

袁得鱼朝他走近，从风衣里，掏出一沓文件扔给了唐子风。

"你的计划不是没有救！你看看这个！"

唐子风不明所以地看了袁得鱼一眼，将信将疑地拿起那沓文件看了起来。看完后，他一的眼睛亮了一下："相当完美的对冲！"

这是4份对赌协议，都以股权掉期合同为执行对象。

袁得鱼与4家不同的投行签署了内容几乎一样的协议，每份协议都称，袁得鱼以250万元的成本，买下价值每份杠杆数为10倍的泰达证券认沽权证。袁得鱼以250万的成本，买下了差不多833万份权证。

每份认沽权证的价格为30元，意味着如果在2008年4月30日这天，泰达证券股价在30元以下，那袁得鱼就能拿到2.5亿元价值的泰达证券，相当于投行要支付给袁得鱼成本10倍的认股资金，若是高出30元，那袁得鱼的损失就是这张合同价格，相当于白白送给他们250万。因为如果泰达证券的价格在30元以上，那认沽权证宣布自动无效。

可以说，这份合同，是唐子风之前所签订的合同最完美的对冲协议。

"我接触这些投行的时候，他们正好打算扩大在中国的金融衍生品业务，他们以为这是稳赚手续费的买卖，就跟我签订了协议。直到后来，他们才明白，如果我赢了，他们会亏10亿元。然而，如果你赢了，那他们至少得付你30亿元。于是，这些投行在这段时间内，联手将泰达证券的价格打压到30元以下。所以，现在的结果是，你损失了10亿元，而我，赚到了10亿元。对他们来说，不会亏本！"

唐子风不禁发出一阵感慨，原来那四家投行的机构专用账户是这么一回事。

原来，这份设计巧妙的协议，无形中让自己与四大投行的利益直接对立上了！

唐子风苦笑起来，如果让自己赢，这四家投行就要损失30多亿元，如果让袁得鱼赢，就损失10亿元，这四大投行到最后关头不砸我唐子风才怪！

"接下来，他们会从二级市场上买下3332万股泰达证券，所以，我将拥有22.21%的泰达证券，超过你的12%股份。"

"你⋯⋯"唐子风绝望不已,他没想到泰达证券最后会落到这小子手上。

"你真不应该持那么少的股份,谁让你太贪心,想通过这个方法,让持股比例增加70%。我知道,你没有其他选择,因为这个泰达证券,已经属于那个信托公司了。所以,你想通过这个方法,偷偷让自己绝对控股。只可惜,你聪明反被聪明误了!"

袁得鱼笑了笑,继续往下说:"谢谢你,让我学到了这么个快速反客为主的方法,你用这类方法,不知道控股了多少家上市公司了,不是么?我说过,我会用所有你们最擅长的方法,让你们尝到自己种下的毒果是什么滋味。有一句名言在华尔街很流行,中国也有一句类似的话,我正好可以送给你—— 一鸟在手,胜过两鸟在林!"

唐子风这下算是彻底绝望了,胸口一阵猛烈的心悸,喘不过气来,完全瘫软在椅子上。

过了许久,他平静下来,用一种有气无力,但又极力想保持讽刺的语气说道:"其实这倒也不是什么新鲜的招数了!比尔·盖茨,不也是这个路数吗?"

袁得鱼在他身旁坐下,他发现,那个男人的脸色已经彻底铁青了。

袁得鱼给自己冲了一杯咖啡:"愿闻其详。"

"当时,IBM这个专门军用的商业巨头,他们急于在市场上找到一个操作程序。比尔·盖茨知道这个消息后,尽管当时他并没有开发成功,但他还是与IBM签订了一个协议,结成了战略联盟伙伴。他拿着这个协议,找到了另一个人,那人手里正好有一套成熟的操作程序,就是后来的MS-DOS操作系统。比尔·盖茨给了人家5万美元,把这个程序拿了下来。平庸的人会怎么想?他们会想,自己还没来得及开发,就不敢跟IBM签了,不是吗?他们也会顾虑,万一签了之后,有了程序的人不卖给我怎么办呢?但他们都错了,都错了!实际上,在IBM那已经让比尔·盖茨占了先机,所以那个人不如出一个高价卖给比尔·盖茨,就这么简单!"

"你白费了那么多口舌,说的不过就是那个老套的故事。我也有一个,也是跟比尔·盖茨有关的。从前,有个精明的商人,有一天他跟儿子说,我已经帮你选好了一个女孩子,我希望你娶她。儿子不以为然。商人说,我说的这个女孩可是比尔·盖茨的女儿哦。在一次聚会中,商人又跑到比尔·盖茨那里,说,我帮你的女儿介绍个好丈夫。比尔·盖茨说,我的女儿还没考虑嫁人呢。商人说,这个年轻人是世界银行的副总裁哦。接着,这个商人又去见了世界银行的总裁,他说,我想介绍一位年轻人来当贵行的副总。总裁说,我们已经有很多位副总裁了。商人说,我说的这年轻人可是比尔·盖茨的女婿喔!最后,这个商人的儿子娶了比尔·盖茨的女儿,又当上世界银行的副总⋯⋯"

唐子风眼神里突然流露出伤感的气息,他摸了摸脖子上的"急急如律令",他慢慢地把这个已经戴在脖子上多年的纪念物拿了出来。

"这玉本来有两块,其中一块应该是你爸爸的……"唐子风说起杭州那次在三生石的境遇。

当年,他们这批东渡日本的留学生,一队大概十人,从香火很旺的灵隐寺走出,信步走上了东边的山头,在林间小道悠闲漫步,畅所欲言地聊着各种抱负。当日,山间景色优美,芳草鲜美、落英缤纷,竹林的香气在空气中弥漫开来。

不知不觉,天色却阴暗下来,天空呈青紫色,一时间狂风大作。一场突如其来的瓢泼大雨倾倒下来。

唐子风与袁观潮正好看到山间一隅有一座寺庙,门虚掩着,两人便推门而入。

寺庙里面,只见一个老和尚在念经打坐。

他们在躲雨的时候,才意识到他们与其他同学失去了联系。

当时,袁观潮听着外面"哗哗"的雨声,心中升腾起一股感慨,他说:"唐兄,在这届同学中间,就属你我最为投缘,我有个想法,不知你意下如何?"

"不知你想的是否与我一样?"唐子风大喜,"此时此刻,就我们两人避雨到这个孤寺中,似乎昭示出一种缘分,我们不如在这里结拜兄弟。"

袁观潮大笑:"不愧是兄弟,心有灵犀,我也正是这个意思。"

于是两人就在这个也不知是什么名头的寺庙中结拜了起来。

拜完之后,雨声渐小,离开之际,袁观潮突然想起什么,便问寺中和尚:"师傅,这是什么寺庙,怎么前不着村,后不着地,孤零零的一座?"

和尚慢慢地说:"这里原先是很大的寺庙,如果追根溯源,应算是天竺寺的一脉,但几经磨难,上天竺,中天竺、下天竺寺落中,目前只剩下这座孤寺保存得最为完整,本寺也称法镜寺,有个神奇之处……"

"哦?"这句话勾起了袁观潮的好奇心。

"距离寺庙不远,有一块大石,名叫三生石,这块石头也叫情义石。我看你们刚才在结拜,还以为你们是为缘石而来。"于是和尚说起了富家子弟李源与住持高僧圆泽禅师之间的情意,非常之感人。

两人不由大喜,没想和尚却说,"我刚才无意间仔细端详了你们二位的面容,恕我直言,二位一生中均有大劫。若你们希望趋利避害,最好带上贫僧手中的这两块玉石。"

和尚手上,赫然放着两块大玉石,浑圆天成,晶莹剔透。

唐子风马上接过看了起来,发现玉石上刻着"急急如律令"。

袁观潮有些抱歉地说:"感谢法师的好意,但我是无神论者。"

唐子风劝道:"弟弟,我买下来,你就拿着吧,就当是我送你。"

唐子风欲将两块玉石全部买下,却被法师阻拦:"心诚则灵,我就给予你一人吧。"

两人在和尚那里做了一点善行,便离开了。

他们走出寺庙的时候,抬头发现雨停了。

这时候,天山一色,模糊的山色中还透出月光。

两人决心顺道去看一眼和尚说的那块石头,走到天竺山脚下时,一块大石赫然屹立。这块石头,正是"三生石"。

袁得鱼默不作声。

唐子风感慨道:"我对你父亲是真心相交,最后的道路确实是他自己的选择。你爸爸真的是个很了不起的人。我没有他那么穿透世事的远见,直到现在,我才刚刚悟出他当年的所想所思。你要相信,你爸爸是个大师。"

"我爸爸为什么会这样?"袁得鱼问道。

唐子风叹了口气,不作过多言语,他缓缓抬起头,像是在望着夜空中皎洁的明月:"总有一天,你会明白的。"

"你能不能告诉我,那交割单背后的名单上,还有一个人是谁?"

"那个名单,只是这个圈子里,抛头露面的人物而已,仅仅只是冰山一角。"

"那红册子里的那些人呢?你当时在小白楼疯狂寻找的,是不是就是那本红册子?"

"我只能告诉你,这些红册子里的人,都是我信托的受益人。没人会知道信托受益人是谁,这是无法揭开的秘密。"

"那当时的 33 亿元去哪里了?"袁得鱼认真地看着唐子风,希望从他充满雾霾的眼睛里,看出更多直指真相的痕迹来。

唐子风很奇怪地笑起来:"我这次输在只看到 A 股市场这一个小局,没有看清全球那个大局。如果我告诉你,你爸爸在当年就看出了更大的局,你相信么?这里,有一套亘古不变的判断逻辑,很多年都是如此,你爸爸掌握了决定金钱趋向的最根本脉络。包围在我们身边的,是一个很宏大的、很漫长的世界。但很多故事,总是如此单调地往复,'太阳底下无新事'。我跟你说个债的故事……"

袁得鱼拿起咖啡杯,依稀看得到粗粝的咖啡碎末,都快见底了。

这时候,窗外传来渐渐沥沥的雨声。

唐子风说的是蒋介石幕僚——宋子文的故事。

"蒋介石最后彻底击垮民营企业力量的关键战役就是金融。蒋介石党羽中,有个叫宋子文的人物,他利益绑架的方式很巧妙。自 1927 年国民党军队进入上海的第一天起,他就把发行公债当成募资的重要方式之一,但由于缺乏确实的信用保证,公债的发行十分困难。然而,金融投资出身的宋子文对银行家们的心思当然了如指掌。从 1928 年春季开始,他重新设计了公债发行的游戏规则,让公债成为一个投机性产品。于是,全中国的银行家们,特别是资本最为雄厚的上海银行家们纷纷购买公债,此后的十年中,中央政府共发行 24.12 亿元的公债,其中七成卖给了这些自诩为全中国最聪明的人。然而,他们都落入了宋子文设计好的圈套。在 1935 年 3 月前,中国金融业的主动权仍牢牢握在私人银行家手中,资本最雄厚的是中国银行和交通银行,它们占到全国银行总资本的三分之一,是中央银行规模的三倍。然而,在此后的全球经济危机中,蒋家一举收编了上海五大民营银行……在所有的游戏中,金融总是核心,尤其在当今!"

袁得鱼看着憔悴的唐子风:"对不起,我之前一直低估你了……"

唐子风出奇地冷静:"金融总是那个最能诱发人性罪恶的地方,多少人因为原罪而离开。我犯下很多难以原谅的罪,这也是我应有的下场。"

唐子风盯着袁得鱼看了一会儿,他无论如何也想不到自己最后竟会败在这个在 4 年前还不名一文的小子手上,而他自己,难道没有间接把这个小子的父亲逼上一种另类的绝路么? 这真是一场注定的宿命!

"你怎么那么悲观?"袁得鱼冷嘲热讽。

"你已经掌握了可怕的力量,而你还那么年轻! 袁观潮在天之灵可以安息了。"唐子风的皱纹像波浪一下子推开,袁得鱼从没见过他如此苍老。

"知道么? 这些年,我一直在研究过去一百多年的历史,我徘徊在'合法与非法'的悖论之间。我发现了一条'伟大'的定律——'高级别的贪腐往往是合法的贪腐'。或者这么说,所有的改革都是从违法开始的。"

袁得鱼摇摇头:"确实,你们这个'七牌梭哈'组织,是原罪的牺牲品。但如果没有我这样的人出现,你们是不是还会继续逞能呢? 你们或许只是我看到的这个体系中一个单细胞……"

"呵呵,不管你怎么说,我们'七牌梭哈'的主力也辉煌过,现在是差不多死无葬身之地了,这也是我应有的下场,我无怨无悔,但对于你来说还有一个更大的局在等待你。我现在真的好累,好累! 只不过,很多东西,对我而言,真的无力回天了! 未来的大时代,在向你敞开……"

袁得鱼摇了摇头:"告诉我,红册子在哪里?"

"就算你能拿到那本红册子,也没法知道哪些是真正的大佬,因为他们设置了密码……"

袁得鱼说:"我说一个题,你听了就知道我能不能猜出来了。把 100 袋奶糖按每盒 10 袋装到 10 个盒子里,有一盒每袋有 900 克,其余每袋都是 1000 克,如果我只用秤称一次,能找到不足的那盒吗?"

唐子风浑身颤抖起来。

"答案很简单的,不是吗? 我只要将这 10 个盒子进行编号,分别为 1、2、3、4、5、6、7、8、9、10。我从 1 号盒里取 1 袋,2 号盒里取 2 袋,3 号盒里取 3 袋,4 号盒里取 4

袋,5号盒里取5袋,6号盒里取6袋,7号盒里取7袋,8号盒里取8袋,9号盒里取9袋,10号盒里取10袋,共55袋……"

"你不要说了!不要说了!"唐子风最后的防线被彻底瓦解了。

"因为既然是要分红,那肯定是有规律可循的。"袁得鱼转身离开,他确实没什么好说的了,他把能说的也都说了,他觉得,唐子风也把能告诉他的,都说完了。

虽然这次见面,是唐子风的邀约的。袁得鱼想过,最后或许以一种不堪的方式而结束,因为他实在太恨这个人!然而,在临走的时候,他突然觉得没有那么恨这个人了,他的邪恶,有自己的原因,那些原因,有些是无法避开的历史选择。最重要的是,袁得鱼觉得,唐子风正打算放下什么,或许,一切都已经放下了。

他的强烈感觉到,自己并不是来寻仇的,而是,上了重要的一课,而他从心底里却又无法感谢这个人。但袁得鱼还是产生了一种错觉——唐子风没有像他想象的那么狭隘、自私与邪恶。

"记住,一只靴子掉下来了,另一只也会掉下。"袁得鱼在推开门的一瞬间,背后的那个仿佛从远古时期传来的颤巍巍的声音说道,那是唐子风的声音。

偌大的宅子只有唐子风一人,他趴在桌上写了一点什么。

他冷静地打开窗,望着雨水溅起的街面。这个春季的夜晚,竟是如此冰冷与凄凉。

唐子风纵身一跃,停留在天空中的瞬间,露出了一丝笑容。猛然间,他看到了瑰丽的图景——那里光辉迸射,好似一声呐喊,万物齐齐焕发,没有鲜花满地,没有莺雀成啼,但却如洒金画屏一般,令人瞠目结舌!他的身体奔向一处鱼骨状的深深洞口,洞口像是被看不见的形状拉扯,变换着形状,陡然间战意浓重,满眼斧钺之影,满耳裂帛之声,又似金农提笔,急急地刷上了数行磅礴的漆书。他自己仿佛一根轻柔的草茎,一粒宇宙的灰尘,随流飘荡,任意西东。只是那个声音由远及近,越来越清晰,尤其在这个暗黑的潮湿雨夜,发出残酷而有规则地回响,那是火车轮子在钢轨上摩擦中暗黑的宿命——"当,当,当"。

唐煜与袁得鱼擦身而过。

袁得鱼万万没想到的是,他刚到走到楼下,背后就蹿出"嗖嗖"的凉风,他突然产生了一种不祥的预感。

"啪"的一声巨响,空气仿佛也在剧烈的震动。

袁得鱼僵硬地转过头,看到唐子风整个人摔在地上,嘴里飙出一道血迹,脑袋不协调地断裂在一边。

袁得鱼闭上眼睛。

唐煜从香港飞快地赶回,就要抵达自家府邸时,诧异地看到袁得鱼快步走开,几乎就与他擦身而过。

他正诧异，就听到了砸在地上沉闷的声响，像是从哪里抛出的一个重磅的垃圾袋。

当他明白发生了什么的时候，发出像野兽一般的痛苦哀号。

头上满是血污的唐子风，两只失去神智的眼睛似乎在望着唐煜，仿佛在说，4 年前，他完全不曾想过有这般结局。

四

唐煜在医院里握着父亲的手，无论如何也不愿相信，父亲已经死去的事实。

"这不可能，你们必须得救活他！"他一直在不停地吼叫。

暗绿色的灯光下，两个泰达证券的骨干扔掉手上的烟，给唐煜开路。

唐煜看到父亲的心电图最后成了一条直线。他想起很多投资杂志写僵尸股①时很喜欢用的一个词是——dead-flat，他现在极其痛恨这个词。

他静静望着父亲异常苍白的脸，发现等待一个人心跳停止下来的过程是如此痛苦。

让他更没想到的是接下来发生的那些事。

在唐子风自杀的第二天傍晚，大约 20 多位"Apple"信托计划的真实受益人，乘坐东航的班级，从北京飞往上海。他们在极短的时间里，快速地拿走了属于自己的份额。

彼时，市场上正在猜测，泰达系的事业，将会传到这个家族谁的手中。

市场上曾传过由杨茗负责，因为她现在是泰达集团的副总裁，但在唐煜回来之后，焦点又聚焦在唐煜身上。

唐煜遇到的第一件棘手的事是，这个"Apple"计划中包含有 1500 万股浦兴银行的股票，其被泰达信托获得的合法性，遭到了激烈的诉讼。

打官司打得最凶的是熊峰。

毕竟，当初熊峰掌握的 1500 万股，两年后，总价值变成了 7 亿元～8 亿元，因为原本每股 3.55 元的法人股，一下子增值到了每股 55 元～58 元。

在熊峰看来，这交易完全不符合证监会"低于 1％的社会法人股一律不办理过户"的规定。然而，上海证券交易所及中登公司上海分公司，却在内外部人士的联手运作下，顺利完成股权过户。

熊峰得到唐子风死讯后，更加不依不饶。

---

① 僵尸股，指长时期横盘，不涨不跌的股票。——编者注

唐煜看到了内部资料，"Apple"计划中的所有份额都在 2008 年股指接近全年最高峰时全部抛了。

这些解除合同关系的投资者，都清理了自己的痕迹。

唐煜也不知道这些人是谁。

他只看到其中一个没有抛的，是邵冲的一个同门师兄——贾波。他正好因为其他的经济事件被正式刑拘，距离放出尚有一年。因为他后来又担任过一段时间中国证监会上市公司并购重组审核委员会委员，据媒体说，他为泰达证券借壳上市提供了帮助，对泰达系其他的上市公司也有援手。消息称，2006 年 2 月，唐子风让唐焕转交贾波 15 万元本金，将相应资金交给泰达信托股东。贾波以家中保姆名义，签订资金委托协议。

杨茗先代持 13.5 万份"Apple"信托计划。两年后，杨茗于 2008 年 3 月，将本金及收益共 615 万元转入贾波妻子的招商银行账户。

这起无本买卖，即便计算本金，信托计划的收益率也高达 40 倍。

有消息说，这个贾波得到的份额还只不过是整个盘子的 1%，仅为隐身的受让人之一。

唐煜在一张白纸上画了一棵树，他在树上涂满了果子。

杨茗看到后问他这是什么，唐煜笑了一下说："我们种下了一棵毒树，现在长出的都是毒果子。"

杨茗毕竟是见过大场面的女人："这还不算最悲惨的。我们最大的一块资产被吃掉了。明天，我们就要把泰达证券都交出来了。"

"谁干的？"

"袁得鱼……"

唐煜点点头，他沉痛地闭起眼睛，心想父亲肯定很伤心，这是他付出了一辈子心血的事业。他仿佛能理解父亲为何做出了那么冲动的事……

唐煜手中拿着父亲的自杀信，上面是这么写道："由于长期的工作压力，近年来我的强迫症愈发地严重。强迫性的动作，强迫性的思维，如影随形，几乎无时无刻不困扰着我。长此以往会拖累我的爱人、我的家庭不堪重负。我决心把大家都解脱出来，把我也解脱出来。这的确是弱者的表现，但我希望爱我的人们能理解我，谅解我的软弱。我对不起儿子，我的家庭，我的父母，但我确实无法忍受病症了，原谅我，我深深地抱歉。"

警方最后的鉴定结果是"受迫自杀"。

唐煜无法接受这个现实，抱着父亲与自己两个哥哥的合照痛哭流涕。

五

泰达证券大门前,袁得鱼从杨茗手中接过钥匙。

站在一旁的唐煜把牙齿咬得"咯咯"直响,他大吼道:"有我唐煜的地方,就没有你袁得鱼! 有种我们未来在华尔街一决胜负!"

"我的爸爸早就死了。他只陪了我 17 年……"袁得鱼冷冷地说。

"我恨你,袁得鱼!"唐煜叫嚣着,"如果不是你,我爸爸不会这样……因为你夺走了他所有的寄托,所有的……你没资格进这扇大门,这是我们家打下的江山!"

门卫把他冷酷地拦在外面,嘴里哼着"人无千日好,花无百日红"的小曲儿。

袁得鱼走近泰达证券斑驳的铜门,仰望了一眼灰蒙蒙的小白楼,眼神显得有些意味深长。

这就是命运,仿佛一个轮回,一个结实的、无懈可击的圆。

他掏出钥匙,"咔嚓"一声,锁打开了,还是那个有点混沌的声音。

他用一只手推开铜门,已经不再是记忆中的那么沉重了。

这是他时隔十年后再次进入这栋小白楼。

尽管小白楼在金融圈的象征性符号已经成为了过去。越来越多的年轻人不会再将小白楼与"证券教父"这类江湖意味重的名词挂钩,取而代之的是黄浦江对岸的陆家嘴金融城,若在外滩隔海相望,那里一栋栋摩天大厦拔地而起,夜晚的灯火通明,让人想起金钱永不沉睡的华尔街,吹来的风里也依稀听得钞票"哗啦啦"的声响。

然而,小白楼在很多人心中,依旧是一个遥不可及的梦想。就好像站在浦江两岸,一对比就可发现,万国建筑的一边,才是真正的、永恒的、无可替代的风景。

袁得鱼想起每次经过外滩的时候,总会情不自禁地望一眼小白楼。每一次,他的目光总是收得很快,他害怕会再多留恋一眼。

他抬起头,高高的房顶下方,是一圈浮世绘般的玻璃窗,透出一点迷茫的光线。光线下的灰尘,懒洋洋地飞舞。

袁得鱼嗅到大楼里灰尘的味道,还有一点残留的樟木气味,地板已年久失修。

他站在一楼交易大厅,抬头往三楼的平台望去,仿佛看到一个模糊的人影。

他回想起杨帷幄当年"羽扇纶巾、挥斥方遒"的样子。他能从杨帷幄眼睛里读出一种暖融融的欣赏之情,无须任何语言,就想要继续奋斗的力量,就像,他恍惚了一下,就像,父亲的味道。

他的记忆一下子拉回到刚刚进入海元证券时的场景……他不会忘记,那时候,他第一认识自己的好兄弟常凡。

那会儿,杨帷幄与常凡正在密谋申强高速一役,那肃穆紧张的场景,令他至今仍然记忆犹新。其实,他早就知道他们在布局申强高速,在面试的时候,他就明白他们在有意试探自己,难道不是吗?他记起就在这个大厅,刚识破唐子风申强高速计谋的他,就像一只刚从笼子里释放出来的山猫那样,雀跃地在丛林间来回飞奔。

他至今还记得,他在穿越海元人墙的时候,那一记记拍在他身上的手掌,兴奋地落在他的背上——这是多么短暂的幸福时刻。

这些记忆中都像是覆盖在地板上的一层薄薄的细沙,随风而散。

而再一次强烈席卷而来的,是根植在他脑海深处的永远无法忘却的童年——那灰暗孤独的童年非但抹杀不掉,反而在血雨腥风的磨难中愈发鲜明通亮。

袁得鱼沿着巨大的木制旋转楼梯拾阶而上。

楼梯转弯处,一幅硕大的挂画飞流直下,正是齐白石的《柳牛图》。画中斜柳弯曲流淌的枝蔓下方,一头牛慵懒的背影,一绺尾巴与柳蔓相映成趣。

当年很多人说,此画放不得,透出牛市索然。当年袁观潮"嘿嘿"一笑,挥手道,你怎知,牛不是朝着我们想要的方向而去。

袁得鱼觉得这里的一切都很亲切,悉如从前。

就算覆盖了岁月的灰布,但那从美国进口来的瑞宝墙纸,还留着袁得鱼曾经玩耍时的用指甲抠的印迹。他摸了摸楼梯扶手转角,从里面还找到一颗与当年一模一样的弯曲的钉子。在木地板与墙角的接口处,还有一张残留的香烟牌。

童年的记忆彻底复苏了,就像一道闭合已久的阀门,彩色的奔流从里面汹涌而出,把记忆的图层刷满,一切又恢复到了一个栩栩如生的立体空间,就像20多年前的时光,在此时此刻又再次重演一样。袁得鱼闭起眼睛默念,请让我回到宛如新生的从前。

他看到了父母,就像来到《哈利·波特》里描写的能看到内心深处欲望的镜子跟前。

他睁大眼睛,他们的距离与自己是如此之近,近到可以细数出他们脸上刚刚浮现的皱纹,他们对着自己微笑:"爸!妈!"他忍不住叫出声来。父母的幻影很快就随风而去。他有些难过,如果他们一直伴随在自己身边,自己还会是现在这样吗?这或许就是命运。

他穿过灰暗的走廊,来到走廊尽头的总经理办公室。他刚想打开门,忽然想起了什么,转过身,看了看最后一盏水晶灯上的那块镶嵌着两朵玫瑰的大托盖——这水晶灯太漂亮了,唐子风重新装修时也没想过换下。

他小心翼翼地将托盖的顶打开,提着心伸手摸索了一番,眼睛一下子亮起来,真的还在——他小时候放玩具的一个正方形小木盒还在那里。木盒里放了他的很多宝贝,一个有很多关节可以动的越南小兵,折叠成磁带盒状的大黄蜂,十几颗金色的玻璃弹珠,一副魔术扑克牌,一条小木鱼,一把用竹木削成的小刀,还有女孩子送的皱皱巴巴的干花和很多零星的小玩意儿……他抱着这个木盒走进办公室。

他坐在了老板椅上，那椅子旋转时发出"咯咯"的声音，仿佛是地铁里的瞎子在拉蹩脚的二胡。他望着窗外，黄浦江风光尽收眼底，对岸的东方明珠也依稀可见，那不是他最钟情的景色，他更留恋江上轻轻掠过水面的鸟儿。

他摩挲了一下这个木盒，这是父亲亲手做的，就像那个暗藏交割单的雷达表那样，已经成为为数不多可以拼凑有关父亲记忆的物品。

木盒上的清漆早已掉落了几块，还有当年圆珠笔在木纹上的划痕。这是个做工简朴的木盒，简朴得连锁都没有，只有一个小小的软软的搭扣。

尽管他已经做好了心理准备，但还是诧异地张大了嘴巴——果真在那里。

那个将无数人逼上绝路的物品，好端端地，原封不动地在那里，在童年那些玩偶堆里，准确地说，在一叠"大王"香烟牌的最底下——那是一份红色的像折扇那样可以折叠起来的小本子，大约有一个香烟盒那么厚，密密地挤压在那里，可以想象，拉开后会有相当的长度，他能猜到，这个本子，与信托收益者的名录应当是惊人一致。唐子风死的那一刻，都搞不全那些信托收益者真正身份，在这个局里，他只是个可怜机械的操作者。

他翻开红册子后，迅速地望了一眼，当即倒吸了一口凉气，将这个本子放在了自己的口袋里，在那一刻，他甚至无比后悔自己找到了它。

他迅速地将小木箱子也原封不动地放回原处。

然后，将父亲卧轨前最后一晚看的一本书，还有那个雷达表放在自己跟前。

那本书是屈原的《离骚》，已经被父亲翻了很多遍，几页书角的边都几乎烂成随时会被吹散的脆片。

书的扉页，是父亲的笔迹，用黑色钢笔工整地誊写了一首叫做《七绝·屈原》的诗："屈子当年赋楚骚，手中握有杀人刀。艾萧太盛椒兰少，一跃冲向万里涛。"

父亲在诗歌后面，标注了"毛泽东在 1961 年秋所作"。他用红笔圈出了"杀人刀"三个字。

正在这时，外面突然狂风大作，窗架实在地发出声响。楼下的树大幅度地左右前后摇摆着，雨滴赴死一般地刮在已经关紧的玻璃窗上。哗啦啦的雨水倾倒下来，撞在小白楼的瓦片顶上，砰砰直响。原先的寂静就像天空中有个巨大的吸音盘松懈掉落，嘈杂声就像躲在四处的千军万马跳出来杀向战场那样呼啸而来。

袁得鱼闭起眼睛，内心平静，仿佛亲临"人在江湖打滚，心在荒村听雨"的意境。

"爸爸，我成功了！"他释然地说。

然而，袁得鱼突然意识到有哪个环节不对。

最近的大案其实与红册子都有一定关联，甚至是那个厦门小红楼的主人，虽然现在已经在加拿大避难。而他，却也能通过"糖果法"，知道他们的分成比例，同时也知道他们的地位。

然而,他还是无法完全看清父亲的动机。

从某种角度看,父亲似乎是在最后关头,为了维护这些人的利益而死去的。还有,那笔巨额资金究竟去向何处?

横亘在自己眼前的是一个无法衔接的断点。

他想起贾琳所说的,"'七牌梭哈'只不过是最外围的一个圈子而已"……他突然萌生出一个念头,可能连这个红册子也是"最外围"的而已。

对了,名单上最后一个名字到底是谁?为何至今无人提起?

袁得鱼忽然想起了什么。他脑海中浮现起贾琳这个女子的身影,这个连自己都能过的美人关,他怎么可能过不了……一个念头如闪电般穿过脑际。

难道是他?

正在这时,从门外传来一阵阵张狂的笑声,回荡在空旷的小白楼庭落里。

"金融是整个世界最后的博弈……尼克松时期,中美之间达成的隐性联盟,间接毁灭了前苏联。在 20 年前,广场协议造成了日本 20 年来的萧条与毁灭……"那个声音醇厚有力,"如今是美国人统治了整个世界,或许那群至今还无家可归的犹太人……"

这个人似乎距离自己更近了。

"一个资本市场才 30 年的国家,怎么与一个有着 140 年历史的华尔街抗衡呢?你爸爸设了一个局,就像当年的鬼谷子,埋伏下四大弟子——苏秦、张仪、庞涓、孙膑……最终成就了统一全中国的秦始皇。今天死去的人,是为了明天的不死!"

"这究竟跟我爸爸的死有什么关系?"

"如今我们亲临的危机,是一场足以改变整个世界经济格局的危机,关系到中国是否能在这场混战中崛起……袁得鱼,你愿不愿意接受这场挑战?"

袁得鱼四处寻找,对方始终躲在暗处。

"出来吧! 我知道你是谁了!"

阵阵诡谲的笑声回荡在空中。

袁得鱼很想离开,但忽然浑身绵软无力起来。

什么都可以,什么都可以,只是无论如何,不能死去。